문학의 상상과 시의 실천

문학의 상상과 시의 실천

하재연 저

보고사
BOGOSA

한국문학을 전공으로 삼아 공부를 하고 창작을 하면서, 시인 이상
(李箱)이 『조선중앙일보』의 「오감도」 연재를 중단하며 남긴 문장의 절
망을 여러 국면에서 마주치고는 했다.

"왜 미쳤다고들 그러는지 대체 우리는 남보다 수십 년씩 떨어져도
마음 놓고 지낼 작정이냐. 모르는 것은 내 재주도 모자랐겠지만 게을
러빠지게 놀고만 지내던 일도 좀 뉘우쳐 보아야 아니하느냐. (…) 이
것은 내 새 길의 암시요 앞으로 제 아무에게도 굴하지 않겠지만 호령
하여도 에코—가 없는 무인지경은 딱하다. 다시는 이런— 물론 다시는
무슨 다른 방도가 있을 것이고 우선 그만둔다. 한동안 조용하게 공부
나 하고 딴은 정신병이나 고치겠다."

문학은 '에코'를 상상하며 시작되고, '에코'를 통해 고유의 몫을 해
낸다. 내가 문학을 곁에 두고 시를 깊이 열망하기 시작한 것은, 내
말들의 반향을 얻는 것이 힘들다고 느꼈던 청소년기부터였던 것 같
다. 사회와 환경이 요구하는 방식의 말들로 소통하는 일은, 거꾸로
소통할 수 없음의 절망을 확인하게 했다. 문학의 언어로 소통하는 것
은 새로운 방식의 말하기와 듣기를 익히는 것이었다. 타인의 말들이
내 몸의 울림통을 통해 울려나오고, 내게서 발신된 말들이 다른 이에
게 가서 또 다른 감각으로 전환되는 순간을 상상하면서, 그 절망을
견딜 수 있게 되었다.

한편으로 문학을 공부하고 창작하는 일은 이상이 말한 '딱함'을 시
도 때도 없이 실감하게 했다. "제 아무에게도 굴하지 않"을 정도는
아니었으나, 내가 하고 있는 문학이 "무인지경"안에서 나의 내부로
안전하게 숨어드는 일이 되지는 않기를 바랐다. "조용하게" 정신병이
나 고치겠던 이상이, 결국 동경으로 건너가 제국의 '치사함'을 확인
하고, 감옥에 갇혔다 나온 후에 죽음을 맞아야 했던 사태는 단지 불행
한 우연이 아니었을 것이다. 문학의 첨단을 고민한 작가의 내면과 신
체가, 사회와 시대의 증상을 가장 선명한 방식으로 각인해 내는 '에코'
였음을 보여주는 상징적 예시일 것이다.

식민지 시대의 문학과 작가들의 언어를 연구하는 일은, 그러므로
내게는 시대와 사회와 역사의 울림이 한 개인의 내면과 신체에 남긴
흔적의 언어를 탐사하는 과정이었다. 그 언어들이 다시 어떤 각자의
울림으로 발신되었는지, 또한 어떠한 수신자들에게 가 닿기를 상상하
며 자신들의 문학과 시의 언어를 실천하였는지를 재구하는 과정이기
도 했다. 동시에 오랜 시간을 거쳐 그들의 언어를 수신한 나에게 생겨
나는 울림의 동심원을 들여다보는 일이었다.

이 책은 「1930년대 조선문학 담론과 조선어 시의 지형」이라는 박
사 논문을 제출한 이후인 2000년대 말에서 최근에 이르기까지 발표한
논문들 중, 비슷한 문제의식을 공유하고 있는 논문들을 추리고 수정
하여 구성한 것이다. 십여 년이 넘는 기간 동안 쓰인 것이기에, 논문
을 쓸 당시에 반영하지 못했던 연구 성과들이 제출되었거나 논문 안
에서 규명해내지 못했던 지점들이 이후의 연구에서 나아간 경우도 있
을 것이다. 그러나 이 책의 1부에서 밝혔듯, 박사 논문 제출 이후 연구

의 주제를 잡아나가며 지녔던 문제의식들은 여전히 해소되지 않고 내게 남아 있다.

　책의 1부에서는 한국 근대문학 연구의 전환과 확장을 가져온 20세기 말에서 21세기 초반 한국 문학 연구의 성과를 살피고, 그것이 지시하는 새로운 방법론과 제기된 문제들의 의미를 논하였다.

　책의 2, 3, 4부는 문학 환경과 생산물의 관계를 통한 실증적 문학 연구 방법론의 실천, '문학적', '심미적' 효과에만 주로 주목하여 왔던 시 분야 연구에 대한 반성적 고찰, 역사적 차원에서의 한국어 문체 변화를 재구하기 위한 문학 텍스트 간의 상호적 관계 탐색 등, 이후의 문학 연구에서 진행되어야 한다고 보았던 1부의 고찰을 나 나름대로 탐색하여 간 연구의 결과물들이다.

　2부는 근대시의 번역과 문체의 실천에 관한 문제들을 주제로 삼고 있다.

　1장 「시 번역 논쟁과 양주동(梁柱東)의 언어 인식」에서는 1920년대 중후반부터 벌어졌던 번역 담론, 특히 시에 관한 논의들을 중심으로 조선어 문체에 관한 번역가들의 생각과 입장 차를 살펴보았다. 시 번역의 딜레마를 둘러싸고 김억과 해외문학파, 양주동 등 시인이자 번역가였던 작가들이 고민했던 조선어와 조선문학의 현실, 각자 다른 방식으로 상상해 나갔던 조선의 근대문학과 세계문학의 접점에 대한 실천의 형태들을 파악하고자 했다.

　2장 「번역의 지향과 시의 문체」에서는 식민지 시기 개인 번역 사화집으로 가장 방대한 양의 성과를 제출한 김억과 이하윤의 번역 시집 『오뇌의 무도』와 『실향의 화원』의 번역시의 문체를 비교했다. 1920년대의 번역의 영향과 그것을 극복하려는 시도 속에서 이루어진 1930

년대 이후의 번역과 조선어 문체의 모습을 비교하여, 번역을 통해 창출된 요소들이 조선 근대시의 도정과 맺고 있는 긴밀한 연관을 살펴보려 했다.

3장 「1930년대 시와 한자어 문제」에서는 이상의 시가 보여주는 한자 어휘 표기 방식을 분석하였다. 이상이 연작에서 시도했던 조선어 문장의 한자 혼용적 형태의 의도와 효과를 규명하여, 1930년대 문학장 안의 다양한 한자(한문)에 대한 인식과 사용법의 한 구체적 예를 가시화하고자 하였다.

3부는 식민지 시대의 잡지들을 분석하며, 식민성에 긴박되는 한편 길항했던 문학인의 균열하는 감각과 내면에 대하여 논하였다.

1장 「『문우』를 통해 본 경성제대 지식인의 내면」에서는 1924년에서 1927년 사이 경성제국대학 예과 재학 조선인들이 간행한 잡지 『문우』를 분석하였다. 조선문단과 경성제대 사이의 기묘한 점이지대를 재현하며, 식민지 조선의 선구적 지식인을 자임했던 경성제대생들의 내면 풍경과 심리를 파악하고자 했다.

2장 「『신흥』과 문예란의 성격과 의의」에서는 1929년부터 1937년까지 경성제국대학 법문학부 출신 졸업생이 만든 잡지 『신흥』의 문예란을 분석하였다. 세계문화에 대한 대타의식 속에 식민지 조선인으로서 그들이 실현하는 다중적인 위치와 그 표현의 방식에 주목하고자 했다.

3장 「『문장』의 시국 협력 문학과 「전선문학선」」은 1939년 3월부터 1940년 5월까지 『문장』에 꾸준히 실린 「전선문학선」의 위치와 효과를 논하였다. 일본 제국주의의 국가 총동원 체제 아래 조선의 문학가들이 받고 있었던 내·외부적 압력을 살피고, 『문장』의 편집 체재와

관련하여 '전선문학선'을 분석함으로써, 조선 작가들이 지녔던 이중
적이고 복합적인 피식민성의 실체를 재구하고자 했다.

　4부는 신체제 시기 이후의 조선과 일본 문학가들의 창작론과 작품
이 지니는 협력의 욕망과 쓰기의 전략을 주제로 삼았다.

　1장 「이태준(李泰俊)의 「농군」과 근대문학 연구 방법론」에서는 신
체제기 근대문학 연구 방법론과 해석 투쟁에서 중요한 위치를 차지하
는 이태준의 「농군」을 둘러싼 논쟁을 살피고, 작품을 분석하였다. 협
력 문학의 역사철학적 함의와 문학사적 의미를 다시 들여다보고, 개
인과 역사의 실존을 매개하는 문학으로서 「농군」이라는 텍스트가 갖
는 의의를 논하였다.

　2장 「조선어·일본어 창작 담론의 전개와 김용제(金龍濟)의 창작의
논리」에서는 신체제 전후 조선문단의 정세 변화와 함께 일본의 '국어'
창작의 논리에 대응하며 창작의 방향성을 변화시켜 나갔던 문학가들
의 조선어·일본어 창작 담론과 전개 양상을 상세히 분석하였다. 특히
김용제의 논리와 시를 함께 분석하여, 당시의 협력 문학이 지녔던 논
리와 상상의 구체적 모습을 살피고자 하였다.

　3장 「『국민문학』에 나타난 '혁신'의 논리와 '국민시'의 실제」에서
는, 1942년을 전후해 일본어로 강제된 이른바 '국어' 문단에서의 문학
의 '혁신'에 대한 요구의 논리와 대응 양상을 일본 문학가와 조선 문학
가들의 담론을 통해 살펴보았다. 특히 담론에 나타난 창작방법론의
요구가 텍스트와의 사이에 형성하고 있는 거리와 지형을 분석하기 위
해, 『국민문학』에 수록된 일본인과 조선인 작가들의 시 텍스트를 분
석하고, 김종한 시의 욕망과 쓰기의 전략을 논하였다.

"대체 우리는 남보다 수십 년씩 떨어져도 마음 놓고 지낼 작정이냐"던 이상의 일갈은, 식민지 시대 문학가들의 타자 의식과 욕망, 그리고 새로운 문학의 언어에 대한 갈망을 상징적으로 함축하고 있다. 그들의 욕망과 상상, 실천의 내부와 바깥을 들여다보는 일은 쉽지 않았지만, 나의 욕망과 상상의 안팎을 경계지우고 움직이게 하였던 동력을 찾아나가는 일이기도 하였다.

결과물의 미진함과 부족함을 책을 묶으며 다시 절감했지만, 이 또한 내게서 발생한 또 하나의 문학적 동심원임을 기록하는 뜻으로 겨우 책의 만듦새를 갈무리할 수 있었다.

흔적은 때로는 희미하거나 휘발되거나 위장되기도 하여서, 흔적의 기원을 뚜렷이 재구성해낸다는 것은 불가능한 것 같다. 불가능의 감각을 가능과 상상의 감각으로 전환할 수 있게 한 선도적인 연구들이 아니었다면, 이 책의 연구들은 한 걸음도 시작되지 못했을 것이다. 그 걸음의 앞에서 이끌어 주신 김영민, 김재용, 한기형, 구인모 선생님의 연구와 도움에 감사드린다. 문학을 돌아보는 일과 사람을 돌보는 일의 연관을 가르쳐 주신 이혜원, 이경수, 신지연 세 분에게 특별한 감사를 전하고 싶다. 내게는 과분한 그 분들의 응원과 애정이 이 일을 지속하는 데 큰 힘을 주었다. 책을 마무리할 수 있게 해주신 보고사와 이소희 편집자님께도 고마움을 전한다. 문학을 연구하고 창작하는 일을 의미 있는 것으로 여기게 하는 가족의 지원과 사랑이 이 책에 아로새겨진 시간들을 채워주었음을 기억하고 싶다.

최근에 "블라디보스토크에서 온 엽서"라는 부제로 시작되는 시를 한 편 발표했다. 그 시는 나의 어머니의 이야기로부터 비롯되었다.

키가 컸고, 웃기는 말도 잘하고, 형제 중 제일 똑똑하여 측량기사였다던 나의 외할아버지. 일제가 결혼하지 않은 청년들을 전쟁터에 끌고 간다는 말에 서둘러 혼인을 하였으나, 그는 결국 관동군으로 징집되었다. 징집 당시 외할머니의 뱃속에 있던 어머니의 백일 때, 블라디보스토크에서 도착한 사진과 엽서가 어머니가 기억하는 외할아버지의 마지막 흔적이었다고 한다. 그리고 그 엽서는 한국 전쟁을 거치며 분실되었다.

분실된 블라디보스토크발 엽서에 쓰였을 내용을 상상한다. 이 책을 내 모든 이야기의 시작인 어머니와, 일본 제국주의의 전쟁에서 돌아오지 못한 외할아버지께 드린다.

2022년 9월
하재연

3부 균열하는 감각, 문학인의 내면

4부 문학의 욕망과 쓰기의 전략

/ 1장 / 이태준(李泰俊)의 「농군」과 근대문학 연구 방법론 ··· 245

/ 2장 / 조선어·일본어 창작 담론의 전개와 김용제(金龍濟)의 창작의 논리 ··· 273

1부

문학 연구의 새로운 지평들

근대문학 연구의 전환과 전망

1. 한국 근대문학 연구의 전환과 확장

이 글은 1990년대에서 2010년대 초반까지의 식민지 문학·문화 연구의 지형과 계보를 소환함으로써, 문학 연구의 역사주의적 전환을 검토하기 위해 쓰였다. 20여 년간의 식민지 연구 전반의 지형과 계보를 그려내기보다는, 한국문학 연구의 전환과 새로운 흐름을 형성하는데 중요한 역할을 한 논문과 저작들을 중심으로 한국 근대문학 연구의 전환과 확장이 가져온 의미를 살펴보고자 한다.

한국 문학 연구의 전환이 인식론적으로는 "'민족', '민족문학', '문학'을 내파하는 과정"[1]이자 "'근대=민족=문학'을 비판·상대화하여 그것을 벗어나려는 글쓰기와 연구가 점증"[2]하는 방향으로 이루어졌음은

---

1 이혜령, 「언어=네이션, 그 제유법의 긴박과 성찰 사이-한국문학 근대성 연구의 한 귀결에 대하여」, 『상허학보』 19, 상허학회, 2007, 244면.
2 윤대석, 「문학(화)·식민지·근대-한국근대문학연구의 새 영역」, 『역사비평』 78,

많은 이들이 공감하는 바다. 이 과정은 방법론적, 주제론적으로는 "문화사 연구와 매체론, 제도사적 연구와 탈식민주의, 그리고 젠더 연구 등"[3]으로 구체화되어 나타났다. 물론 이와 같은 경향과 새로운 흐름이 갖는 특성들을 반성적으로 진단하는 시각이나 변화하는 환경에 부응하는 새로운 개념의 민족문학론 또는 통일문학론에 기반을 둔 연구, 기존의 장르 개념과 작가론 그리고 텍스트의 내적 분석에 상대적으로 충실한 연구들 또한 지속되고 있는 형편이다. "탈근대 담론 비판"을 특집으로 내세워 한국문학 연구경향의 전환을 비판적으로 진단한 민족문학사학회의 2007년 『민족문화연구』 33호의 현대문학 연구지면은, 흥미롭게도 2000년 이후의 문학 연구 지형도를 상징적으로 재현하고 있다. 편집진은 특집의 "탈근대 담론 비판"의 의미를 설명하면서 동시에 현대문학 연구란은 "작가론을 다루고 있는 이기성의 「탕아의 위장술과 멜랑콜리의 시학-오장환론」을 제외하면 나머지 여섯 편이 모두 역사 연구로서의 문학연구라는 공통점을 보여주고 있다"[4]고 평하고 있다.[5] 정통적인 의미에서의 작가론, 텍스트 내적 분석을 중심으

역사비평사, 2007년 봄, 418면.
3 박헌호, 「'문학' '史' 없는 시대의 문학연구-우리 시대 한국 근대문학 연구에 대한 어떤 소회」, 『역사비평』 75, 역사비평사, 2006년 여름, 96면.
4 차원현, 「책머리에-전환기의 논리」, 『민족문학사연구』 33, 민족문학사학회, 2007, 6면.
5 여기 실린 현대문학 연구 분야의 일반 논문들은 다음과 같다. 권명아, 「풍속 통제와 일상에 대한 국가 관리-풍속 통제와 검열의 관계를 중심으로」; 권보드래, 「근대 초기 '민족' 개념의 변화-1905~1910년 『대한매일신보』를 중심으로」; 박진영, 「소설 번안의 다중성과 역사성-『레미제라블』을 위한 다섯 개의 열쇠」; 윤대석, 「1940년대 한국문학에서의 번역」; 이기성, 「탕아의 위장술과 멜랑콜리의 시학-오장환론」; 정호순, 「1930년대 연극 대중화론과 관객」; 최현식, 「'신대한'과 '대조선'의

로 삼는 논문은 1930년대 이후의 시 분야 연구에 집중되는 경향을 보
이고, 근대 초기의 시가 연구 등을 포함한 상당수의 논문들이 역사주
의적인 시각을 동반한 탈근대적 또는 탈장르적 연구방법론을 보여주
고 있다. 이와 함께 새로운 연구 경향에 대한 비판적 진단이 이른바
민족문학 진영을 주축으로 해서 제기되었던 것이다.

1990년대 중반 이후로 진행되어 온 한국 근대문학 연구의 인식론
적·방법론적 전환이 갖는 성격과 의미에 대해서는 2007년을 전후로
하여 심도 있는 고찰이 이루어진 바 있다. 특히 2006년 상허학회의
학술 심포지엄을 바탕으로 몇 개의 논문을 추가하여 기획된 2007년의
『상허학보』 19집의 특집 "근대문학 연구 방법의 창조적 전환을 위하
여"에 실린 논문들은 한국 문학의 근대성 연구가 전개되어 온 장면을
생생히 보여 주었다.[6] 『상허학보』의 특집이 주로 해당 분야에 천착해
온 연구자들의 자기 점검 및 진단을 중심으로 연구 경향의 내부와 외
부를 아울러 고찰하는 형태로 이루어졌다면, 같은 해 나온 『민족문학
사연구』 33호의 특집인 "탈근대 담론 비판"의 기획 논문들은 탈근대,

사이 (2)-『소년』지 시(가)의 근대성. 이상은 모두 『민족문학사연구』 33, 민족문
학사학회, 2007.

6 특집에 실린 논문의 제목은 다음과 같다. 공임순, 「한국 (근대)문학의 세 가지 테제
에 대한 비판적 재검토-감금과 자유의 21세기 판 역설들」; 권명아, 「연대와 전유의
갈등적 역학-포스트 콜로니얼리즘, 탈민족주의, 젠더 이론의 관계를 중심으로」;
김현주, 「근대 개념어 연구의 동향과 성과-언어의 역사성과 실재성에 주목하라!」;
손유경, 「최근 프로 문학 연구의 전개 양상과 그 전망」; 이경훈, 「현실의 전유,
텍스트의 공유-텍스트 읽기의 새로운 태도를 위한 시론」; 이혜령, 「언어=네이션,
그 제유법의 긴박과 성찰 사이-한국문학 근대성 연구의 한 귀결에 대하여」; 조정
환, 「한국문학의 근대성과 탈근대성」; 천정환, 「'문화론적 연구'의 현실 인식과
전망」; 한기형, 「근대문학과 근대문화제도, 그 상관성 대한 시론적 탐색」. 이상은
모두 『상허학보』 19, 상허학회, 2007에 실려 있다.

탈민족, 탈식민을 키워드로 삼는 연구 경향과 풍속-문화론적 연구에
대한 외부적 관점에서의 비판이라고 할 수 있다.[7]

　2010년대의 연구 상황은, 2007년에 진단되었던 연구 주제들과 담론
의 증폭과 확산으로 볼 수 있을 것 같다. 1990년대 이후로 진행되어
온 식민지 문학 연구의 전환 양상이 2010년대를 전후로 하여 어떤 단절
의 움직임보다는 각 분야에서의 추가와 심화, 확장이라는 과정을 보여
주고 있는 것으로 판단되기 때문이다. 이행의 계기는 이와 같은 축적
속에서 발생한다는 점을 전제하면서 말한다면, 2010년대의 식민지 문
학 연구는 탈장르적·탈텍스트주의적 경향의 가속화와 함께, 기왕의
문학사적 시각과 근대문학 연구를 반성하고 결락된 지점을 보충하는
의미에서의 텍스트의 내부적, 외부적 확장의 방향으로 전개되었다.
앞서 이루어졌던 진단과 비판을 참조하면서, 분야나 주제별로 이루어
졌던 세부적 진단을 조금 더 펼쳐놓는 형태로 조망해 보도록 하자.

2. 식민지 문학 연구의 새로운 지평들
　　- 장르와 텍스트를 넘어서

2010년대 이후 문학 연구의 새로운 흐름을 이끈 연구 경향을 다섯

7　『민족문학사연구』33호의 특집은 다음과 같다. 김양선, 「탈근대·탈민족 담론과
　페미니즘(문학) 연구-경험과 교섭에 대한 비판적 읽기」; 박수연, 「포스트식민주의
　론과 실재의 지평」; 차혜영, 「지식의 최전선-'풍속-문화론 연구'에 대한 비판적
　검토」; 하정일, 「탈근대 담론-해체 혹은 폐허」. 이상은 모두 『민족문학사연구』
　33, 민족문학사학회, 2007.

가지 정도로 대별하여 보고자 한다. 첫 번째, 문학 개념과 장르 개념, 기타 근대문학에서의 주요한 개념의 기원과 형성사 연구. 두 번째, 근대문학의 생산 양식과 환경을 이루는 제도와 매체 연구. 세 번째, 풍속-문화론 또는 풍속사적 연구. 네 번째, 언어 내셔널리즘의 형성 및 역사적으로 변동하는 언어구성물로서의 글쓰기와 텍스트 연구. 다섯 번째, 민족문학을 상대화하며 외부와의 교섭과 상호작용에 주목하거나 탈식민주의, 젠더적 관점을 반영한 연구이다.

작가론에 입각한 연구 방법, 리얼리즘·모더니즘·낭만주의와 같은 사조 중심주의, 시와 소설과 같은 장르문학 중심주의를 넘어 텍스트의 내부와 외부의 접합을 시도하는 연구들을 방법론과 연구 대상에 대한 접근 방식에 따라 갈라본 것이다. 엄밀한 의미에서의 식민지 문학 연구사의 계보화라기보다는 2010년대 이후의 연구 지형과 추이를 조망하기 위한 것으로, 범주들은 서로 겹치기도 하고 여러 범주들에 동시적으로 걸쳐 있는 연구들도 존재한다. 제도와 매체 연구는 때로 풍속-문화론적 연구의 일부가 되고 언어 내셔널리즘에 대한 연구는 궁극적으로 민족문학의 외부와 교섭의 과정을 사고하게 되기 때문이다. 풍속-문화론적 연구를 이끌어온 연구자들의 자기규정에 따르면 풍속-문화론적 연구란 "①근대성의 경험적 영역 또는 미시적 차원에 대한 고고학적인 탐색. ②근대적 이념과 주체의 경험을 매개하고 분절하는 문화적 표상들에 대한 연구. ③하위문학 양식과 대중문화에 대한 연구. ④문학제도와 관련된 연구"[8]로 대별된다. 그러나 이와 같이 본다면 식민지 문학 연구의 새로운 경향들이 모두 풍속-문화론적

---

8 김동식, 「풍속·문화·문학사」, 『민족문학사연구』 19, 민족문학사학회, 2001, 100면.

연구로 포괄되는 사태가 발생하므로, 이 글에서는 풍속-문화론 또는 풍속사적 연구를 ②근대적 이념과 주체의 경험을 매개하고 분절하는 문화적 표상들에 대한 연구, ③하위문학 양식과 대중문화에 대한 연구들로 좁혀서 명명하였다.[9]

이와 같은 새로운 연구 경향을 촉발시키고 근대문학 연구의 지평을 넓힌 것은, 20세기의 세기말에서 21세기의 초입에 이루어진 선도적인 연구 성과들이다. 과거에 축적된 연구가 제기한 중요한 문제의식과 역사학계나 사상계와의 상호 참조에 의해 그것이 가능해진 것이었음을 감안하더라도, 이 시기 연구들이 지니는 역동적 에너지와 치열한 자기 반성적 시각이 근대문학 연구의 창조적인 전환점을 형성하였음은 강조되어야 할 것이다. 새로운 문제의식을 촉발한 주요한 연구들을 살펴보겠다. 하나의 논문에서 여러 분야의 주제를 포괄하는 경향을 보여주기도 하고, 주제와 방법 사이를 가로지르며 작업을 진행하고 있는 연구자들이 많으므로 이와 같은 분류는 유동적이다.

9　차혜영은 "대중적 인지도나 연구자들의 인식에 있어서 풍속-문화론과 개념사·제도사 연구는 다르다"고 지적하면서 "개념사 연구, 제도사 연구, 제도사 내의 언어제도, 매체 연구, 정책 연구 등은 기존의 근대성 및 근대문학사 연구에서 그다지 혼선이나 반발 없이 수용"되었지만 풍속사 연구는 "자기 해부적 방법과 대상이 아닌, 소위 '잉여, 버려졌던, 문학의 타자들을 복원하는 방식'을 택함으로써 대상을 수집하고 추가하는 방식을 취"하며 이를 구분해서 파악할 것을 언급하고 있다. 차혜영, 앞의 글, 89~90면. 한기형은 근대문학과 근대문화제도의 연관성에 대한 연구의 의미를 논하면서 "과거에 구획된 학문적 경계를 넘어서 다양한 방법과 소통하며 근대문학을 근대문화 양식의 한 형태로 간주하려는 태도를 견지한다는 점에서 문화론적 연구의 일반적 경향성과 많은 지점을 공유한다. 그러나 이 연구방법은 근대문학을 작동시키는 사회제도적 동력과 문화의 상관성을 중시한다는 점에서 '표상' 자체에 주력하는 문화론적 연구방법과 일정한 거리가 있다"고 말한다. 한기형, 앞의 글, 72면.

첫 번째, 문학 개념과 장르 개념, 기타 근대문학에서의 주요한 개념의 기원과 형성사 연구 분야에서는 김동식,[10] 김영민,[11] 김행숙,[12] 김현주,[13] 권보드래,[14] 류준필,[15] 이경돈,[16] 정우택,[17] 조은숙,[18] 차혜영,[19] 황종연,[20] 황호덕[21] 등의 논문이 선구적이다. 이 연구들은 '문학'이 초역사적이고 영속적인 실재가 아니며 근대문학이라는 관념이나 인식, 거기서 파생한 장르 개념이 역사적 구성물이라는 사실에 주목하고 있다.

---

10 김동식, 「한국의 근대적 문학 개념 형성과정 연구」, 서울대 박사논문, 1999; 김동식, 「한국문학 개념 규정의 역사적 변천에 관하여」, 『한국현대문학연구』 30, 한국현대문학회, 2010.

11 김영민, 「한국 근대 소설 발생 과정 연구-조선후기 야담과 개화기 문학 양식의 연관성을 중심으로」, 『국어국문학』 127, 국어국문학회, 2000; 김영민, 「동서양 근대 소설의 발생과 그 특질 비교 연구-'소설(novel)'과 '小說(소설/쇼셜)'의 거리」, 『현대문학의연구』 21, 한국문학연구학회, 2003.

12 김행숙, 『문학이란 무엇이었는가』, 소명출판, 2005.

13 김현주, 「1930년대 "수필" 개념의 구축 과정」, 『민족문학사연구』 22, 민족문학사학회, 2003.

14 권보드래, 『한국근대소설의 기원』, 소명출판, 2000.

15 류준필, 「'문명'·'문화' 관념의 형성과 '국문학'의 발생-'국문학'이라는 이데올로기 서설」, 『민족문학사연구』 19, 민족문학사학회, 2001.

16 이경돈, 「근대문학의 이념과 문학의 관습-「문학이란 하오」와 『조선의 문학』을 중심으로」, 『민족문학사연구』 26, 민족문학사학회, 2004.

17 정우택, 『한국 근대 자유시의 이념과 형성』, 소명출판, 2004.

18 조은숙, 「한국 아동문학의 형성과정 연구」, 고려대 박사논문, 2005.

19 차혜영, 「소설 개념 형성과 식민지 근대 부르주아의 정치학」, 『민족문학사연구』 28, 민족문학사학회, 2005.

20 황종연, 「문학이라는 역어(譯語)」, 『동악어문논집』 32, 동악어문학회, 1997; 황종연, 『노블, 청년, 제국-한국소설의 통국가간(通國家間) 시작」, 『상허학보』 14, 상허학회, 2005.

21 황호덕, 「한국 근대에 있어서의 문학 개념의 기원(들)-신채호, 이광수, 『창조』파의 삼분법적 가치 범주와 '문학' 개념」, 『한국사상과문화』 8, 한국사상문화학회, 2000.

한국 근대문학과 양식의 형성을 살펴보기 위해 그것이 생산되는 문학
적 환경과 외부 환경과의 상호관련을 파악하고 있으며, 기존의 문학사
에서 그다지 주목되지 않았던 다양한 자료들 즉 신문, 잡지, 학술지,
역사서, 교과서, 신소설, 광고문 등에까지 검토의 범위를 넓혔다. 그
리하여 당대의 인식과 관념을 현재의 편견에서 해방시키고 당대의 인
식지평과 언어지평을 회복시키는 작업에 주력하고 있다. '문학'과 '장
르'에 대한 서구적 시각의 이입과 그에 따른 한국 문학의 재편을 추적
하여 서구 중심적 시각의 상대화를 가능하게 했으며, 결과적으로 근대
초기에 배태되고 있었던 문학의 역동적 가능성과 그것의 굴절 과정을
반성적으로 고찰하게 하는 성과를 거두었다.[22]

　　두 번째, 근대문학의 생산 양식과 환경을 이루는 제도와 매체 연구
분야에서는 구자황,[23] 김영민,[24] 박광현,[25] 박헌호,[26] 이봉범,[27] 이혜령,[28]

22　이 분야의 선도적 업적들의 내용과 의미에 관해서는 김현주, 「근대 개념어 연구의
　　동향과 성과-언어의 역사성과 실재성에 주목하라!」, 220~234면을 참고하였다.
23　구자황, 「독본을 통해 본 근대적 텍스트의 형성과 변화」, 민족문학사연구소 기초학
　　문연구단, 『한국 근대문학의 형성과 문학 장의 재발견』, 소명출판, 2004; 구자황,
　　「근대 독본의 성격과 위상 (2)-이윤재의 『문예독본』을 중심으로」, 민족문학사연
　　구소 기초학문연구단, 『제도로서의 한국 근대문학과 탈식민성』, 소명출판, 2008.
24　김영민, 『한국 근대소설의 형성과정』, 소명출판, 2005; 김영민, 『한국의 근대신문
　　과 근대소설』, 소명출판, 2006; 김영민, 『한국의 근대신문과 근대소설 2』, 소명출
　　판, 2008.
25　박광현, 「'경성제국대학'의 문예사적 연구를 위한 시론」, 『한국문학연구』 21, 동국
　　대 한국문학연구소, 1999; 박광현, 「경성제대 '조선어학조선문학' 강좌 연구-다카
　　하시 토오루(高橋亨)를 중심으로」, 『한국어문학연구』 41, 한국어문학연구학회,
　　2003; 박광현, 「식민지 조선에 대한 '국문학'의 이식과 다카기 이치노스케」, 『일본
　　학보』 59, 한국일본학회, 2004.
26　박헌호, 「동인지에서 신춘문예로-등단제도의 권력적 변환」, 『대동문화연구』 53,
　　성균관대 대동문화연구원, 2006.

최수일,[29] 한기형,[30] '검열연구회'[31] 등의 작업에 주목해 볼 수 있다. 이 분야의 연구는 앞서 논한 문학과 장르 개념의 형성사 연구와 문제의식을 공유하면서, 근대문학의 역사적 존재방식을 구체적으로 재구하기 위해 매체와 문학이 어떻게 연계되어 있었는지를 다각도로 검토하고 있다. 이 연구들은 근대문학의 내용이 인쇄자본과 국가권력, 사회세력과 이데올로기, 지식계급과 독서대중이라는 복합적인 관계들 속에 계량되는 현상에 주목하였다. 이 분야의 하위 범주들은 '검열', '매체', '출판', '학술(지식)' 등으로 나눌 수 있다. 근대문학의 물적 토대와 자본 그리고 식민지 근대문학을 규율하는 핵심적 요소였던 검열과 같은 정치 제도와 문학의 연관성을 사고하게 했다는 데 큰 의미가 있다.[32]

　　세 번째, 풍속-문화론 또는 풍속사적 연구 분야는 그 대상과 주제

---

27 이봉범, 「1920년대 부루주아문학의 제도적 정착과 『조선문단』」, 『민족문학사연구』 29, 민족문학사학회, 2005; 이봉범, 「잡지 『문장』의 성격과 위상」, 민족문학사연구소 기초학문연구단, 『제도로서의 한국 근대문학과 탈식민성』, 소명출판, 2008.

28 이혜령, 「1920년대 동아일보 학예면의 형성과정과 문학의 위치」, 『대동문화연구』 52, 성균관대 대동문화연구원, 2005.

29 최수일, 「1920년대 문학과 『개벽』의 위상」, 성균관대 박사논문, 2001.

30 한기형, 「근대어의 성립과 매체의 언어전략」, 『역사비평』, 2005년 여름; 한기형, 「근대잡지와 근대문학 형성의 제도적 연관」, 한기형 외, 『근대어·근대매체·근대문학』, 성균관대 출판부, 2006; 한기형, 「최남선의 잡지 발간과 초기 근대문학의 재편」, 앞의 책; 한기형, 「매체의 언어분할과 근대문학-근대소설의 기원에 대한 매체론적 접근」, 임형택·한기형·류준필·이혜령 편, 『흔들리는 언어들』, 성균관대 대동문화연구원, 2008.

31 검열연구회 편, 『식민지 검열, 제도·텍스트·실천』, 소명출판, 2011.

32 이 분야의 선도적 업적들의 내용과 의미에 관해서는 한기형, 「근대문학과 근대문화제도-그 상관성 대한 시론적 탐색」을 참조하였다.

가 매우 광범하여 일일이 예거하기가 힘든데, 문학 분야에서 풍속사
적 연구의 시초를 열고 인식의 기초와 방법론의 초점을 보여주는 주
요한 연구로 김동식,[33] 권보드래,[34] 천정환,[35] 이경훈[36] 등의 작업들을
참조할 수 있다. 이들은 한국 문학 연구에 상당한 영향을 미친 신비평
과 구조주의적 경향의 한계, 즉 문학작품을 결정화된 '미적 구조물'로
전제하고 분석하는 태도를 교정하면서 작품과 현실의 역동적 관계를
살피고자 하는 문제의식에서 출발하였다. 이 연구들은 서구의 문화론
또는 문화연구의 성과와 미시사·일상사적 연구의 입장을 참조하였
다. 근대성의 담지자이자 문화의 매개가 되는 기호와 표상들을 탐사
하고 이를 통해 근대문학의 형성과 발전에 질료가 된 풍속적·문화적
원천들을 사고하고자 하였다. 이와 같은 작업의 결과로 작가와 생산
자 중심의 문학사 읽기를 문학 제도와 소비자, 생산과 수용의 메커니
즘 속에서 고찰하게 하는 시각의 전환을 가져왔다. 또한 근대문학의
장르 체계로 포섭되지 못한 언어들의 장과 주변적 장르로 연구의 대
상을 확장시켰으며, 텍스트 독법의 새로운 예를 제시했다는 의의가
있다. 그러나 이후 확산되고 있는 풍속사적 연구의 생산물들이 향유
를 위한 스토리텔링에 가깝고 자료를 통한 실증성이라는 대중적 가상
으로 인해 그 인식론적 토대에 대한 근본적 성찰이 부족하다는 비판

---

33 김동식, 「풍속·문화·문학사」.

34 권보드래, 『연애의 시대』, 현실문화연구, 2003.

35 천정환, 『근대의 책 읽기—독자의 탄생과 한국 근대문학』, 푸른역사, 2003; 천정환,
「새로운 문학연구와 글쓰기를 위한 시론」, 『민족문학사연구』 26, 민족문학사학회,
2004; 천정환, 『끝나지 않는 신드롬』, 푸른역사, 2005.

36 이경훈, 『오빠의 탄생—한국 근대 문학의 풍속사』, 문학과지성사, 2003; 이경훈,
『대합실의 추억』, 문학동네, 2007.

도 함께 제시되었다.[37]

　네 번째 언어 내셔널리즘의 형성 및 역사적으로 변동하는 언어구성
물로서의 글쓰기와 텍스트 연구 분야에서는 권용선,[38] 김윤식,[39] 문혜
윤,[40] 신지연,[41] 이승희,[42] 이혜령,[43] 임형택,[44] 정백수,[45] 황호덕,[46] 허윤
회[47] 등의 연구를 선도적으로 볼 수 있다. 이 연구들은 한국의 근대어
의 형성과 정착과정을 역사적 차원에서 구체적이고 실증적으로 추적
하였다. 이 연구들에서는 국한문체와 국문체의 병존과 선택과 배제의

---

37 이 분야의 연구 전반의 지형과 의미, 비판적 논의에 대해서는 천정환, 「새로운
　　문학연구와 글쓰기를 위한 시론」; 천정환, 「'문화론적 연구'의 현실 인식과 전망」;
　　차혜영, 「지식의 최전선-'풍속-문화론 연구'에 대한 비판적 검토」를 참조하였다.
38 권용선, 「1910년대 '근대적 글쓰기'의 형성과정 연구」, 인하대 박사논문, 2004.
39 김윤식, 『일제말기 한국작가의 일본어 글쓰기론』, 서울대 출판부, 2003.
40 문혜윤, 『문학어의 근대-조선어로 글을 쓴다는 것』, 소명출판, 2008.
41 신지연, 『글쓰기라는 거울-근대적 글쓰기의 형성과 재현성』, 소명출판, 2007.
42 이승희, 「번역의 성 정치학과 내셔널리티」, 민족문학사연구소 기초학문연구단,
　　『한국 근대문학의 형성과 문학 장의 재발견』, 소명출판, 2004.
43 이혜령, 「한글운동과 근대미디어」, 민족문학사연구소 기초학문연구단, 앞의 책;
　　이혜령, 「조선어·방언의 표상들」, 임형택·한기형·류준필·이혜령 편, 앞의 책.
44 임형택, 「근대계몽기 국한문체의 발전과 한문의 위상」, 『민족문학사연구』 14, 민
　　족문학사학회, 1999; 임형택, 「한민족의 문자생활과 20세기 국한문체」, 『창작과비
　　평』 107, 2000년 봄; 임형택, 「소설에서 근대어문의 실현경로-동아시아 보편문어
　　에서 민족어문으로 이행하기까지」, 『대동문화연구』 58, 성균관대 대동문화연구
　　원, 2007.
45 정백수, 『한국 근대의 식민지 체험과 이중언어 문학』, 아세아문화사, 2000.
46 황호덕, 『근대 네이션과 그 표상들』, 소명출판, 2005; 황호덕, 「경성지리지, 이중
　　언어의 장소론-채만식의 「종로의 주민」과 식민도시의 (언어) 감각」, 『대동문화연
　　구』 51, 성균관대 대동문화연구원, 2005; 황호덕, 「한문맥의 근대와 순수언어의
　　꿈」, 『한국근대문학연구』 16, 한국근대문학회, 2007.
47 허윤회, 「조선어 인식과 문학어의 상상」, 민족문학사연구소 기초학문연구단, 앞
　　의 책.

과정, 근대적·문학적 글쓰기의 성립과 의미, 조선어와 일본어라는 이중어 상황과 혼종적 글쓰기 속에서의 조선어의 내셔널리티 등이 탐구되었다. 근대 초기와 식민지 말기에 집중되어 있던 연구는 이후 식민지 전반으로 대상을 확장하고 있는 경향을 보인다. 근대어와 민족어 그리고 문학의 관계와 식민지라는 조건을 첨예하게 부각시키는 이 연구들은 한국 근대문학에서 언어가 '네이션'의 대체물이 되어온 현상, 즉 '민족어'와 '민족문학'이 '국민'·'민족'과 '국민국가'·'민족국가'를 대체해 온 현상에 주목한다. 문학 텍스트의 근본적 조건인 '언어'를 탐구한다는 점에서는 텍스트를 중시하는 기존의 문학사적 시각에 발을 담그고 있지만, '민족어'의 기원적 작위성을 논증하며 언어의 물질적 이데올로기적 토대인 '국민국가'와, '국민문학'·'민족문학'의 상을 해체한다는 점에서는 문학연구의 근본을 뿌리깊이 흔들고 있는 것이기도 하다. 그런 점에서 제도와 매체 연구, 뒤이어 논할 경향인 민족문학을 상대화화며 외부와의 교섭과 상호작용을 분석하는 연구와 많은 부분 문제의식을 공유하고 있다.[48]

다섯 번째, 민족문학을 상대화하며 외부와의 교섭과 상호작용에 주목하거나 탈식민주의, 젠더적 관점을 반영하며 새로운 시각을 보여준 연구로는 구인모,[49] 권명아,[50] 김철,[51] 서은주,[52] 심진경,[53] 윤대석,[54]

---

48 이 분야의 연구들이 던지는 문제의식에 관해서는 이혜령, 「언어=네이션, 그 제유법의 긴박과 성찰 사이-한국문학 근대성 연구의 한 귀결에 대하여」를 참고하였다.
49 구인모, 『한국 근대시의 이상과 허상-1920년대 '국민문학'의 논리』, 소명출판, 2008.
50 권명아, 『역사적 파시즘-제국의 판타지와 젠더 정치』, 책세상, 2005.
51 김철, 『'국민'이라는 노예』, 삼인, 2005.
52 서은주, 「번역과 문학 장의 내셔널리티」, 민족문학사연구소 기초학문연구단, 앞

정선태,[55] 정종현,[56] 차승기,[57] 황종연[58] 등의 저작을 들 수 있다. 이 분야의 연구들은 한국 문학의 식민성과 근대성이 교호하고 착종되는 과정을 살핀다. '민족'이라는 상상된 관념과 공동체를 구성하는 역사적 산물로서 형성되어 온 '민족문학'의 이념을 비판적으로 고찰하는 문제의식에서 출발한 경우가 많다. 식민성, 민족, 인종, 젠더와 같은 주제들을 중심으로 식민지 시기의 텍스트들을 재편하며, 세부적으로는 그동안 상대적으로 소홀히 다루어져 왔던 번역·번안문학이나 일본어 문학·이중언어 문학을 탐구하고 '조선', '동양', '전통' 담론 등의 내포와 세계사적 의미를 살핀 바 있다. 민족문학의 이념과 민족문학사의 논리가 지닌 전체주의적 사고와 내셔널리즘 비판을 통해, 그동안의 친일문학 연구사가 구분해 온 '협력/저항'의 이분법이 갖는 맹점을 재고하게 했다는 의미를 갖는다. 그동안 배제되어 왔던 이른바 '친일적' 경향의 텍스트들이나 비교문학과 같은 주변부적 대상으로 취급

의 책.

53 심진경, 「문단의 여류와 여류문단—식민지 시대 여성작가의 형성과정」, 민족문학사연구소 기초학문연구단, 앞의 책; 심진경, 「여성과 전쟁—『여성』을 중심으로」, 민족문학사연구소 기초학문연구단, 『제도로서의 한국 근대문학과 탈식민성』, 소명출판, 2008.

54 윤대석, 『식민지 국민문학론』, 역락, 2006.

55 정선태, 「번역과 근대 소설 문체의 발견」, 한기형 외, 『근대어·근대매체·근대문학』, 성균관대 출판부, 2006.

56 정종현, 「식민지 후반기(1937~1945) 한국문학에 나타난 동양론 연구」, 동국대 박사논문, 2005.

57 차승기, 「민족주의, 문학사, 그리고 강요된 화해」, 김철·신형기 편, 『문학 속의 파시즘』, 삼인, 2001; 차승기, 「1930년대 후반 전통론 연구—시간—공간 의식을 중심으로」, 연세대 박사논문, 2003.

58 황종연, 「한국문학의 근대와 반근대」, 동국대 박사논문, 1991.

되어 왔던 텍스트들을 연구의 영역으로 소환했다는 의미도 크다. 또한 내셔널리즘의 반여성적, 반소수자적 특질을 비판적으로 진단함으로써 민족문학사를 반성적으로 되돌아보게 하였다. 그러나 이러한 경향이 민족주의 비판으로 집중됨으로써 제국주의 비판을 희석하며, 피식민지인의 삶을 식민주의 담론의 침윤과 모방으로 해석한 결과 파시즘의 바깥을 사고할 수 없게 만든다는 점, 근대 극복을 실천할 '주체'의 문제를 진공 상태로 만든다는 점 등에 대한 비판적 논의가 제기되었다.[59]

이와 같은 선도적 연구 경향이 신진 연구자들과 현대문학 연구라는 분과 학문의 연구 대상과 내용에 어느 정도의 영향을 미쳤는지를 살펴보기 위해 2007년부터 2011년까지 약 5년간 제출된 현대문학 분야의 박사 논문들을 일별해 보았다. 이 중에서 식민지 시기를 연구 대상으로 삼고 있는 논문은 어림잡아 130~140여 편 정도로 현대문학 분야의 논문 중에서 압도적인 양을 차지하고, 그 중에 위에서 대별한 문제의식에 착안한 논문은 (범주화시키지 못한 경우가 더러 있지만) 약 40~50여 편 정도라고 생각된다.

풍속−문화론 또는 풍속사적 연구의 방법을 취하고 있는 논문들이 가장 많았는데 대중과 소비주체·광고,[60] 소설의 대중화 전략,[61] 기행

---

59 이 분야의 연구 방향에 대한 비판적 검토로는 김양선, 앞의 글; 박수연, 앞의 글; 하정일, 앞의 글; 권명아, 「연대와 전유의 갈등적 역학−포스트 콜로니얼리즘, 탈민족주의, 젠더 이론의 관계를 중심으로」를 참고할 수 있다.

60 권창규, 「근대 문화자본의 태동과 소비 주체의 형성−1920~30년대 광고 담론을 중심으로」, 연세대 박사논문, 2011.

61 김종현, 「근대 계몽기 소설의 대중화 전략 연구」, 경북대 박사논문, 2010.

문·추리소설·대중소설 등 주변부 장르,[62] 공연 문화와 가요·극장과
같은 문화현상과 텍스트의 연행성,[63] 방송문예나 연설·좌담회,[64] 일본
인·만주·여학생 등 식민지 시기의 주요한 표상에 관한 연구[65] 등으로
근대문학 연구의 지평이 확장되었음을 보여 준다.

다음으로는 문학 개념과 장르 개념, 근대문학에서의 주요한 개념의
기원과 형성사 연구가 뒤를 따른다. 소설과 시, 비평 등의 장르 개념과
'서정', '소설' 등에 대한 인식의 형성과 변화 과정,[66] 정육론(情育論)이
나 종교 담론 등이 구성되는 과정[67]을 살펴보고 있는 논문들이다.

---

62 오혜진, 「1930년대 한국 추리소설 연구」, 중앙대 박사논문, 2008; 이승원, 「근대전
환기 기행문에 나타난 세계인식의 변화 연구」, 인천대 박사논문, 2007; 이주라,
「1910~1920년대 대중문학론의 전개와 대중소설의 형성」, 고려대 박사논문, 2011;
진선영, 「한국 대중연애서사의 이데올로기와 미학」, 이화여대 박사논문, 2011.

63 문경연, 「한국 근대초기 공연문화의 취미담론 연구」, 경희대 박사논문, 2008; 신광
호, 「일제강점기 가요의 정서 연구」, 한국학중앙연구원 박사논문, 2010; 이화진,
「식민지 조선의 극장과 '소리'의 문화 정치」, 연세대 박사논문, 2011; 양세라, 「근
대계몽기 신문 텍스트의 연행성 연구」, 연세대 박사논문, 2010.

64 서재길, 「한국 근대 방송문예 연구」, 서울대 박사논문, 2007; 신지영, 「한국 근대
의 연설·좌담회 연구–신체적 담론공간의 형성과 변화」, 연세대 박사논문, 2010.

65 다지마 데쓰오, 「근대계몽기 문자매체에 나타난 일본/일본인 표상–신문매체를 중
심으로」, 연세대 박사논문, 2009; 박일우, 「한국근대문학의 만주 표상에 관한 연구
–1930~40년대 소설을 중심으로」, 국민대 박사논문, 2009; 엄미옥, 「한국 근대
여학생 담론과 그 소설적 재현 연구」, 서강대 박사논문, 2007.

66 강용훈, 「근대 문예비평의 형성 과정 연구」, 고려대 박사논문, 2011; 구장률, 「근대
지식의 수용과 소설 인식의 재편」, 연세대 박사논문, 2009; 김종훈, 「한국 근대시의
'서정'–기원과 변용」, 고려대 박사논문, 2008; 문한별, 「한국 근대 소설 양식의
형성과정 연구–전통 문학 양식의 수용과 대립을 중심으로」, 고려대 박사논문,
2007; 장만호, 「한국 근대 산문시의 형성과정 연구–1910년대 텍스트를 중심으로」,
고려대 박사논문, 2007; 한상철, 「근대의 문화 담론과 근대시의 서정」, 충남대
박사논문, 2011.

67 이철호, 「한국 근대문학의 형성과 종교적 자아 담론–영, 생명, 신인 담론의 전개

근대문학의 생산 양식과 환경을 이루는 제도와 매체 연구는 신문관의 출판과 문화운동,[68] 『학지광』·『삼광』·『여자계』 등의 유학생 잡지,[69] 『여자계』·『신여자』·『신여성』·『신가정』 등의 여성 잡지,[70] 『조선공론』 등의 일본인 발행 잡지,[71] 『한성신보』·『대한일보』·『제국신문』·『경향신문』·『만세보』·『대한민보』·『매일신보』 등의 신문과 『조양보』·『장학보』·『여자계』·『신문계』·『반도시론』·『소년』·『청춘』을 대상으로 한 소설의 제도화 과정[72] 및 신매체와 서사 텍스트의 관계[73] 등을 대상으로 삼았다.

언어 내셔널리즘의 형성 및 역사적으로 변동하는 언어구성물로서의 글쓰기와 텍스트 연구는 시와 소설 등의 장르적 개념이나 기존의 문학 개념에 부합하는 텍스트뿐만이 아니라 근대적 글쓰기 양식에 주목하면서 더 포괄적인 언어 텍스트들을 포섭해 들였다. 언어의 역사적 변동에 주시하면서 특정한 문체의 선택과 배제라는 근대 한국의 식민지적 특수성에 따른 언어적 재배치를 분석하였음을 볼 수 있다.[74]

양상을 중심으로」, 동국대 박사논문, 2007; 조경덕, 「기독교 담론의 근대서사화 과정 연구」, 고려대 박사논문, 2011; 노춘기, 「근대문학 형성기의 시가와 정육론 연구」, 고려대 박사논문, 2011.

68 권두연, 「신문관의 '문화운동' 연구」, 연세대 박사논문, 2011.
69 서은경, 「1910년대 유학생 잡지와 근대소설의 전개과정-『학지광』·『여자계』·『삼광』을 중심으로」, 연세대 박사논문, 2011.
70 김경연, 「1920~30년대 여성잡지와 근대 여성문학의 형성」, 부산대 박사논문, 2010.
71 송미정, 「『조선공론』 소재 문학적 텍스트에 관한 연구-재조 일본인 및 조선인 작가의 일본어 소설을 중심으로」, 국민대 박사논문, 2009.
72 이유미, 「근대 단편소설의 전개 양상과 제도화 과정 연구-신문·잡지를 중심으로」, 연세대 박사논문, 2011.
73 최성민, 「서사 텍스트와 매체의 관계 연구-신매체의 등장과 서사 텍스트의 재매개 양상을 중심으로」, 서강대 박사논문, 2007.

민족문학을 상대화하며 외부와의 교섭과 상호작용에 주목하거나 탈식민주의, 젠더적 관점을 반영한 연구 분야에서는 기존 문학사에서는 잘 다루어지지 않았던 번역·번안 문학[75]이나 디아스포라 문학[76] 등을 대상으로 삼거나 '조선적'이라는 개념의 내포가 창출되는 과정을 탐구하였다.[77]

근대의 기원을 추적하고, 근대성을 비판적으로 탐색하면서 문학이 구성되는 과정을 진단하는 연구, 그리고 민족문학의 논리를 재구하는 작업들은 과거의 연구 경향에 비해 '근대'와 '민족'과 '문학'의 이념을 탈신비화한다는 점에서는 하나의 커다란 방향성 안에 존재하고 있는 것으로 보인다. 그러나 이와 같은 연구들의 내적 논리가 공통적으로 '탈근대', '탈민족', '탈문학'을 지향하고 있다고 말한다면, 이 다양한 연구들 사이에 존재하는 차이와 고민의 흔적들을 지나치게 단순화하는 것이 될 것이다. 외형적으로는 비슷한 방법론을 취하고 있는 연구

74 김지영, 「근대적 글쓰기의 제도화 과정과 변환 양상 연구」, 서강대 박사논문, 2009; 문성환, 「최남선의 글쓰기와 근대 기획 연구」, 인천대 박사논문, 2008; 이금선, 「일제말기 외국어로서의 중국어의 발견과 식민지 조선의 언어적 재배치」, 연세대 박사논문, 2011; 임상석, 「근대계몽기 잡지의 국한문체 연구」, 고려대 박사논문, 2007; 하재연, 「1930년대 조선문학 담론과 조선어 시의 지형」, 고려대 박사논문, 2008.
75 김성연, 「식민지 시기 번역 위인전기 연구」, 연세대 박사논문, 2011; 박진영, 「한국의 근대 번역 및 번안 소설사 연구」, 연세대 박사논문, 2010; 서여명, 「중국을 매개로 한 애국계몽서사 연구—1905~1910년의 번역작품을 중심으로」, 인하대 박사논문, 2010; 최태원, 「일재 조중환의 번안소설 연구」, 서울대 박사논문, 2010.
76 윤송아, 「재일조선인 문학의 주체 서사 연구—가족·신체·민족의 상관성을 중심으로」, 경희대 박사논문, 2011; 조은주, 「디아스포라 정체성과 탈식민주의적 계보학 연구—일제말기 만주 관련 시를 중심으로」, 서울대 박사논문, 2010.
77 권유성, 「1920년대 '조선적' 서정시의 창출 과정 연구」, 경북대 박사논문, 2011.

들도 결과론적으로는 매우 상이한 의식과 지향에 이르고 있는 경우 또한 적지 않다. 연구자의 의식과 지향을 연역적으로 단언하기보다는 방법론과 분석의 차원에서 이와 같은 흐름을 파악한다면 '탈장르적', '탈텍스트주의적' 경향이라 명명할 수 있을 것이다.

문학이라는 하나의 장르, 문학을 이루는 더 세부적인 장르의 기원과 개념과 형성과정을 추적하거나, 장르와 장르 사이를 교차하고 기존의 장르 개념에서 배제되어 왔던 대상과 텍스트를 포섭한다는 의미에서 그것은 고정화된 장르 개념에서 이탈하는 부정성인 '탈(脫)'이 되겠지만, 문학사의 시각으로 규정되어 온 장르 개념을 넘어서고자 하는 역동적 넘어섬, 즉 '초(超)'를 지향하는 움직임이기도 하다. 문학 연구가 근본적으로 언어로 구성된 텍스트를 벗어나 성립할 수 없다는 점, 문학의 내부가 아니라 외부의 대상들이 텍스트를 구성하는 하나의 힘이라는 점에 주목하여 비균질적인 텍스트들을 소환한다는 특징을 볼 때, 새로운 경향에 대한 '탈텍스트'라는 명명은 과한 것일지도 모른다. 그러나 한 개인인 작가가 산출한 완결된 하나의 '작품'으로서 언어 조직의 구성을 연구하는 태도가 낳을 수 있는 고답성(高踏性)에 비해, 그것을 형성한 역사적 근원과 동시대적 관계망 속에서 텍스트의 내부와 외부를 살펴본다는 점에서 2010년대 이후의 연구가 텍스트 '주의'적인 시각을 반성적으로 사고하게 된 것만은 사실이다.

여기에는 근대문학의 연구 성과가 축적되고 대학의 분과 학문 체제가 안정화되면서 형성된 문학 연구의 장에 대한 해체적 자기반성, 즉 "최대한 좁게 구획된 시·소설 중심의 문학관의 극복, 고전문학과 현대문학 사이에 놓인 장벽의 철폐, 엘리트주의적이며 자폐적인 '문학성' 개념에 대한 정정의 요청"과 "학제와 아카데미즘 속으로 함몰되려는 문학(연구)의 재—정치화"[78]에 대한 지향이 분명히 존재한다. 그러나 텍스트 분석은 언제나 콘텍스트에 대한 이해를 요구하며, 텍스트의 언어 구조를 연구한다는 것은 거기에 아로새겨진 사회적, 문화적, 역사적 경험과 텍스트 외부와의 작용 속에 드러나는 질서와 배치를 살펴야 함을 뜻한다. 근대문학사의 양적·질적 축적과 함께 근대문학 연구 담당층의 놀랄만한 증가를 이끌었던 선도적 연구들이 대개 문학이 딛고 선 역사적 지평에 대한 인식의 철저함에서 생산된 것임을 생각해 볼 때, 최근의 연구 경향은 '텍스트'와 '문학'을 향한 새로운 의미의 귀환이라고도 볼 수 있다.

3. 역사주의적 연구 방법론의 아이러니

그러나 이러한 전환을 마냥 상찬하고 추종할 수 있는가. 몇 가지 질문을 던져보자. 새로운 방법론적 전환이 그토록 빨리 정착되고 이론적 저항을 상대적으로 적게 받은 이유는 무엇일까? 일종의 지적 해방구로 기능하며 연구대상의 폭발적인 확장을 가져온 근대문학계가 한편으로는 이토록 '적막한' 이유는 또 무엇일까? 한국 근대문학사 100년의 역사 속에서 지난 시절의 연구사가 제기했던 중요한 문제들이 더 이상 다루어지지 않는 것은 연구의 발전인가 우회인가 망각인가? '근대(성)의 비판적 성찰'이란 출발점을 공유하는 많은 연구들에서 근대극복의 전망은 어떻게 생성되고 있는가?[79]

---

78 천정환, 앞의 글, 17면.
79 박헌호, 「'문학' '史' 없는 시대의 문학연구—우리 시대 한국 근대문학 연구에 대한 어떤 소회」, 앞의 책, 97면.

한국 근대문학을 연구하는 담당층은 놀랄 만큼 팽창한 것이 사실이다. 이는 또한 앞선 선도적인 연구가 촉발한 성과이기도 하다. 그러나 이 같은 양적 팽창에도 불구하고, 근대문학 연구자들이 계속해서 질문을 던져왔던 문제들에 대한 천착이 근본적인 활로를 찾았는가에 대해 회의하는 시각 역시 존재한다. 이 회의는 새로운 연구 시각이 갖는 역사적 전망과 현실 연관의 문제와도 관련된다.

1930년대 중후반 국민문학으로서의 조선문학을 상상했던 문학인들의 사고의 지평을 탐구하고 민족어, 민족문학, 국민문학 등과 창작의 관계를 설정하며 근대적 시형식을 찾아나갔던 작가들의 움직임을 살펴보기 위한 박사 논문을 쓰면서 내게 들었던 문제의식은 다음과 같은 것들이었다.[80] 식민지 문학과 식민주의·제국주의와의 관계, 안과 바깥의 관계를 정치하게 사고하는 작업들이 결과적으로는 피식민자의 식민주의에 의한 긴박과 침윤을 증명하는 동형(同形)의 결과를 도출해 내게 된다는 것은 문제적이지 않은가? 국민문학이나 민족문학에 대한 사고와 상상이 식민주의와 전체주의의 그림자를 간직하는 것임을 추적할 때, 때로는 당시의 상상들이 이끌어낸 창조의 에너지가 근대문학의 형식을 추동하는 역사적 장면들을 놓치고 다시 현재적 관점에서 그 시기를 재단하는 것이 아닌가? 그렇다면 이것은 민족문학사를 반성적으로 고찰하고 당시의 역사적 현재에 대면하고자 했던 연구가 봉착한 심각한 아이러니가 아닌가? 동시에 한편으로는 이런 생각이 들기도 했다. 근대 '네이션'이 그 시효를 다한 것이므로 최근 식민지 문학 연구의 내셔널리즘 공격이 우리의 현실에 별 의미를 던

---

80 하재연, 앞의 글.

지지 못한다는 비판[81]은 분단체제와 군대체제가 교육과 문화와 정치를 강하게 긴박하고 있는 한국의 특수성을 사상하는 것이 아닌가? 실제로 한국뿐만 아니라 세계 곳곳에서 내셔널리즘은 새로운 형태의 옷을 입고 일상과 내면을 규율하고 있지 않은가? 세계체제에 국가가 투항하고 근대 민족 문학의 종언이 선언된 현재에도, 전쟁과 분단이 파괴한 조화롭고 화해로운 가족과 민족 공동체를 꿈꾸는 영화의 서사와 민족영웅의 내러티브가 한국의 문화적 현상의 중심에 있는 것은 무슨 까닭인가?

이 두 가지 방향의 의문과 의문들 사이의 긴장을 쉽게 해소하지 않기 위해서는 애초의 문제의식을 끝까지 밀고 나가는 연구의 철저함이 필요하다. 최근 연구의 새로운 흐름에 합류해 왔으며 어떤 면에서는 답보적 재생산을 하고 있는 연구자들은 더욱 자기 내부로 질문을 돌려야 할 때다.

"근대의 자명성을 해체하려는 연구가 현재를 자명화하는 감각으로 과거를 재구성"[82]하게 되는 역설은, 풍속-문화론적 연구가 빠지기 쉬운 함정이기도 하지만 민족문학과 내셔널리즘 비판을 기반으로 하는 연구가 자기반영적으로 사고해 보아야 할 지점이다. 탈식민주의적 연구 경향이 내셔널리즘 비판으로 집중되고 역사 연구의 부흥을 이끌면서 젠더, 인종, 계급 등의 다양한 의제를 끌어안지 못하고 현실 개입에 뒤쳐지고 있다는 지적[83]이 의미하는 바는 무엇인가? 이와 함께 한

---

81 이에 대해서는 공임순, 앞의 글, 129~130면 참조.

82 차혜영, 앞의 글, 102면.

83 권명아, 「연대와 전유의 갈등적 역학-포스트 콜로니얼리즘, 탈민족주의, 젠더 이론의 관계를 중심으로」.

국 문학 연구가 식민지 시기 안에서 순환하고 반복되고 있다는 비판
과 이에 대한 무응답은, 새로운 연구의 흐름을 이끈 역사주의적 연구
방법론이 처음의 문제의식을 철저히 수행하지 못하고 있는 연구 상황
을 보여 준다. 식민지 시기를 현재의 시선으로 조망하면서 내셔널리
즘과 민족문학사가 구성되어 온 과정을 비판하는 것으로써 도덕적 우
월성을 자처했던 것은 아닌가 하는 뼈아픈 질문을 던져야 할 때다.

기원과 역사를 탐색하는 것은 그것이 현재를 구성하고 있기 때문
이다. 그러나 일부 연구 방법론들은 과거를 '잘' 비판하는 것이 곧 현
재에 대한 반성을 '더 잘' 수행하는 것으로 여기고 있거나, 식민지 시
기에서 현재에 이르는 '국문학사'의 연속성을 괄호 치고 있는 것으로
보인다. 협소한 의미의 텍스트 내부와 분과 학문의 폐쇄성을 넘어서
는 것을 지향한 그간의 연구에서, 이른바 '순수문학'과 '비정치'를 엄
호하며 가장 정치적인 방식으로 독점적인 영역을 구축하고 강단과 학
풍을 주도한 20세기 국문학사에 대한 반성은 어떻게 이루어져 왔는
가? 작가와 문단의 형성, 그리고 문학작품의 생산과 향유의 방식을
추적하는 연구가 한국 문학사에 개입된 기이한 정치, 사회적 권력구
조를 이해하거나 비판하는 데 근본적으로 유효한 역할을 수행하였는
가? 이에 대한 답은 회의적이다. 그 이유는 역사주의적 방법에 입각
한 새로운 연구들이 내셔널리즘과 민족문학사 비판을 수행함으로써
'상상된 우리'의 근원과 기원을 탐색하는 데는 유효했지만, '상상된
공동체'와 같은 보편적 개념들에 지나치게 경사됨으로써 이데올로기
대립과 6·25 이후의 정치상황들과 긴밀하게 결탁했던 한국문학과 한
국문단 그리고 국문학 강단의 내부와 그 현재를 추적하는 데는 유효
하지 못했거나 철저하지 못했기 때문이다.

이와 같은 불철저함은 한국문학사의 특수성이 식민지학이라는 보편사의 관점에서 설명될 수는 있으나 보편사적 관점의 적용 이후에도 남는 문제들에 대해 심각하게 천착하지 않은 데서 온 것일지 모른다. 일본의 식민지학과 언어 내셔널리즘 연구의 문제의식이 한국의 식민지적 상황과 깊이 조응하는 것은 사실이다. 그러나 이러한 문제의식이 한국문학사의 역사적 현재를 더욱 유효하게 설명해낼 수 있으려면 한국문학사와 한국문학연구 방법론을 구성해 온 힘들에 대한 더욱 실증적인 연구가 뒷받침되어야 한다. 그런데 일부 풍속-문화론적 연구 경향들은 이 힘을 소비자적, 소비재적 측면으로 치환함으로써 문단이나 제도의 정치적 측면을 사상해 버리기도 한다. 또한 내셔널리즘 비판은 한국문학사와 문단을 재편하고 재생산해 온 더 실제적인 권위들에 관해서는 침묵함으로써 식민지 시기와 현재를 잇는 역사적 전망을 상실하기도 한다. 내셔널리즘과 세계체제 사이에서 진동하고 있는 한국의 상황은 여전히 문제적이지만, 내셔널리즘과 세계체제에 관한 설명으로도 해소되지 않는 한국문학사의 특수한 상황은 더욱 문제적인 것이다.

4. 실증적 연구 방법에 대한 재인식의 필요

문학에 있어서만은 조선어를 사용하는 것이 가능했던 1942년까지는 조선의 근대문학이 독자적 국민국가의 문학으로 존립할 수 있었다는 인식[84]은 20세기 이후의 한국문학 연구에 큰 영향을 드리운 입장이라고 할 수 있다. 그러나 검열 연구와 제도·매체 연구 등이 밝히고

44   I _ 문학 연구의 새로운 지평들

있듯 이와 같은 인식은 문학의 사회 정치적 연관을 고립된 것으로 치
환하며 결과적으로, 식민지 문학의 실체를 드러내기보다는 은폐한다.
문학을 둘러싼 물적 조건과 그 조건과 길항하면서 생겨난 제도와 생
산물들을 실증하기보다는 주관적이고 자의적인 해석이 마치 문학의
근본 영역인 것처럼 수호되어 온 것은 한국근대문학 연구의 특수한
상황이다. 총독부의 교육 편제나 교과서 등에 대한 연구나 식민지 교
육과정이 이후의 교육과정이나 문학사와 문단을 구성하는 데 어떤 역
할을 해왔는가에 대한 실증적 연구 또한 더욱 엄밀하게 진행되어야
한다.

식민지 시대의 텍스트와 문헌 그리고 해방 이후로 이어지는 매체와
생산과 제도적 문제들에 대한 실증적 연구가 부족한 현재의 상황은,
지금까지 이루어졌던 한국문학연구 방법론과 학습과정, 문단과 학풍
의 계보에 대한 더 근본적인 반성이 이루어져야 함을 뜻한다. 이를
위해서는 식민지 시기를 고립된 것으로 파악하지 않고 연속적으로 파
악하는 시각과 함께 지금 우리의 현재를 구성하는 한국문학 연구의
금기들과 이념적 우회로들을 탐사해 나가야 한다. 1990년대 중반 이
후로부터 본격화된 근대성 연구의 도정이 "'국어국문학'이라는 제도
의 중요한 이념적 버팀목들을 그 근저에서 흔들어놓은 것에 다름 아
니"므로 다른 인문학 분야의 그것보다 훨씬 발본적이었음은[85] 사실이

---

84 김윤식은 다음과 같이 말한다. "말을 바꾸면 1942년 10월까지 적어도 문학에서만
은 한국은 완전한 독립국이며 결코 식민지 상태는 아니었다. 이처럼 명백한 사실은
달리 없다." 김윤식, 『일제 말기 한국 작가의 일본어 글쓰기론』, 서울대학교 출판
부, 2003, 157면.
85 이혜령, 「언어=네이션, 그 제유법의 긴박과 성찰 사이-한국문학 근대성 연구의

나, 이 도정은 국어국문학 제도를 재생산해 온 생산 주체들과 그에서 파생한 문단과 강단과 국어국문학 연구방법론의 복잡하게 얽힌 현재에까지 이르러야 한다. 식민지 이후의 식민성 또는 현재에까지 이르는 식민성에 연관시키지 않는다면 식민지 근대문학 연구는 얼마간 고립 상태에 머무를 수밖에 없다.

또한 김영민, 한기형, 이혜령 등의 작업들과 논의가 시사하고 있듯, 식민지 체제와 권력과 관계를 맺는 매체와 제도, 식민지 자본주의 메커니즘이 구성한 언어환경이라는 근대문학의 물적 토대에 대한 실증적 데이터의 축적과 연구는 아직 부족하다. 텍스트에 나타난 기호나 표상 연구, 그동안 다루어지지 않았던 매체에 실린 텍스트의 성격을 구명하는 것만으로는 근대문학의 역사적 실체를 복합적으로 파악하기 어렵다. 텍스트주의에 대한 반성을 제기한 풍속사적 연구들이 다른 텍스트인 광고나 대중 장르 등에 재현된 표상에 집중함으로써, 텍스트를 이루는 외부적 힘들의 실체를 가린다는 점에서는 새로운 텍스트주의를 낳게 되는 것은 아닌지 진지한 성찰을 해보아야 한다. 식민지 시기의 '연애', '여학생', '풍속' 등의 담론을 연구했으므로, 해방 전후나 50년대 또는 60년대의 시기로 무대를 옮겨 본다는 시각은 연구의 확장과 축적을 가능하게 하는 것이 아니라 반복적으로 자료를 '소비'하는 결과를 낳을 가능성도 있다.

특히 시 분야 연구들이 여전히 텍스트의 '문학적', '심미적' 효과에 주목하고 있는 상황에 대해서는 반성적 고찰이 이루어져야 한다. 이러한 경향은 '의사소통적', '재현적' 언어와는 특질을 달리하는 시 텍

한 귀결에 대하여」, 244면.

스트 언어의 특수성 자체에 기인한 점도 있다. 그러나 언어의 특수성에 대한 인식이 자기 반복적 재생산에 대한 방패막이 되어서는 안 될 것이다. 지금 이루어지고 있는 시 연구가, 대상의 구획과 분화를 통해 시 분야 연구의 필요성과 독자성을 증명하려는 체계 보존 의식에 기인한 것은 아닌지 스스로 되묻는 것 이후에야 시 언어의 독자성과 자율성을 논하는 작업은 정당성을 얻을 수 있다.

시 텍스트를 다른 텍스트들과 상호적으로 교차시키고 역사적으로 읽어내는 독법을 찾는 것은 최근 연구의 새로운 흐름을 담당하는 연구자들이 해야 할 작업이기도 하다. 한 예로 이중어 소설과 국민문학 연구 분야에서 작업이 진척되었듯, '친일시', '국민시'로 시문학사에서 배제되어 왔던 텍스트들과 신체제 이후 시기의 일본어 창작물들을 검토하고 역사적 의미를 평가하는 작업도 더욱 다양하게 확충되어야 할 것이다. 또한 소설 개념과 장르의 역사적 개념과 형성과정에 대한 연구에서 볼 수 있는 문제의식은 시 분야에서의 인식과 형식의 기원과 개념의 변천사 연구에서도 필요하다. 이러한 연구들이 진척될 때 1930년대 작가론에 집중되어 있는 식민지 시기 시 연구의 불균형이 해소될 수 있다.

나는 이상(李箱) 시의 한자 사용에 대해 논하면서, 이상이 한자와 한문구가 중심이 되는 문장을 순한글 중심의 조선어 문장의 대리적 개념으로 (재)배치하고 있음을 분석한 바 있다.[86] 이와 같은 이상의 한자 중심 문체는 과거의 '한자', '한문체'와는 구별되며, 당시 순한글

---

[86] 하재연, 「이상(李箱)의 시쓰기와 '조선어'라는 사상-이상 시의 한자 사용에 관하여」, 『한국시학연구』 26, 한국시학회, 2009.

사용을 근대문학의 자질로 여기던 동시대 작가들의 이념과도 거리를 둔 것이었다. '국민문학'·'민족문학'의 근본 조건이자 이데아를 실현하는 '내용-형식'의 결합물로 '조선어'를 사고한 많은 작가들과는 대조적으로 이상 시에서 조선어의 '이념'과 '사상'으로서의 위치는 축소되고 '기능' 내지 '도구'로서의 역할은 확대된다. 이러한 이상의 '조선어' 인식은 당시 문학가들의 '조선어'에 대한 개념과 상상과는 거리를 둔 것임을 논하고, 근대시의 형식이 안정화되어 가고 있다고 여겨지던 1930년대에도 조선어 문체의 실험과 이동은 역동적인 과정 중에 있었음을 보여주고자 하였다. 그러나 이러한 논의가 더 정치해지기 위해서는 이상이라는 한 작가의 텍스트뿐만이 아니라 동시대 다른 작가들의 한글-한문-한자에 대한 인식, 구어(舊語)와 신어(新語) 또는 외래어의 사용 빈도, 어휘와 문체의 이동 등이 더 복합적으로 구명되어야 한다. 수리적 통계나 단순 비교의 차원이 아니라 역사적 차원에서의 한국어 문체와 조선어 문장의 이동과 이를 둘러싼 작가들의 의식, 그리고 그것이 실제 언어생활과 맺는 관계 등에 대한 통찰이 필요한 것이다. 이처럼 연구의 자기반복과 정체를 벗어나기 위해서는 텍스트를 둘러싸고 있는 역사적 조건과 물적 토대에 대한 분석, 텍스트와 텍스트들이 복합적으로 이루고 있는 상호적 관계에 대한 더 거시적인 시각이 요구된다.

5. 개입과 실천, 남는 문제들

그러나 지금까지 살펴본 근대문학 연구의 전환이, 새로운 연구 시각을 위해서는 문학 담당층과 생산물의 내용을 넘어 이를 둘러싼 매체와 제도를 살펴야 한다는 사실을 보여주었듯, 연구의 한계가 다만 연구자들의 자기 인식과 연구 내용의 불철저함에서 온 것만은 아닐 것이다. 분과 간, 장르 간, 연구시기 간, 학회와 매체 간, 비평과 연구 간의 소통 부재는 지금의 교육제도, 대학의 교과과정, 연구재단 지원 시스템의 고착화와 같은 제도적 대상에 대한 고찰이 없이는 논할 수 없는 문제다. 학문의 계량적 평가와 자본주의 제도의 대학 서열화에 따라 연구자들이 논문 생산 기계화되고 있는 문제에 대해서는 모두가 인지하고 있고 비판도 이루어지고 있지만, 개입과 실천의 방향에 대해서는 논의가 충분치 못하다.[87] 예전과는 비교할 수 없게 늘어난 한국 문학 연구자들은 경쟁 체제 속에서 등재지 논문을 많이, 점점 더 많이 써내야 하고 따라서 학회와 매체는 폭발적으로 증가하였으며, 증가한 학회지와 학회를 재생산해내기 위해 연구자들은 출신학교와 학회와 학회지에 따라 분할되는 악순환이 반복된다. 중요한 연구 성과를 발표하는 주요 매체에 대한 참조가 이루어지고는 있으나 예전 같지는 않으며, 비평과 연구의 매체 분할도 점점 골이 깊어지고 있다.

소통의 문제는 연구주체의 인식과 연구대상의 문제보다 오히려 이와 같은 제도와 시스템의 메커니즘에 기인한 바가 더 크다고도 할 수 있다. 장기적인 시간과 노력을 필요로 하는 인문서의 번역이나 저술을 기획하고 청탁하고자 해도 눈앞에 있는 학회 발표와, 논문 마감 때문에 그것을 거절할 수밖에 없는 현실 속에서 역량 있는 인문학의

---

87 이에 대한 검토로 천정환, 「신자유주의 대학체제의 평가제도와 글쓰기」, 『역사비평』 92, 역사비평사, 2010년 가을을 주목할 수 있다.

발전을 기대하기는 어렵다.[88] "연구자들이 '학진 시스템' 때문에 학회를 만들고 유지하는 데 들이는 노력의 10%만 대학 민주주의와 '학진 시스템'의 개선에 쓴다면 상황은 크게 달라질 것"[89]이라는 언급은 과장이 아니다. 이에 대해서는 더 많은 생각이 필요하고 짧은 지면에서 대안을 논하기 어려운 일이지만, 폭발적으로 증가된 학술지와 비평 매체의 재조정이 당장 어려운 것이라면, 공동의 네트워크를 만들고 연구재단의 정책에 개입하며 학회별 협의 체제를 구성하는 연구 주체의 노력은 대학사회의 안과 밖에서 이루어져야 할 일이다.

문제는 다시 문학 연구의 현실 개입과 실천의 영역으로 돌아온다. 역사를 재구하고 과거의 텍스트가 생산된 배경과 텍스트의 의미를 탐구하는 것은 현재를 닫힌 것으로 보지 않고 그럼으로써 다른 미래를 상상하기 위해서다. 연구자가 연구 환경과 소통의 문제에 실천적으로 개입하는 일과 텍스트에 새겨진 주체의 가능성을 탐구하는 일은 동시적으로 진행되어야 하지만 별도의 작업이기도 하다. 한국 문학 연구사에서 실증주의적 태도를 경계하는 심리의 이면에는 학문과 현실과의 연관을 조급하게 사고하는 경향이 있다고 생각한다. 그것은 우리의 연구 대상인 과거 식민지 지식인의 근대에 대한 조급증과도 조금은 닮아 있다.

현재 한국 문단의 문학 경향과 창작에 대한 진단과 반성론들은 작가가 생산해 낸 텍스트의 언어의 특성, 내용, 화법, 장르와 같은 부분

---

88 이에 대해서는 주일우, 「인문학의 유용과 무용―실용적으로 무용한 것이 살아남는 방법」, 『문학과사회』 96, 문학과지성사, 2011년 겨울 참조.
89 천정환, 앞의 글, 206면.

에 주목하는 경우가 많다. 생산자의 반성과 의식의 변화를 촉구하는 그러한 비판들이 과연 어느 만큼의 반향을 얻고 있는가? 소통과 대안을 모색하기 위해서는 새로운 문학 연구의 흐름에서 우리가 통찰을 얻었듯이, 내용과 양식적 특성뿐만이 아니라 의사소통 양식과 생산자-소비자 관계의 변화 과정 그리고 매체나 제도와 같은 문학 생산 양식과 현실의 구조에 대한 진단과 분석이 필요할 것이다. "미적 자율성을 외치고 내면에 탐닉하고 일탈을 즐긴 결과는 문학의 주변부화였다"[90]는 평가는 극단적인 것처럼 보이지만 문학이 처한 상황을 비판적으로 진단하는 비평에서 여전히 존재하는 경향이다. 이와 같은 진단은 변화하는 역사적 존재로서의 문학과 그것을 둘러싼 복합적인 물적 관계에 대한 고려를 사상하고 문학과 외부와의 소통, 생산자와 수용자와의 소통이라는 애초의 문제의식을 역설적이게도 문학 생산자의 영역으로 축소시킨다. 내면을 탐구하는 작업이 현실을 변화시키는 운동성을 지니지 못했으므로 다시 작가들이 내면의 바깥인 사회와 현실과의 연관을 탐구해야 한다는 논리는 내면과 외부, 개인과 사회에 대한 기이한 이분법을 만들어낸다. 내면이냐 외부냐, 개인이냐 사회냐가 문제가 아니라 어떤 내면과 어떤 개인을 그려낼 것인가에 대한 창작자의 의식, 그리고 그 작업의 의미가 어떤 방식으로 사회에 되돌려지고 있는가를 평가하는 비평가의 개입이 문학과 현실과의 연관을 만들어낸다.

그런 차원에서 이혜령의 「언어=네이션, 그 제유법의 긴박과 성찰

---

90 하정일, 「복수(複數)의 근대와 민족문학」, 『민족문학사연구』 17, 민족문학사학회, 2000, 91면.

사이—한국문학 근대성 연구의 한 귀결에 대하여」는 연구하는 자로 서, 창작하는 자로서 식민지 문학을 바라보는 내게 여러 가지 의미를 던져 주었다.

> 그러나 쓰는 자에게 혼종성은 비평적 상징이지만, 쓰여지는 자에게 혼 종성은 정말 간절히 벗어나기를 원하는 비천하고 열등한 삶의 물질적 육체 적 각인일 뿐이다. 쓰는 자, 쓸 수 있는 자의 손은 적어도 그 폭력과 광기에 서 놓여난, 아니면 얼마 동안만이라도 유예된 손이 아니겠는가. 동일자의 폭력을 증언하면서 타자들의 표상을 발견하고자 했던 근대비판이 그 폭력 의 표상으로서의 혼종성을 재현하는 데서 멈춰버린 이유 중 하나는 쓰는 자와 쓰여지는 자의 비대칭성을 충분히 자각하지 않았기 때문이다.[91]

식민지 문학의 언어 상황과 텍스트에 새겨진 혼종성을 들여다보는 일은 지금 현재, 이곳을 바라보는 시선과도 연관되어야 한다. 텍스트 를 쓰는 자, 텍스트를 들여다보는 자로서 우리는 이 비대칭성에 대해 얼마나 철저히 자각하고 있는가? 폭력과 광기의 유예라는 쓰기의 형 식은 정말로 '유예' 그 자체를 실현시키고 있는가? 폭력과 광기의 유예 가 발생하는 지점은 어디쯤인가? 쓰는 자로서, 그리고 쓰여진 텍스트 를 읽음으로써 다시 한 번 쓰는 자로서, 그치지 않는 질문을 던진다.

---

91 이혜령, 「언어=네이션, 그 제유법의 긴박과 성찰 사이—한국문학 근대성 연구의 한 귀결에 대하여」, 270~271면.

2부

언어, 문체, 시의 실천

시 번역 논쟁과
양주동(梁柱東)의 언어 인식

1. 시 번역의 딜레마

1930년대 중반에 당시로서는 드물게 긴 분량의 번역에 관한 담론을 『조선중앙일보』에 연재했던 김진섭은 그보다 앞서 번역 특히 시 번역의 아포리아에 대하여 다음과 같이 말한 바 있다.[1]

① 완전한 역시(譯詩)란 것은 없다. 역시라는 것은 그것에 충실하면 미(美)를 잃고 아름다우면 충실하지 아니하는 것이다. 그것은 일개(一個)의 딜레마를 항상 수반한다. 여기 두 종류의 번역 태도가 생기니 직역과 의역이 그 형태다. 일단일장(一短一長) 그것을 취함은 전연히 개인의 문제다.[2]

---

1 김진섭의 글은 「번역과 문화」라는 제목으로 『조선중앙일보』에 1935년 4월 17일에서 1935년 5월 5일까지 14회에 걸쳐 연재되었다.

2 김진섭, 「기괴한 비평현상─양주동씨에게(1)」, 『동아일보』, 1927.3.22. 현대어 표

외국문학을 자국어로 번역하는 과정에서 생겨나는 딜레마, 특히
시에 있어서는 거의 본질적인 한계로 느껴질 수 있는 번역의 고충에
대한 토로다. 이 인용문에서 "충실하다"는 것은 '원시(原詩) 또는 원어
의 의미에 충실하다'는 뜻으로 읽어도 좋을 것이다. "미" 또는 "아름다
움"의 앞에 생략된 것을 추측해 읽어보자면 '자국어' 즉 '조선어의 아
름다움'이 된다. 그렇다면 번역된 언어로서 나타나는 조선어의 미, 즉
아름다움이란 어떤 것일까? 무리 없는 호흡과 운율, 동시대의 감각을
담은 문장, 전체적으로 균형을 잃지 않는 자연스러운 호응 등과 같은
요소를 떠올릴 수 있다. 그러므로 김진섭이 분류하고 있는 두 종류의
번역 태도란 극단적으로 도식화하자면, '직역=원어의 의미에 충실함
=조선어의 아름다움을 해침'/'의역=조선어의 아름다움을 우선시함=
원어의 의미에 충실하지 못함'과 같은 대립상을 지니게 된다. 의미에
충실하면서도 자국어의 아름다움을 살리는 번역은 이상에 가깝고 그
것이 근본적으로 어려울 바에야, 어느 것을 장점으로 취하고 어느 것
을 단점으로 받아들일지 그 중 하나를 선택하는 것은 개인의 몫이라
는 논리다.

김진섭의 위의 글은 제목에서 알 수 있듯 양주동의 『해외문학』 평
에 대한 반박의 취지에서 쓰였다.[3] 양주동의 글이 『해외문학』 역자들
의 노고를 치하하면서, 번역가의 입장에서 할 수 있을 만한 정당한
수준의 문제 제기였음에도 이하윤, 김진섭 등 이른바 해외문학파 동

기법에 맞게 맞춤법과 띄어쓰기를 일부 수정하였다(이하 동일).

3 같은 해 2월 말에서 3월에 쓰인 양주동의 「문예비평가의 태도 기타」(『동아일보』,
  1927.2.28~1927.3.4)에서 '『해외문학』을 읽고'라는 부제가 붙은 부분인 3.2~3.4
  일자 게재분의 글을 읽고 난 후 반론을 제시하기 위해 쓰인 것이다.

인들의 격렬한 반발을 불러일으킨 것은 당시 해외문학파를 둘러싼 문
단의 태도나 헤게모니 투쟁과 관련되어 있다.[4] 그런데 시 번역과 관련
하여 김진섭이 굳이 원론적인 번역의 딜레마를 들고 나와, 직역과 의
역은 개인의 선택이라고 힘주어 말하고 있는 것은 양주동이 『해외문
학』 창간호 번역시들의 난삽함과 비어를 지적하면서, "원작에 충실하
였음에도 불구하고 역시로서 독자에게 주는 감명이 거의 없"[5]다고 강
하게 『해외문학』의 시 번역을 평가절하했기 때문이다.

그렇다면 양주동은 김진섭의 도식에 따르자면, '①직역=원어의 의
미에 충실함=조선어의 아름다움을 해침'/'②의역=조선어의 아름다
움을 우선시함=원어의 의미에 충실하지 못함'이라는 두 가지 항 중에
서 전자(①)보다는 후자(②)의 태도를 취한 번역가였을까?

다음은 위의 김진섭의 견해보다 먼저 제기되었던 양주동의 역시론
(譯詩論)이다.

② 원래 시라는 것이 그 본질로 보든지 그 형식으로 보든지, 어떤 말로
쓰인 것을 다른 말로 옮길 수 없는 것은, 지금 역시에 붓을 댄 나의 늘
주장하는 바임을 먼저 말하고 싶습니다. 물론 소설이나 희곡 같은 것도
완전히 역한다는 말은 거짓말이지만, 더구나 '말'과 '소리'의 융합한 것-
리듬이라 할는지, 내재율이라 할는지-을 근본의(根本義)로 삼는 시에 이

---

4 해외문학파를 둘러싼 헤게모니 투쟁과 번역 논쟁에 관해서는 다음의 논의를 참고
할 수 있다. 김병철, 『한국근대번역문학사연구』, 을유문화사, 1975, 755~766면;
김윤식, 『근대문예비평사연구』, 일지사, 1976, 134~163면; 김영민, 『한국근대문
학비평사』, 소명출판, 1999, 429~451면; 서은주, 「번역과 문학 장의 내셔널리티-
해외문학파를 중심으로」, 『현대문학의 연구』 24, 한국문학연구학회, 2004.
5 양주동, 「문예비평가의 태도 기타(5)」, 『동아일보』, 1927.3.4.

르러는, 그것이 절대로 불가능이라 하여도 과언이 아니겠습니다. 그러니
까 이 역시를 시험하는 것은, 실로 나의 주장과는 모순된 일이라고 하겠습
니다. … (중략) … 따라서 역은 극히 충실하게 축자역으로 되었습니다. 충
실한 직역이 되지 않은 의역보다는 낫다는 역자의 미의(微意)를 양해하기
를 바랍니다.[6]

  양주동은 위의 글에서, 시라는 형식은 '말'과 '소리'가 융합했으므
로 거의 번역이 불가능하다고 말하고 있다. 그것은 의미만 전달하는
산문과 시의 형식이 다르기 때문이다. 이와 같은 언급은 김진섭이 지
적한 시 번역의 딜레마와 거의 정확하게 겹쳐진다. 양주동에게도 또
한 시 번역이란 '모순', 즉 그 아포리아를 해결하지 못함을 알면서도
짊어지고 가는 것이었고 그런 의미에서 자신은 "충실한 직역" 쪽을
선택하고 있다는 것이다.

  김진섭과 양주동은 동일한 입장에 서 있는 것처럼 보이며, 실제
시 번역에 있어서도 충실한 축자역 쪽을 선택한 양주동의 논리는 김
진섭의 논리와 다를 바가 없다. 그런데 자신의 번역시에 붙인 위의
글에서 "되지 않은 의역"보다 "충실한 직역"에 손을 들어준 양주동은,
왜 『해외문학』의 번역시를 비평할 때는 "자유로운 의역을 시험"[7]하기
를 바랐던 것일까? 근본적 입장의 동일함에도 불구하고 그가 해외문
학파에게 "우리는 직역을 하는 데서만 원작의 모든 뜻이 충분히 나타
날 수 있다고 보"[8]고 있다거나 "씨는 의역을 대단히 강조하는 모양이

---

6 양주동, 「근대불란서시초」, 『금성』 1호, 1923.11, 15면.
7 양주동, 「문예비평가의 태도 기타(5)」, 『동아일보』, 1927.3.4.
8 이하윤, 「『해외문학』 독자, 양주동씨에게(2)」, 『동아일보』, 1927.3.20.

나 그런 것은 전혀 씨가 우리에게 말할 문제가 아니"[9]라는 반박을 받은 것은 어째서일까? 여기에는 물론 번역 텍스트의 실제 비평에서 일어나는 의미와 디테일에 관한 견해차가 존재한다.

그러나 더 근본적으로 '직역/의역'을 취하는 입장과 번역에 관한 태도를 두고 이와 같은 논전이 벌어지게 된 것은, 번역의 장에서 벌어진 헤게모니 싸움임과 동시에 당시의 조선어와 조선문학을 둘러싼 미묘한 입장 차이를 반영하는 것이기도 했다. 특히 번역의 어려움을 가장 구체적으로 현시했던 시 번역과 관련된 논쟁 속에서, 언어적 환경인 조선어에 관한 인식과 번역된 조선어 문장 또는 조선어 문체에 관한 생각들이 돌출되고 있음을 주목해 볼 필요가 있다.

이 글에서는 1920년대 중후반부터 벌어졌던 번역 담론, 특히 시에 관한 논의들을 중심으로 조선어 문체에 관한 번역가들의 생각과 입장차를 살펴볼 것이며 김억이나 해외문학파에 비해 상대적으로 덜 조명되었던 양주동의 글들을 중심으로 논하고자 한다. 당시 제기되곤 했던 실제 번역 논쟁에 주요한 초점을 제공하였으며 시창작과 지속적인 번역 작업을 병행했던 양주동이 지녔던 언어와 번역에 관한 생각을 조명함으로써, 그동안 번역가로서 그다지 주목받지 못했던 양주동의 입장과 번역된 조선어 문체에 대한 관점이 문학사적으로 지니는 의미를 평가하고자 한다.

---

9 김진섭, 앞의 글.

2. 번역 논쟁의 의미 – '의역/직역'론을 넘어서

김병철은 『금성』을 중심으로 벌어진 양주동과 김억의 번역 논쟁에 관해, "안서는 '번역 즉 창작'이라는 의역 위주의 수용태도를 견지하였고, 무애는 직역 위주의 수용태도를 견지하였다"[10]면서 누가 옳고 그르냐를 떠나 이러한 논쟁이 번역문학사의 중요한 사건으로서 의의를 지닌다고 평가하였다. 이어 양주동과 해외문학파의 번역 논쟁을 정리하며, 양주동은 원칙적으로는 직역론자이지만 "직역 위주의 직역 · 의역 절충론자"이며 이하윤은 "경우에 따라서는 의역도 할 줄 아는 절충론자"라 거리가 거의 눈에 띄지 않지만, 김진섭은 "의역론 · 직역론 자체마저 부정하고 만" 경우라고 평가하였다.[11] 이와 같은 평가는 김억, 양주동, 이하윤, 김진섭 등의 논의를 따라가며 그들의 입장을 충실하게 정리하여 보여줌으로써 번역논쟁을 다룬 이후의 연구들에 길잡이가 되었다.

그러나 이러한 평가에는 몇 가지 의문들에 대한 해답이 필요할 것으로 보인다. 김억과의 논쟁 당시 주장하던 '직역론'에서 이후 '직역 위주의 직역 · 의역'을 내세우는 양주동의 입장을 다만 '절충론'으로 평가할 것인가? 이와 같은 이동을 관점의 변화로 보아야 하는 것은 아닌가? (변화 또는 이동일 수도 있고 아닐 수도 있다면) 이러한 논쟁의 동기를 설명할 수 있는 유효한 관점은 무엇인가? 경우에 따른 의역을 주장하고 있는 양주동과 이하윤의 입장을 그 거리가 가까운 것으로 볼 수

---

10 김병철, 앞의 책, 517면.
11 위의 책, 520~522면.

있는가? 김진섭의 '부정'이 갖는 의미는 단지 '의역론·직역론' 자체에 관한 것일까?

이후의 연구들에서는 번역론과 논쟁의 의미에 관한 평가들이 더 다양한 각도에서 제출되어 왔다.[12] 그럼에도 번역론을 둘러싼 문학가들의 입장의 차이, 즉 그들이 논쟁을 펼치며 벌이는 주장을 하게 된 동기와 각자의 고유한 관점에 대한 설명이 충분했다고 보기는 어려울

12 앞서 인용한 논저 외에 다음 연구들을 참고하였다. 김병철, 「서양문학수용태도에 관한 이론적 전개-1920년대의 번역문학논쟁을 중심하여」, 『인문과학』 3, 4권, 성균관대 인문과학연구소, 1973; 오영진, 「근대번역시의 중역 시비에 대한 고찰-김억의 번역시를 중심으로」, 『일어일문학연구』 1, 한국일어일문학회, 1979; 김용직, 「해외문학파의 외국문학 수용양상-한국근대문학과 일본문학의 상관관계 조사고찰」, 『관악어문연구』 8, 서울대 국어국문학과, 1983; 김효중, 「한국의 문학번역이론」, 『비교문학』 15, 한국비교문학회, 1990; 김효중, 「『해외문학』에 관한 비판적 고찰」, 『한민족어문학』 36, 한민족어문학회, 2000; 조영식, 「연포 이하윤의 번역시 고찰-『실향의 화원』을 중심으로」, 『인문학연구』 4, 경희대 인문학연구원, 2000; 고명철, 「해외문학파와 근대성, 그 몇 가지 문제-이헌구의 「해외문학과 조선에 있어서의 해외문학파의 임무와 장래」를 중심으로」, 『한민족문화연구』 10, 한민족문화학회, 2002; 이건상, 「일본의 근대화에 영향을 끼친 번역문화-그 형성 과정과 의의를 중심으로」, 『일본학보』 58, 한국일본학회, 2004; 허윤회, 「정지용과 번역」, 『민족문학사연구』 28, 민족문학사학회, 2005; 구인모, 「베를렌느, 김억, 그리고 가와지 류코(川路柳虹)-김억의 베를렌느 시 원전 비교연구」, 『비교문학』 41권, 한국비교문학회, 2007; 조재룡, 「프랑스와 한국의 번역이론 비교 연구-문학텍스트의 특수성을 중심으로」, 『인문과학』 39, 성균관대 인문과학연구소, 2007; 이근희, 「번역과 한국 및 일본의 근대화(번역제반 양상의 비교)」, 『번역학연구』 8권 2호, 한국번역학회, 2007; 이혜령, 「동아일보와 외국문학-해외문학파와 미디어」, 한국문학연구 34, 동국대학교 한국문학연구소, 2008; 박옥수, 「1920년대, 1930년대 국내 번역 담론과 번역학 이론과의 연계성 고찰」, 『동서비교문학저널』 20, 한국동서비교문학학회, 2009년 봄·여름; 김욱동, 「외국문학연구회와 양주동의 번역 논쟁」, 『외국문학연구』 40호, 한국외국어대학교 외국문학연구소, 2010; 김연수, 「조선의 번역운동과 괴테의 세계문학 개념 수용에 대한 고찰 -해외문학파를 중심으로」, 『괴테연구』 24, 한국괴테학회, 2011; 조재룡, 「정인섭과 번역의 활동성-번역, 세계문학의 유일한 길」, 『민족문화연구』 57, 고려대민족문화연구원, 2012.

것 같다. 특히 김억 개인에 대한 연구나, 해외문학파의 의미에 대한
연구 성과는 상당히 제출되어 온 편이지만, 이들의 논쟁이 보여주는
번역 관점의 차이를 도출하는 해석 그리고 거기에서 중요한 역할을
했던 양주동의 관점이 지니는 의미에 대한 평가는 미흡했던 것이 사
실이다.

김영민은『해외문학』의 발간과 함께 이루어진 양주동의 해외문학
파에 대한 지적과 요구가 정당했음을 지적하며, 이 논쟁은 해외문학
파들이 수용하는 문학이론이나 그 입장과 연관된 것이 아니라, 번역
의 수준과 관계되는 원초적이고 낮은 수준의 것이며 좀 더 긍정적인
방향으로 전개되기 위해서는 문체론 등으로 깊이 들어갈 수도 있었으
나 더 이상 논의가 연결되지 않았다고 평가하였다.[13] 그는 1920년대
후반의 한글 구어체 문장과 관련하여 양주동의 번역 문체에 대한 지
적이 온당하였음을 평가하고 있다. 김영민의 지적처럼 문체론에 대한
논쟁이 조금 더 깊이 있게 지속되지 못한 점은 있었지만, 양주동이
김억과 그리고 이후에 해외문학파와 벌였던 논쟁을 통해 드러나는 번
역가의 역할과 조선어 문체를 인식하는 서로 다른 좌표에 대해서는
주의 깊은 해석이 필요하다. 특히 시 번역의 딜레마를 둘러싸고 그들
이 조선어와 조선문학의 현실에 대한 고민을 더 구체화시켰으며, 이
를 통해 조선의 근대문학과 세계문학의 접점을 각자 다른 방식으로
상상했음을 파악할 수 있기 때문이다.

---

13 김영민, 앞의 책, 432~434면.

3. 김억의 창작적 번역론과 양주동의 독자 중심 번역관

　양주동과 해외문학파의 번역 논쟁을 볼 때 흥미로운 지점은, 비슷한 양상의 논쟁이『금성』의 번역 텍스트를 대상으로 이미 이루어졌다는 사실이다. 주지하다시피 논쟁은『금성』을 주도적으로 발간한 양주동과, 김억 사이에 벌어졌다. 양주동이『해외문학』의 번역 텍스트를 평한 글을 보고 해외문학파가 공세에 나섰던 것처럼, 양주동의『금성』시 번역에 대한 김억의 평에 양주동이 반박하는 동시에 당시『폐허이후』에 실렸던 김억의 번역을 비평하는 방식으로 전개되었다. 그런데 이 논쟁에서는 해외문학파와의 논쟁 양상과는 반대로, 김억이 양주동의 직역론을 반대하고 있으며 이에 대해 양주동이 재반박하고 있음을 볼 수 있다.

　③ 나는 지금 시단에 되는대로 하는 역시를 볼 때에, 꽤 많은 불만을 가지고 있습니다. 도리어 축자이니 직역이니 하는 것보다도 창작적 무드로 의역하여서 그 시혼(詩魂)과 정조를 옮기는 것이 나을 줄로 압니다. 도대체 시단에는 어림없는 역법을 하는 이가 많습니다, 이 점에 대하여는 내 자신도 용서받지 못할 만한 역법을 한 적이 있습니다마는 이에 대하여는 '충실한 축자역'이라는 것을 될 수 있는 대로 하지 아니하는 것이 좋으리라고 합니다.[14]

　④ 다음에『금성』에 실린 나의 역시에 대한, 군의 말을 보고자 합니다. 오두(鰲頭)에 군의 역시에 대한 주장이 있었습니다마는, 거기 관하여는

---

14 김안서, 「시단산책-『금성』『폐허』이후를 읽고」, 『개벽』 46, 1924.4, 36면.

아직 여러 말을 하지 않고자 하는 바이어니와, "오역이 있고 없음은 역시에 대한 문제가 아니라" 하는 군의 파천황의 역시론에 대하여는, 분반(噴飯)을 금치 못한다는 말만 여기 특기하여 둡니다. 군의 역시론이 얼마나한 근거를 가졌는지 모르겠으나, 오역을 시인한다는 말은 아마도 취중의 말이 아니면, 자가의 오역을 변호코자 하는 우론(愚論)에 지나지 못할까 합니다. 충실한 직역과, 소위 창작적 무드로 한 오역과, 어느 것이 외국시를 소개함에 다다라 정당하다 할는지, 나는 구태여 번거로이 말도 하지 않으려 합니다.[15]

김억과 양주동의 논쟁을 양주동과 해외문학파의 그것과 비교하면 재미있는 점을 발견할 수 있다. "충실한 축자역"을 지향하는 양주동의 태도에 반(反)하여 "창작적 무드"의 의역을 주장한 김억의 글에 재반론을 하면서 양주동은 김억의 의역론을 "창작적 무드로 한 오역"이라고 전치시킨다. 이는 해외문학파가 양주동의 『해외문학』 번역에 관한 지적에 반발하면서 "이를테면 씨는 중역(重譯)이거나 오역(誤譯)이거나 오직 통속화 혹은 소위 현문단 유행하는 연문체(軟文體)만 본뜨면 된다는 말"[16]이라고 전치시키는 태도와 닮아있다. '오역'을 정당화하는 논의는 앞선 김억의 글에서나 양주동의 글에서는 나타나지 않는데,[17] 상대방이 말한 '창작적 무드'와 '연문체'를 곧 오역에 대입시키는

---

15 양주동, 「『개벽』 4월호의 『금성』 평을 보고-김안서 군에게」, 『금성』 3호, 1924.5, 68면.

16 이하윤, 「『해외문학』 독자, 양주동씨에게(1)」, 『동아일보』, 1927.3.19.

17 이후의 김억의 글(「이식 문제에 대한 관견(管見)-번역은 창작이다(2)」, 『동아일보』, 1927.6.29)에서는 "예술적으로 존재될 만한 가치가 있는 것"이라면 "오역 같은 것은 문제가 될 것이 아니고"라며 이전의 논의에서 더욱 극단적으로 나아가는 모습이 보인다.

태도는 그 반대 논리인 자신의 입장을 강화하기 위한 의도적 곡해인
셈이다.

그런데 '직역/의역'의 문제에 관해서 양주동은 양편에서 정반대의
공격을 받고 있다. 양주동이 때로는 "충실한 축자역"을 때로는 "역자
의 자유로운 의역"을 주장하고 있기 때문이다. 이는 이후 양주동이
자신의 논의를 보충하면서 "요는 역자 스스로가 자가(自家)의 번역적
천분과 자국문(自國文)에 대한 조례를 고려하여서, 직역체와 의역체를
서로 참작함에 있다"고 정리한 태도와 연관된다. "직역과 의역의 두
관념을 절반 절반씩 머리에 두고 번역하는 것"[18]이 번역자에게 필요하
다는 것이다.

김억은 번역 초기부터 창작자의 자유로운 번역을 중시하였다. "역
시"는 곧 "창작품"이고 "창작품으로 된 가치"[19]가 번역시에서 가장 중
요하다는 그의 생각은, 다른 번역가들이 번역의 고충을 토로하면서도
원문과 역문의 가능한 조화로운 만남을 애써 지향했던 것과는 사뭇
다른 입장을 낳았다. 양주동과 해외문학파의 번역가들이 의역과 직역
문제를 포함한 번역 논쟁을 펼 때, 문제가 되었던 것은 원문과 역문
사이의 거리감이었고 그것을 가능한 가깝게 만드는 것이 그들의 과제
이기도 했다. 그런데 김억의 경우, 번역의 난제를 극복하는 방식은
그 둘 사이의 거리감을 가깝게 만드는 것이 아니라 번역문의 독립성
을 극단적으로 강조하는 방향으로 발현되었다.

18 양주동, 「문단여시아관」, 『신민』 26, 1927.6; 양주동전집간행위원회, 『양주동 전
　　집 11: 평론·번역』, 동국대출판부, 1998, 213면에서 인용.

19 김억, 「시단산책―『금성』 『폐허』이후를 읽고」, 『개벽』 46, 1924.4, 34면.

『금성』 발간 당시 양주동과의 논쟁을 거치고, 『해외문학』이 발간
되었을 때, 자신과 양주동이 벌였던 의역/직역론을 포함한 시 번역
논쟁이 다시 벌어지는 것을 보면서, 김억은 자신의 입장을 더 확고히
한다. 그는 "원문과 역문은 분리돼야 한다"고 주장하면서, "각자 독립
적 존재와 가치가 있는 원문은 원문으로의 역문은 역문으로의 두 개
의 창작이 있을 뿐"임을 역설했다. 그에게 번역은 "역자 그 사람의
은혜 받은 예술적 기질의 표현능(能)과 창작력"에 의해서만 존재하며,
"그 사람의 개성이란 도가니"에서 녹아 나오는 것이므로 "번역이란
일종의 창작"[20]일 수 있는 것이다.

김억의 인식 속에서, 번역가의 기능적 역할은 거의 삭제된다. '원
문'-'독자'-'번역문'이라는 세 항 사이에서 원문을 독해할 수 있는
어학력을 지니지 않은 자국의 독자들에게 원문의 텍스트를 최대한 가
깝고도 이해 가능한 방식으로 전달하는 매개자인 번역가의 역할은 그
가 지향하는 이상(理想)이 아니었다. 그는 오히려 '원문'-'번역문' 사
이의 고리를 끊고, '원문'-'원작자'/'번역문'-'번역(=창작)자'라는 두
개의 독립된 세계를 설정함으로써 번역의 가치를 인정할 수 있었다.[21]

---

20 김안서, 「이식 문제에 대한 관견(管見)-번역은 창작이다(1)」, 『동아일보』, 1927.
    6. 28.
21 번역을 번역가 자신의 내면과 개성의 표출로 보는 김억의 입장에 대해서는 신지연
    의 분석이 상세하다. 신지연은 김억의 이와 같은 번역관이 번역을 언어표현의 불가
    능성이라는 언어 일반의 문제로 이해하는 논리에서 온다고 보았다. 그에게 '번역'
    은 이념적 차원에서는 가능하되 지상의 자연어로는 불가능한 과제이고 이는 낭만
    주의 언어관, 혹은 상징주의 문학론에 닿아 있다는 것이다. 신지연, 「민족어와
    국제공통어 사이-김억을 바라보는 한 관점」, 『민족문화연구』 51, 고려대민족문화
    연구원, 2009.

이 독립된 두 개의 세계 안에 매개자를 거쳐 외국 문학을 향수하게 되는 독자에 대한 고려는 매우 희박하다. 이러한 입장에서 김억의 생각은 양주동이 앞서 '파천황'이라고 표현했던 바 있는 "번역에 오역 같은 것은 문제가 될 것이 아니"며 "역자가 어떠한 창작품 예술적으로 존재될 만한 가치 있는 것을 만들었는가 못하였는가 하는 것만이 문제"라는 결론으로 귀결된다. "존재될 만한 가치 있는 작품이라면 원문과 비교하여는 오역보다도 악역이라 하여도 조금도 책삼을 것이 없는 줄 믿는다"[22]는 지금으로서는 의아해 보이기까지 하는 그의 발언은, 번역가의 매개적이고 기능적인 역할을 소거하고, (재)창조하고 표현하는 작가의 직능을 최대화하는 논리에서 나온 것이다. 그러나 이 같은 논리는 번역이라는 행위 안에 본질적으로 존재하는 '전달'과 '매개'의 원리를 의도적으로 무시한 것이었다. 한편으로는 산출된 텍스트를 수용하고 이해하여 상호작용할 독자라는 존재에 대한 책임을 상당 부분 방기한 것이기도 했다.

김억이 번역에 있어 창작자의 개성의 표현과 완성된 번역물의 예술적 가치를 중요시한 것과는 대조적으로 양주동은 수용자의 이해를 가능하게 하는 번역과 조선문단과의 연락(連絡)을 가장 중요시했다. 김억은 번역, 특히 시 번역에서 번역가에게 표현하는 작가의 권위를 부여하였고, 그 창작적 권위가 인정되지 않는다면 번역은 어떤 가치도 없는 것이라고 여겼다.[23] 그가 김진섭에 의해 제시되었던 번역상의 외

---

22 김안서, 「이식 문제에 대한 관견(管見)—번역은 창작이다(2)」, 『동아일보』, 1927. 6.29.

23 "만일에 역문으로 원문과 분리되지 못하여 원문 없이는 예술적으로 독립적 존재와 가치가 인정될 수가 없다 하면 이것처럼 의미 없고 비개성적 노력은 없을 것이다".

래어를 반대한 이유 또한 언어의 선택이 가장 중요한 시에서의 감흥이, 함부로 쓴 외래어 때문에 훼손되는 것을 용인할 수 없어서이다. 따라서 김억은 번역에서 외래어를 사용하는 것보다는 번역자가 "그 뜻에 맞을만하게 만들어 쓰는 것"[24]이 더 좋다고 여겼다. 즉 조선의 현실에는 존재하지 않거나 조선어에 아직 등장하지 않았던 사물이나 대상을 지시하기 위해 외래어를 쓰기보다는, 그 뜻을 고려하여 새로 조선어 단어를 만드는 편이 시에 적합하다는 것이다. 이러한 김억의 주장에는, 시에 등장한 외래어와 그것을 받아들이는 독자들의 감각에 대한 고려가 전혀 없었다고는 할 수 없다. 하지만 그보다는 '감흥'을 표현하는 양식인 시 장르와 그 주체인 시 번역자의 자유에 대한 생각이 우선시되었다고 할 수 있다.

그러나 양주동에게 번역이 가치를 갖는 이유, 특히 시 번역의 경우 "불가능이라 하여도 과언이 아닌"그 모순된 일을 하는 것은 "외국어를 모르는 분에게 외국 시인의 작품 내용이나 그 사상의 경개(梗槪)를 소개"하는 목적 외에 다른 것이 아니었다. 그가 충실한 축자역을 주장한 것은, 번역가는 "그 작품의 내용과 중심되는 사상을 소개할 뿐"[25]이라고 생각했기 때문이다. 김억과의 논쟁 때와 다르게 양주동이 해외문학파의 원작에 충실한 직역을 공격하고 자유로운 의역을 주장한 것은 "독자에게 주는 감명"[26]을 생각했기 때문이다.

김안서, 「이식 문제에 대한 관견(管見)−번역은 창작이다(1)」, 『동아일보』, 1927. 6.28.

[24] 김안서, 「이식 문제에 대한 관견(管見)−번역은 창작이다(2)」, 『동아일보』, 1927. 6.29.

[25] 양주동, 「근대불란서시초」, 『금성』 1호, 1923.11, 15면.

양주동은 번역 작업에서 언제나 현 조선문단의 독자와 교섭할 것을 강조했다. 그에게 번역가란 충실한 매개자이며 전달자였고, 조선문단과 조선문학을 보충하는 역할을 담당하는 위치에 있어야 했다. 시의 특수성을 살리는 의역을 강조할 때조차 양주동은 "오역 없는 한에서 원작을 허물내지 않는 한에서"[27] 시험하기를 바랐으며, 이는 "원시(原詩)의 체면 같은 것을 돌아보지 아니하고, 맘대로 허물도 내고 심하게는 그 고운 얼굴까지도 문질러"[28]버릴 수 있다고 생각하는 김억의 번역관과는 매우 상이한 것이었다. 김억이 번역을 통해 지향하였던 것이 창작론에서와 마찬가지로 '시혼(詩魂)'과 '개성'의 표현이었다면, 양주동에게 번역이란 "국문학 자료로서의 외국문학 이식"[29]을 목표로 당시의 조선문단과 보조를 맞추어야 하는 실천적이고 기능적인 사업이었던 것이다.

4. 이하윤과의 논쟁과 양주동의 기능주의적 번역

양주동과 해외문학파와의 논쟁에서 가장 중심에 있었던 문제는 번역된 조선어 문체에 대한 관점의 차이였다.

　⑤ 현금 조선문단상에서 소설의 문체가 거의 연문체로 순국문식을 취

---

26 양주동, 「문예비평가의 태도 기타(5)」, 『동아일보』, 1927.3.4.

27 양주동, 「문예비평가의 태도 기타(4)」, 『동아일보』, 1927.3.3.

28 김억, 「이향의 꽃 서문」, 『조선문단』 18, 1927.1, 45면.

29 양주동, 「문예비평가의 태도 기타(3)」, 『동아일보』, 1927.3.2.

하는 것은 기정된 사실인데 역자는 어쩐 일인지 고삽(苦澁)한 한자를 써가면서 논문체의 경문을 취하였다. 이것은 우선 우리가 읽기에도 서투른 감을 받거니와 우리글을 존중하는 의미로 보든지 또는 민중적 여부의 점으로 보든지 불가한 일이다. … (중략) … 나는 이 경우에 첫째 역문체 내지 역어를 좀 더 연활(軟滑)하게 할 것과 둘째 모쪼록 한자의 고삽한 것을 피하라고 말하고 싶다. 그리고 될수록은 원작의 선택이 조선문학과 어떠한 연락(連絡)이 되도록 하기를 바란다.[30]

　⑥ 려재비 씨의 역인 Musset "Souvenir"를 원작과 대조하여 보고 그 역문이 놀랍게도 직역인 것에 탄복하였거니와 그렇듯이 원작에 충실하였음에도 불구하고 역시로서 독자에게 주는 감명이 거의 없는 것은 어쩐 까닭일까. 더구나 김진섭 씨 역시에 '不知火', '素人舞臺', '道化劇役者' 등 비어가 있는 것은 사람을 불쾌케 함이 있다.[31]

　⑦ 우선 소설에서 내가 번역한 「제스타스」의 원문 그것이 얼마나 어렵고 유창(流暢)한 문장인지를 아는 독자라면 내 번역 앞에 아무런 일도 못 벌릴 것이다. … (중략) … 이를테면 씨는 중역이거나 오역이거나 오직 통속화 혹은 소위 현문단 유행하는 연문체만 본뜨면 된다는 말이 된다.[32]

　⑧ 우리는 직역을 하는 데서만 원작의 모든 뜻이 충분히 나타날 수 있다고 보는 동시에 원문 여하에 따라서 고삽과 난해를 면치 못할 것을 선명(宣明)한다. 즉 그 원문이 고삽과 난해임으로서이다. 그러나 그는 오직 무미한 어학선생의 번역이 아닌 이상 그 번역하는 데도 반드시 일일이 엄밀한 축자적만이 아닐 것을 경우에 의하여 인정치 않을 수 없다.[33]

30　양주동, 「문예비평가의 태도 기타(4)」, 『동아일보』, 1927.3.3.
31　양주동, 「문예비평가의 태도 기타(5)」, 『동아일보』, 1927.3.4.
32　이하윤, 「『해외문학』 독자, 양주동씨에게(1)」, 『동아일보』, 1927.3.19.

⑤의 인용문을 비롯하여 양주동이 지속적으로 말하고 있는 번역가로서의 지향은 첫째, 현재 조선문단과 보조를 맞추어야 한다는 것 둘째, 번역을 할 때 우리글을 존중해야 한다는 것 셋째, 민중과 교섭하고 이해를 쉽게 해야 한다는 것이다. 이러한 목표를 추구하면서 그는 구체적으로 번역 과정 중에 1)역문체와 역어를 연활하게 할 것 2)한자의 고삽한 것을 피할 것 3)원작의 선택이 조선문단과 연결되게 할 것을 해외문학파를 비롯한 번역가들에게 요구하고 있었다.

⑥의 내용에 앞서 양주동은 『해외문학』에 실린 시 번역 중 이하윤의 번역만이 "가역(可譯)"이라 할 만하다고 언급하며, 다른 이들의 번역은 직역이었음에도 불구하고 "양역(良譯)"이 아님을 지적하고 있다. 시는 "가일층 아름답고도 보드라운 시어를 요구"[34]한다는 시적 언어의 특수성 때문이다. 이하윤이 직접 시를 쓰는 시인이었다는 점은 그의 번역이 '가역'일 수 있었던 원인이 되었을 것이다. 당시 문단에서 쓰이던 조선어 문체에 보조를 맞추면서도 시적 언어의 특수성을 살린 번역이 시인의 감각을 통해 나올 수 있었기 때문이다.

⑤, ⑥에 나타나듯 양주동은 번역시에서의 개인적이고 난해한 한자어나 비어 등을 배격하고 장르에 따른 번역문체의 기능적 분리를 주장했는데, 그가 때로는 직역 쪽에 때로는 의역 쪽에 손을 들어주던 것도 이와 같은 기능적 분리와 무관하지 않다. 그는 해외문학파와의 논쟁 이후 자신의 견해를 정리하면서 "현문단의 행문체(行文體)에 준"하는 것을 번역의 큰 원칙으로 삼는 한편, 논문에는 "경문체(硬文

33 이하윤, 「『해외문학』 독자, 양주동씨에게(2)」, 『동아일보』, 1927.3.20.
34 양주동, 앞의 글.

體)"를 취하여 한자와 우리말을 혼용하여도 되지만 소설과 희곡의 경
우는 "연문체(軟文體)"를 취하여 한자나 한어의 차용 고사구 같은 것을
쓰지 않아야 한다는 주장을 하였다. "고삽 난해한 글자"를 쓰지 말자
는 것은 "자국문자를 존중하는 의미"에서나 "문학을 민중에게 접근시
키는 의미"에서나 "가상한" 일이 된다. 그는 현문단에서도 창작에서는
국문만을 쓰고, 어려운 말은 괄호 안에 한자를 붙이는 것이 통칙이므
로 번역문에서도 이것이 적용되어야 한다고 보았다. 특히 번역시는
말과 의미 외에 운율이 존재하므로 "어맥이 다른 외국어를 그냥 직역
해 놓으면, 자국어의 일개 시품으로서는 너무나 성공하기 어려운
것"[35]이어서 자유로운 의역풍을 허용할 수 있다는 것이다.

　번역문에서도 문체의 기능적 분리가 필요함을 주장하는 양주동의
견해는, 한자를 창작에 섞어 쓰거나 글의 양식에 따른 문체의 종류에
대해 고민하던 조선문단의 작가들의 실천과 닿아 있다. 양주동의 글
에서 우리는 번역문체에서의 '한자/한글'과 '외래어/고유어' 등의 기
능적 분리에 대한 생각과 입장이 1920년대 번역 논쟁을 통해 부상하
고 있음을 볼 수 있다. 그런데 다양한 매체를 통해 '언문일치'와 '한자
-한글' 혼용 문제에 관한 치열한 실험을 거쳐 왔던 번역가 또는 소설
작가들은 이미 1910년을 전후로 하여 구체적인 형태의 다양한 조선어
문장들을 선택하고 창출해 나가고 있었다.[36] 이와 같은 치열한 선택과
문체의 발명은 1930년대의 작가들에게도 여전히 첨예한 문제라고 할

---

35 양주동, 「문단여시아관」, 『양주동 전집11; 평론·번역』, 213~214면.
36 근대 초기 번역과 번안을 통해 다양한 문체의 경합을 실험하고 언문일치와 '순한글
　의 한국어 문장'으로 가는 작가들의 도정에 관해 치밀하게 분석한 연구로 박진영,
　『번역과 번안의 시대』, 소명출판, 2011을 참고할 수 있다.

수 있었다. 가령, 이태준은 소설에서는 한글 전용을 강조하면서도 수
필에서는 한자의 노출을 허용했다.[37] 이상(李箱)의 경우, 시 연작의 특
성에 따라 순한글로 된 시를 쓰기도 하고 한자와 한글을 섞어 쓰거나
한자 중심으로 된 구문에 한글로 된 조사만을 붙이는 등 한자와 한글
을 배분하여 서로 다른 문체를 만드는 의식적인 실험을 하고 있었다.[38]
양주동은 논문 등의 이론적인 글과 창작을 구분하여 번역문체를 고를
것을 주문하고 있었지만, 이론적이고 개념적인 내용을 표현할 때 한
자를 더 많이 쓰고, 창작의 경우 순 우리말을 쓰는 편이 좋다는 견해는
1930년대에 뚜렷해지는 이태준, 이상 등을 비롯한 작가들의 지향과도
겹쳐진다. 시장르의 특수성을 번역시에서 훼손하지 않고 당대의 문체
를 반영하기 위한 양주동의 번역 문체에 대한 고민은, 번역가이자 시
인으로서 조선근대시에 적합한 조선어 문장을 모색해 나가고 있었던
일련의 과정과 연결되며 당대 작가들의 한글 중심의 조선어 문장 지
향과도 공유하는 바가 있었던 것이다.[39]

---

37 이태준의 소설과 수필에 있어서의 '한자/한글' 사용에 관한 인식에 대해서는 문혜
윤의 논의를 참고하였다. 문혜윤, 「한자/한자어의 조선문학적 존재방식」, 『우리어
문연구』 40, 우리어문학회, 2011.5.

38 이상의 '한자/한글'과 관련한 문체 실험에 관해서는 하재연, 『근대시의 모험과 움
직이는 조선어』, 소명출판, 2012, 327~347면 참조.

39 당시 작가들이 지향하던 문체의 흐름이 결과적으로 순한글 중심의 조선어 문장으
로 귀결되기는 했지만, 그 과정을 간단하게 정리할 수는 없다. 혼재된 국한문체,
즉 한자와 한글을 단순하게 혼용하는 표기에서부터 한문체 구문 중심의 문체까지
다양한 층위의 조선어 문장들이 실험되고 있었기 때문이다. 이에 관해서는 이혜령,
「한자 인식과 근대어의 내셔널리티」, 『민족문학사연구』 29, 민족문학사연구소,
2005; 황호덕, 「한문맥의 근대와 순수 언어의 꿈」, 『한국근대문학연구』 16, 한국근
대문학회, 2007; 임상석, 『20세기 국한문체의 형성과정』, 지식산업사, 2008의 논
의를 참고할 수 있다.

해외문학파의 번역시에 나타난 직역투와 비어에 대한 양주동의 비
판을 이와 같은 맥락에서 이해할 수 있다면, 해외문학파의 대응은 앞
서 살폈던 것처럼 자신들의 입지와 관련한 헤게모니 투쟁의 성격을
강하게 띠고 있었다. 당시의 조선문학과 조선문단의 근대문학적 자산
이 풍부하지 못하고 외국문학의 수입과 번역이 그 토양을 풍요롭게
할 것이라는 대원칙에는 서로 공유하는 바가 있었지만, 그 실제적 형
식 즉 문체의 세부와 실현된 조선어 문장의 적합성에 관한 비판에는
대체로 '번역의 어려움'이라는 총론적 테제로 맞서고 있었다고 볼 수
있다.

이하윤은 우선 베를렌느의 「가을노래」에 대한 양주동의 지적에 상
당한 불쾌감을 표시하였는데, 이러한 번역의 디테일에 관한 견해차는
『금성』 출간 당시 양주동이 김억의 지적에 반발한 양태와 크게 다르
지는 않았다. 당시의 논쟁 양상을 보면, 번역문에 대한 이견을 표시하
는 경우 매우 감정적인 언설이 오가곤 했다. 그러나 "우리의 정당한
번역 앞에 그까짓 현문단 연문체 운운과 대중화 운운"[40]하는 것은 어
리석은 말이라며 양주동을 나무라는 모습에서는 당시 이하윤을 비롯
한 해외문학파가 지닌 외국문학을 먼저 습득한 지식 매개자로서 갖는
내면을 짐작할 수 있다.[41] 이 과도한 자부심은 이어서 7에서처럼 "내

40 이하윤, 「『해외문학』 독자, 양주동씨에게(1)」, 『동아일보』, 1927.3.19.
41 외국문학 연구자의 내면을 구성하는 핵심에 대해 서은주는 정인섭의 「애란문단
방문기」를 인용하며 "식민성과 탈식민성이 혼재하고, 문화 매개자로서의 번역자의
정체성이 자부심과 소외감 사이에서 동요하는 현실이 바로 식민지 조선의 외국문
학 연구자들이 처한 근원적 상황"임을 지적하고 있다. 서은주, 「1930년대 외국문학
수용의 좌표-세계/민족, 문학」, 『민족문학사연구』 28, 민족문학사연구소, 2005,
43면.

가 번역한 「제스타스」의 원문 그것이 얼마나 어렵고 유창한 문장인지를 아는 독자"라면 아무 말도 못할 것이라는 주장으로 이어진다. 그에게는 원작의 질적 수준의 높음이 곧 번역문의 이른바 '고삽 난해함'의 정당한 이유가 된다. 이하윤은 이어 그러면 「병든 청춘」, 「소공자」나 「애사」 같은 번역이 위대한 가치를 갖는 것이냐며, 양주동의 문체에 대한 비판을 원작의 질적 수준 문제와 뒤섞어 놓는다. 양주동은 당시 조선문단에서 쓰고 있는 한글 중심의 문체를 "현문단"의 "연문체"로 표현했는데, 이하윤은 그것을 "통속화", "유행"을 본뜨는 것이라며 비하시킨다.

이하윤은 ⑧에 인용된 부분을 비롯하여 자신들이 "한 어학선생"[42]이 아님을 힘주어 말하고 있다. 이는 자신들이 다만 언어를 통역하는 기능적 매개자의 위치에 있는 것이 아니라, 원작의 문학적 가치를 이해하고 조선문학에 결여되어 있는 부분을 보충할 수 있는 '번역가 + 연구가 + 창작자'의 역할을 할 수 있는 능력을 지녔거나 그 임무를 수행하고 있다는 자부심을 반영한다. 이하윤, 정인섭, 김진섭 등을 중심으로 한 해외문학파의 일원들은 우월감과 자부심으로 자신들의 문단에서의 헤게모니를 획득하려고 하는 한편, 다른 한편으로는 조선문학의 빈약함과 결여를 한탄하며 조선문학의 내세울 것 없음을 부끄럽게 여기고는 했다. 특히 유학을 했거나 외국문학을 먼저 섭취한 조선의 많은 문인들이 지니고 있었던 주변부 식민지 지식인의 이와 같은 이중적 태도는 번역이라는 직접적인 작업을 통해 생생한 예시로 출현하게 되는 것이다.

---

42 이하윤, 「『해외문학』 독자, 양주동씨에게(2)」, 『동아일보』, 1927.3.20.

5. 김진섭(金晉燮)과의 논쟁과 시 번역의 실천적 문제들

해외문학파의 일원인 이하윤은 양주동의 비어에 대한 지적에 반박하면서 "번역 때문에 일어가 발달을 얼마나 했는지"와, "번역문체가 오늘 일본의 문예작품의 모든 것을 지배하고 있게 된 것"[43]을 힘주어 말했다. 김진섭 또한 "일본의 언어 급 문체가 번역문학의 서양적의 부자연하고 고삽한 문체적 요소로서 본질적으로 얼마나 진전하였는지"[44]를 피력하며 반박의 견해를 폈다. 당시 문단에서 대중화되었던 문체와는 다른 점이 많았던 번역 문체가 일본어의 발달을 도모했다는 이하윤과 김진섭의 주장은, 담론적인 층위에서는 번역의 역할과 자국어의 관계를 통찰하고 있는 정당한 것이었다. 그러나 잡지 『해외문학』의 번역문에 세부적으로 실현된 문체와 조선어 시에 적합한 단어 또는 문장을 선택하고 만들어나가는 실천적 문제와 관련해서라면 이와 같은 반박이 정당했다고 말하기는 어렵다.

⑨ 씨의 말하는 바 비어란 무엇이냐? 작품을 번역할 때에 있어 우리의 생활이 전연히 원어가 요구하는 언어내용을 가지지 아니할 때에 우리가 생경한 외래어를 차용하는 수밖에 없을 것은 분명하다. 여기 '不知火', '素人舞臺', '道化劇役者'가 시적 언어 될 당연한 권리를 주장하는 데 무슨 오류가 있느냐? … (중략) … 조선 기 자신은 현재에 완전한 번역문학을 요구할 자격도 없고 그것을 운위할 시기도 아니다. 우리는 우리의 번역적 태도를 항상 겸허히 보지(保持)하며 우리는 오직 우리의 무지와 우리의

---

43 이하윤, 「『해외문학』 독자, 양주동씨에게(1)」, 『동아일보』, 1927.3.19.
44 김진섭, 「기괴한 비평현상—양주동씨에게(4)」, 『동아일보』, 1927.3.25.

편협과 우리의 자기 독특한 사상에 사는 조선민족에게 외국을 소개하는
곳에 의미의 전용(轉容)을 본다. … (중략) … 또는 아무 형식이 없고 아무
사상이 없는 조선문학의 발단에 세계의 문학적 전통을 섭취시킴으로 우리
의 형식 의지와 사상 감정을 창출하려 한다.[45]

위의 인용문에서 번역시의 부자연스러운 문체를 바라보는 해외문
학파의 관점과 양주동의 관점의 차이는 극명해진다. 양주동은 "부지
화", "소인무대", "도화극역자"와 같은 조어가 '비어'라고 생각하였다.
그리고 이러한 비어를 접했을 때 독자가 느끼는 불쾌감은, 당시 조선
문단과 보조를 같이하는 독자들의 감각에서 오는 것이라고 판단하고
있다. 그가 해외문학파의 번역을 보면서 "역계(譯界)에 나선 제씨들이
우리말과 문체 등에 관하여서 많은 연찬(研鑽)이 있기 바라며 적어도
현문단 작가들의 행문(行文)과 같은 정도의 역문을 보여 주었으면 한
다"[46]고 당부한 것은, 해외문학파의 번역문체가 당대 조선어 문체가
도달한 수준에조차 따라오지 못하고 있다고 여겼기 때문이다. 그리고
번역가들에게 작가들의 수준에 따라갈 만큼의 문체에 대한 투철한 의
식과 조선어에 대한 훈련이 필요하다고 보았다.

반면 해외문학파가 자신들을 방어할 때 내세웠던 논리는 인용문에
보이듯, "우리의 생활" 즉 당시 조선의 사회적 환경이 "원어가 요구하
는 언어내용"을 가지지 못한다는 것이었다. 서양의 생활과 조선의 현
실이 일치하지 않으므로 생경한 외래어를 차용하였고, 그것이 야기하
는 불쾌감을 넘어서야만 언어의 발달과 조선문학의 확장을 꾀할 수

---

45 김진섭, 「기괴한 비평현상—양주동씨에게(2)」, 『동아일보』, 1927. 3. 23.
46 양주동, 「문예비평가의 태도 기타(5)」, 『동아일보』, 1927. 3. 4.

있으며 나아가 세계문학에 가까이 갈 수 있다는 논리다. 김진섭에게 번역문학은 조선문학의 결여태에 대한 일종의 대리 보충물로서 기능을 갖는다. "제이기(第二期) 번역의 완전한 융합"을 상상하면서 "우리의 빈약한 현재로서는" 번역문학의 수준 높음을 기대하는 것이 "한 공상이고 한 미신"[47]이라고 말할 때, 현재 조선문단의 현실은 결여된 것으로서만 호명되고 있다. "아무 형식이 없고 아무 사상이 없는 조선문학에 세계의 문학적 전통을 섭취시킴"으로써 조선의 "형식 의지와 사상 감정을 창출하려 한다"는 김진섭의 포부는, 이상적 상태인 조선문학의 미래를 외국문학이라는 대리물을 통해 상상하는 과정에서 나온다. '조선문학'–'번역'–'외국문학'이라는 교섭의 과정에서 구체적으로 수행되는 '번역'의 실천적인 문제와 실현된 조선어의 양상에 대한 현실적 고민을 관념화된 상상적 형태가 대체하고 있는 것이다.

민중의 감수성에 대한 고려와 당대 문단에서 실현되고 있던 조선어 문체와의 교섭을 중시했던 양주동에게, 외국문학의 소개와 섭취는 자국의 근대문학인 '국민문학'으로 수립될 조선문학을 확충하기 위한 자료적, 참고물적 성격이 강했다. 그러므로 그에게 번역가의 역할이란 안목 있는 소개자이며 문체를 연습하는 기능적 지식인에 가까워야 했다. 그러나 해외문학파에게 번역가 또는 외국문학 연구자는 조선의 새로운 생활을 창조하는 선구적 역할까지 짊어지고 있는 것으로 보인다. 양주동이 조선 민중의 생활과 조선문단의 문체에 번역 문학이 보조를 맞추어야 한다고 보았다면, 김진섭의 논리에서는 번역어라는 생경한 언어들을 통해 문학의 언어를 확장하는 것이 생활세계를 확장하

---

47 김진섭, 「기괴한 비평현상—양주동씨에게(3)」, 『동아일보』, 1927.3.24.

는 사업이기도 한 것이다. 이러한 확장을 통해서만 근대문학은 가능
하며 세계문학의 지향에 조선문학이 다가갈 수 있다고 생각하는 해외
문학파의 관념 속에서, 거기로 가는 노정에 있는 조선어의 수많은 실
천적 형태에 대한 논쟁적 질문들은 답을 얻지 못한 상태로 되돌아오
고 있었다.

　9의 인용문에 이은 김진섭의 언급을 보면, 조선문학을 발전시키
고 세계문학의 대열에 조선문학을 합류시키고 싶은 동일한 욕망에서
양주동과 해외문학파의 번역 작업이 출발했음에도, 번역에 관한 생각
과 조선어에 대한 태도는 분명히 다름을 알 수 있다. "우리의 연문이
가장 빈약하고 가장 천박한 사상 감정을 표현할 수 있는 이상(以上)에
일 보를 나아가는 내용 가치와 형식미를 가지고 있지 않는 데야 어찌
하랴"라든가, "한자가 보다 중요한 표현의 용기(容器) 됨에도 무시할
수 없는 일면이 있"다거나, "문체라는 것이 표현의 유일의 목표가 아
니다. 표현의 생산성이란 것은 고삽의 가운데에 더욱 많이 계시되는
것"[48]임을 김진섭이 주장할 때, 당시 문단에서 통용되던 순한글 중심
의 조선어 문체는 표현의 생산성을 높이는 데 적합한 문체로 고려되
지 않았다. 그것은 말 그대로 빈약하고 천박한 조선의 사상 및 감정과
동일시되는 그릇과 같은 것이었다. 번역 문체의 고삽 난해함의 원인
을, 양주동이 시대적 흐름과 민중적 요구에 부응하지 못하는 것으로
진단했다면 해외문학파는 표현의 생산성을 높이기 위한 한 가지 방편
이라 생각하고 있는 것이다.

　이와 같은 김진섭의 생각대로라면, 해외문학파의 번역에 나타난

---

48 김진섭, 앞의 글.

어색함이란 앞서 말한 시 번역의 딜레마 속에서 '미' 대신 '충실함' 쪽을 선택한 것에 기인한 것이다. 즉, 자연스러운 조선어의 아름다움 대신에 원작의 의미에 충실한 편을 택했으며 여기에서 필연적으로 작위적인 단어들이나 어색한 한자어들이 등장했다는 논리가 된다. 이어서 이러한 비어나 어색한 단어들의 생산성이 조선어의 새로운 영역을 확장하고, 혁신적인 문체를 계발할 수 있는 가능성으로 확장된다.

그러나 결론적으로 말하자면, 『해외문학』에 번역된 시들의 '고삽난해함'이란 양주동의 지적처럼, 당시 문단에서 작가들이 치열하게 고민하고 실험했던 조선어 문장의 성과를 거의 반영하고 있지 못한 데 기인한 면이 컸다. 표현의 생산성과 한자어 또는 신조어를 사용하는 문제의 실험적 의미에 관해서라면 김진섭을 비롯한 해외문학파의 주장이 틀렸다고 하기는 어렵지만, 양주동이 번역가들에게 더 '많은 연찬'을 요구한 것과 같이 이들의 실험적인 번역은 충분한 실험에 의한 것이 아니었다. 원문에서 직접 번역을 한다는 의미에 대한 과도한 자부심은 충분했으나, 번역 작업에서 맞닥뜨릴 수밖에 없었던 조선 근대시의 형식과 그에 적합한 조선어 문체에 대한 치열한 고민과 실험은 충분치 못했던 것이다.

6. 번역 문체 논쟁의 성과와 양주동의 조선어 인식

김억, 양주동, 해외문학파를 둘러싼 번역 문체 논쟁의 의미를 평가할 때, 직역론이냐 의역론이냐에 의해 이들의 위치를 단순히 대조하기는 어렵다. 시 원문과 비교하여 그들이 자신의 주장을 어느 정도 실현하였는지를 판단하는 작업은 또 다른 범주의 연구가 될 것이다. 이 글에서는 그들이 생각한 번역의 가치와 번역가의 지향을 살펴봄으로써, 그들 사이에 공통 지점과 함께 조선어와 조선문학에 관한 차이들이 분기되고 있었다는 점에 주목하려고 하였다. 김진섭의 글에 언급된 것처럼, 문체와 언어의 확장이 생활세계의 확장과 근대를 앞당길 수 있는가에 대한 문제는 언어 일반에 대한 가치관까지 포함하여 논쟁적인 질문을 내재하고 있다. 그에 대해 동의할 수 있는가는 다른 문제이지만, 비어에 대한 불쾌감을 극복하고 생경한 외래어를 차용하거나 조어를 비롯한 실험적 문체를 만들어내기 위한 해외문학파의 노력이 지속되었다면 조선문학과 조선어의 새로운 현실태들은 더 풍부해졌을 것이다.

이와 관련된 연구는 더 진행되어야 할 것이고 관념과 현실태 사이의 거리에 관해 측정하는 작업 또한 필요하다. 김억, 양주동, 해외문학파의 번역과 시에 관한 논쟁은 문학의 확장, 생활 세계의 확장, 그리고 근대문학의 추구는 어떻게 가능한가와 같이 현재까지도 유효한 물음을 우리에게 던지고 있다. 특히 번역된 조선어 문장에서의 한자와 한글사용, 난해한 문체와 민중적 문체, 비어와 외래어 사용 등과 관련된 이들의 주장은 근대 조선어가 조선문학의 형식과 맺는 관계에 대한 구체적인 의문을 제기하고 있다.

조선어와 조선문학의 결여를 보충하기 위해 외국문학을 섭취하고자 했다는 점에서 그들은 공통적으로 교섭하는 지점이 있었으나, 그것을 보충하기 위한 구체적 현실태인 조선어를 상상하는 양상은 달랐다. 김억은 조선문학과 세계문학의 거리를 좁히고, 세계문학 범주에 조선문학이 다가가기 위한 방편으로 에스페란토라는 세계적 문명어

를 추구하였다.[49] 또한 그에게 번역가의 역할이란 독특한 조선적 근대
를 실현할 창작가 즉 예술가의 역할과 다른 것이 아니었다. 해외문학
파는 한자를 비롯한 조어나 생경한 외래어를 적극적으로 차용함으로
써 조선어 문체를 확장하는 것이 가능하다고 주장하였지만, 거기에서
드러나고 있는 것은 방법의 구체성보다는 세계 문화·세계문학과 동
시성을 공유하고 싶다는 생생한 욕망이었다. 주변부 지식인, 그리고
서양적 근대에 뒤떨어진 조선문단에서 그들이 지닐 수밖에 없었던 세
계문화와 문명과의 아득한 거리감을 좁히는 방식은, '번역+연구+창
작'의 기능을 수행함과 동시에 나아가 빈약한 조선의 생활 세계를 확
장시킨다는 관념적이고 이상적인 역할을 번역가에게 지우는 것이었
다.『해외문학』이 해외문학파 번역의 초기 성과임을 생각할 때, 이
고민과 실험들은 지속되었어야 할 것이다.

　이들에 비해 양주동이 번역가로서 지향했던 입장은 좀 더 실용적이
거나 기능적인 경우가 대부분이었다. 조선의 시와 문학이 빈약하다는
생각에는 그도 동의하였지만, 그럼에도 양주동이 지속적으로 추구했
던 것은 "민중화여야 될 조선문학"[50]이었다. 민족주의 문학 진영과 프
로문학 진영 사이에서 중도적이고 절충주의적인 입장을 취했던 그가
번역에서 강조했던 것은, 조선의 현실과 연관된 작품을 고르고 "조선
문학에 대한 어떠한 계시가 되거나 어떠한 교역을 가지거나 참고 될
만한 것을 택하여야"[51] 한다는 것이었다. "자국어와 혼연이 일치되는

49 김억의 에스페란토 지향에 관하여는 신지연, 앞의 글 참조.
50 양주동,「문단잡설-신기문학과 프로문학」,『신민』19, 1926.11;『양주동 전집11;
　　평론·번역』, 114면에서 인용.
51 양주동,「정묘역단(譯壇) 일별 2」,『중외일보』, 1927.12.31;『양주동 전집11; 평

것"[52]을 번역의 이상으로 삼았기에 그에게 번역가는 자국어문 즉 조선어에 대한 충분한 견식을 필요로 하는 사람이었다. 이는 또한 문학을 민중에게 접근시키기 위한 의미에서도 요구되는 자질이었다. 그가 시경의 민요조 노래를 번역하거나 시 창작을 할 때 보여주었던 형식 또한, 민중의 정서를 고려하고 독자에게 수용되는 과정에서의 용이성을 중시하는 태도의 연장선에 있는 것으로 보인다.[53]

양주동의 창작활동과 이후의 고전 연구 활동에서 보이는 조선어 형식에 대한 관점과 번역 활동의 연관을 규명하는 것은 이후의 과제이다. 양주동의 계몽적 시편들에서 보이듯, 민중적 문학을 추구하는 그의 지향이 실제 창작에서 성공적으로 발현되었다고 평가하기는 어렵다. 그러나 이후 방향을 선회하여 지속되는 그의 국문학 연구 업적은, 번역 과정에서 보여주었던 조선어 문체에 대한 인식과 번역의 기능주의적 가치에 대한 양주동의 지향과 연관하여 설명할 수 있을 것이다. 조선의 국민문학을 수립하고 세계문학의 보편성을 획득하자는 슬로건 아래 외국문학 수입이 유행처럼 번져가던 시기에, 양주동은 번역을 통해 세계문학과의 거리를 단축시키고자 하는 조바심을 과도하게 드러내지 않았다. 지속적으로 민중에 다가가는 조선어 문체의 수련과 조선문단과의 교섭을 추구하고 번역가의 기능적 역할을 중시

론·번역』, 332면에서 인용.

52 양주동, 「문단여시아관」, 『양주동 전집11; 평론·번역』, 213면.

53 번역과 조선어에 관한 양주동의 인식과 관련하여, "그의 역시는 한 행의 음절수를 조절함에 있어서, 원시의 자수나 구조에 매이기보다 그 운율형식을 시적 의장으로 바꾸어 읽은 위에, 의미연관(그는 '趣意'라 말한다)에 따라 거기 한국어의 어법을 적용한 것으로 보인다"는 논의를 참고할 수 있다. 김호자, 「무애 양주동의 시와 역시」, 동국대 한국문학 연구소 편, 『양주동 연구』, 민음사, 1991, 34면.

하는 양주동의 입장은, 당시 제기되었던 번역론과 번역가들 사이에서
도 독자적인 것이었다.

2장

번역의 지향과 시의 문체

1. 번역 사화집 『오뇌의 무도』와 『실향의 화원』 사이의 거리

　외국문학 연구가이자 해외문학파의 일원이었던 정인섭(鄭寅燮)은 해방 전의 외국문학 수입과 번역문학의 전개를 3기로 나눈 바 있다. 정인섭은 제1기를 맹아적 번안시대, 제2기를 의식적 직수입시대, 제3기를 비판적 적용시대라고 명명하면서 1기와 2기의 분수령을 1925년으로 삼았다. 그가 1925년을 기점으로 삼은 것은 그때까지의 번역문화가 "원문(原文)의 소화(消化)에 의하지 아니하고 대개는 일역본(日譯本)에서 제 멋대로 꾸며서 경개(梗槪)를 인연(引延)시켜서 창작연(創作然)하기들을 하였"[1]던 반면, 1925년 동경에서 '해외문학연구회'가 조직된 이후 "'충실한 번역'과 '정확한 소개'와 '진지한 연구'의 세 가지

---

[1] 정인섭, 「세계문학과 한국문학」, 『한국문단논고』, 신흥출판사, 1959, 8면.

〈슬로건〉을 세워서 외국문학 수입의 필요성을 재음미하고『해외문학』
이라는 기관지까지 발행"[2]하였기 때문이다. 그는 이 시기부터 비전문
가들이 해왔던 번역과 외국문학 연구를 전문가들이 담당하게 되었음
을 힘주어 밝히고 있다.

이와 같은 정인섭의 구분은 자신이 속해 활동했던 이른바 '해외문
학파'의 입지를 확보하고 그 역할의 정당성을 강조하고자 하는 의도
가 강했던 것은 사실이나, 이후의 번역문학 연구에서도 어느 정도 용
인되고 있다.[3] 그의 이러한 시기 구분에는 해외문학파에 앞서『태서문
예신보』와『금성』등을 중심으로 외국문학 소개와 번역을 펼치고 있
던 김억, 양주동(梁柱東)의 활동 등을 "맹아적 번안시대"에 속하는 것
으로 치부함으로써, 자신들의 활동이 갖는 전문성과 의식적으로 구별
하려는 차이의 욕망이 강하게 작동하고 있다. 특히『금성』의 외국문
학 소개와 번역을 통해, "요새 조선에는 '개똥 번역', '도야지똥 번역'

---

2 위의 글, 같은 면.
3 조재룡은 정인섭의 저작과 활동의 의미에 관해 상세히 논하면서 김병철과 박진영
   의 연구에서도 비슷한 시기 구분을 하고 있음을 지적하였다. 김병철은 "제1기 계몽
   가 활동의 준비시기(1895~1917)", "제2기 번역문학 각성시기(1918~1925)", "제3
   기 번역의 궤도가 정해지고 본격화하려는 징조가 보인 시기(1926~1935)"로 박진
   영은 "1907~1908년에는 역사물과 구국 위인전의 다중 번역 및 정치소설의 번역이,
   1912년에는 출판 및 언론 매체의 기술 혁신과 번안소설의 등장이, 1922~23년에는
   실질적인 번역소설로의 이행과 국한문 혼용체 문장의 실험이 관건"이 된 시기로
   외국문학 수입과 번역의 시기를 구분한다. 다만, 정인섭이 1기에서 2기로 분기하
   는 시기를 1925년경으로 삼고 1기를 다시 둘로 나눈 데 반해, 김병철과 박진영은
   정인섭이 2기로 명명한 시기를 대체로 세 번째 시기로 보고 있음에 차이가 있다.
   김병철,『한국근대번역문학사연구』, 을유문화사, 1974, 15~16면; 박진영,『번역
   과 번안의 시대』, 소명출판, 2011, 49면; 조재룡,「정인섭과 번역의 활동성-번역,
   세계문학의 유일한 길」,『민족문화연구』57, 고려대 민족문화연구원, 2012, 539~
   540면 참조.

이 꽤 많은 모양이다. 남의 똥을 먹고 눈 똥 즉 두 벌 똥이 개똥이오 개똥을 먹고 눈 똥 세 벌 똥이 도야지똥이다. 중역(重譯) 중중역(重重譯)이 그 따위가 아니고 무엇이랴"[4]고 일갈하며 해외문학파보다 먼저 조선문단의 중역을 비판하고 나선 양주동의 업적에 대한 의식적인 배제도 깔려 있다고 할 수 있다.

　자신들의 사후적 평가이기는 하지만 정인섭의 말처럼, "재래로 비전문가들이 하여 왔던 외국문학에 대한 애매한 유령적 행위를 적극적으로 비판하고 그 죄를 지적하고 '전문은 전문가에게!'"[5]라는 공격적인 슬로건을 내건 그들의 등장에 조선문단의 문학가들이 불편한 심기를 드러내기도 했던 당대의 국면은 세대와 세대 간 그리고 문단 내에서의 헤게모니를 둘러싼 갈등을 노출한다.[6] 한편으로는 해외문학파의 과격한 슬로건이 갖는 정당성에 비해, 유학생 신분이었던 그들의 번역과 외국문학 연구의 성과물이 담겨 있는 잡지 『해외문학』의 내용과 체재가 거기 값할 만큼 충실했는가, 그리고 그들의 번역이 "우리말의 통일과 발달을 기하야 우리 문학 건설에 훌륭한 언어를 가지게 하여 보자는"[7] 자신들의 의도를 얼마나 수행했는가 등이 당시 조선문단에

4　양주동, 「잡조(雜組)」, 『금성』 3, 금성사, 1924, 89면.

5　정인섭, 앞의 글, 8~9면.

6　해외문학파가 등장하며 벌어진 번역 논쟁과 헤게모니를 둘러싼 대립각에 관해서는 김병철, 앞의 책, 755~766면; 김윤식, 『근대문예비평사연구』, 일지사, 1976, 134~163면; 김영민, 『한국근대문학비평사』, 소명출판, 1999, 429~451면; 서은주, 「번역과 문학 장의 내셔널리티─해외문학파를 중심으로」, 『현대문학의 연구』 24, 한국문학연구학회, 2004; 이혜령, 「『동아일보』와 외국문학, 해외문학파와 미디어」, 『한국문학연구』 34, 동국대 한국문학연구소, 2008을 참조.

7　「편집여언」, 『해외문학』 창간호, 해외문학사, 1927, 201면.

서 의문시되고 있었다고 볼 수 있다.

김진섭과 이하윤은 잡지 『해외문학』 출간 당시, 번역문의 고삽 난해함을 비판한 양주동의 독후감에 감정적으로 반응하면서, 자신들의 번역문체상에 보이는 비어, 외래어 등의 필연성과 그것이 가져올 조선어문의 발전상에 대해 강하게 피력한 바 있다.[8] 특히 이하윤은 양주동의 시 번역에 관한 지적에, "「가을노래」를 단지 축자적 직역 이상의 아무것도 아니라고 보았다면 군(君)은 시를 운위할 아무 자격도 없을 것을 알 수 있겠다. 그러면 없는 '아—'나 없는 '우리'를 붙여서 훨씬 원의(原意)나 원작의 기분을 잃은 모 씨의 일역 영역에 의한 역이 낫드란 말인가"[9]라고 양주동을 반박함과 동시에 이전에 이루어졌던 김억의 중역에 의한 번역까지 함께 비판하고 있었다.[10] 그러나 해외문학파의 구별의 욕망과 앞선 번역가들에 대한 비판은 역으로, 그들의 활동과 번역의 실제 양상이 전세대의 번역, 특히 이광수가 표현했던 것과 같이 조선문단의 시풍(詩風)을 "오뇌의 무도화"[11] 시켰던 김억의 영향에서 결코 자유로울 수 없음을 반증하는 것이기도 했다.

그동안 김억의 『오뇌(懊惱)의 무도(舞蹈)』(1921)와 프랑스 상징주의

---

8 양주동, 「문예비평가의 태도 기타—『해외문학』을 읽고」, 『동아일보』, 1927.3.2.~ 1927.3.4; 김진섭, 「기괴한 비평현상—양주동씨에게」, 『동아일보』, 1927.3.22.~ 1927.3.26; 이하윤, 「『해외문학』 독자, 양주동씨에게」, 『동아일보』, 1927.3.19.~ 1927.3.20.

9 이하윤, 「『해외문학』 독자 양주동씨에게(2)」, 『동아일보』, 1927.3.20.

10 이 "모 씨"가 김억에 대한 언급임이 확실함은 신지연의 연구에서도 지적된 바 있다. 신지연, 「민족어와 국제공통어 사이—김억을 바라보는 한 관점」, 『민족문화연구』 51, 고려대 민족문화연구원, 2009, 391면.

11 "『懊惱의 舞蹈』가 발행된 뒤로 새로 나오는 청년의 시풍은 오뇌의 무도화하엿다 하리만큼 변하엿다."(장백산인, 「문예쇄담(文藝瑣談)」, 『동아일보』, 1925.11.12.).

의 관계, 원문 텍스트와 김억 번역본의 대조 연구 등 번역 사화집(詞
華集)『오뇌의 무도』가 갖는 의미에 대해서는 선행 연구가 진행되어
왔다.[12] 해외문학파의 활동과 그들이 신문, 잡지 등의 미디어와 관계
맺으며 조선문단에서 세력을 넓혀 갔던 당대의 정황, 그리고 조선문
단의 세계문학 담론을 다룬 논문들도 제출되었다.[13] 그런데 김억의
번역 사화집 이후 가장 방대한 범위의 번역시를 담고 있는 이하윤의
『실향(失香)의 화원(花園)』(1933)에 대한 연구는 드문 형편이다. 특히

12　이에 대해서는 다음 연구 등을 참조할 수 있다. 김춘미, 「번역시의 의미-『해조음』
과 『오뇌의 무도』의 대비적 고찰」, 『비교문학』 3, 한국비교문학회, 1979; 오영진,
「근대번역시의 중역 시비에 대한 고찰-김억의 번역시를 중심으로」, 『일어일문학
연구』 1, 한국일어일문학회, 1979; 이창식, 「『오뇌의 무도』의 번역양상-김억이
번역한 구르몽시를 중심으로」, 『한국문학연구』 10, 동국대 한국문학연구소, 1987;
조재룡, 「한국 근대시와 프랑스 상징주의 시 사이의 상호교류 연구-번역을 통한
상호주체성 연구를 중심으로」, 『불어불문학연구』 60, 한국불어불문학회, 2004;
김진희, 「근대 문학의 장(場)과 김억의 상징주의 수용」, 『한국문학이론과 비평』
22, 한국문학이론과 비평학회, 2004; 윤호병, 「한국 현대시에 반영된 폴 베를렌의
영향과 수용」, 『세계문학비교연구』 20, 세계문학비교학회, 2007; 구인모, 「한국의
일본 상징주의 문학 번역과 그 수용」, 『국제어문』 45, 국제어문학회, 2009.
13　이에 대해서는 다음의 연구 등을 참조할 수 있다. 김병철, 「서양문학수용태도에
관한 이론적 전개-1920년대의 번역문학논쟁을 중심하여」, 『인문과학』 3・4, 성균
관대 인문과학연구소, 1973; 김효중, 「『해외문학』에 관한 비판적 고찰」, 『한민족
어문학』 36, 한민족어문학회, 2000; 고명철, 「해외문학파와 근대성, 그 몇 가지
문제-이헌구의 「해외문학과 조선에 있어서의 해외문학파의 임무와 장래」를 중심
으로」, 『한민족문화연구』 10, 한민족문화학회, 2002; 서은주, 「1930년대 외국문학
수용의 좌표-세계・민족・문학」, 『민족문학사연구』 28, 민족문학사학회, 2005; 조
재룡, 「프랑스와 한국의 번역이론 비교 연구-문학텍스트의 특수성을 중심으로」,
『인문과학』 39, 성균관대 인문과학연구소, 2007; 박옥수, 「1920년대, 1930년대
국내 번역 담론과 번역학 이론과의 연계성 고찰」, 『동서비교문학저널』 20, 한국동
서비교문학학회, 2009; 김욱동, 「외국문학연구회와 양주동의 번역 논쟁」, 『외국문
학연구』 40, 한국외국어대학교 외국문학연구소, 2010.

각 시인들의 실제 번역 문체의 차이나 대조 연구는 번역문학 연구에서도 거의 모습을 찾아보기 어렵다. 문체 연구가 객관화되기 어렵고, 해외문학파의 활동이 창작 면에서 그리 괄목할 만한 성과를 거두지 못했음을 상기해 보더라도 한국 근대시의 형성에 큰 역할을 담당한 번역문학과 번역시의 실제 양상에 관한 연구가 충분했다고 볼 수 없다.

이 글에서는 식민지 시기 개인 번역 사화집으로 가장 방대한 양의 성과를 제출한 김억과 이하윤의 번역 시집 『오뇌의 무도』와 『실향의 화원』의 번역시를 비교해 보고자 한다. 특히 두 시집의 동일한 번역 텍스트 비교를 통해 1921년에 출간된 『오뇌의 무도』와 1933년에 출간된 『실향의 화원』에 번역된 조선어 문체의 양상과 차이 및 거리를 파악하려 한다. 이는 김억과 이하윤의 문체 비교뿐만 아니라, 1920년대의 번역의 영향과 그것을 극복하려는 시도 속에서 이루어진 1930년대 이후의 번역과 거기 드러난 조선어 문체의 모습을 비교하는 작업이기도 하다.[14] 결과적으로 번역의 과정을 통해 시인이자 번역가였던 두 문학가가 모색해 나갔던 시 번역 문체의 실천적 형태와 그것이 조선 근대시사에 갖는 의미를 살펴보고자 한다.

---

14 이 글에서는 필요한 경우에는 시의 원문을 제시하지만, 김억과 이하윤의 특징적인 번역 문체를 비교하는 데 초점을 두고 있으므로 원시와의 비교 작업을 주요 내용으로 다루지는 않는다.

2.『오뇌의 무도』와『실향의 화원』
　동일 텍스트와 번역 양상

　김억과 이하윤이 번역 시집을 통해 같은 작품을 번역한 바 있는 외국 시인들은 보들레르(Charles-Pierre Baudelaire, 1821~1867), 베를렌 (Paul-Marie Verlaine, 1844~1896), 랭보(Jean-Arthur Rimbaud, 1854~1891), 구르몽(Rémy de Gourmont, 1858~1915), 블레이크(William Blake, 1757~1827), 쉘리(Percy Bysshe Shelley, 1792~1822), 예이츠(William Butler Yeats, 1865~1939), 시몬즈(Arthur William Symons, 1865~1945), 나이두(Sarojini Naidu, 1879~1949) 등이다. 이 시편들은 대체로 잡지에 번역했던 시들을 번역시집을 엮으며 수정하여 넣거나 그대로 실은 것들이다.[15] 다음은『오뇌의 무도』(광익서관, 1921)와『실향의 화원』(시문학사, 1933)에 실린 동일 번역 작품들의 제목이다. 편의상『오뇌의 무도』에 수록된 순서대로 비교하여 본다.[16]

─────────

15 이 글에서는 특히『오뇌의 무도』와『실향의 화원』에 실려 있는 원 텍스트가 동일한 번역시들을 비교하되, 번역시집에 묶이지 않은 경우는 필요에 따라 참조하려고 한다. 시몬즈 번역의 경우 이하윤이『실향의 화원』에 번역한 시 세 편이 김억의 시몬즈 번역시집인『잃어진 眞珠』에 실린 텍스트와 겹치는데,『잃어진 진주』의 발행 연도인 1924년의 시점이『오뇌의 무도』수록 시들과 함께『실향의 화원』과 비교하여 살펴볼 만하다고 생각하여 대상으로 삼았다.

16 제목이 있는 시들의 원제는 다음과 같으며 제목이 없는 시들의 경우 원시의 첫 행을 표기한다. 한국어 제목은 김억의 번역이다. 가을의 노래 Chanson d'Automne; 흰 달 La lune blanche; 나무그림자 L'ombre des arbres dans la rivière embrumée; 검고 깊없는 잠은 Un grand sommeil noir; 都市에나리는비 Il pleure dans mon coeur; 흰 눈 La Neige; 죽음의 즐겁음 La Mort joyeux; 꿈 He Wishes for the Cloths of Heaven; 失戀 The Lover Mourns for the Loss of Love; 술노래 A Drinking Song; 장미꽃은 病들어서라 The Sick Rose; 寂寞 A Widow Bird; 漁夫

〈표 1〉

원작자	김억	이하윤	비고
Verlaine	가을의노래	가을노래	
	흰달	흰 달	
	나무그림자	안개어리운 냇물에	
	검고 싯업는잠은	가이업는 검은잠은	
	都市에나리는비	내가슴속에는 눈물이퍼붓네	
Gourmont	흰 눈	눈(雪)	
Baudelaire	죽음의 즐겁음	歡喜의死者	
Yeats	꿈	하눌나라의옷이 잇섯스면	
	失戀	失戀의 설음	이하윤의 번역은 『삼천리』, 1939.4.
	술노래	飮酒歌	
Blake	쟝미꼿은 病들어서라	알는薔薇	『오뇌의 무도』 재판(1923)에서는 「알는薔薇꼿」
Shelley	寂寞	과부새한마리	
Symons	漁夫의 寡婦	漁夫의寡婦	이하 3편의 김억 번역은『잃어진 眞珠』(평문관, 1924) 수록
	病든 맘	알는마음	
	海邊	바다ㅅ가에서	

　김억은『오뇌의 무도』서문에서 여기 실린 "대부분의 시편은 여러 잡지에 한번식은 발표하였던 것"[17]임을 밝혔다. 김억이 처음부터 체계를 세우고 선별하여 번역시집을 엮은 것은 아니지만, 변영로(卞榮魯)

　의 寡婦 The Fishor's Widow; 病든 맘 The Sick Heart; 海邊 On the Beach.
17　김억, 「역자의 인사 한마듸」, 『오뇌의 무도』, 광익서관, 1921, 10면.

는 이 역시집에 실린 시들에 대해 "근대 불란서 시가—기중(其中)에서
도 특히 명편 가작만 선발하여 역"[18]하였음을 상찬하였다. 『오뇌의 무
도』가 프랑스 상징주의 시들 그 중에서도 "데카당스에 물들은 리리시
즘과, 암시의 미학을 가능하게 하는 음악성에 대한 집착 속에서 상징
주의 시를 선별하고 번역한 것"[19]임은 앞선 연구에서 지적된 바 있다.
『오뇌의 무도』가 베를렌 21편, 구르몽 10편, 보들레르 6편, 사맹 8편
으로 총 85편 중 45편에 해당하는 프랑스 상징주의 계열의 시들에 대
한 경사를 보이고 있는 반면 이하윤의 『실향의 화원』은 총 6개국 110
편의 시 중에서 영국 51편, 아일랜드 15편, 미국 6편, 프랑스 29편
등으로 영어권 시들을 더 많이 번역하고 있다.[20]

　예이츠나 시몬즈를 소개하면서 그중에서도 그들의 신비주의적이
고 낭만주의적인 측면에 매료되었고,[21] 특히 시몬즈의 '찰나의 정조론'
에 영향을 많이 받았던 김억에 비해 이하윤의 경우, 번역 텍스트의
선정에 어떤 구상이나 계통이 있었던 것은 아닌 것으로 보인다.[22] 그

18　변영로, 「『오뇌의 무도』의 머리에」, 위의 책, 9면.
19　황종연, 「데카당티즘과 시의 음악—김억의 상징주의 수용에 관한 일반적 고찰」,
　　『한국문학연구』 9, 동국대 한국문학연구소, 1986, 182면.
20　김억이 『오뇌의 무도』 체재를 이렇게 짠 것은 이후에 타고르나 시몬즈 등 원 텍스트
　　를 영어로 창작한 시인들의 번역 시집을 따로 묶을 것을 염두에 두었기 때문일
　　수 있다.
21　이에 대한 선행 연구 검토와 영향관계에 관해서는 정금철, 「김억의 시에 미친 영시
　　의 영향」, 『인문과학연구』 3, 강원대 인문과학연구소, 1996을 참조.
22　유진오는 해외문학파의 외국문학 소개에 대해 "그들은 일반으로 너무 초보적·개념
　　적이었고, 그들이 소개하는 해외문학은 너무나 무계통·무질서였다"며 그 수준이
　　대학졸업논문의 수준을 넘은 일이 없고 소개한 작품 역시 해외문학에 문외한인
　　사람들마저 10년 이전에 재·삼독한 것이었음을 지적하였다. 최재서 또한 "이 집시
　　는 저명한 외국작가가 죽으면 부전(訃電)이 보도된 다음 날 아침 두건 도포에 단장

는『실향의 화원』서문에서 여기 실린 110편의 번역이 "아무 조직적 연구의 계통을 따른 바도 없이 다만 그때그때에 못이길 어떤 충동을 받아 여러 가지 무리를 돌보지 않고 마음에 울린 대로의 여파를 차마 버릴 수 없어 우리말로 옮겨놓는 모험을 감행하여 온 결실에 불과"[23] 하다고 말하고 있는데, 겸양의 서언이기도 하지만 비교적 사실에 가까운 진술이다. 다만 "그 원작자를 특별히 선택한 것도 아니"[24]라는 그의 진술에는 앞서 번역되었던『오뇌의 무도』를 포함한 전세대의 번역 및 일본으로부터 수신한 번역시집의 영향이 소거되어 있는데, 이하윤의 다른 글을 참조해 보자.

그러면 너는 「괴에테」나 「하이네」의 시를 읽어본 일이 없는가— 나 자신의 질문이 앞설 법도 한 일이거니와, 물론 영역 혹은 화역(和譯)의 「괴에테」나 「하이네」나 「노발리스」나 또 몇사람의 독일시인을 못 읽은 배 아니다. 그러나 당시에 나는 上田敏의 역시집『海潮音』과『海潮音以後』에 소개된 세계시가 중에서 불란서의 그것에 더 큰 매력을 느낀 것이 원인이 되어 불어의 학습을 선택 지망하게 되었고, 上田敏 시집은 오늘까지도 장서에서 제외하지 못하는 것 중의 하나다.[25]

을 짚고 축문을 읽고 그들의 50년기가 되면 제주가 되어 (중략) 그들은 육분(六分)의 불안과 사분(四分)의 자신을 가지고 고전세계에서 소요한다"고 해외문학파의 경박성과 비체계성을 비난하였다. 김병철은 이러한 평가에 동의하며 해외문학파의 인적 자원 전부가 학업을 끝내지도 않은 예과생들이었음을 그 이유로 들고 있다. 이에 대해서는 김병철, 앞의 책, 496~498면 참조.
23 이하윤, 「서」,『실향의 화원』, 시문학사, 1933.
24 위의 글.
25 이하윤, 「나의 애송시-서정의 정수」,『문장』, 1-7, 문장사, 1939.8, 175면.

이하윤은 위의 글에서 "「팰그레이브」의 영길리 서정시가선 『황금
시보(黃金詩寶)』"[26]를 자신이 애장한 사화집으로 꼽으며, 펄그레이브
(Francis Turner Palgrave)의 영시선집 『The Golden Treasury』의 영향을
받았음과 뒤이어 우에다 빈의 번역시집이 프랑스 시에 매력을 느끼게
하였다고 술회하고 있다. 김억의 번역시 선택과 프랑스 상징주의 시
에 대한 경도가 일본의 우에다 빈을 비롯한 외국문학 소개로부터 지
대한 영향을 받았음을 생각해 볼 때,[27] 위의 진술은 이하윤이 (무)의식
적으로 배제하였음에도 불구하고, 그의 시 번역과 선택이 결국 김억
(/우에다 빈)이라는 매개자와 깊은 관계를 맺고 있음을 보여준다.[28]

3. 김억(金億)과 이하윤(異河潤)의
   번역 문체의 차이와 거리

그동안의 연구에서 김억의 번역시에 대한 연구에 비해 이하윤의

---

26 위의 글, 174면.
27 구인모는 또한 김억의 베를렌느 번역과 율격에 대한 논의가 가와지 류코(川路柳虹)
   의 영향 아래 있음을 상술하였다. 구인모, 「베를렌느, 김억, 그리고 가와지 류코(川路
   柳虹)-김억의 베를렌느 시 원전 비교연구」, 『비교문학』 41, 한국비교문학회, 2007.
28 김용직은 외국시의 번역 소개의 경우 해외문학과와 일본문학과의 상관관계가 뚜렷
   이 포착되는 바가 없고, 번역 대상작품의 선정에도 일본 측과는 대척되는 입장이
   취해졌다고 보았다. 잡지 『해외문학』에 실린 작품의 경우 일본 측의 것을 멀리했을
   공산이 크다는 것이다. 그런데 이러한 견해는 당시 일본에서 개인 번역시집으로
   발간된 경우와 『해외문학』 수록 시만을 비교한 것이고, 이후 해외문학과의 시인
   소개나 번역들과 견주어 볼 때 더 상세히 검토되어야 할 것으로 보인다. 김용직,
   「해외문학과의 외국문학 수용양상-한국근대문학과 일본문학의 상관관계 조사고
   찰」, 『관악어문연구』 8, 서울대 국어국문학과, 1983, 22~24면 참조.

번역에 대한 언급이 거의 없었던 것은, 근대 초기 김억의 번역과 시
론, 창작 활동이 이후의 시들에 미친 영향의 중대함이 이하윤의 번역
이 갖는 의미에 비해 크고 시기적으로도 앞서 있기 때문일 것이다.
그렇다면, 구체적으로 이하윤 번역시의 실제를 살펴볼 때 그가 김억
에게서 받은 영향과 그것을 넘어 이루어내고 있는 성과란 어떤 것이
었을까?

　이하윤의 베를렌 시 번역에 대해, 김억이 생략했던 "제사(題辭)를
충실히 옮기며, 김억의 번역에서 드러났던 과도한 '감상성'을 어느 정
도 배제하는 데 성공한다. 하지만 그의 번역에도 여전히 일정 정도의
'감정 토로'의 흔적이 남아 있는 것이 사실이다. 이하윤은 김억의 '오
역'을 줄임으로써 보다 원시의 의미에 다가서려고 노력했으나, 앞선
김억의 번역을 뛰어넘는 데는 이르지 못한다."[29]고 보는 평가가 이하
윤의 번역에 관한 많지 않은 언급 중에서도 일반적인 것으로 보인다.
다음은 위의 언급에 해당하는 베를렌의 텍스트를 옮긴 김억과 이하윤
의 번역이다.[30]

---

29 김준현, 「해방 전 베를렌의 수용 및 번역」, 『프랑스어문교육』 32, 한국프랑스어문
교육학회, 2009, 284~286면.

30 원시는 다음과 같다. L'ombre des arbres dans la rivière emburmée/ Meurt comme
de la fumée,/ Tandis qu'en l'air, parmi les ramures réelles,/ Se plaignent les
tourterelles.// Combien, ô voyageur, ce paysage blême/ Te mira blême
toi-même,/ Et que tristes pleuraient dans les hautes feuillées/ Tes espérances
noyées! 원시의 제사는 다음과 같다. "Le rossignol qui du haut d'une branche
se regarde dedans, croit être tombé dans la rivière. Il est au sommet d'un chêne
et toutefois il a peur de se noyer.(Cyrano de Bergerac)"

〈표 2〉

「나무그림자」(『오뇌의 무도』)	「안개어리운 냇물에」(『실향의 화원』)
	나무가지에 노피안즌 쇠쏘리는 저혼자 그곳을보고 냇물에 써러진줄 미덧다 그는 참나무끝에 잇스면서 도 물에싸질가 두려워한다 　　　　　　　　　　-시라노 더 베르즈락
나무그림자는 안개어리운냇물에 煙氣인듯시 슬어지고말아라. 이러한째러리, 하늘을덥흔가지에는 들비듥이가 안저 울고잇서라. 아々 길손(旅人)이여, 빗갈업는이景致에 얼마나 그대의모양이 빗갈업는가. 눈물은 꿋도업서라, 놉흔닙우에 잠기여드는 그대의希望!	안개 어리운 냇물에 나무그림자는 연긔와도가치 사라지노나 그러나 이째 大氣속 진짜가지새에 들비듥이는 설허서 울고잇다 오 길손이여 蒼白한 이風景은 그대를 얼마나 蒼白히 비최려는가 쏘 나무닙 우거진 노픈곧에서 설게 눈물흘니는 그대의 물에싸진 希望은!

김억은 시 번역의 불가능성에 대해 논하면서, 여러 차례 번역가의 '창작적 의역'을 주장한 바 있었다. "축자이니 직역이니 하는 것보다도 창작적 무드로 의역하여서 그 시혼(詩魂)과 정조를 옮기는 것이 나을 줄로"[31] 안다는 그의 주장과 『금성』의 번역 비판은 양주동과의 논쟁을 불러일으켰고, 이후에 "번역이란 일종의 창작"[32]이라는 주장을 펼치며, "존재될 만한 가치 있는 작품이라면 원문과 비교하여는 오역보다도 악역이라 하여도 조금도 책삼을 것이 없는 줄 믿는다"[33]는 상

---

31 김안서, 「시단산책-『금성』『폐허』이후를 읽고」, 『개벽』 46, 1924.4, 36면.

32 김안서, 「이식 문제에 대한 관견(管見)-번역은 창작이다(1)」, 『동아일보』, 1927. 6.28.

33 김안서, 「이식 문제에 대한 관견(管見)-번역은 창작이다(2)」, 『동아일보』, 1927.

당히 극단적인 입장에까지 다다른다.

　문학작품의 번역, 특히 리듬과 어감, 음조 등을 중요시하는 시 텍스트의 번역이 어렵고 결과적으로 "완전한 역시(譯詩)란 것은 없다. 역시라는 것은 그것에 충실하면 미(美)를 잃고 아름다우면 충실하지 아니하는 것이다. 그것은 일개(一個)의 딜레마를 항상 수반한다"[34]는 사실에는 김억을 포함하여, 양주동, 이하윤, 김진섭, 정인섭 등 대부분의 번역가들이 동의하고 있었다. 다만 중역을 비판하며 원 텍스트를 충실하게 번역할 것을 주장하고 나섰던 이하윤의 경우, "원시(原詩)의 체면 같은 것을 돌아보지 아니하고, 맘대로 허물도 내"는 것이 용인된다고 여겼던 김억의 태도에는 비판적인 입장을 견지하고 있었고 가능하면 원 텍스트의 의미를 충실하게 전달함과 동시에 조선어의 결에 맞는 시의 형태를 구현하고자 애쓰고 있었다.[35]

　위에 제시한 베를렌의 시 번역을 통해서도 이하윤이 제목, 제사의 번역에서 원시에 좀 더 충실함을 볼 수 있다. 이 시에서 베를렌의 주안점이 아득한 과거부터 이러한 풍경이 '내 풍경'이었으며 '나'는 늘 저 풍경 속에 자리 잡고 있었음을 강조하는 데 있으므로 '과거시제'의 번

6.29.

[34] 김진섭, 「기괴한 비평현상-양주동씨에게(1)」, 『동아일보』, 1927.3.22.

[35] 김억, 양주동, 이하윤이 공통으로 번역한 작품을 비교해 보면 양주동에 비해서도 이하윤의 번역이 한결 우리말의 자연스러운 호흡에 가까운 읽기 편한 한글 문체를 보여주는데, 여기에는 앞 세대의 번역을 참조할 수 있었던 시기적 이점과 함께 앤솔러지로 묶으면서 한 번 더 손을 보았던 점도 작용하고 있는 것으로 보인다. 보들레르의 동일 텍스트를 번역한 김억의 「죽음의 즐겁음」(『오뇌의 무도』, 1921.3), 양주동의 「깃분 죽음」(『금성』 창간호, 1923.11), 이하윤의 「歡喜의死者」(『실향의 화원』, 1933.12)를 비교하여 참조할 수 있다.

역이 중요하다는 점은,[36] 김억과 이하윤 모두에게서 성공적으로 실현되지는 않은 것으로 보인다. 그럼에도 이하윤의 번역은 김억의 번역에 비해서는 읽기에 더 자연스러우며, 단어에 있어서도 현재의 감각에서 보아도 무리 없는 선택을 하고 있다.

먼저 김억의 "안개어리운냇물에", "이러한째러리, 하늘을덥흔가지에는", "빗갈업는이風景에"와 같은 띄어쓰기가 읽는 호흡에 비해 지나치게 긴 단위를 보여주고 있는 반면, 이하윤은 "안개 어리운 냇물에", "그러나 이쌔 大氣속 진짜가지새에", "蒼白한 이風景은"으로 한결 호흡 단위를 맞추어 따라가는 분절 형태를 보여준다.[37] 한글맞춤법통일안에 의한 띄어쓰기가 완전히 보편화되기 전이지만, 이하윤의 띄어쓰기는 점치 규정화되어가고 있는 한글맞춤법을 반영하고 있는 것으로 보이며 실제 호흡의 도막과 띄어쓰기에 의한 행별 마디수의 규칙성에 좀 더 세심한 주의를 기울이고 있다. 이 점은 잡지『해외문학』에 실릴 때의 모습과『실향의 화원』에 실릴 때의 차이를 비교해 보면 두드러진다.[38]

---

36 이에 대해서는 김준현의 해석을 참고하였다. 김준현, 앞의 글, 284~285면.

37 장철환은 김억이 '시인의 호흡'을 시의 음률과 미적 자질을 결정하는 핵심적 요인으로 간주하고 있었음을 언급하면서 안서에게 시인의 호흡을 나타내는 시적 표지는 띄어쓰기의 마디임을 지적하였다(장철환,「『오뇌의 무도』수록시의 형식과 리듬의 양상 연구」,『국제어문』58, 국제어문학회, 2013, 433~438면). 당시의 띄어쓰기가 시인들의 개별적 특성을 반영하며, 김억이 시의 정조와 분위기에 따라 시행의 호흡의 마디를 다르게 분할하고 있음을 지적한 점에 유의하여 볼 수 있다. 그런데『오뇌의 무도』에 실린 번역시를 두루 살펴볼 때, 때로는 치밀하지 못한 불규칙성이 보이기도 하며, 호흡을 나타내는 표지와 띄어쓰기의 마디가 대응된다고 말하기 어려운 부분도 보인다.

38 『해외문학』에『안개어리운냇가에나무그림자는」이란 제목으로 실렸을 때의 이하

『해외문학』의 이하윤 번역에서는 "그리고놉흔님에애닯히눈물흘니는"처럼 한 행을 한 번도 띄어쓰기하지 않거나 한 행을 의미나 호흡과는 별 상관없이 대체로 두 도막으로 띄어쓰기한 점이 눈에 띈다. 이에 비해『실향의 화원』에 실린 시들의 띄어쓰기는 한 행 내에서 좀 더 마디가 짧아졌고 행별 마디수를 동일하게 배치한 시들이 많아지고 있다. 김억(또는 양주동)의 번역과 띄어쓰기가 없는 일본 번역의 경우를 참조하였던 이하윤이, 『해외문학』 시대를 거치면서 호흡의 단위와 조선어로 구현된 시에서의 마디와 행의 일치 여부가 시의 율격과 연관됨을 인지하고 나름의 형식을 만들어가고 있음을 보여준다.

이는 다른 작품들에서도 마찬가지인데, 이하윤의 『해외문학』에 실린 베를렌의 「가을노래」 번역에서 "鐘소래들닐째/ 가삼은질니고/ 희프른낫빗헤/ 울음을운다"는 『실향의 화원』으로 오면서 "鐘소리 들닐째/ 가슴은 질니고/ 蒼白한 낱빛에/ 우름을 운다"로 바뀐다. 호흡의 분절에 좀더 신경을 쓰고 있는 것이다. 베를렌의 「흰 달」의 2연 번역을 보자.[39]

윤의 번역은 다음과 같다. "안개어리운냇가에나무그림자는/ 煙氣와도가치사러지노나/ 그러나이째 大氣속참가지새에/ 들비닭이는울음을운다.// 오-길손이여 蒼白한이景色은/ 그대를얼마나蒼白히비최려는가/ 그리고놉흔님에애닯은눈물흘니는/ 물에싸진그대의希望은!"

39 원시는 다음과 같다. La lune blanche/ Luit dans les bois ;/ De chaque branche/ Part une voix/ Sous la ramée…// Ô bien-aimée.// L'étang reflète,/ Profond miroir,/ La silhouette/ Du saule noir/ Où le vent pleure…// Rêvons, c'est l'heure.// Un vaste et tendre/ Apaisement/ Semble descendre/ Du firmament/ Que l'astre irise…// C'est l'heure exquise.

〈표 3〉

「흰달」(『오뇌의 무도』)	「흰 달」(『해외문학』)	「흰 달」(『실향의 화원』)
反射의거울인 池面은빗나며, 輪廓만보이는 검은버도나무엔 바람이울어라…… 「아々 이는숨쉴재」	못물은反射한다. 깁흔거울도가치 식검은버들의 실우에트를 쏘바람은울고……	못물은 비최인다 밑기픈 거울도가치 바람이 울고잇는 식컴은 버드나무 그림자를

위의 세 번역을 비교해 보면 『실향의 화원』 번역 텍스트로 오면서 조선어의 자연스러운 시적 리듬이 느껴짐을 알 수 있다. 여기에는 몇 가지 차이들이 작용하고 있다. 앞서 지적한 호흡의 단위에 더 가까운 띄어쓰기 외에도 『해외문학』에 실릴 당시 썼던 '反射'나 '실우에트' 같은 한자어와 외래어를 가능한 순 한글에 가깝게 고친 점, 그리고 통사구조도 조금 더 조선어의 어법에 맞게 고려한 점을 볼 수 있다.

김억의 번역에서 보이는 "反射의거울인/ 池面은빗나며"와 같은 구절은 일본어 번역에서 "の"를 중첩하여 수식하며 이어지는 통사구조의 영향을 받고 있다. 가령, "가을의날/ 쩨오론의/ 느린鳴咽의/ 單調로운/ 애닯음에/ 내가슴압하라"(「가을의노래」, 밑줄은 필자의 표시)는 우에다 빈의 "秋の日の/ ヴィオロンの/ ためいきの/ 身にしみて/ ひたぶるに/ うら悲し"(「落葉」)나 가와지 류코의 "秋の日の/ ビオロンの/ 聲ながき歔欷、/ もの倦き/ 疲れ心地に/ わか胸を痛ましむ"(「秋の歌」)와 같은 번역에서 보이는 일본어식 수식 구조 'の'의 중첩구조에서 영향받은 듯 어색한 번역식 문장을 보여준다. 이하윤은 이러한 일본어식 표현을 지양하면서, "가을날/ 쩨올롱의/ 기인우름은/ 單調러운/ 애달

픔에/ 가슴을 괴롭히노나"(「가을노래」)와 같이 꼭 필요한 부분에만 '의'
라는 조사를 사용하고, 수식과 피수식 구조를 더 풀어헤치거나 격조
사를 활용해 가능한 조선어의 어법에 가깝게 배치하기 위해 노력하고
있다.[40] 아래는 이와 같은 어법상의 차이들이 보이는 예이다.

> (1) 銀色의흰달은/ 수플에 빗나며 -「흰달」(『오뇌의 무도』)
> 　　흰 달빛이/ 숩풀에 비최여 -「흰 달」(『실향의 화원』)
> (2) 이쓰거운 내가슴의속에/ 짜닭업는 눈물의비가오아라
> 　　-「都市에나리는비」(『오뇌의 무도』)
> 　　시달닌 이가슴속에/ 짜닭업시 흐르는눈물
> 　　-「내가슴속에는 눈물이퍼붓네」(『실향의 화원』)
> (3) 忘却의안에/ 자람이노라 ── 물아레의 鮫魚와 갓치. (중략) 蛆蟲아,
> 　　알니어라, 魂도업고, 죽음의안에 죽음되는
> 　　-「죽음의 즐겁음」(『오뇌의 무도』)
> 　　忘却안에 자련다 물속에 상어와가치 (중략) 구덕이여 말하라 혼도
> 　　업시 죽음속에서 죽은 -「歡喜의死者」(『실향의 화원』)

(1)을 포함하여 위의 비교에서 주목해 볼 것은 그 의미상의 차이는
그리 크지 않은 데 비해, 조선어의 어법과 어감과의 조화를 꾀하는
번역 문장에 대한 고려는 눈에 띈다는 점이다. (2)의 경우 이하윤의
번역으로 오면서 의미도 명확해졌지만, 표현의 간결함이 문장구조의
자연스러움과 호응되고 있음을 볼 수 있다. (3)에서 "자람이노라"와

40　그러나 이 번역 또한 조사의 호응이 야기하는 의미의 애매모호함에 관하여 양주동
　　의 지적을 받은 바 있다. 이에 관해서는 양주동, 「문예비평가의 태도 기타-『해외문
　　학』을 읽고」, 『동아일보』, 1927.3.2.~1927.3.4.

같은 어말어미가 "자련다"로 바뀌고 "鮫魚"나 "蛆虫"이 "상어"와 "구더기" 같이 직관적으로 이해가 되는 순 한글로 표현되고 있음을 볼 수 있다. 또 "죽음의 안에 죽음되는"이 "죽음속에서 죽은"과 같은 조선어에 적합한 표현으로 바뀌면서 의미의 용이성뿐만 아니라 읽기의 호흡이 자연스러워지는 효과까지 얻고 있다.

일본어식 어법과 거기에 영향 받은 번역투를 지양할 뿐만 아니라, "鮫魚"나 "蛆虫" 등의 일본식 한자어를 이하윤이 의식적으로 바꾸고 있다는 것은 『실향의 화원』에 실린 「안개어리운 냇물에」를 보아도 알 수 있다. 『해외문학』에 실릴 당시 "오―길손이여 蒼白한이景色은"이라고 이하윤이 번역했던 부분은 여기에서 "오 길손이여 蒼白한 이風景은"로 바뀌고 있다. 김억의 번역이 "아々 길손(旅人)이여, 빗갈업는 이景致에"임을 고려해 보면, 이하윤은 김억이 "빗갈업는"으로 옮긴 "blême"을 『해외문학』에서 "蒼白한"으로 번역한 부분은 그대로 두었지만, "景色(けしき)"이라고 표현했던 일본식 한자어는 『실향의 화원』에서 "風景"으로 수정하고 있다. 때로는 김억이 순 한글로 표현했던 시어라도, 이하윤은 의미의 명확성을 전달하기 위해서는 한자어를 골라 쓰는 대신, 무의식적으로 일본식 한자어를 채용했던 부분을 의식적으로 바꾸어 번역하고 있는 것이다.

이밖에도 위의 구절들을 포함하여 동일 텍스트의 번역을 비교하여 볼 때, 김억의 번역과 이하윤의 번역 문체의 차이를 규정하는 몇 가지 특성들로 다음을 들 수 있다. 첫째, 김억은 동일한 종결어미를 반복하여 일종의 각운에 해당하는 음악적 효과를 시도하고 있으며 '다'형의 종결어미를 극단적으로 회피하고 있는 데 반해, 이하윤은 연결어미와 종결어미를 더 다양하게 구사하며 김억이 회피하고 있는 '다'로 끝나

는 종결어미도 때에 따라 적절하게 사용하고 있다. 둘째, 종결어미와
도 연관되는 사항으로 김억의 시에서 감탄 또는 영탄을 표현하는 수
사와 '~어라'의 반복이 눈에 띄게 많은데 비해, 이하윤의 번역에서는
원시에 없는 영탄조의 표현은 지양하고 있으며 각 연의 동일한 위치
에 해당하는 행의 형식을 맞추거나 띄어쓰기로 호흡의 단위를 동일하
게 배치하여 음악적 효과를 노리고 있다. 셋째, 김억은 일본식 한자어
나 스스로 만든 조어식 단어들을 상대적으로 더 많이 쓰고 있는데,
이하윤은 가능한 일본식 한자어를 포함한 한자어를 순 한글 표현으로
바꾸거나 한자어를 쓸 경우 의미를 명확하게 표현하려는 경향을 보이
고 있다.

〈표 4〉

「꿈」(『오뇌의 무도』)	「하눌나라의옷이 잇섯스면」(『실향의 화원』)
내가 만일 光明의 黃金, 白金으로 짜아내인 하늘의繡노흔옷, 날과밤, 또는 저녁의 프르름, 어스럿함, 그리고 어두움의 물들인옷을 가젓슬지면, 그대의 발아레 페노흘려만, 아싹 가난하여라, 내所란 쑴박게업서라, 그대의발아레 내쑴을 페노니 나의생각가득한 쑴들를 그대여, 가만히 밟고 지내라.	금과 은의 밝은빛으로 짜내인 하눌나라의 수노흔옷을 내가 가젓스면 밤과 낫과 새벽과 황혼의 푸르고 어둡고 검은옷이 내게 잇섯스면 그옷을 그대발아레 까라드리렷만 나는 구차한지라 오직 내 쑴이 잇슬분 그대발밑에 이쑴을 까라올니오니 고히 밟으소서 내쑴을 밟고가시는님이어

　　원시인 예이츠의 "He Wishes for the Cloths of Heaven"[41]은 이하
윤에 앞서 변영만(卞榮晩), 김영랑(金永郎)도 번역한 바 있다. 제목을

「꿈」으로 축약하거나 원시 8행을 11행으로 늘린 김억의 번역에 비해, 이하윤은 원시의 제목과 행수를 충실히 따른다. 다만 "the cloths"를 '천'이 아니라 "옷"으로 번역한 것은 동일하다.[42] 김억의 번역이 일본 번역본의 제목과 행수, 표현방식까지 상당부분 차용했음은 선행 연구에서 언급되었다.[43] 특히 김억의 앞 3행 "내가 만일 <u>光明</u>의/ <u>黃金</u>, <u>白金</u>으로 싸아내인/ <u>하늘의繡노흔옷</u>"과 같은 번역의 구조는, 구리야 가와 하쿠손(厨川白村)의 "<u>光明</u>の、/ <u>こがね白がね織</u>りなせる、/ <u>あま つみそらの繡衣</u>"(「戀と夢」)의 구조와 흡사하며, "<u>아々 가난하여라, 내 所有란 쑴박게업서라,</u>"의 감탄사를 포함한 문장은 고바야시 치카오 (小林愛雄)의 "<u>ああさはれ、まづやわれは/ ただ夢をもつばかり</u>"(「夢」)[44] 와 흡사하다. 원시의 6행 "But I, being poor, have only my dreams" 를 이하윤이 "나는 구차한지라 오직 내꿈이 잇슬분"으로 옮기고 있는 데서, 앞서 이하윤이 양주동의 지적에 반발하면서 원시에 있지도 않 은 "아"를 붙여 원작의 기분을 해친다며 김억의 중역을 비판하였던

---

41 원시의 본문은 다음과 같다. Had I the heavens' embroidered cloths,/ Enwrought with golden and silver light,/ The blue and the dim and the dark cloths/ Of night and light and the half-light,/ I would spread the cloths under your feet:/ But I, being poor, have only my dreams;/ I have spread my dreams under your feet;/ Tread softly because you tread on my dreams.

42 변영만은 "織物"로, 김영랑은 "옷감"으로 번역하였으며, 이후에 임학수(林學洙)는 "비단"으로 번역하였다.

43 김용권, 「예이츠 시 번(오)역 100년: "He wishes for the Cloths of Heaven"을 중심 으로」, 『한국 예이츠 저널』 40, 한국예이츠학회, 2013. 김용권은 일본어 번역본과 김억의 번역을 비교하며, 김억의 번역이 厨川白村과 小林愛雄의 번역을 반씩 옮긴 듯하다고 지적하였다.

44 厨川白村의 번역은 『明星』 6(1905.6.)에 실려 있으며, 小林愛雄의 역은 『近代詩歌 集』(1918), 자세한 사항은 위의 글, 158~159면 참조.

점이 상기된다.

이외에도 김억과 이하윤의 예이츠 번역에서는 앞서 정리한 특성들을 비교하여 볼 수 있는데, 김억이 "가난하여라", "숨박게업서라", "지내라"처럼 종결어미를 "~라", "하여라" 등으로 동일하게 처리하고 있는 데 반해 이하윤은 "구차한지라", "내움이 잇슬분", "밟으소서" 등으로 연결어미와 종결어미를 다양하게 사용하고 있다. 이하윤은 김억이 시도한 각운의 효과 대신, 각 행의 띄어쓰기와 호흡의 마디를 사용하여 등가적 배열을 함으로써 운율을 만들어내려고 한다. 가령 김억의 번역이 원 텍스트의 8행을 11행으로 번역하면서 한 행의 음절과 마디수를 2.2.3/ 2.4.4/ 7/ 3.2.3/ 3.4.4.4/ 5.5/ 3.3.5/ 2.5.4.6/ 6.3.3/ 7.3/ 3.3.2.3 등으로 불규칙하게 배열하고 있다면, 이하윤의 번역은 2.2.5.3/ 5.5.2.4/ 2.2.3.3/ 3.3.4.2.4/ 3.5.6/ 2.5.2.3.3/ 5.3.6 등으로 상대적으로 4음보격(±1음보)에 가까우며 더 규칙적인 율격을 만들어내고 있다. 또 1행과 3행, 2행과 4행의 구조를 같게 하고 2행의 "가젓스면"과 4행의 "잇섯스면"을 대응시켜 결과적으로 음악적이면서도 자연스럽게 읽히는 시적 리듬을 실현하고 있다. 김억에게서 보이는 "光明", "黃金", "白金", "繡", "所有"와 같은 한자어들을 하나도 노출시키지 않은 점도 음상(音相)의 부드러움과 음악적 효과에 기여하고 있는 것으로 보인다.

또한 김억과 이하윤의 시몬즈 번역을 비교해 보면 수식 구조와 서술어 형태를 다르게 함으로써 번역문체가 달라지는 현상을 볼 수 있는데 다음의 시를 통해 구체적으로 알 수 있다.[45]

---

45 원시 "The fishor's widow"의 본문은 다음과 같다. The boats go out and the boats

〈표 5〉

「漁夫의 寡婦」(『잃어진 진주』)	「漁夫의 寡婦」(『실향의 화원』)
荒寂하야 빗쌀도업는 하늘의아레를 漁船은 나아가며, 漁船은 들어오아라, 부는바람에 비와물결은 흰빗을 씌엿고 하이한 갈메기는 부르짓고잇서라. 것츨게 쑤리는비에 쓸이여 바다물이 것츨게 쒸놀새, 그女人은 바다우를 바라보고잇서라, 이리하야 넘어가는 기나긴날, 그마음은 뭇이나바다에도 病困해서라. 하늘긋이 다은, 灰色의넓은곳에는 물결과함씌 써도는 쓰저진船帆, 그船帆을 그女人은 바라보고 잇서라, 漁船은 나아가며, 漁船은 들어오나 그러나 漁船하나는 간곳이 업서라.	치웁고 쓸쓸한 하눌밑에 漁船은 나아들가며 漁船은 도라들오네 바람이 부러서 비와 물결은 희고 울음을 우느니 하이안 갈매기졔여 세차게 듸러치는 비에쓸며 바람이 거츨어질째 그내는 바다를 보네 그래서 그내마음도 지첫네 바다와 륙지에 기나긴날이 점으러 감일내 넓은 회색水平線가에 찌저진듯이 물결에 휘날님을 그내는 보느니 漁船은 나아들가며 漁船은 돌아들오나 그러나 한척만은 써나간채 오지를안네

위의 시에서 김억과 이하윤의 번역 문장을 대조해보면, ①"빗쌀도업는 하늘의아레"/"쓸쓸한 하눌밑에" ②"부는바람에"/"바람이 부러서" ③"비와물결은 흰빗을 씌엿고"/"비와 물결은 희고" ④"灰色의넓은곳에는"/"넓은 회색水平線가에"와 같이 수식 구조에 의해 번역 문체의 개인성이 실현되고 있음을 볼 수 있다. 김억은 대체로 명사의 앞에 관형격 형용사나 동사를 포함하는 어구로 수식하며 주어를 구성하는

come in/ Under the wintry sky;/ And the rain and foam are white in the wind,/ And the white gulls cry.// She sees the sea when the wind is wild/ Swept by the windy rain;/ And her heart's a-weary of sea and land/ As the long days wane.// She sees the torn sails fly in the foam,/ Broad on the sky-line gray;/ And the boats go out and the boats come in./ But there's one away.

반면에, 이하윤은 대체로 간단한 형용사로써 주어인 명사를 수식하거나 '명사 주어+형용사 또는 동사 서술어'의 형태를 취하고 있다. 원시와 비교할 때 양쪽의 번역 다 수긍할 만한 번역이라고 할 수 있으므로, 의미의 차이보다는 개성적인 문체의 차이라 할 수 있다. 결과적으로 김억의 번역에 비해서는 이하윤의 번역이 문장을 간결하게 구성하고 번역문의 어색함을 줄이는 데 기여하고 있다고 판단된다.

동일 텍스트의 번역을 비교해 볼 때 나타나는 특징으로, 앞서 음절과 음보의 등가성과 규칙성이 이하윤에 와서 더 강화되고 있음을 언급한 바 있다. 시몬즈의 "On The Beach" 번역을 비교하여 보면 이러한 특징을 더욱 확실하게 감지할 수 있다.[46]

〈표 6〉의 시를 소리 내어 읽어보면, 이하윤의 번역에서 음악적 효과가 더 강화되고 있음을 알 수 있다. 이는 이하윤이 각 행의 구조를 거의 비슷하게 배치하고, 3음보격을 강화하였기 때문이다. 가령 이하윤의 3연, 4연 번역을 보면 띄어쓰기와 문장구조에 신경 써서 3음보격을 맞추고 있다. 또 시 전체적으로 각 행의 끝부분을 대체로 5글자 형태로 번역하여 7.5조에 가까운 모습을 보여준다. 그리하여 이하윤의 번역시는 마치 노래의 가사와 같은 느낌을 주고 있는 것이다.

---

46 원시는 다음과 같다. Night, a grey sky, a ghostly sea, / The soft beginning of the rain: / Black on the horizon, sails that wane / Into the distance mistily. // The tide is rising, I can hear / The soft roar broadening far along; / It cries and murmurs in my car / A sleepy old forgotten song. // Softly the stealthy night descends, / The black sails fade into the sky: / Is this not, where the sea-line ends, / The shore-line of infinity? // I cannot think or dream: the grey / Unending waste of sea and night, / Dull, impotently infinite, / Blots out the very hope of day.

〈표 6〉

「海邊」(『잃어진 진주』)	「바다ㅅ가에서」(『실향의 화원』)
밤, 灰色하늘, 幽靈인듯한 바다, 곱게도 오시기비롯하는 비, 컴하게도 水平線우의 배들은 안개와갓치 먼곳으로 업서지어라.	밤 재ㅅ빗하눌 무서운바다 부실부실 나리기시작한비(雨) 저 地平線우에 썸어케 안개가치 멀니 살어지는듯(帆)
바다물이 밀어올새, 나는 듯노라, 멀니서부터 넓어지는 곱은물소리의 내귀가에 속삭이며, 부르짓는 잠오는듯한 오랜忘却의 노래를	조수는 밀녀드는데 들니나니 멀니 퍼저가는 부드런呻吟聲 이저버린 잠오는 낡은 노래를 웨치면서 쏘 속삭이기도 하며
곱게도 삼가는듯시 밤이 오시면 검은 船帆은 하늘속으로 슬어지나니, 바다물이 싯난바 그곳에는 無限의두던, 그것이 아니런가?	고요한밤은 남몰내 나려와 검은듯 하눌속에 살어저가네 저바다 끝나는곧 그限界야말로 無限의 바다ㅅ가 아니일넌지
나는 생각도 쑴도 업노라, 灰色의 밤과바다의 싯도업는荒野, 가이업시도 힘업는, 限업는荒野는 白日의希望좃차 업시하고 말아라.	생각도못하네 쑴에도 못쑤고 바다와 밤의 끝업는荒野 陰曇하고 萎衰한 가이업는들 낮(晝)의 希望조차 업새주누나

한편 이하윤은 원시와의 비교를 통해 김억 시의 오류를 교정하거나
원시의 의미에 더욱 가깝게 다가가는 번역을 하기도 하였다. 다음은
구르몽의 "La Neige"를 번역한 예이다.[47]

---

47 원시 "La Neige"의 시 본문은 다음과 같다. Simone, la neige est blanche comme
ton cou,/ Simone, la neige est blanche comme tes genoux.// Simone, ta main
est froide comme la neige,/ Simone, ton cœur est froid comme la neige.// La
neige ne fond qu'à un baiser de feu,/ Ton cœur ne fond qu'à un baiser
d'adieu.// La neige est triste sur les branches des pins,/ Ton front est triste
sous tes cheveux châtains.// Simone, ta sœur la neige dort dans la cour,/

〈표 7〉

「흰 눈」(『오뇌의 무도』)	「눈」(『실향의 화원』)
시몬아, 너의목은 흰눈갓치 희다, 시몬아 너의 무릅은 흰눈갓치 희다,	「시몬」아 눈은 네목덜미가치 희구나 「시몬」아 눈은 네무릅가치 희구나
시몬아, 네손은 눈과갓치 차다, 시몬아, 네맘은 눈과갓치 차다,	「시몬」아 네손은 눈가치 차구나 「시몬」아 네맘은 눈가치 차구나
이눈을 녹이랴면 불의키쓰, 네맘을 녹이랴면 離別의키쓰.	눈을 녹이랴면 오직 불의키스 네맘을 풀려면 리별의 키스라야만
눈은寂寞하게도 소나무가지에 싸엿다, 네니마는 寂寞하게도 黑髮의아래에잇다.	솔나무 가지우에 설고 외로운눈 밤빛 머리밑에 설고외로운 네이마
시몬아, 너의뉘이되는 흰눈이 쓸에서 잔다, 시몬아, 너는 나의흰눈, 그리하고 내愛人이다.	「시몬」아 네누이 눈은 쓸에서 잠을자고 「시몬」아 너는 나의눈 내사랑하는이

　위의 시의 1연 1, 2행을 원문 "Simone, la neige est blanche comme ton cou,/ Simone, la neige est blanche comme tes genoux."와 비교해 볼 때, 김억의 오역이 이하윤에 와서 수정되고 있음을 볼 수 있다. 또한 예이츠의 시를 번역한 김억의 「失戀」과 이하윤의 「失戀의 설음」의 마지막 3행을 비교해 볼 때도 김억이 "하로는 그아낙네가 내맘속을 엿보고/ 自己의 모양이 아직도 내가슴에 잇슴을보고는/ 그 아낙네는 울면서 써나갓서라."와 같이 번역하여, 독자로 하여금 "그아낙네"와 "自己"의 관계에 대하여 혼동을 불러일으키는 반면, 이하윤은 "꿈이러라 그는 어느날 내가슴을 삷혀/ 거기 비친 그대 그림자를 보고는/ 그만 울면서 가버리였노라"와 같이 "그"와 "그대"라는 대명사를 구분하

Simone, tu es ma neige et mon amour.

여 사용함으로써 이해를 용이하게 하고 있다. 이처럼 이하윤은 김억의 번역을 참조하고 원시와의 비교를 통해 원 텍스트의 의미에 가까이 가는 한편, 가능한 문장구조를 다듬거나 글자 수의 규칙성과 행·연에 따른 동일성을 강화하여 가독성과 음악성을 높이고 있다.

4. 번역의 과제, 근대시의 포에지와 조선시의 불안

해외문학파의 등장 당시 벌어졌던 시 번역과 번역 문체에 관한 논쟁이 심화된 형태로 전개되어 번역 논쟁의 성과를 보여주었다고 보기는 어렵다. 그러나『금성』출간과 이후『해외문학』출간 당시 이루어졌던 김억, 양주동, 해외문학파 등의 번역문체 특히 시의 번역에 관한 논쟁은 의역론과 직역론의 구분을 넘어 조선문학과 세계문학의 관계 그리고 조선의 근대문학과 조선 어문에 관한 의미심장한 문제들을 제기하였다. 이 문제들이란 근대 조선문학 또는 국민문학의 수립과 번역가의 역할, 번역된 조선어 문장에서의 한자와 한자어 사용, 문체의 난해함과 민중성 또는 대중성의 관계, 비어와 외래어 사용과 표현의 생산성 그리고 번역과 조선어문의 발전과 같은 문제들이었다. 정인섭의 해외문학파에 대한 자평이나, 양주동의 번역 비판에 대한 김진섭과 이하윤 등의 반박에 상응하는 번역이 잡지『해외문학』에서 이루어지지는 않았으나, 해외문학파를 한 축으로 하여 이 시기 이후의 외국문학 연구 활동 속에서 그 실천적인 양상들이 확충되어 갔던 것은 사실이다.

『실향의 화원』의 번역을 가능하게 했던 것은 김억, 양주동의 앞선

번역을 참조하면서 더 나은 번역을 시도하고 모색한 점, 일본어 번역
본과 불어·영어 원본을 함께 참조했던 점, 그리고 근대 초기에서 『오
뇌의 무도』 출간 시기를 거쳐 형성되어 가는 당대 조선문단의 다른
시인들의 시형식과 문체를 참조할 수 있었던 점 등이었을 것이다. 조
중환은 잘 알려진 1930년대의 회고에서 번안의 방법에 대해 1. 사건
에 나오는 배경 등을 순 조선 냄새 나게 할 것 2. 인물의 이름도 조선
사람 이름으로 개작할 것 3. 플롯을 과히 상하지 않을 정도로 문채와
회화를 자유롭게 할 것을 역설하였는데,[48] 이는 번안에 해당하는 원칙
으로서 결과적으로 번안이 아닌 번역이란 "원작의 배경, 고유 명사
구성, 언어적 질감을 모두 보존"[49]해야 한다는 것을 뜻한다. 그렇다면
시를 번역할 때, 외국어 텍스트와 조선어 문체의 사이에서 번역가들
이 고민하였던 요소들은 어떤 것이었을까?

번역의 기본 전제인 원 텍스트의 의미를 손상시키지 않으면서 시의
정조와 율격을 조선어 어법에 맞게 구현하는 것, 즉 김진섭이 지적한
대로 의미의 '충실'함과 언어의 '미'의 조화였을 것이다. 그러나 인물
과 시간, 장소, 배경, 플롯 등 여러 가지 요소들의 결합과 사건에 의해
전개되는 서사물과 달리 시라는 짧고 섬세한 언어 형식 속에서 이 두
가지의 조화를 꾀하기란 쉽지 않았을 것이다. 김억-양주동, 양주동-
해외문학파 간의 의역/직역 논쟁은 이 어려움을 실질적으로 현시한
다. 그들의 논쟁 속에서 흥미로운 점은 조선문단의 문학가나 다른 번
역가들의 번역문체에 관한 지적에 대해서는 그것이 대체로 온당한 것

48 조중환, 「번역 회고-『장한몽』과 『쌍옥루』」, 『삼천리』 6-9, 1934.9, 234면.
49 박진영, 앞의 책, 55면.

이었음에도 매우 신경질적이거나 공격적으로 반응했던 데 반해, 자신의 번역문의 성과에 대해서는 매우 겸손한 태도를 보이고 있다는 점이다.

더욱 새 詩歌가 우리의 아직 눈을 쓰기 시작하는 문단에서 오해나 밧지 아니하면 하는 것이 역자의 간절한 열망이며, 쏘한 애원하는 바임니다. 자전과 씨름하야 말을 만들어노흔 것이 이 역시집 한 권임니다. 오역이 잇다 하야도 그것은 역자의 잘못이며, 엇지하야 고흔 역문이 잇다 하여도 그것은 역자의 광영임니다. 시가의 역문에는 축자, 직역보다도 의역 쏘는 창작적 무드를 가지고 할 수박게 업다는 것이 역자의 가난한 생각엣 주장임니다.[50]

역사가 길고 사상이 깁고 형식을 가촌 그들의 시가를 우리말로 옴기랴는 어려움도 심하거니와 그야말로 주옥가튼 불후의 명편을 손상시켜노앗스니 원작자에 대한 죄가 엇지 쏘한 허술하다고야 하겟사오릿가 거기 대한 불만이 잇다 하면 말할것도 업시 그 잘못은 이 역자가 저야 할 것이라 합니다. 더구나 우리말조차 잘 알지 못하는 역자로서는 가튼말을 쓰시는 여러분께 더욱 죄만스러운 생각이 만흐나 고르지 못한 세상 일이라 엇더케 하겟습닛가 외국어와 자국어와 시가 이 세가지에 造詣가 다가치 기퍼야만 완성될 수 잇는 일이니까요.[51]

통상적인 책의 서문에 들어가는 겸양임을 감안하더라도, 김억과 이하윤의 태도에는 공통되는 것이 있는데 그것은 시 번역의 아포리아를 수긍함과 동시에, 원 텍스트의 발신국−번역자로서의 수신국 사이

---

50 김억, 「역자의 인사 한마듸」, 『오뇌의 무도』, 광익서관, 1921.

51 이하윤, 앞의 글.

의 격차에 대한 뿌리 깊은 콤플렉스를 보여주고 있다는 점이다. "새 詩歌가 우리의 아직 눈을 뜨기 시작하는 문단에서 오해나 받지 아니 하면 하는 것이 역자의 간절한 열망"이라는 김억의 말은 조선의 근대 시 초기의 현실을 잘 보여준다. 이른바 '맹아(萌芽/盲兒)'적 상태였던 문단에서 "오해"나 받지 않았으면 한다는 김억의 말이나 "역사가 길고 사상이 깊고 형식을 갖춘 그들의 시가를 우리말로 옮기려는 어려움" 에 처해 있다는 이하윤의 말이나 그것이 발해지던 시기는 10년 이상 의 거리가 있었지만, 조선의 시와 문학에 대한 태도는 근본적으로 동 일하다. 그러므로 김억의 '가난'과 이하윤의 '죄'는 다르게 말하자면 근대적 형식과 문체가 미비한 근대 조선문학의 '가난'이요 '죄'였던 것이다.

조선어의 형용사나 부사의 미비함을 지적하며 번역의 고충을 토로 한 김억 이후, 조선어의 '가난'에 대한 결여감의 노출은 당시 조선의 번역가들이 번역을 시작하기 앞서 항상 내세우는 클리셰 같은 것이었 다. 클리셰라고 표현하기에는 과거의 문학·지식 창출 담당어인 한문 과 현재의 제국의 공용어인 일본어문 사이에 있는 조선어문의 현실적 상황이 절박했던 것은 사실이다. 그러나 더 정확하게 말하자면, 그들 이 맞닥뜨리고 있었던 어려움이란 조선어 자체의 결여나 미비함의 문 제라기보다는 근대문학어로서 사상과 감각을 표현할 형식을 찾아나 가고 있었던 조선문학의 곤란과 투쟁이 '번역'이라는 언어 간의 맞부 딪침을 통해 가장 극적으로 현시되었다는 데 있을 것이다.

앞서 비교하여 보았던 김억과 이하윤의 번역 텍스트의 차이와 거 리는, 이러한 맞부딪침 속에서 번역가들이 고민하였던 조선 근대시 의 형식을 구성하는 요소들을 귀납적으로 보여준다. 띄어쓰기 및 한

행의 음절·마디 수와 각 행의 마디의 등가성을 통해 표현되는 규칙성
에 의한 음악적 요소, 일본어의 어법에서 탈피하여 조선어 구어의 호
흡을 해치지 않는 문장의 형식과 호응 관계를 구현하는 문제, 연결어
미·종결어미의 선택과 조사와의 결합법, 한자어의 노출과 그것을 풀
어 순 한글에 가깝게 사용하는 문제, 인칭 대명사를 지시하는 방법이
나 호격, 감탄사의 사용 등 세부적이고 구체적인 요소들이 번역가의
선택에 의해 이합집산하면서 근대시의 형식과 문체를 만들어내고 있
는 것이다. 이러한 요소들의 선택과 배제 그리고 결합은 단지 시의
음악적 요소나 읽기의 호흡만을 좌우하는 것은 아니다. 음상이나 어
조를 통해 구현되는 시의 분위기는 원작 시에 나타나는 세계를 번역
가가 어떻게 이해하고 있는가라는 근본적이고 구체적인 문제와도 긴
밀히 연관되어 있다.

김억이 「가을의 노래」의 일부를 "아々 나는우노라", "설어라, 내靈
은"이라고 번역했을 때, 여기에는 베를렌의 시적 세계 가운데 (일본에
의하여 매개된) 데카당스적 측면에 과도하게 경사되어 있는 김억의 이
해가 표현되어 있다. 쉘리의 「寂寞」에서 "홀몸의새, 지아비를 悼哭하
여라", "아레엔嚴寒의用流가 흘너나려라"라고 김억이 번역했을 때
"하여라", "나려라" 등의 표현은 시의 애상성을 강화하며,[52] "지아비",
"悼哭", "嚴寒의用流"와 같은 표현들은 전근대 문화에서 근대로의 이

---

52 심선옥은 『오뇌의 무도』 발간 이후 '서라', '오아라', '~러라', '~아라' 등의 종결어
미의 사용빈도가 『동아일보』의 〈독자문단〉에서 확연히 높아졌음을 지적하며 이와
같은 김억 특유의 종결어미가 반복적으로 재생산되었음을 지적하였다. 심선옥,
「근대시 형성과 번역의 상관성-김억을 중심으로」, 『대동문화연구』 62, 성균관대
대동문화연구원, 2008, 339~345면 참조.

행을 통과하고 있었던 김억의 사고를 문자로 매개하여 보여준다. 김억의 표현이 이하윤의 「가을노래」에 와서 "우름을 운다", "그래서 이 나는"이라고 바뀌어 번역될 때, 세계에 대한 애상적 태도는 세계에 대한 시적 주체의 한 반응으로서 더 건조하게 이해되어 번역된다. 또 「과부새한마리」에서 "사랑하는 자기남편을 조상하노니", "차듸찬 냇물이 아래선 흘으고잇네"로 이하윤이 번역하였을 때 이 근대시의 리듬에는 세계와 대상에 대한 근대적인 거리 감각이 엿보인다.

이러한 이하윤의 문체가 처음부터 가능했던 것은 아니었다. 양주동과의 논쟁 당시 한자어의 생산성을 주장하고 외래어와 비어가 언어의 확대를 가져온다는 점을 주장했던 해외문학파의 담론 속에는, 당시 문단이 이룬 한글 지향의 조선어문체를 따라잡지 못한 채 원문의 가치와 난해함만 내세우는 자가당착이 존재했다. 이러한 논쟁을 거치며 이후 번역된 『실향의 화원』의 문체를 볼 때, 당시의 논쟁에서 이하윤이 조선어의 문체에 적합한 근대시의 형식을 고려하게 된 것은 논쟁 당시에는 드러나지 않았던 이후의 수확일 것이다.[53]

그러나 김억과 이하윤의 번역 작업이 그들의 창작의 실제와 만날 때, 조선의 근대 시형에 대한 고민이 더 치열한 결과를 얻지 못하고

---

[53] 진영논리가 작용하긴 했겠지만, 이런 점에서 서항석과 정인섭의 『실향의 화원』에 대한 당시의 평가를 고려해 볼 만하다. 서항석(徐恒錫)은 "역시라 하면 의례히 창작시보다는 표현이 어색하고 따라서 상(想)이 불분명하게 되어잇는 것으로 아는 것이 통폐(通弊)"였으나 『실향의 화원』이 "일반의 선입견을 타파할 만한 가편(佳篇)"을 낳았다고 평하였으며, 정인섭은 "조선어의 확대화를 한 동시에 외래어감의 한계를 고려하엿다는 점"을 고평하고 있다. (서항석, 「이하윤 씨 역시집 『실향의 화원』을 읽고」, 『동아일보』, 1933.12.16; 정인섭, 「『실향의 화원』과 조선시단의 재출발(3)」, 『조선일보』, 1934.4.6)

동일하게 정형시의 세계로 귀속되어 버리고 만다는 점은 의미심장하다.[54] 김억의 경우, 창작적 의역을 그가 주장하였던 것은 원시의 언어에서 가능했던 음악성의 구현이 조선어 번역에서 불가능하다고 보았기 때문이다. 그리하여 극단적으로 번역의 독립성을 통해 조선시의 율격을 구현하려던 김억의 시도는, 오히려 원작과의 끊임없는 대결과 낯선 세계와의 조우에서 벌어지는 긴장을 통해서만 드러나는 번역자의 주체성을, 원작과는 상관없는 곳으로 옮겨놓는 모순적인 결론에 다다른다.

"원의를 존중하여 우리 시로서의 율격을 내깐에는 힘껏 갖추어보려고 애쓴"[55] 『실향의 화원』의 번역 문체가 김억의 번역을 넘어서거나 새로이 들여놓은 요소들은 조선 근대시의 도정과도 긴밀하게 연관되어 있다. 하지만, "언어의 임무는 의사표시에만 있지 아니하고 의미 이외의 고유미에 있으니 언향이 이곳에 있고 감정이 이곳에 있는 것"[56]임을 주장하며 음성중심주의적 귀결에 다다랐던 김억의 격조시형론의 세계와, "극단의 산문화를 현출하려는 시가(詩歌)의 위기에 있어서 우리는 어떻게 이것[운율(인용자)]을 옹호할까"[57]를 고민하던 이하윤의

54 김억의 격조시형론과 이하윤의 시집 『물네방아』에 대해서는 다음의 선행 연구들을 참조할 수 있다. 구인모, 「김억의 격조시형론에 대하여」, 『한국문학연구』 29, 동국대 한국문학연구소, 2005; 이상호, 「이하윤과 그의 문학」, 『한국문학연구』 8, 동국대 한국문학연구소, 1985; 조영식, 「연포 이하윤의 시세계」, 『인문학연구』 3, 경희대학교 인문학연구원, 1999; 구인모, 「이하윤의 가요시와 유성기음반」, 『한국근대문학연구』 18, 한국근대문학회, 2008; 이근화, 「이하윤의 번역과 시 창작의 상관성 연구」, 『한국학연구』 39, 고려대 한국학연구소, 2011.

55 이하윤, 앞의 글.

56 김억, 「언어의 임무는 음향과 감정에까지–번역에 대한 나의 태도 (1)」, 『조선중앙일보』, 1934.9.27.

『물네방아』의 세계가 조우할 수밖에 없었음은 예견되어 있었을지도 모른다.

김억의 초기 창작시집『봄의 노래』에서 보여준 형태 실험이 후기에 오면서 소거되고, 이하윤의『실향의 화원』에서 보여주었던 조선어의 율격을 구현하려는 다양한 시도가 동일 자수와 동일 음보의 기계적 호흡으로 귀착되는 것은, 번역을 통해 느꼈던 조선 근대시 형식에 대한 결여/결핍감을 해소하고자 하는 욕망이 거기에 동일하게 반영되었기 때문이다. 김억과 이하윤이 번역의 실험을 거치며 꿈꾸었던 '국민'의 '시가'로서 조선 근대시가 갖추어야 할 형식과 서정시의 음악성은, 자수 정형시라는 형식으로 봉합되고 말았다. 그럼으로써 이 봉합된 형식은 개인의 내적 리듬만이 창출할 수 있는 근대적 포에지에 대한 불안을 재현함과 동시에, 서정의 권위로서 존재하는 (조선의) 문학사적 전통을 향한 그들의 불신을 언어화하고 있는 것이다.

5. 조선시의 지향과 모순

이 글에서는 식민지 시기 개인 번역 사화집으로 가장 방대한 양의 성과를 제출한 김억과 이하윤의 번역 시집『오뇌의 무도』와『실향의 화원』의 동일한 번역 텍스트 비교를 통해, 번역된 조선어 문체의 양상과 차이 및 거리를 파악하였다. 김억과 이하윤의 문체를 비교 분석함으로써, 1920년대의 번역의 영향과 중역을 극복하려는 시도 속에서

---

57 이하윤, 「형식과 내용 (3)-운문과 산문·시가의 운율」, 『동아일보』, 1928.7.2.

이루어진 1930년대 이후의 번역에 나타난 조선어 문체의 모습을 견주어 보았다.

　김억에 비해 이하윤은 호흡 단위를 맞추어 따라가는 분절 형태를 보여주며 실제 호흡의 도막과 띄어쓰기에 의한 행별 마디수의 규칙성에 주의를 기울이는 한편 다음과 같은 차이를 보여주고 있었다. 첫째, 김억은 동일한 종결어미를 반복하여 일종의 각운에 해당하는 음악적 효과를 시도하고 있으며 '다'형의 종결어미를 극단적으로 회피하고 있는 데 반해, 이하윤은 연결어미와 종결어미를 더 다양하게 구사하며 김억이 회피하고 있는 '다'로 끝나는 종결어미도 때에 따라 적절하게 사용하고 있다. 둘째, 김억의 시에서 감탄 또는 영탄을 표현하는 수사와 '~어라'의 반복이 눈에 띄게 많은데 비해, 이하윤의 번역에서는 원시에 없는 영탄조의 표현은 지양하고 있으며 각 연의 동일한 위치에 해당하는 행의 형식을 맞추거나 띄어쓰기를 사용함으로써 호흡의 단위를 동일하게 배치하여 음악적 효과를 노리고 있다. 셋째, 김억은 일본식 한자어나 스스로 만든 조어식 단어들을 상대적으로 더 많이 쓰고 있는데, 이하윤은 가능한 일본식 한자어를 포함한 한자어를 순 한글 표현으로 바꾸거나 한자어를 쓸 경우 의미를 명확하게 표현하려는 경향을 보이고 있다. 또한 김억과 이하윤의 번역에서 수식 구조와 서술어 형태를 다르게 함으로써 번역문체가 달라지는 현상을 볼 수 있으며, 음절과 음보의 등가성과 규칙성이 이하윤에 와서 더 강화되고 있음을 알 수 있다. 이하윤은 김억의 번역을 참조하고 원시와의 비교를 통해 원 텍스트의 의미에 가까이 가는 한편, 가능한 문장구조를 다듬거나 글자 수의 규칙성이나 행·연에 따른 동일성을 강화하여 가독성과 음악성을 높이고 있는 것이다.

　이러한 차이들은 번역가들이 고민하였던 조선 근대시의 문체와 형식을 구성하는 요소들을 귀납적으로 보여준다. 띄어쓰기 및 한 행의 음절·마디 수와 각 행의 마디의 등가성을 통해 표현되는 규칙성에 의한 음악적 요소, 일본어의 어법에서 탈피하여 조선어 구어의 호흡을 해치지 않는 문장의 형식과 호응 관계를 구현하는 문제, 연결어미·종결어미의 선택과 조사와의 결합법, 한자어의 노출과 그것을 풀어 순 한글에 가깝게 사용하는 문제, 인칭 대명사를 지시하는 방법이나 호격, 감탄사의 사용 등 세부적이고 구체적인 요소들이 번역가의 선택에 의해 이합집산하면서 근대시의 스타일을 만들어내고 있는 것이다. 이러한 요소들의 선택과 배제 그리고 결합은 단지 시의 음악적 요소나 읽기의 호흡과 연관되는 것뿐만 아니라, 원작 시에 나타나는 세계를 번역가가 어떻게 이해하고 있는가라는 근본적인 세계이해와도 관련되어 있었다.

　정인섭이 표현한 것처럼, 양주동의 번역에서 한 걸음 더 나아가 이하윤의 『실향의 화원』은 조선어를 확대하고 외국어를 번역할 때 나타나는 '어감'의 한계를 상당히 극복하였다. 이하윤의 이른바 '리리시즘'이 당대의 문단에서 고평 받은 것은 이와 같은 지점이었다. 그러나 이하윤이 앞선 번역을 참조하고 확대하며 번역을 통해 다다른 음악성은 수확인 동시에, 조선 근대시의 개성적인 형식을 만드는 데 한계로 작용하기도 하였다. 1919년 당시 『태서문예신보』의 「시형의 음률과 호흡」에서 김억이 말한 바 있었던, '조선사람다운 시체' 즉 조선시의 형식이 미비하므로 시형과 음률은 작자 개인의 주관에 맡길 수밖에 없다는 그의 생각은 결국에는 정형시의 세계로 귀착됨으로써 애초의 생각을 배반하는 방향으로 나아간다. 근대시의 형식에 한해서라면,

아마 거꾸로 생각하는 편이 이들의 창작에 도움이 되었을지도 모르겠
다. 비어 있는 형식이라는 형태의 불안에 대하여, 개인의 문체라는
정형화되지 않은 형태에 더 많은 자유를 부여하는 방식으로써 말이
다. 그러나 김억과 이하윤은 공통적으로 조선시의 가치를 '음악성'이
라는 곳에서 발견함으로써, 근대적 포에지와 조선시의 미정형 상태
사이의 불안을 견디지 못하고, 기계적인 정형률의 세계에 투신하고
말았다. 김억과 이하윤은 번역과 창작 과정에서 '국민'과 '시가'와 '감
정(서정)'이라는 조선시의 지향을 공유하고 있었지만, 이러한 범주들
이 근대시 안에서 부딪치며 생겨나는 모순에 대해서는 끝내 이해하려
들지 않았다.

3장

1930년대 시와 한자어 문제

1. 이상(李箱)의 연작시 기획과 한자 어휘 사용

이상은 1930년대 비슷한 시기에 활동했던 시인들 중에서도 특히 눈에 띌 만큼 연작 형식의 시들을 많이 발표하였다. 1931년 『朝鮮と建築』(『조선과건축』)에 일본어로 발표한 「異常ナ可逆反應」(「이상한 가역반응」)외 5편의 시를 게재하면서 시 발표를 시작한 이상의 연작시를 살펴보면, 일본어 시로는 「鳥瞰圖」(「조감도」) 연작 8편, 「線に關する覺書」(「선에 관한 각서」) 1~7까지를 하나의 큰 제목인 「三次角設計圖」(「삼차각설계도」)로 묶은 연작 7편, 「建築無限六面角體」(「건축무한육면각체」) 7편이 있다.[1] 1933년 7월에서 1934년 6월까지 5편의 조선어 시

를 발표한 후, 이상은 조선어로 쓴 시만을 발표하였는데 이 중 연작
형식의 작품은 1934년 7월『조선중앙일보』에 실린「鳥瞰圖」연작「詩
第一號」에서「詩第十五號」까지 15편, 1935년 4월『가톨릭청년』에 발
표한「正式」연작 6편, 1936년 2월『가톨릭청년』에 발표한「易斷」연
작 5편, 1936년 10월『조선일보』에 발표한「危篤」연작 12편이 있다.
1931년에서 1937년까지 생존해 있던 동안 발표한 작품 중 10여 편을
제외하고는 대다수의 작품들이 연작 형식으로 발표되었다.[2]

이상 시의 실험적 형식과 각 연작시가 보여주는 주제 의식에 대한
연구는 이상 특유의 기호, 타이포그래피적 효과 등의 영역까지 확대
되어 많은 선행 연구가 축적되어 있다.[3] 그럼에도 다른 어떤 시인들과

「鳥瞰圖」(「조감도」) 시편들 또한『朝鮮と建築』에 '漫筆'(만필)이라는 명칭으로 실
렸는데, 이때는 '鳥瞰圖'(「조감도」)라는 큰 제목 아래 각각의 작품들의 제목이 표기
되어 있어, 연작의 성격이 더욱 명확하다.
2 「정식」을 여러 개의 연으로 된 한 작품으로 보는 이승훈, 김주현 등의 견해도 있다.
이 작품이『가톨릭청년』에 게재될 당시 '정식Ⅰ', '정식Ⅱ', '정식Ⅲ', '정식Ⅳ', '정식
Ⅴ', '정식Ⅵ'처럼 각 연 앞에 숫자만 붙은 것이 아니라 제목이 반복되고 있다. 연이
나뉜 한 작품일 경우 제목을 다시 반복하는 경우는 찾아보기 어렵고, 이상의 다른
연작시의 발표 형식을 참고할 때 연작시로 간주하는 것이 타당하다고 보았다.
3 이상이 "숫자를 형태적으로 본다거나 추상적인 이미지가 주는 효과를 고차원적으
로 이용해서 숫자의 냉엄한 인상을 없앤다는 마술사 같은 자부를 가지고 있었다"
(김용운, 「이상 문학에 있어서의 수학」, 김윤식 편저, 『이상문학전집 4-연구논문모
음』, 문학사상사, 1995, 227면)는 견해나 "이 단계에 이르러 이상은 문자를 언어적
의미를 지닌 것으로 보기보다는 조형적 시각요소로 보게 되고, 문자언어를 도상화
된 시각언어로 대치시키는 실험과정으로 옮겨 간다."(김민수, 「시각예술의 관점에
서 본 이상 시의 혁명성」, 권영민 편저, 『이상 문학 연구 60년』, 문학사상사, 1998,
217면)는 견해, "그의 기호 작용은 시각편중이든 청각편중이든 자유로운 시니피앙
의 놀이에 의해서 새롭게 기호를 생성해 가는 데서 그 텍스트성을 규명해 가야
한다는 것"(이어령, 「이상 연구의 길 찾기」, 권영민 편저, 앞의 책, 17면)이라는
견해가 대표적이다. 이상의 시에 조형적 시각 요소와 시각 언어가 중요한 위치를

도 다른 이상 특유의 연작시적 기획과 그것이 구현하는 한국어 문체
의 효과에 관해서는 논의가 충분하다고 말하기는 어렵다. 여기에는
이상 시의 난해성과 함께 일본어 시 번역, 유고 시 번역본 등을 텍스트
로 확정하는 과정에 어려움이 있을 뿐 아니라 이상의 짧은 생애와 생
전의 출판본이 없는 점 등으로 인해 이상의 시적 기획의 완결된 형태
도 볼 수 없다는 사실이 작용한다.

　이상이 동경으로 건너가기 직전인 1936년 10월 초에 김기림(金起
林)에게 쓴 편지에서 "요새 조선일보학예란에 근작시 「위독」 연재중
이오. 기능어(機能語). 조직어(組織語). 구성어(構成語). 사색어(思索語).
로 된 한글문자 추구시험이오. 다행히 고평(高評)을 비오. 요다음쯤
일맥의 혈로(血路)가 보일 듯하오."[4]라고 말한 것을 볼 때, 「위독」 연작
이 '한글 문자 추구 시험'이라는 의도 하에 기획된 것은 분명해 보인
다.[5] 이상은 이 연작에서, 「금제(禁制)」, 「추구(追求)」, 「침몰(沈歿)」, 「절
벽(絶壁)」, 「백화(白畫)」, 「문벌(門閥)」, 「위치(位置)」, 「매춘(買春)」, 「생
애(生涯)」, 「내부(內部)」, 「육친(肉親)」, 「자상(自像)」이라는 두 자로 된
한자어 제목의 시들을 발표하였는데 한 회에 세 편씩 「위독」 ①, ②,

　차지한다는 기존의 견해에 동의하지만, 이 글에서는 시니피앙의 연쇄적인 미끄러
　짐에 의한 기호 놀이의 차원에서 펼쳐지는 유희적 측면보다, 이상 시의 글쓰기가
　실행하고 있는 당대 조선어의 에크리튀르적 측면이 어떠한 기획과 효과를 염두에
　두고 펼쳐지고 있는지에 주목하고 그 의미를 평가하고자 한다.
4　이상, 「사신 5」, 김주현 주해, 『이상문학전집 3』, 소명출판, 2005, 247면.
5　「위독」 연작과 조선어 실험에 관해 다음 논저에서 연구된 바 있다. 하재연, 『근대시
　의 모험과 움직이는 조선어』, 소명출판, 2012, 241~250면; 하재연, 「이상의 연작
　시 「위독」과 조선어 실험」, 『어문논집』 54, 민족어문학회, 2006. 이에 관한 후속
　논의로는 조해옥, 「이상의 위독 연작시 어휘 연구」, 『비평문학』 62, 한국비평문학
　회, 2016.

③, ④ 의 형식으로 발표된 이 연작시들은 제목과 형태, 배열과 발표의 측면을 통해 볼 때나, 이상 자신의 편지 내용을 통해 볼 때나 이상의 '기획'과 '시험'의 의도를 뚜렷이 보여준다. 이 시들에서 이상이 시험하고자 한 '기능어, 조직어, 구성어, 사색어'의 성격과 효과와 기획의도에 관해서는 다른 글에서 논한 바 있는데, 이 글에서 주목하고자하는 것은 이상이 말한 바 있는 '한글 문자' 안에 '한자'의 문제가 명백히 개입되어 있다는 점이다. 한자로 표기된 12개의 「위독」 연작 제목들은, 이상이 시 텍스트를 통해 추구했던 조선어 시험 그 중에서도특히 '문자'로 표기하는 쓰기의 영역에서 '한자 어휘'의 문제가 중요한자리를 차지하고 있다는 것을 보여준다.

이상이 일본어를 자유자재로 쓸 수 있었고 일본어로 쓴 작품들을이후에 조선어로 다시 써 발표하기도 한 점, 백부에게서 받은 한문교육을 통해 한문 교양의 수준이 매우 높았을 것으로 짐작되는 점 등은이상의 시에 쓰인 한자 어휘들의 기원인 한문맥의 전통과 일본어식한자어, 조선어식 한자어 사이의 경계를 뚜렷이 가르기 어렵게 하는요인이 된다.[6] 그러나 이상의 작품들이 특히 연작이라는 의식적 외장을 띠고 발표되고 있는 점과 함께, 「위독」 연작들의 제목이 보여주는명백하고 일관된 한자 어휘 표기 방식과 김기림에게 보내는 이상의

---

6 김미지는 한자어나 한문투의 표현을 즐겨 사용한 이상 작품의 무수한 사례들이
 한자어의 계획적이고 의도적인 사용인지, 신체화한 도구처럼 발화되는 자연스러
 운 언어 표현인지를 가르는 것은 쉽지 않으며, 이상은 그 둘 다에 해당하거나 경계
 에 있었다고 본다. 김미지, 「한국과 중국 모더니즘 문학의 통언어적 실천에 관한
 일 고찰-이상, 박태원, 무스잉의 문학 언어를 중심으로」, 『한국현대문학연구』 43,
 한국현대문학회, 2014, 276~281면.

편지글은, 결과적으로는 순한글 표기로 된 언문일치체에 가까워가는
도정에 있었지만 작가들 개인의 다양한 조선어 문체 실험이 이루어졌
던 1930년대의 문학장 속에서 다른 어떤 작가보다 '한자' 문자 표기를
적극 실험했던 이상의 시도를 돌올하게 부각시킨다.

　이상이 「위독」 연작에 앞서 발표했던 1936년의 「역단」 연작들은,
「위독」에서 보여주는 여러 층위의 한자 어휘들 즉 고전에서 다시 발
굴해낸 것과 같은 한자어, 근대 이전의 한문문화 속에 조선어 어휘에
자연스럽게 스며든 한자어, 근대 문명의 수입과 함께 일본을 거쳐 들
어온 한자어, 이상 스스로 한자를 조합하여 만들어 낸 한자 어휘들의
뒤섞임을 보여주는 혼종적이고 문어체적인 문장과는 다르게 상대적
으로 구어체에 가까우며 읽기의 호흡이 자연스러운 순한글 어휘들을
사용한 문장으로 이루어져 있다.[7] 이러한 사실을 감안하며 조선어로
발표한 이상의 연작시들을 살피면, 1934년의 「오감도」 연작과 1935
년의 「정식」 연작들에서는 '순한글 어휘-한자 어휘'의 여러 혼용 형
태와 표기가 작품별로 다양하게 나타나고 있는 점에 주목할 수 있다.
이러한 혼용 형태 중에서 다시 순 한글 어휘들이 중심이 된 문장들을
주로 배치하며 1936년 2월의 「역단」 연작시들을 기획한 것으로 보이

7　구어체에 가깝다거나 호흡이 자연스럽게 읽힌다는 문제는 작가들의 비교를 통해서
　도, 한 작가의 작품을 통해서도 '상대적인' 문제일 수밖에 없다. 이상의 경우, 각
　작품들의 문체 실험이 다양하여 그 폭이 다른 작가들에 비해 매우 큰 것이 특징이
　다. 이는 중국어, 일본어, 조선어라는 다언어 상황에서 한자어 표기 문제를 고민한
　윤동주가 갈등 상황 속에서도 점차적으로 조선어 고유어 어휘로만 쓴 시들을 다수
　창작하고 있는 점과도 비교된다. 윤동주 시의 한자 사용에 관해서는 김신정, 「이중
　언어/다언어상황과 조선어 시쓰기의 문제-윤동주 시를 중심으로」, 『한국문학이론
　과 비평』 77, 한국문학이론과 비평학회, 2017 참조.

고(「역단」 연작시들의 제목은 「화로(火爐)」, 「아츰」, 「가정(家庭)」, 「역단(易斷)」, 「행로(行路)」이고 다른 연작의 시들에 비해 상대적으로 구어체적인 순한글 어휘들이 많이 사용되고 있다), 그 후 1936년 10월 발표된 「위독」 연작에서는 자신이 명명한 바 '기능어, 조직어, 구성어, 사색어'의 역할을 고민하는 한편, 이러한 기능을 일부 담당하기도 하는 한자 어휘를 많이 배치한 구문들을 실험하고 있는 것으로 보인다.[8] 이처럼 각각의 연작들이 일련의 통일적 시도와 유기성을 띠고 있음을 볼 때, 이상의 한자 사용과 문체의 차이는 그의 의식적 자각에 의해 이루어진 것으로 볼 수 있다. 「역단」과 「위독」 연작의 한자 어휘 노출과 문장 구성의 양상에 비해, 앞서 발표된 「오감도」와 「정식」 연작의 각 작품들이 보여주는 표기 및 문체는 상대적으로 차이와 변폭이 크다고 할 수 있는데, 이 연작의 작품들이 구현하는 조선어 문장의 이른바 한자 혼용적 형태를 구분하고 그 효과와 의도를 규명해 보는 것은, 1930년대 문학장 안의 다양한 한자어(한문)에 대한 인식과 사용법의 한 구체적 예를 가시화시키는 작업이 될 것이다.

---

8 이상 시의 한자 어휘 사용의 실험적 의미와 문체 선택의 방향성에 대하여 다음 연구에서 논의된 바 있다. 하재연, 「이상의 시쓰기와 '조선어'라는 사상－이상 시의 한자 사용에 관하여」, 『한국시학연구』 26, 한국시학회, 2009. 이 논문에서는 이상의 「위독」 연작에 나오는 한자 어휘들을 중심으로, 이 연작에 등장하는 한자 어휘들의 층위와 기능을 분석하였다. 이 주제와 관련된 이후의 논의로 다음을 참고할 수 있다. 조해옥, 「이상 국문시의 한자어에 나타난 언어의식 연구」, 〈이상리뷰〉 10, 이상문학회, 2015. 이 글에서는 「오감도」와 「정식」 연작을 중심으로, 이상의 한자(어) 표기와 사용의 의미를 논하고자 한다.

2. 한자의 시각성과 시의 형상성

김기림은 해방 후에 등장하는 한자 폐지 및 한자어 문제와 관련하
여 정치한 논의를 남겼는데, 그 과정에서 결론과는 별개로 한국어 속
에 들어와 있는 한자 표기에 관한 문제나 한자 어휘의 용례나 기능에
관한 상세한 예시들을 보여주고 있다.

말로 할 적에는 우리말이나 중국말이나 소리가 중요한 요소나, 써 놓으
면 한글과 한자는 매우 달라진다. 한글로 적은 경우에는

모양→음→뜻

의 길을 거쳐 전체적 의미 형태를 이루게 된다. 그리하여 한자는 앞에서
본 것처럼 그 모양이 직접 뜻에 연결되나, 우리 글에 있어서는 뜻을 직접
가리키는 것은 어디까지든지 음이요, 모양은 음을 통해서 또는 음의 매개
로 뜻에 연관되는 것이라 하겠다.
원래 사람의 다섯 가지 감각 가운데서 제일 직접적인 것이 눈으로 보는
시각이요, 다음이 귀로 듣는 청각이다. 다른 나라 글보다는 보다 더 시각
을 이용하는 한자는 이모에서는 분명히 더 나은 점을 가지고 있다.[9]

인용 부분에서 김기림이 지적하고 있는 바는, 한자 표기의 시각성
과 한글 표기와의 비교이다. 한글은 모양이 음을 거쳐 의미로 연결되
므로, 음의 매개가 의미를 연결하는 데 중요한 역할을 지니는 데 반

---

9 김기림, 「한자어의 실상」, 『학풍』 1949.4; 김기림, 『김기림 전집 4; 문장론』, 심설
당, 1988, 267면에서 인용.

해, 한자의 시각적 효과는 다른 언어 표기에 비해 우수하다. 한글의
표음문자적 특성을 생각하면 일견 당연한 언급이지만, 이와 같은 한
자 표기의 특성이 한시가 아닌 1930년대 조선어 시, 한자를 혼용하는
조선어 시의 경우에는 어떻게 적용될 수 있을까?

앞서 말했듯 이상의 「오감도」와 「정식」 연작들은 이후의 연작들에
비해, 한자 표기의 방식에서 상대적으로 다양한 층위를 보여주고 있
다. 「시제일호」에서 「시제십오호」를 늘어놓고 보면, "나의아버지가
나의겨테서조을적에나는나의아버지가되고또나는나의아버지의아버
지가되고"(「詩第二號」), "싸홈하는사람은즉싸홈하지아니하든사람이고
또싸홈하는사람은싸홈하지아니하는사람이엇기도하니까"(「詩第三號」)
와 같이 제목에 표기한 한자 외에는 순 한글 어휘만으로 이루어진 시
들과 "久遠謫居의地의一枝 ● 一枝에피는顯花 ● 特異한四月의花草 ● 三
十輪 ● 三十輪에前後되는兩側의明鏡"(「詩第七號」)과 같이 한자(어) 표
기를 하고 있는 작품 간의 거리는 매우 멀다. 이러한 각 작품들 간의
거리는 각 시에서 시험해보고자 하는 조선어 구문의 기능이나 효과와
밀접한 연관을 맺고 있으며, 이때 한자(어) 표기 및 한자어와 한글을
결합시키는 방식의 차이에 따라 시에 구현된 조선어 문체의 양상과
읽었을 때의 효과, 그리고 시의 시각적 재현 방식 또한 달라진다.

第一의兒孩가무섭다고그리오.
第二의兒孩도무섭다고그리오.
第三의兒孩도무섭다고그리오.
第四의兒孩도무섭다고그리오.
第五의兒孩도무섭다고그리오.

第六의兒孩도무섭다고그리오.

第七의兒孩도무섭다고그리오.

第八의兒孩도무섭다고그리오.

第九의兒孩도무섭다고그리오.

第十의兒孩도무섭다고그리오.

-「烏瞰圖-詩第一號」 부분[10]

이상은 「오감도」 게재 후, "이천점에서 삼십점을 고르는데 땀을 흘렸다"고 하면서, 독자들의 "미쳤다"는 반응에 계획한 30편이 아니라 15편까지 발표하고 그친 데 대한 아쉬움과 신문 지면의 제약, 그리고 이태준과 박태원의 지지에 대한 감사를 표현한 바 있다.[11] 그의 말에 따르자면 게재된 「오감도」 연작 15편은 고심 하에 선택된 것이며, 각 시에 나타나는 조선어 문체의 양상 또한 다양한 시험의 의도를 보여 줄 수 있는 작품을 골라 신문에 발표한 것으로 보인다. 인용한 작품 「오감도-시제일호」에서 "兒孩"의 반복된 한자 표기는 김기림이 말한 바 있는 한글보다 더 나은 한자의 시각성을 적극적으로 활용하고 있는 예이다.[12]

그동안의 논의에서 수차례 언급되어 온 바와 같이 제목 「오감도」의

---

10 이상, 「오감도-시제일호」, 『조선중앙일보』, 1934.7.24.

11 이상, 「오감도 작자의 말」, 김주현 주해, 『이상문학전집 3』, 소명출판, 2005, 207~208면.

12 이어령은 이와 같은 "兒孩"의 한자 표기가 언어의 자동화에서 벗어나기 위한 '낯설게 하기'의 효과를 줄 수 있다고 언급한 바 있다. 이와 같은 효과가 '관습화한 언어'를 벗어나기 위한 효과라는 것을 입증하기 위해서는, 같은 시기 쓰인 이상의 다른 글 또는 다른 작가들의 '아이'에 관한 표기나 이상 시의 한자 표기와의 연관 하에 논구되어야 할 것이다. 이어령, 앞의 글, 16면.

의미를 생각해 볼 때, 이 연작들에는 마치 까마귀의 눈으로 조감하는 것 같은 식민지 경성의 이상하고 불길한 풍경이 제시되고 있으며 문자의 시각적 효과에 대한 이상의 기획 또한 선명하다. 앞서 발표한 일본어 시들에서 시험해 보았던 것처럼, 「오감도」 연작에서도 문자의 형상성, 기호와 숫자의 이미지와 타이포그래피적 효과를 이용한 시들이 배치되어 있다. 특히 「오감도-시제일호」는 그 풍경을 여는 시에 해당하는데, 13인의 아이들이 막다른 골목으로 질주하며 무섭다고 하는 구절들은 연이어 반복되면서 마치 이 소리들이 골목에 울려 퍼지는 것처럼 불안과 공포를 심화시킨다. 거기에 발을 딛고 서 있는 어린아이의 모습이 연상되는 '兒孩'라는 시각적 표기의 반복은 아이의 출몰을 연속적으로 형상화하면서 심화되는 리듬의 양상을 효과적으로 보충한다. 늘어가는 숫자와 늘어가는 '兒孩'들의 한자 표기는 점층적으로 강화되는 시적 의미를 시각적으로 형상화하기 위한 선택적 표지라고 할 수 있다. 이상은 그의 수필에서도 한자어를 의도적이고 의식적으로 구사하고 있는데, 그의 수필에 쓰인 '어린 아이'에 해당하는 어휘들을 살펴보면, 많은 경우 순 한글 표기로 나타남을 볼 수 있다.

아침ㅅ길이 쪽一普通學校學童들登校時間허고 마주치는故로 自然 허다한 **어린이**들을 보게된다. 그네들의 一擧手一投足 눈한번씀벅하는것 말한마듸가 모두驚異다. 驚異인것이 위선 自身이 그런**어린이**들과너무멀고 쏘 제몸이 冊褓를끼는生活을 그만둔지 너무 오래고 쏘 學校단이는 어린 동생들도 다一長成해서 집안이 그런 學童을길으는집안雰圍氣에서 퍽 멀어진지가오래되기째문일것이다.[13]

洞里 **兒孩**들에게도 젊은村婦들에게도 興味의對像이 못되는 이 개들의

交尾는 또한내게 잇서서도 興味의 對像이되지안는다.[14]

　원숭이가 사람의 흉내를 내이는것이 내눈에는 참 밉다. 어쩌자고 여기 **아이**들이 내 흉내를 내이는것일까? 귀여운 村童들을 원숭이를 만들어서는 안된다.[15]

　길복판에서 六七人의 **아이**들이놀고잇다. 赤髮銅膚의半裸群이다. (중략) 男兒가아니면女兒인 結局에는 귀여운 五六歲乃至七八歲의「**아이**들」임에는틀림이업다. 이 **아이**들이 여기 길 한복판을選擇하야 遊戲하고 잇다. (중략) **아이**들은 지즐줄조차모르는 개들과놀수는업다. 그러타고 머이 찻느라고눈이벍언닭들과놀수도업다. 아버지도어머니도 너무나바쁘다. 언니오빠조차도바쁘다. 亦是 **아이**들은 **아이**들끼리노는수박게업다. (중략) 그러나 그中한**아이**가영이러나지를안는다. 그는 大便이나오지안는다. 그럼그는이번遊戲의 못난落伍者에틀림업다. 分明히 다른**아이**들 눈에 嘲笑의비치보인다.[16]

　위의 수필들에서 이상은 '어린 아이'를 나타내는 말로, '어린이', '兒孩', '아이'를 섞어 쓰고 있으며 빈도수로는 어린이나 아이가 더 많이 등장한다. '學童'이나 '村童'과 같이 의미를 용이하게 보여 주기 위한 한자어 표기와는 상대적으로, 이상이 「오감도-시제일호」에서 쓰고 있는 '兒孩'의 한자 표기는 의미 전달을 위한 것이라기보다는 한자

13　이상, 「조춘점묘 8-동심행렬」, 『매일신보』, 1936.3.26. 강조와 밑줄 표시는 인용자에 의함. 이하 인용문 동일.
14　이상, 「권태」(유고), 『조선일보』, 1937.5.7.
15　이상, 「권태」(유고), 『조선일보』, 1937.5.8.
16　이상, 「권태」(유고), 『조선일보』, 1937.5.9.

의 시각성을 활용해 시의 형상성을 극대화시키기 위한 것으로 볼 수
있다. 이상의 시들 중에서 순 한글이 주가 되는 구문에 한자 표기로
된 사물이 반복적으로 등장하는 경우, 이와 같이 한자 표기가 지니는
시각성의 효과를 활용하기 위한 것으로 생각되는 예들이 존재한다.

> 너는누구냐그러나門밖에와서門을두다리며門을열나고외치니나를찾는
> 一心이아니고또내가너를도모지모른다고한들나는참아그대로내여버려둘
> 수는업서門을열어주려하나門은안으로만고리가걸닌것이아니라밖으로
> 도너는모르게잠겨있으니안에서만열어주면무엇을하느냐너는누구기에구
> 타여다친門앞에誕生하였느냐
>
> ─「正式 III」[17]

> 그사기컵은내骸骨과흡사하다. 내가그컵을손으로꼭쥐엿슬때내팔에서는
> 난데업는팔하나가樑木처럼도치느니그팔에달린손은그사기컵을번적들어
> 마루바닥에메여부딧는다. 내팔은그사기컵을死守하고잇스니散散히깨어진
> 것은그럼그사기컵과흡사한내骸骨이다.
>
> ─「烏瞰圖─詩第十一號」부분[18]

「정식 III」의 경우 '門'이라는 한자 표기의 반복은 '두드리는 행위',
'잠겨 있는 상황' '안/밖으로 단절된 나─너의 모습' 가운데 놓여 있는
'문'의 모습을 시각적 이미지로 형상화하고 점층적으로 사물성을 강
화시키면서 독자에게 차가운 절망의 이미지를 전달하는 역할을 한다.
「오감도─시제십일호」에서 '骸骨'과 '樑木' 등의 한자 표기는 나의 수

---

17 이상, 「정식」, 『가톨릭청년』, 1935.4.
18 이상, 「오감도─시제십일호」, 『조선중앙일보』, 1934.8.4.

척함과 해체되기 쉬운 뼈-죽음의 이미지, 그리고 돋아나는 나뭇가지 같은 모습을 보여주는 표지로 기능한다. 한자들은 마치 「오감도 - 시 제사호」의 뒤집어진 거울에 나타나는 숫자의 표기와 같이, 제시되는 형상과 배치가 매우 중요한 의미를 갖게 되며, 이때 '숫자', '기호', '한자'들은 이상이 조선어 시의 형상적 효과를 시험하기 위해 배치하곤 했던 질료들이었다고 할 수 있다.

3. 한자, 논리와 상징의 함축

  이상의 시에서 '한자(어)'의 문제에 주목할 수 있는 것은, 각 시들에 나타나는 조선어 구문의 양상의 편차가 크고, 이 양상을 가르는 주요한 요소 중 하나로 '한자(어)'의 재현 방식 및 '과잉' 재현의 정도를 들 수 있기 때문이다. 여기에서 '과잉'이라는 지칭은, 한자(어) 사용의 스펙트럼을 펼쳐놓을 때 순 한글 표기를 중심으로 이루어진 시들이나 한자어가 조선어 구문 안에 상대적으로 자연스럽게 섞인 시들과는 크게 차이를 보이는 시들을 편의적으로 지시하기 위한 것이다. 이렇게 한자(어)들이 과잉 양상을 보이는 이상의 시들은 시를 읽을 때 느껴지는 음악성과 리듬감, 즉 당시 쓰이던 조선말 구어체에 좀 더 가깝게 표현된 문장을 읽을 때 독자가 느낄 수 있는 자연스러운 호흡이나 노래 가락과 유사한 효과를 의식적으로 배제하게 된다.

  오시영(吳時泳) 씨의 「애원보(愛怨譜)」에 대하여는 위선 한 마디 하고 십흔 것은 될 수 잇는 대로는 한자를 적게써 줍소서 이것이외다. 작자로서

는 이러한 작에는 이만한 한자가 요구된다고 할지 몰으거니와 넘우도 한
자가 만서서 자연스러운 음조미를 잡아놋는 감이 심하기 때문이외다. 본
시가 나 일개의 생각을 말하라 하면 어떤 점까지는 한자가 필요하나마
그이 상의 것은 도로혀 조선어로의 순실성만을 해할 뿐 그것으로 인하여
좀 더 무엇이 조와지는 것은 아닌상 십습니다. (중략) 이러케 만히 한자를
사용하면서도 그러케 심하게 불순스럽지 아니한 점에서 이 시인 의솜씨가
상당하다는 것을 금치 못하는 것만치 만일 한자를 조선말로 대신시켜 표
현햇드란들 하는 생각이 더욱 간절해집니다.[19]

　　김억은 1940년 한자가 많이 쓰인 오시영의 시를 월평하면서 한자
가 너무 많을 경우 "자연스러운 음조미"를 저해하는 역할을 하고 있다
고 지적한다. 김억은 이 평을 마치며 "바라건댄 될 수 있는 대로 순수
한 조선말을 써줍소서"[20]라고 부탁하고 있다. 김억에게 시에 있어서의
한자어의 남용은 "조선어로의 순실성"과 "순수성"을 해치는 요소로 인
식된다. 김억에게 '순수한 조선말'이란 곧 한자(어)를 가능하면 순 한
글 표기로 된 고유어로 대체하는 것이었고, 시의 음조미 즉 자연스러
운 음률과 호흡이라는 요소는 조선의 근대시가 추구해야 할 최선의
가치와도 통한다.[21]

　　그런데 한자를 필요 이상으로 많이 쓸 때 조선어의 순실성, 순수성

19　김안서, 「칠월의 시단 2-용어와 표현」, 『조선일보』, 1940.7.18. 현대 어법에 맞추
　　어 띄어쓰기하였음.

20　김안서, 위의 글.

21　김억의 위의 글에서 보여주는 조선어 구어체 시가의 이상과 한자어의 기능과 관련
　　하여 다음의 연구에서 논구한 바 있다. 조영복, 「은유라는 문법, 노래라는 작법-근
　　대시(가)의 조선어 구어체 시 양식의 모색 과정과 한자어의 기능에 대하여」, 『어문
　　연구』 46권 2호, 한국어문교육연구회, 2018, 228~233면 참조.

만을 저해할 뿐 무엇이 더 좋아지지 않는다는 김억의 판단은 '순수성/불순성', '(읽기에) 자연스러움/부자연스러움', '음조미/비음조미' 사이의 대립항 속에 조선어 시가 취해야 하는 우선적 가치가 당연히 전자의 항에 있음을 전제로 하고 있다. 그렇다면 이상이 채택하고 있는 아래와 같은 표기의 작품은 반대로 조선어 시에서 후자의 항목 즉 '불순성', '부자연스러움', '비음조미' 등의 자질을 통해 표현할 수 있는 기능적 효과를 추구하고 있으며, 이 효과란 "좀 더 무엇이 좋아지는 것은 아닌 상 싶습니다"에서의 '무엇'에 해당하는 조선어 시의 가치와는 다른 영역에 있다고 보아야 한다.

某(前)後左右를除하는唯一의痕迹에잇서서
翼殷不逝 目大不覩
胖矮小形의神의眼前에我前落傷한古事를有함.

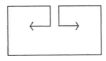

臟腑타(라)는것은 浸水된畜舍와區別될수잇슬는가.
　　　　　　　　　　　　　　　　　　　　　　　　－「烏瞰圖－詩第五號」[22]

위의 시는 발표하기 2년여 전인 1932년 『朝鮮と建築』(『조선과건축』)에 거의 동일한 내용의 일본어로 표기되어 실려 있다. 일본어로 먼저 씌어지고 이후에 조선어로 번역된 것으로 보이는 이 시에서, 일본어

---

22 이상, 「오감도－시제오호」, 『조선중앙일보』, 1934.7.28. 이 글에서는 발표 당시 인쇄된 "某後左右"는 "前後左右"의 오식으로 "臟腑타는"은 "臟腑라는"의 오식으로 보았다.

시의 "前後左右を除く唯一の痕跡に於ける"와 같은 문장이나 "半矮小
形の神の眼前に我は落傷した古事を有つ."[23]과 같은 문장을 위와 같은
조선어 문장으로 옮겼음에 주목해 볼 수 있다. "除하는唯一의痕迹"은
더 구어적인 조선어 표기로 바꿀 수 있고, "神의眼前에我前落傷한古
事를有함." 또한 "신의 눈앞에 내가 낙상했던 옛이야기가 있다"와 같
이 자연스럽게 읽히거나 좀 더 순 한글을 사용한 문장으로 바꿀 수
있다.[24]

이러한 과잉된 한자 표기와 한문-조선어-일본어식 조선어 그 사
이 어디쯤에 위치하는 구문의 사용은 결과적으로 독자에게 자연스러
운 읽기를 저해하며, 호흡을 방해하고 시의 음악성을 극적으로 떨어
뜨리는 대신, 시의 도상적 효과 즉 상징성을 강화시킨다. "翼殷不逝
目大不覩", "날개가 커도 날지 못하고, 눈이 커도 보지 못한다"는 『장
자』에서 빌려온 구절은 '나'의 상태와 닿아 있는 것으로 해석되며 내
부로만 파고드는 그려진 도형의 상태와도 유사하다. '臟腑'라는 한자
어는 그림과 이어지며 '나'의 신체의 모습을 연상하게 하는데, 이는
'침수된 축사'나 다름없는 존재인 '나'의 상태를 비유적 관념으로 나타
낸다.

이 시의 조선어 문체는, 김억이 언급한 바 있는 '순수성', '자연스러
움', '음조미'의 극단적 상대항에 놓인 것처럼 보이는데, 흥미로운 것
은 여기 사용된 '한글'-'한자'-'일본어식 표현'-'기호' 등과 같은 층위

---

23 이상, 「二十二年」, 『朝鮮と建築』(『조선과건축』), 1932.7.
24 이와 같은 한자어 표기가 발생시키는 '낯섦'의 효과에 대해서는 하재연, 「이상의
    시쓰기와 '조선어'라는 사상-이상 시의 한자 사용에 관하여」, 앞의 책, 330~331면
    에서 일부 언급된 바 있음을 참조.

들이 어떤 위계 없이 배치되고 있다는 점이다. 조선 근대 구어시가 지향해야 할 '민족어'의 가치나 조선어의 순수성이라는 개념은, 이상이 시험해 보고자 했던 조선어 문체의 기능적 효과라는 영역에서는 괄호 쳐진 부분이었던 셈이다.

> 군림, 파계, 용이, 실족, 반동적, 타락, 독배, 최후, 일적, 만족, 성적 감로, 약동, 기갈, 절제, 의지 등 한자가 많이 섞이었다.
> 구절마다 소리 이외에 딴 관념을 일으킨다. 내용이 보여지는 정경이 아니라 마음으로 인식되는 것이다. 눈으로 어떤 정경을 보며 읽는 것이 아니라 마음으로 생각하며 읽게 된다. 묘사이기보다도 논리인 편이다. 동일 작가의 문장이되, 용어에 따라 이렇게 다르다. 묘사 본위여야 할 데서는 아무래도 한자어는 구체력이 적다 아니할 수 없다.[25]

> 가령 표현이 간단하고 요약되어서 그 상징력이 우수하며 개념 구성에 편하다는 것은 되쳐 생각하면 그만큼 구체적인 것에서 멀며 생생한 인상을 개척한다느니보다는 이미 있어 온 표현에 그저 개괄해가기 알맞도록 되어 있다는 결점이기도 하다. 구체적이요 실감에 차 있다고 하는 것은 우리 말의 표현력의 뛰어난 모인 것이다. 우리 나라에서 논설보다도 소설에서 먼저 한글 전용이 실현된 것은 우리 말의 이러한 특징에서 온 것인지도 모른다.
> 다음에 명사와 동사가 모양에 있어서 구별이 없이 그대로 통용되는 한문의 버릇에서 온 일이겠지만, 한문에서 빌어온 말, 한자로 된 말은 잠자코 있는 정태의 역학적인 모를 죽이기 쉬운 결점이 있다.[26]

---

25 상허학회 편, 『이태준 전집 7-문장강화 외』, 소명출판, 2015, 67면.
26 김기림, 앞의 책, 269면.

이태준은『문장강화』에서 염상섭(廉想涉)의 단편소설「전화」, 「제
야(除夜)」를 인용하며 한자가 많이 섞일 경우 소리 외에 다른 '관념'을
일으키고, '마음으로 생각하며 읽게 되는 점' 즉 '논리'를 표현하게 됨
을 언급한 바 있다. 이 글은 소설의 문장에 관한 이야기지만, 한자를
과잉하게 배치하고 있는 이상 시의 경우에도 한글 표기와 다른 한자
표기의 기능은 유사하게 적용된다.

다음 인용문인 김기림의 글에서도 한글에 비해 한자가 '상징력'이
우수하고 '개념 구성'에 편함을 지적한다. '구체력'이나 '생생함', '역
학적'이라는 기능 대신 '논리'와 '상징성', '개념'과 같은 자질이 한자
어에 놓임을 주목할 때, 이상이 보여주는 시의 한자 표기의 역할을
더 잘 이해할 수 있다. 「오감도-시제오호」에서 특히 "我", 즉 화자
'나'의 비생동성과 비인간성은 시에 표기되는 한자 문자들의 연속을
통해 더욱 강조된다. 이상은 한자 표기가 강화시킬 수 있는 상징과
논리의 기능을 전면화하며, 혼종적인 조선어 문장의 구조와 시의 배
치를 만들어내고 있는 것이다.

나와그아지못할險상구즌사람과나란히앉아뒤를보고있으면氣象은다沒
收되여없고先祖가늣기든時事의證據가最後의鐵의性質로두사람의交際를
禁하고있고가젔든弄談의마즈막順序를내여버리는이停頓한暗黑가운데의
奮發은참秘密이다

-「正式 Ⅱ」 부분[27]

키가크고愉快한樹木이키적은子息을나았다軌條가平偏한곳에風媒植物

---

27 이상, 「정식」, 『가톨릭靑年』, 1935.4.

의種子가떨어지지만冷膽한排斥이한결같아灌木은草葉으로衰弱하고草葉
은下向하고그밑에서靑蛇는漸漸瘦瘠하야각땀이흘으고머지않은곳에서水
銀이흔들리고숨어흘으는水脈에말둑박는소리가들녔다

-「正式 V」[28]

인용한 「정식」 연작의 시편들은 앞의 절에서 논한 「정식 III」이나
「오감도-시제일호」, 「오감도-시제십일호」의 한자 표기 및 문장 구
성과는 상당히 다른 양상의 문장들을 보여준다. 위의 시들에서 한자
(어)들의 연속은 시의 관념성을 극대화시키고, 구체적인 정황이나 메
시지 전달을 방해한다.

「정식 II」는 「위독」 연작 중의 「육친」과 어느 정도 유사한 구문과
정서를 보여주고 있어, 이상이 여러 작품에서 보여준 가족에 대한 의
무감과 봉건적 윤리에 대한 진술이 아닐까 짐작하게 한다. 그러나 「육
친」이 보여주는 구문에 비해 훨씬 더 과잉된 한자 어휘들로 표기되어
있는 "弄談의마즈막順序를내여버리는이停頓한暗黑가운데의奮發"과
같은 구절의 상징성은 거의 극단적이어서 독자의 이해를 이끌어내기
쉽지 않다.

조금 더 구체적인 장면들이 등장하고 있는 「정식 V」 역시 이와 유
사한 효과를 야기한다. "灌木은草葉으로衰弱하고草葉은下向하고그
밑에서靑蛇는漸漸瘦瘠하야"와 같은 구절을 순 한글 표현으로 바꾸어
서술하였다면, 이 시가 지시하는 장면들의 구체성과 동적인 느낌들
은 이상의 다른 시 「꽃나무」가 그랬던 것처럼, 현실과 관념의 지평을

---

28 이상, 「정식」, 『가톨릭靑年』, 1935.4.

넘나들며 주체와 대상의 관계를 드라마틱하게 표현하는 작품이 되었을지도 모른다. 그러나 명사와 동사가 구별 없이 통용되며 역학적인 부분을 거세하는 것이 한자 어휘의 특성이라는 김기림의 말처럼, 이 시의 수많은 한자 어휘들은 대상의 동적 움직임을 좁히고, 사물의 보폭을 제한한다. 이 작품의 '樹木', '灌木', '草葉', '靑蛇' 등은 "軌條가 平偏", "冷膽한排斥", "草葉은下向", "漸漸瘦瘠" 등의 한자 어휘들로 인해 동적 움직임과 관계를 제한당하고 있는 사물들처럼 보이는 것이다.

4. 조작의 극대화, 이상 시의 이상(理想)

이상이 「오감도」 연작을 『조선중앙일보』에 발표하는 1933년은 조선어학계와 조선문단에서 조선어 표준화 작업과 함께 조선어 순정화의 요구도 높아지고 있던 때였다. 물론 한자 표기를 한국어에서 배제하고 한자 어휘를 고유어로 바꾸고자 하는 문제 특히 '한자 폐지'의 문제는 해방 공간 이후에 뚜렷이 공론화되는 것으로, 신체제 성립 이후 식민지 말기의 출판물 표기가 제국의 언어인 일본어로 단일화되기까지 한자(한문)를 중심으로 사용하는 문학 텍스트들이나 혼종적(다종적)인 한자 표기를 보여주는 텍스트들 또한 여전히 창작되고 있었다.[29] 그러나 근대적 글쓰기의 영역에서 '한자'와 '한문'은 때로는 근

---

29 식민지 말기 및 해방 공간의 한자, 일본어, 한국어의 혼종적 표기 양상이 보여주는 한국어의 복잡한 정황에 대하여 신지영, 「쓰여진 것과 말해진 것-'이종(異種)' 언어

대 조선어 문체를 수립하는 데 있어 극히 부정적인 위치를 차지하는
것으로 배격되고는 했다. 이는 "주릴할 한학에 짐독(鴆毒)"[30]이 되어왔
다고 조선문학을 진단한 이광수(李光洙)의 신문학 구상 이래로, 국민
국가로서 마땅히 가져야 할 자국어 문학, 즉 민족어 문학의 내셔널리
티를 구상하고 수립하는 데 한문 전통과 한자는 일부 문학가들에게
어쩌면 하루빨리 벗어던져야 할 "더러운 전통"[31]의 일부로 인식되었
기 때문이다.

> 그러므로 가장 아름답고 가장 내용 풍부한 시는 일체의 불분명한 언어,
> 비현대적 언어-사어(死語), '고급' 언어와는 무관계합니다.
> 이러한 언어는 분명한 현실을 불분명하게 왜곡하는 데만 필요하고, 현
> 대와 미래 대신 과거를 사랑하는 데 소용되며, 만인의 감정이 아니고 '교양
> 있는 소수'의 마음을 지껄이는 데[에]야 적합한 것입니다.[32]

1936년의 임화(林和)의 이 글은 조선어의 구어적 사용이 조선시의
미학적 조건과 대중성, 공리성을 충족시키는 것이라 주장하며 "민족
어의 가장 철저한 활용자이며 또 옹호자"[33]가 되어야 할 시인은 시어

글쓰기에 나타난 통역, 대화, 고유명」, 『민족문학사연구』 59, 민족문학사학회,
2015를 참조.

30 이광수, 「조선문학의 개념」, 『신생』 1권 2호, 1920.1, 7면.

31 김수영(金洙暎)의 시 「거대한 뿌리」의 한 구절 "전통은 아무리 더러운 전통이라도
좋다"에서 빌려옴.

32 임화, 「시와 시인과 그 명예-NF에게 주는 편지를 대신하여」, 『학등』, 1936.1. 임
화문학예술전집 편찬위원회 편, 『임화문학예술전집 4-평론 1』, 소명출판, 2009,
493면에서 인용함.

33 임화문학예술전집 편찬위원회 편, 앞의 책, 493면.

의 발굴이 아니라 새로운 생활의 새 말로 시적 언어를 창조해 나가야
함을 주장하고 있다. 이때 임화가 말하는 '비현대적 언어', '죽은 말',
'고급 언어' 등은 일상어나 구어와는 구분되는 것으로, 바꾸어 명시적
으로 말해 보자면 한자(어), 한문 및 발굴해낸 고어의 한자 어휘 등을
지칭하는 것으로 볼 수 있다. 이는 임화가 꾸준히 견지해온 고전부흥
파 및 복고주의자들에 대한 견제와 비판적 시각을 담고 있는 것인 한
편, "조선어가 진실로 통일된 민족어로서 자기를 완성하고 더욱이 문
학 위에서 실현되려면, 무엇보다도 과거의 우리를 지배하고 있던 한
문에 대한 투쟁으로부터 시작되어야 할 것"[34]이라는 그의 언어관을 시
의 언어와 관련하여 구체적으로 개진하는 것이기도 하다.

　이와 같은 임화의 언어관은, 1930년대 중반 프로문학계 뿐만 아니
라 한글학자를 포함한 많은 문학가들 심지어 임화가 비판하고는 했던
민족문학 진영의 문학가들에게도 상당 부분 동의를 얻고 있는 것이었
다. 홍기문(洪起文), 이희승(李熙昇) 등의 어학자들이나 이병기(李秉
岐), 이태준(李泰俊), 정지용(鄭芝溶) 등의 문학가들에게 조선어의 고유
한 실감과 말맛을 살리는 일은 조선문학의 구체성과 조선어의 근대화
를 수립하는 데 중요한 화두였고, '비현대적'이거나 '사어'가 되어버린
한자와 한문체에 대한 반발은 이태준의 『문장강화』를 비롯한 당대의
조선 문학가들의 글에서도 쉽게 찾아볼 수 있다. 그러나 정지용이나
이태준과 같은 『문장』을 중심으로 한 고전부흥파의 문학가들뿐만 아
니라 윤동주나 백석(白石)과 같은 시인들, 심지어 이상이나 김기림과

34　임화, 「언어와 문학-특히 민족어와의 관계에 대하여」, 『문학창조』 창간호, 1934.6
　　및 『예술』, 1935.1. 인용은 임화문학예술전집 편찬위원회 편, 앞의 책, 477면.

같은 모더니즘 문학가들에게 있어서도 과연 어떤 언어가 '죽은 말', '고급 언어'에 해당하고, 어떤 언어가 조선어의 혁신을 담당할 '새 말'이며 새로운 미학을 개척하여 근대 조선어의 영역을 확장할 말에 해당하는지 구분하는 것은 간단치 않았다. 창작의 실천 영역에서는 더욱 그러했는데, 한자 어휘나 한자 표기를 어느 정도 활용하여 문체의 개성을 살리고 조선어문의 근대를 확정 또는 확장할 것인가는 1930년대 문학가들에게 있어 선택과 배제가 적극적으로 작용하고 있었던 문제였다.[35]

이와 같은 시대적 정황 속에, 일기를 일본어로 쓸 정도로 일본어를 자유자재로 구사할 수 있고, 한문 전통 교양을 몸에 익혔으며, 또한 제국의 엘리트 교육의 수혜를 받았던 이상의 문학어 선택은 매우 특이한 지점에 위치하고 있다. 김억의 율격적 음조미도, 임화의 민중적 이상도, 문장파의 고전의 혁신도 그에게는 추구해야 할 가치가 아니었으며, 특히 한자의 문제는 그에게 철저히 기호적이고 기능적인 관점에서 다루어졌던 것으로 보인다. 아래의 글은 임화가 이상의 시 「一九三三、六、一」을 논하면서 비슷한 계열의 시인들로 신석정(辛夕

---

35 김신정은 윤동주의 습작 노트를 볼 때, 그가 여러 언어의 영향 가운데서 어떤, 언어, 문자, 소리, 표기로 시를 쓸 것인가 끊임없이 갈등하며 선택했으며, 동일한 단어나 어구를 다른 방식으로 표기하거나 개작 과정에서 한자/한글의 교체가 일어나기도 한다는 점을 지적한다. 조영복은 임화가 언급한 조선 구어시의 미학적 완성의 한 축은 한자어의 운용과 깊은 관련을 맺으며, 김기림, 이상, 정지용 등은 서구 문학의 직접적 수혜자이기도 했지만, 그들 공히 한문맥의 전통 안에서 굳이 한자어를 조선말의 '밖'으로 내던지지 않았음을 지적한다. 1930년대 조선말 시의 가능성을 최대한으로 끌어올린 시인들에게 있어 '우리말 문장'의 자의식은 한자나 한자 표기를 배제하지 않았다는 것이다. 김신정, 앞의 글; 조영복, 앞의 글.

汀), 김기림 등의 시를 들며 비판하고 있는 부분인데, 임화가 쓰고 있
는 '이지(理智)', '제작', '의식적인 관념의 행동', '장난감과 같이 만들
어가는 것', '공작'과 같은 언급은 이상 시의 특성 특히 조선어 문체의
특성을 고려해 보면 매우 적확한 지적이라 할 수 있다.

> 그리하여 이 시인들은 현실이 주는 모든 정서나 감정을 대담하게 솔직
> 하게 노래하는 대신에 이지(理智)를 가지고 현실을 요리하고 그것이 유발
> 하는 어떤 감정으로 시를 '제작'한다는 소위 주지주의적 시가라는 것이,
> 편석촌에 있어서는 이론적으로까지 형성된다. 그러므로 '주지주의'에 있
> 어서 또는 그 외의 동 경향의 시에 있어도, 시는 인간의 생활현실이 주는
> 노래가 아니라 반대로 인간의 어떤 특정한 의식적인 관념의 행동, 이지에
> 의하여 '장난감'과 같이 만들어가는 것이다.
> 흥분된 주관의 전율에서가 아니라 냉정한 이지의 고요한 사유과정 가운
> 데 주지적 시는 공작되므로 이곳에는 로맨티시즘이나 센티멘털리즘이 거
> 부되며 고전적 정신의 부흥이 요구된다.[36]

이상은 그의 연작시 실험을 통해 일부 시들에서는 '정서'나 '감정'
의 전달을 배제하고자 했으며, 특히 단어를 창출하고 조합해 내는 데
있어 한글보다 훨씬 더 넓고 자유자재한 가능성을 지닌 한자 어휘의
사용을 선호하였다. 여기에는 시를 '제작'하는 것이라는 그의 관념이
작용하였으며, 또한 임화의 지적처럼 "현실을 요리"함으로써 자신의
육체와 정신을 침입하는 현실의 중압감을 관조와 사유 가운데 멀찌감
치 떨어져 앉은 위치에서 그려내고자 한 의지도 깃들어 있다고 보아

36　임화, 「33년을 통하여 본 현대 조선의 시문학」, 『조선중앙일보』, 1934.1.1~1.12.
　　임화문학예술전집 편찬위원회 편, 앞의 책, 351~352면.

야 할 것이다.

久遠謫居의地의一枝 ● 一枝에피는顯花 ● 特異한四月의花草 ● 三十輪 ● 삼십輪에前後되는兩側의明鏡 ● 萌芽와갓치戲戲하는地平을向하야금시금시落魄하는 滿月 ● 淸澗의氣가운데 滿身瘡痍의滿月이劓刑當하야渾淪하는 ● 謫居의地를貫流하는一封家信 ● 나는僅僅히遮戴하얏드라 ● 濛濛한月牙 ● 靜謐을蓋掩하는大氣圈의遙遠 ● 巨大한困憊가운데의一年四月의空洞 ● 槃散顚倒하는星座와 星座의千裂된死胡同을跑逃하는巨大한風雪 ● 降霾 ● 血紅으로染色된巖鹽의粉碎 ● 나의腦를避雷針삼아沈下搬過되는光彩淋漓한亡骸 ● 나는塔配하는毒蛇와가치 地平에植樹되어다시는起動할수업섯드라 ● 天亮이올때까지

-「烏瞰圖-詩第七號」[37]

爲先痲醉된正面으로부터立體와立體를爲한立體가具備된全部를平面鏡에映像식힘. 平面鏡에水線을現在와反對側面에塗沫移轉함. (光線侵入防止에注意하야)徐徐히痲醉를解毒함.

-「烏瞰圖-詩第八號 解剖」 부분[38]

위 세 작품에는 한자어의 조작 가능성을 극대화함으로써, 자신이 시험하고자 하는 조선어 문체의 범위를 가능한 넓게 펼쳐보고자 하는 이상의 시도들이 드러난다. 「오감도-시제칠호」와 「오감도-시제팔호 해부」의 구문들은 1930년대 조선어 구어와도 과거의 한문 문체와도 큰 편차를 지닌다. 두 시에 나타나는 풍경과 분위기는 극단적으로 상

---

37 이상, 「오감도-시제칠호」, 『조선중앙일보』, 1934.8.1.
38 이상, 「오감도-시제칠호」, 『조선중앙일보』, 1934.8.1.

대적인데, 「시제칠호」에 쓰이는 "久遠謫居", "明鏡", "落魄", "滿月", "淸澗"으로 이어지는 수많은 한자 어휘들은 구시대의 정경을 표현하기 위해 이상이 선택한 한자 어휘들이다. 「시제팔호」에 쓰인 "解剖", "痲醉", "立體", "平面鏡", "映像", "塗沫移轉", "光線"은 근대의 풍경을 그려내기 위해 배치된 한자 어휘들이다.

실제로 옛 문헌에서 쓰였을 법한 한자어, 근대 이후 일본 서적을 통해 수입된 일본 매개 한자어들이 존재하지만 "光彩淋漓한亡骸"나 "塔配하는毒蛇"와 같은 표현, "平面鏡에映像식힘"이나 "反對側面에塗沫移轉", "光線侵入防止에注意"와 같은 구문은 한자의 조합, 한자어와 조선어 조사 및 어미를 결합시킨 이상 자신의 특이한 문장 구사로 보인다. 이와 같은 선택과 조합은 「시제칠호」의 "하얏드라", "업섯드라"와 같은 문장의 종지형과, 「시제팔호」의 "식힘", "함"과 같은 건조한 종지형의 구분에 의해 더욱 그 차이가 강화된다.

이상은 「시제칠호」에서 이후에 발표하는 시 「가정」(이 시에도 "月光"이 등장한다)과 수필에서 표현되는 가장으로서의 책임감을 암시하고 있다. "一封家信"과 "巨大한困憊"로 상징되는 이 가부장제적 봉건 윤리의 무거움은 이어지는 한자어의 외장을 입고 표현된다. 반면 「시제팔호」에서는 지극히 차갑고 냉엄한 근대의 의료 및 과학 시스템(이후의 시 「금제」와 수필 「추등잡필」 등에서 다른 방식으로 표현되었다)의 외양을 빌어 주체와 시대를 집요하게 해부의 대상으로 삼으려는 시도를 보여준다.

두 시는 각각 다른 문체와 분위기를 전달하지만, 이 분위기와 정경을 구사하는 데 한자어의 조작적이고 조합적인 가능성을 최대한 활용하고 있다는 점, 그리고 근대라는 상황 속에 통합된 정체성을 지니지 못하고 끊임없이 불안의 기표로 증폭되는 주체의 외양을, 이어지고 중첩되는 한자어들에 실어 묘사하고 있다는 점에서 동일성을 갖는다. 이상의 시들은 구어적이고 음악적인 조선어 문장의 음조미의 추구와는 가장 대척점에 서 있다. 연작시에서의 혼종적이고 다종적인 문체의 구사는 독자들의 반응과 매체라는 제약, 이후 이상 자신의 급작스런 죽음으로 종결되어 버린 미완의 기획이었다. 그럼에도 이 기획은 이상이 추구하던 조선시의 이상(理想)이, 종족중심주의적인 구어적 마술성에서 조선어 시를 탈출시켜 이지와 논리라는 보편의 영역으로 조선어를 편입시키는 데 있었음을 증명하고 있다.

5. 1930년대 조선시의 문체와 이상의 시 쓰기

이 글은 기존의 논의에서 언급되었던 이상 시의 기호적 측면에 관한 지향과 의식에 관한 연구에서 좀 더 세부적으로 나아가, 조선어 문제를 구성하는 이상의 구체적 기획의 방법론을 한자(어) 표기 및 구사의 측면에서 예증하고자 하였다. 이 글에서는 이상 시에서의 '한자 문제'와 관련하여 문체의 양상과 그것이 발현하는 기능과 효과를 세분화하여 논함으로써, 1930년대 시에 있어서 한자(또는 한자어)가 쓰였을 때 조선어와 어떠한 관계를 맺는지와 결과적으로 시에서 구현이 가능했던 조선어 문장의 여러 갈래들의 실제적인 예를 명확히 하여 보여주고자 하였다. 또한 이러한 실제적인 문장의 발현 양상을 통해, 임화, 김억, 이태준, 김기림 등 당대의 다른 문학가들이 지녔던 조선어 문체에 관한 생각과 이상의 생각이 어떤 차이와 접점을 지니며,

그 사고가 실제 창작의 기획에 어떻게 시도되었는가를 밝히고자 하였다.

이상의 연구사가 넓고 깊은 것은 사실이지만 이상 시 텍스트의 의미 해독에 지나치게 집중된 면이 없지 않다. 또한 이상이라는 특별한 개인의 천재성과 개인사적 이력에 집중한 나머지 1930년대라는 시대적 지평 안에서 이상 시가 어떤 위치를 차지하고 있는지 그 관계와 맥락을 살피는 연구보다는, 고립된 한 개인의 텍스트에 대한 연구처럼 접근된 측면도 있다. 이상 시가 지니고 있는 조선어 문체의 특별함은 초현실주의, 모더니즘과 같은 세계문학과의 관계 속에서뿐만 아니라 당대 조선시와 맺고 있는 관계 속에서도 섬세하게 다루어져야 한다. 가령 이상 시가 보여주는 기호와 숫자, 타이포그래피가 보여주는 효과에 대해서는 기호학적 측면에까지 논의가 진행되고 있지만, 정작 이상 시의 아주 많은 부분을 이루는 한자와 한자 어휘들의 시각적 효과나 문체의 측면, 그리고 기능과 의도에 대해서는 더욱더 많은 연구가 필요하며, 이러한 연구의 축적을 통해 1930년대 시에 있어서 조선어 문체의 구체적 자질을 이루는 요소들은 무엇인가에 대한 답변이 가능할 것이다.

이상의 시는 당대에 그가 습득한 조선어-일본어-한문 전통-외국어 등의 여러 가지 선택과 배제의 역학 속에서 자신만의 조선어 문장을 만들어나가고자 하는 시도와 고민의 흔적을 누구보다 치열하고, 실험적으로 전개시킨 한 결과이다. '순수성', '자연스러움', '음조 및 리듬'과 같은 조선어 문장의 자질을 문학에서 특히 시에서 추구하고 정립해 나가야 한다는 관념은, 1930년대의 많은 조선 문학가들에게는 일종의 절대적 가치와 같은 것이었다. 그리고 이러한 관념은 현재의

시, 특히 '서정시'라는 현대적 관념에까지 이어진다. 이상의 시가 열
어 놓은 한국시의 이지와 보편의 영역은, 식민지 말기를 거치며 정지
용의 표현처럼 '자연에의 도피'로, 전쟁과 분단을 거치면서 '순수의
영역'으로 협소해진 측면 또한 존재한다.[39] 특히 '노래와 리듬'의 가치
는 많은 문화권에서 서정시의 가장 큰 존재이유이자, 독자와 시라는
장르를 이어주는 견고한 끈과 같은 것이었다. 이상의 실험은 독자와
의 유대감과 동일화의 정서라는 이 견고한 끈을 끊어버림으로써, 당
대 조선문학의 독자뿐만 아니라 지금까지도 우리를 점유하고 있는
'시'와 '문학' 그리고 '민족어'라는 관념에 균열을 낸다. 혼종적이고 잡
스러운 것, 부자연스러운 것, 율격의 아름다움이 아닌 다른 것을 조선
어 시에서 보여주었던 이상의 실험이 여전히 현재적인 것은 그 때문
이다.

---

39 정지용은 해방 후의 산문에서, "남들이 나를 부르기를 순수시인이라고 하는 모양인
데 나는 스스로 순수시인이라고 의식하고 표명한 적이 없다"고 하며 "일본놈이
무서워서 산으로 바다로 회피하여 시를 썼다. 그런 것이 지금 와서 순수시인 소리
를 듣게 된 내력이다. 그러니까 나의 영향을 다소 받아온 젊은 사람들이 있다면
좋지 않은 영향이니 버리는 것이 좋을까 한다."며 '순수'와 '자연'에 대한 자신의
시 쓰기에 관해 언급한 바 있다. 정지용, 「산문」, 『정지용 전집 2-산문』, 민음사,
2003, 288면.

3부

균열하는 감각, 문학인의 내면

1장

『문우』를 통해 본
경성제대 지식인의 내면

1. 경성제대 예과와 『문우』의 발간 배경

『문우』는 경성제국대학 예과에 재학 중인 조선인들이 만든 모임인 문우회에서 발간한 잡지이다. 창간호의 발간 시기는 불명이고 4호는 1927년 2월 20일자에 간행된 것으로 알려져 있다.[1] 경성제국대학의 예과가 문을 연 것은 1924년 5월이고 본과는 그보다 2년 후인 1926년 개교하였다. 그러므로 『문우』의 창간 시기는 예과 개교 이후인 1924 년에서 1925년경으로 추측된다. 『문우』의 마지막 호가 된 것으로 보이는 5호의 발행시기는 1927년 11월이다.[2] 편집 겸 발행자는 김재철

---

1   『문우』4호의 발행사항은 다음을 참조할 수 있다. "판권장을 보면, 편집 겸 발행자 이강국(李康國), 인쇄자 노기정(魯基禎), 인쇄소 한성도서(주), 발행소 경성제국대학 예과문우회, A5판 106면, 비매품으로 되어 있다"(최덕교 편저, 『한국잡지백년 3』, 현암사, 2004, 336면). 이 글은 『문우』5호를 분석의 주요 대상으로 삼는다.

(金在喆), 인쇄자 김재섭(金在涉)으로 되어 있다. 1926년 예과 3회 입학생이었던 김재철은 경성제대 동창생들인 이희승, 조윤제, 김태준 등과 1931년 조선어문학회를 창립하는데, 이들 모두가 『문우』의 필진으로 참여하면서 이때부터 조선어문과 문예를 발흥시킬 매체에 대한 고민을 함께 나누었던 것으로 보인다.[3]

1927년 11월 당시 『문우』에 실려 있는 회원명부의 총회원수는 104명이다. 1924년의 1회부터 1927년 4회까지의 조선인 입학생 총수가 199명이고, 1회와 2회의 졸업생 92명을 뺀 수가 회원명부의 총회원수와 거의 맞아떨어짐을(졸업을 못했거나 도중에 학업을 그만둔 경우를 제외하더라도) 볼 수 있다. 따라서 문우회는 일종의 문학 동아리라기보다는 사실상 경성제대 예과에 재학 중인 조선인 학생을 총망라한 조선인 학생회라고 이해할 수 있다. 문우회의 주요한 회칙으로 "본회(本會)는 조선문예의 연구 급 장려를 목적함", "본회는 경성제국대학 예과 내에 치(置)함", "본회는 본회의 목적을 달하기 위하여 매학기 일회씩 조선문예잡지를 발간함"[4]과 같은 항목을 볼 수 있다. 경성제대의 학기는 3학기제였는데 실제로 매 학기 『문우』가 발행되지는 못한 것으로 보인다.[5]

---

2 종간 시기는 불명이지만, 6호를 내려고 원고를 수집하던 중, 학교의 문우회 해산 지시로 1928년의 기념촬영을 끝으로 문우회가 더이상 모이지 못했다는 회상이 기록되어 있다. 이충우, 『경성제국대학』, 다락원, 1980, 134~135면.

3 김재철에 대해서는 다음의 논의를 참조할 수 있다. 이상우, 「한 식민지 국문학자가 마주친 동양연구의 길-김재철론」, 『인문연구』 52, 영남대인문과학연구소, 2007.

4 경성제국대학예과문우회, 『문우』 5호, 한성도서주식회사, 1927.11, 145면. 이후 『문우』 소재 글을 인용할 때는 글의 필자, 제목, 면수만 표기한다.

5 5호의 편집후기에 다음과 같은 구절을 볼 수 있다. "침체 그것만을 일삼는 우리

이 회칙에서 흥미로운 점은 그들이 자신들의 회지를 "조선문예잡지"로 칭한다는 점이다. 자신들이 발간하는 잡지를 교지나 회지라 칭하지 않고 조선의 문예잡지로 일컫고 또 모임의 목표를 재학 중인 회원들의 친목을 도모하고 문예를 토론하는 것이 아니라 "조선 문예의 연구 급 장려"에 두었다는 점은 눈여겨볼만 하다. 문우회의 회원들이 모임의 회지를 일종의 교지가 아니라 '문예잡지'로 생각했으며 이를 표방했다는 점은, 그들이 조선의 유일한 종합대학이자 '제국대학'이라는 명칭을 얻었던 경성제국대학에 재학 중이었다는 사실과 밀접하게 연관되어 있다.

실제로 『문우』의 필진 중 여러 명이 예과에 재학 중이거나 본과에 올라간 후에 신문이나 문단의 잡지에 글을 실으면서 이름을 떨친다. 1920년대 당시 많은 유학생회 모임의 회지 등이 일종의 문예잡지의 역할을 하기도 했던 것이 사실이지만, 경성제대 재학생이라는 특별한 위치로 인해 문우회와 『문우』를 구성하고 있는 필진들은 자신이 조선 문예의 중심이 될 것이라는 자부심을 자연스럽게 체득하고 있었다. 『문우』 종간 후 경성제대 법문학부 1회 졸업생이 배출된 1929년 법문학부 출신 졸업생이 발간한 『신흥』 창간호의 편집후기에서 "조선의 모든 정세는, 드디어 『신흥』을 탄생시키었다"거나 "우리는 조선에 있어서, 지금까지에 이만치 진실한 의미의 학술논문을, 다수 등재한 잡지가 있었음을 기억지 못한다"[6]는 등의 당당한 위세를 보여 주는 것도

모듬이라 그런지 두 학기 것을 모은 것이 겨우 요것뿐이에요. 엉거주춤한 가운데서 무어니 무어니 하는 것 봐서는 이만큼이라도 되어나감을 한 기쁨이라고 할는지 알 수 없습니다마는 양으로서나 질로서나 이렇게 되어서야 어디 버젓이 내놓을 수가 있겠어요. 아마 우리의 경험이 업는 까닭인가 봅니다." 「편집후기」, 146면.

바로 이러한 자부심에서 나온 것이다.

경성제국대학의 학문적 경향과 당시 조선 내의 위상에 관한 연구
가 상당히 이루어진 데 반하여, 잡지『문우』에 대한 연구는 찾아보기
어렵다.[7] 이는『문우』의 자료를 쉽게 찾을 수 없으며 결본도 있기 때
문인 것으로 여겨진다. 그러나 현재 그 내용을 볼 수 있는 5호에 실린
필자들의 경우 호나 필명을 써서 본명을 알 수 없는 경우를 제외하더
라도 유기춘, 유진오, 고유섭, 한재경, 민태식, 정종실, 노병운, 한용

6   신흥사,『신흥』제1호, 한성도서주식회사, 1929.7, 121면. 현대어 표기로 수정함.
7   경성제대에 관한 연구로는 다음의 저서들을 참조하였다. 박광현,「경성제대와 신
    흥」,『한국문학연구』26권, 동국대한국문학연구소, 2003.12.; 가이야 미호,「아베
    요시시게(安倍能成)의 눈에 비친 조선」,『세계문학비교연구』18, 세계문학비교학
    회, 2007; 김재현,「한국에서 근대적 학문으로서 철학의 형성과 그 특징」,『시대와
    철학』18권3호, 한국철학사상연구회, 2007; 박광현,「식민지 '제국대학'의 설립을
    둘러싼 경합의 양상과 교수진의 유형」,『일본학』28, 동국대학교 일본학연구소,
    2009; 박광현,「경성제국대학 안의 동양사학」,『한국사상과문화』31, 한국사상문
    화학회, 2005; 박광현,「'경성제국대학'의 문예사적 연구를 위한 시론」,『한국문학
    연구』, 동국대한국문학연구소, 1999.3; 박광현,「경성제대 '조선어학조선문학' 강
    좌 연구-다카하시 토오루(高橋亨)를 중심으로」,『한국어문학연구』41, 한국어문
    학연구학회, 2003.8; 박광현,「다카하시 도오루와 경성제대 '조선문학' 강좌」,『한
    국문화』40, 서울대규장각한국학연구원, 2007.12; 박광현,「식민지 조선에 대한
    '국문학'의 이식과 다카기 이치노스케」,『일본학보』59집, 한국일본학회, 2004;
    백영서,「상상 속의 차이성, 구조 속의 동일성」,『한국학연구』14, 인하대한국학연
    구소, 2005.11; 손정수,「신남철·박치우의 사상과 그 해석에 작용하는 경성제국대
    학이라는 장」,『한국학연구』14, 인하대한국학연구소, 2005.11; 이준식,「일제 강
    점기의 대학 제도와 학문 체계 - 경성제대의 조선어문학과를 중심으로」,『사회와
    역사』61, 한국사회사학회, 2002.5; 전경수,「학문과 제국 사이의 추엽(秋葉) 융
    (隆)-경성제국대학 교수론 1」,『한국학보』31, 일지사, 2005; 정선이,「일제강점
    기 경성제국대학 졸업생의 사회적 진출양상과 특성」,『교육비평』23, 교육비평사,
    2007; 최재철,「아베 요시시게(安倍能成)에 있어서의 경성(京城)」,『세계문학비교
    연구』17, 세계문학비교학회, 2006; 한용진,「일제 식민지 고등교육 정책과 경성제
    국대학의 위상」,『교육문제연구』8, 고려대교육문제연구소, 1996.2.

균, 이병일, 최재서, 신남철, 이효석, 김봉진, 조용만, 김종무, 조규선, 원흥균 등 이후 문단이나 학계에서 활발하게 활동하거나 항일운동 이력을 갖고 있는 인사들이 포진되어 있음을 알 수 있다. 특히 문예잡지를 표방한 『문우』에 실린 글들을 분석하는 일은, 당시 제국대학의 학생이자 식민지 조선의 선구적 지식인이었던 경성제대생들의 내면 풍경과 심리를 파악하고 이를 통해 당시 조선 청년들의 사상과 문학적 감수성의 지평을 재구성해내는 하나의 작업이 될 수 있을 것이다.[8]

2. 『문우』의 필자들과 편집 체재 및 문체

『문우』5호는 총 146면으로 상당한 분량을 담고 있다. 목차를 보면 문예잡지라는 책의 성격에 따르듯이, 글의 형식에 따라 그 순서가 구성되어 있음을 볼 수 있다. 그 순서와 제목 및 글의 형식에 따른 분류를 살펴보면 다음과 같다.[9]

지은이	글제목	분류	세부분류	비고
신남철	동무들아	권두언	권두언	본문 삭제됨
柳基春	문우	권두언	권두언	

---

8 4호에는 앞에 언급한 필자들 외에도 김태준, 현영남, 엄무현 등이 참여했다고 한다. 최덕교, 앞의 책, 336~337면.
9 내용의 분류는 최동호 외, 『한국 근현대 학교 간행물 연구II』, 서정시학, 2009의 49~50면을 참고하였으며 약간의 오류를 수정하고 비고에 내용을 추가하였다.

俞鎭午	生活의斷片	에세이	단상	
高裕燮	花江逍遙賦	에세이	단상	
韓載經	回顧一片	에세이	단상	
橫步	雜感三題	에세이	단상	
金飛兎	短篇小說槪觀	학술	문학	
閔泰植	溯求本源	에세이	단상	순한문
元春人	晴松說	에세이	단상	
鄭宗實	自知의必要와及其方法	논설	논설	
盧炳雲	生存競爭과科學	논설	논설	
韓龍杓	夜의學窓	에세이	단상	
碧溪	回顧一片	에세이	단상	
史敬郁	箕城의散話	에세이	단상	국한문체
李柄一	스켓취 短片	에세이	단상	
晚湖	秋夜精思錄	에세이	단상	국한문체
秋塘	길히잠든어린羊	에세이	단상	
泥中鬪狗	暑中冷感	에세이	단상	
十五永	桃源을차저서	에세이	단상	
苦松竹	人生의苦悶	에세이	단상	부분적 국한문체
崔載瑞	뒤밧귀색시	에세이	단상	
橫步	放浪曲	시	현대시	
申南澈	現實의노래	시	현대시	
盧汀	街頭에서	시	현대시	
槿園	고요한밤	시	현대시	
槿園	아리랑	시	현대시	
李孝石	님이여들로!	시	현대시	
李孝石	殺人	시	현대시	
참마을	가을노래	시	현대시	
참마을	나 生命의리듬	시	현대시	
참마을	님과나	시	현대시	
韓龍杓	님에生覺	시	시조	
雲夢	詩數篇	시	현대시	
雲夢	詩二篇	시	현대시	

金鳳鎭	봄실노	시	현대시	
趙容萬	舊稿十編	시	현대시	
YM生	端午	시	현대시	
YM生	나의울음	시	현대시	
YM生	꿈	시	현대시	
YM生	珍海	시	현대시	
金髥仙	님생각	시	현대시	
金髥仙	鴨綠江	시	현대시	
車城學人	舊稿中에서	시	현대시	
車城學人	偶吟	시	시조	
秋당	夜路	시	현대시	
秋당	獵夫	시	현대시	
秋당	녯집	시	시조	
春浦	봄바다의새벽	시	현대시	
春浦	발암	시	현대시	
春湖	未定	소설	단편소설	
槿園	어대로던지가자	소설	단편소설	
雲夢	두죽엄	소설	단편소설	
曉曙	새싹을차저서	소설	단편소설	
曹圭善	黃昏	희곡	극본	
편집진	會員名簿	기타	명단	
편집진	文友會會則	기타	회칙	
편집진	編輯後記	편집후기	편집후기	

신남철, 유진오, 고유섭, 최재서, 조용만, 이효석, 민태식 등 이후에 문단과 학계에서 이름을 떨치게 되는 필자들은 물론이고 의학계나 항일운동 기록에 남아 있는 유기춘, 한재경 등의 이름도 보인다. 횡보라는 호를 쓴 필자는 조용만, 참마을이란 호를 쓴 이는 이원학, 비토와 염선은 김종무, 원춘인은 원홍균이다. 신남철의 권두언이 삭제된

것이나 본문의 내용 일부가 삭제되었다는 표시로 보아, 검열을 거쳐서 나왔음을 확인할 수 있다. 편집후기에는 자신들의 경험 부족으로 호수가 계획했던 대로 나오지 못했음을 자인하고 있는 한편으로 "민중이 기대하는 대조선문학의 건설의 슬로간이 멀지 않아 청량원두에서 우렁차게 일어날 줄로 믿습니다. 반드시 나고야 말 새싹은 우리 「문우」에서 움돋을 것입니다"[10]라는 기개를 표현하고 있다. 이 잡지의 목적이 '대조선문학 건설의 슬로간'의 출발점이자 모태가 되는 데 있다는 점을 다시 한 번 강조하고 있는 셈이다.

그러나 이러한 호탕한 선언에도 불구하고, 상당량의 에세이와 시들은 개인적인 신변의 고백을 넘어서지 못하는 수준에 그친 경우를 보여 주기도 한다. 이는 예과의 특성상 법문학부와 의학부로 진학할 학생들이 통합되어 있기 때문이기도 하고 '조선문예잡지'를 표방했던 목표와 실제 '교지'로 존재하는 현실 사이의 간극 때문이기도 하다. 실려 있는 글의 문체가 순한글 구어체부터 국한문체를 부분적으로 차용하는 형식, 한문에 한글 현토만 단 형태, 순한문체까지 그 범위가 다양한 점과 시조의 형식, 한시의 차용, '산문시'라는 부제를 다는 등 운문 형식에 대한 다양한 편차를 보여 준다는 것도 흥미로운 점이다.

이와 같은 간극과 혼효는 당시 경성제대생들, 이른바 조선의 최고 엘리트층이라 할 만한 지식인들이 지니고 있었던 산문과 시형식에 대한 감각의 편재와 사상의 지평을 정직하게 드러내 보여준다는 의미가 있다. 편집인과 편집 방침이 있었던 여타의 문예잡지와 달리 교지의 외형을 띠면서도 '문예잡지'를 표방하고 있는 이 책에 실려 있는 텍스

---

10 「편집후기」, 146면.

트들의 다종다양함과 얼크러짐은 한편 당시 "불과 십여년의 짧은 역사를 가진 이 문단"[11]의 외부에서 그 내부의 착종을 반영하는 형식이 되고 있는 것이다. 가령, 문단의 한 문인이 아니라 그것이 비록 제국대학일지라도 예과의 한 학생으로서 "문단은 다시금 적막하여 간다. 신춘에 활기를 정하던 문단은 다시금 무거운 침묵에 들었다. 문예시대, 조선문단은 어찌나 된 셈인고"[12]라는 걱정을 토로하며 "선배" 유진오의 작품을 논할 때, 이 발화는 조선문단과 경성제대 사이의 기묘한 점이지대에 놓여 있는『문우』라는 잡지의 공간이 가진 특별함을 보여준다.

3. 변방의 정서와 세계인의 감각

조선문단의 안과 바깥의 미묘한 위치에 처해 있었거나 또는 적어도 글쓴이들 자신이 조선문예의 발전을 담당하리라는 자의식을 내비치는『문우』의 많은 글들은 또한 다음과 같은 양가적 의식 사이에서 흔들리고 있었다. 그것은 세계의 변방인 조선인으로서 갖는 자의식과, '제국대학'의 엘리트 지식인으로서 갖는 '교양인', '문화시민', '세계인'으로서의 감각이 혼란스럽게 때로는 길항하면서 드러나고 있다는 것이다.[13]

---

11 횡보, 「잡감삼제(雜感三題)」, 18면.

12 위의 글, 같은 곳.

13 경성제대의 교양주의에 관한 선행 연구로 윤대석, 「경성제대의 교양주의와 일본어」, 임형택·한기형 외 엮음, 『흔들리는 언어들』, 성균관대 대동문화연구원, 2008을

　　그러나 지금은 엇더하냐 사람이 한 사람뿐 아니라 수십명이 한쩌번에 공중으로 날너단이는 것이 아니냐 「스에스」 운하와 「파나마」 운하가 개통되지 아니하엿는가 그리고 「알푸스」에는 굴이 쑬피지 안이하엿는가 세상사람들아 너희들은 너희의 힘이 적다고 하지 마러라 그리고 하여 보아라 너희들은 반다시 일울 것이니 …… 라고. … (중략) … 우리 둘 새이를 가로막고 잇든 낡은 인습과 허위의 도덕, 가식의 체면…… 의 벽을 우리는 용맹히 쌔트려 버렷다. 그리고 우리는 서로 만낫다. 우리의 마음은 서로 합하엿다.[14]

　　'sturm und drang의 시대가 천천히 그러나 굿세게 조선으로 몰려온다. 바람 비에 깨지지 아니할 동철(銅鐵)배를 맨들 쌔다. … (중략) … 오십이 넘으신 아버지와 어머니의 충돌. 원인은 입센의 문제극에나 보는 듯한 일. 나는 그곳에 조선의 종교제도 가족제도 부부관계의 현실을 본다. 동시에 과도기의 선량한 시민이 얼마나 가족주의와 개인주의의 새이를 헤매이는가를. … (중략) … 문학의 무력! 상아탑적 존재![15]

　　단편소설의 형식을 띠고 있는 효서의 「새싹을 차저서」에서 주인공 젊은 남녀의 자연스러운 사랑을 막는 것은 조선사회의 낡은 인습과 허위의 도덕이다. 나이 찬 딸을 시집보내려는 일방적인 집안의 혼약에 의해 깨질 뻔했던 그들의 사랑을 다시 되살릴 수 있었던 것은 그들 젊은이들의 인습에 대한 항거와 용기다. 딸을 정혼시키려는 어머니의 모습은 조선의 '낡은 인습'을 대변한다. 소설 속에서 '낡음'에 대비되는 것은 '수십 명이 한꺼번에 공중으로 날아다니는' 현실, 즉 수에즈,

---

　　참조할 수 있다.
14　효서, 「새싹을 차저서」, 127~128면.
15　유진오, 「생활의 단편」, 2~3면.

파나마 운하가 개통되고, 알프스에 굴이 뚫리는 세계사적 현실이다. 자신들의 용기와 의지를 현대문명사회의 이기(利器)가 가진 힘, 그리고 조선이 아닌 머나먼 이집트, 남미, 유럽의 상황에 대응시키는 이 장면은 연애 문제로 일관한 이 소설에서 매우 이질적인 부분이다. 이 이질성이 출현하는 원인은, 조선의 뒤떨어진 현실과 낡은 인습이 자신들을 구속하고 있으며 구속에서 해방되려는 의지는 곧 세계인들이 자연을 개척하고 문명을 계발하는 도정에서 나타나는 그 '힘'의 의지와 같다고 작가가 생각하고 있기 때문이다. 그들은 그 구속 안에 있을 때는 변방의 조선인이지만, '벽'을 용감히 깨트리고 인습에 저항했을 때는 '문명인'이자 '세계인'의 범위 안으로 합류하게 되는 것이다.[16]

유진오의 에세이에서 어머니와 아버지의 일상에서의 부부싸움은 곧 "조선의 종교제도, 가족제도, 부부관계의 현실"을 보여주는 축도로 부상한다. 이때 조선은 '과도기'이며 곧 '질풍노도'의 시대를 맞을 것이어서 거기에 대응할 수 있는 튼튼한 배를 만들어야 하는 변방의 미성숙한 나라이다. 그러나 어머니와 아버지의 부부싸움에서 '입센'의 문제극을 떠올리고 가족주의와 개인주의 사이의 '시민'의 모습을 발견하는 유진오 자신은, 세계의 문화와 교양을 습득한 세계시민의 위치에서 조선의 현실을 진단하는 것이 된다.

이 양가적인 자의식은 많은 글에서 나타난다. 평양의 수도교(水道橋)에서 강물을 바라보며 그 우아한 정서가 "마치 영경(英京)의 명소(名

---

16 잃어버린 님을 찾으려 "극지방, 열대지방, 히마라야, 알프스, 사하라, 스핑쓰(이집트), 시베리아, 오오스트라리아, 뿌라질, 쮸네바 호반, 쎄이론도 차밧, 나이야가라" 등을 찾아 헤매는 상상력을 보여주는 시 구절도 눈여겨 볼만 하다. 횡보, 「방랑곡」, 66~68면.

所) '테임쓰'와도 흡사(恰似)한 듯이 표상(表象)된다"[17]고 묘사할 때 1920년대의 평양과 영국 런던의 템즈강을 흡사하다고 느끼는 감각은, '기성(箕城)의 산화(散話)'라는 제목과 지금의 한국어 사이에서 느껴지는 거리감만큼 어색하지만, 당시 지식인들에게는 이러한 수사법이 자연스럽게 느껴졌던 것처럼 말이다.

최재서가 산골에서 뒤바뀐 색시 이야기를 하면서 "경성에 거주하는 문화인엔 도저히 몽상도 못할 희극이다."[18]라고 말할 때 이 시골에서 일어난 한 편의 희극은 '조선'의 현실과 떼어 생각할 수 없는 것이지만, '경성'에 거주하는 자신은 이러한 정황을 몽상조차 못할 만한 '문화인'의 위치에 처하는 것이다. 이 짧은 '만필'에서 조선의 희극과 타고르, 토마스 하디의 문학을 병치하고 있는 '교양인'인 최재서는 조선의 현실을 논하되, 그 현실의 외부에 있는 자처럼 사건을 재현하는 기묘한 위치를 담당하고 있다.

4. 문학의 필요와 과학주의, 그리고 맑스주의

이처럼 변방에 위치하였으나 세계인의 자의식을 지니고 있으며, 인습에 구속되어 있으나 그것을 깨려는 의지를 지닌 경성제대 지식인들에게 이 둘 사이의 간극을 메우기 위해 필요했던 것은 무엇이었을까? 그것은 앞에 인용한 글들에서도 암시되었듯 교양과 문화였다. 이

---

17 사경욱, 「기성(箕城)의 산화(散話)」, 42면.
18 최재서, 「뒤밧권 색시」, 62면.

상과 현실의 부조화, 식민지적 조건에 의한 입신출세주의의 좌절 등
을 보완하고 제국대학생으로서의 특권성과 차별성을 강화했던 교양
주의는 근대 일본의 교양주의 나아가서는 독일을 비롯한 유럽의 교양
주의에 접속되어 있는 것이기도 했다.[19] 이 교양과 문화를 구성했던
구체적인 내용이 『문우』의 여러 텍스트들에서 나타난다. 그 중에서
뚜렷이 강조되는 것은 문학, 문예의 부흥에 대한 생각이다.

> 문학이 사실적이고 낭만적임을 불론(不論)하고 거긔 명일(明日)의 세계
> 를 구설(構設)하엿다 함은 사실이다. 짜라서 그것은 비현실이라고 일커를
> 수도 잇고 쏘한 이상적이라고 일커를 수도 잇다. 그러나 앗가 말한 바와
> 갓치 금일의 세계인은 명일의 세계인이 될 과정을 명백히 자각할 필요가
> 잇다.[20]

최재서의 글에서 문학은 "사실적이고 낭만적임을 불론하고" 즉 사
실주의니 낭만주의니 하는 유파적 관점을 초월하여 "명일의 세계" 곧
오지 않은 미래의 세계, 이상을 담고 있는 형식이다. 그는 문학의 필
요가 "금일의 세계인"이 "명일의 세계인"이 될 과정을 명백히 자각하
는 데 있다는 점을 힘주어 강조한다. 이때 현실을 넘어서는 이상의
실현을 위해서 필요한 것이 문학이다. 경성의 '문화인'인 자신이 이
'금일의 세계인' 안에 포함됨은 물론이다.
　미국의 Ph.D라는 소개로 S.M. Tucker 박사의 '단편소설개관'을 발

---

19 당시 지식인들의 교양주의가 갖고 있는 이와 같은 측면에 대하여 윤대석, 앞의
　　글, 421~428면 참조.
20 최재서, 앞의 글, 66면.

췌 번역하고 있는 김종무는 "씨(氏)가 좀 작가의 인생관조에 논급하엿더라면"하는 유감을 표명하고 있다. 이러한 유감에 더해 번역에 자신이 없음에도 이 글을 번역하는 것은, "이와 같이 단편소설이 오인(吾人)의 실제 생활과 점점 밀접한 관계를 형성하여 가는 것이 명백한 금일에 단편소설에 대한 개념을 파악하여 두는 것이 필요할 줄로 생각"[21]했기 때문이라 말한다. 이때 이 번역의 의미는 어떤 개인적인 흥미나 감응에 의한 것이라기보다는, 점차 단편소설이라는 장르를 확립해 가는 조선문단에 이와 같은 '개념'을 파악하는 것이 '필요'하다는 생각, 문학 개념의 필요에 대한 판단에서 나온 것이다.

경성제대 지식인들의 교양과 문화를 이루는 한 축에 문학이 있었다면, 또 한 축에는 과학이 있었다고 할 수 있다.

> 오늘날 아조선(我朝鮮)의 현상을 보면 기원인(其原因)은 전혀 생존경쟁의 결핍에 유(有)하다. 각인(各人)이 생존이라는 갓흔 목표를 향하야 전진하는 대에 단결심이 생기고 결합력이 생(生)한다. … (중략) … 현금(現今)의 그 수단은 전(全)혀 과학이다. 즉 과학의 발달로 의하야 대포 비행 기선 등 이기(利器)를 제작하야 생존경쟁의 수단방법에 공(供)함이다. … (중략) … 그러나 문화과학도 포함되엿다 할 수 잇다. 그 예를 들면 '쉑쓰피어'가 출(出)하자 영길리(英吉利)의 정신이 완조(完造)되고 '단테'가 래(來)하자 이태리의 기초가 형성되고 '톨스토이'가 현(現)하자 로서아의 서광이 희미(熹微)하엿다 한다. 일국의 기초가 형성되고 국민의 정신이 완조된다 함은 중대한 문제이다. 정신이 완조된 연후에 단결심과 결합력이 생하나니 단결심과 결합력이 생한다 함은 이상 논한 바와 갓치 생존이라는 목표를

---

21 김비토, 「단편소설개관」, 23면.

향하야 전진함을 쓷함이다. 여긔에 비로소 애국심이 생하나니 악전고투를 지난 연후에 견고한 기초가 형성된다.[22]

세계에 뒤떨어진 조선의 현상은 생존경쟁이 결핍되어 생겨났다는 이 글의 요지는 다시 말하면 '생존'이라는 목표를 향해 단결하여야 하며 그 수단이 되는 것은 과학이라는 점이다. 여기에 셰익스피어, 단테, 톨스토이라는 문학가의 이름들이 호명되는데 이들은 이른바 '문화과학'의 범주 안에서의 문학, 즉 일국의 기초를 만들고 국민의 정신을 완성하고 만들 수단으로서 기능을 갖는다. '단결심'과 '애국심'이라는 국가주의·전체주의적 수단에 '문화=과학'의 기능을 완전히 합치시키는 이 글은, 스스로 아는 것 즉 '자지(自知)'라는 자기수양과 '학창(學窓)'의 고독을 읊조리는 에세이들과 나란히 배치되어 있다. 문학의 필요가 '세계' 또는 근대국가라는 '타자'에 관한 인식에서 비롯되었듯이 과학 또한 이 타자를 내면화하는 가장 커다란 도구였다.

경성제대 학생들이 내면화하고자 했던 또 다른 타자, 즉 세계 사상은 바로 맑스주의였다. 『문우』의 많은 글에는 계급차별과 빈부격차에 대한 불만, 그리고 이에 대항해야 할 빈자와 프롤레타리아의 의식을 고취하기 위한 내용이 엿보인다.[23] 검열 삭제를 당하고서도 상당 분량의 글들이 이와 같은 내용을 담고 있다는 것은 당시 경성제대생들을 휘감고 있던 사상의 일단 중 또 하나의 가장 큰 축이 맑스주의였음을 실증적으로 보여 준다.

---

22 노병운, 「생존경쟁과 과학」, 31~32면.
23 이병일, 니중투구, 십오영, 신남철, 노정, 근원, 이효석, 조규선 등등의 글들이 그렇다.

　　노동자의 피노래 쌈노래인/ 공장에서 울이는 신성한 소래/ 아! 그것은
모다 사라지고/ 봄비가 부실부실 오는 밤/ 외로이 안저 잇는 고요한 밤에/
오지 안는 잠을 억제로 자려고/ 침상 우에서 애쓰난 나의 마음/ 알아줄
사람은 R쑨이여라// 눈압혜 얼은거리는 얼골/ 귀에 들이는 고흔 고 소래/
가만히 하야 주는 접문(接吻)/ 곱게 안기는 그의 가삼/ 그것이 모도가 R
이것이다만은/ 여전히 쓸쓸한 나이엿고/ 잠 안 자고 쑴쑨 나의 심사도/
알아줄 사람은 R쑨이여라[24]

　　다만 부처님은 배불은 놈이 위선 자기자신을 속이고 배곱흔 불상한 사
람을 속이기 위하야 맨든 우상쑨입니다. 그러고 사람이 사람을 위하야
맨든 그 밋헤 속는 이가 얼마나 만음니가 기외(其外) 이 세상에 우리를
속이고 우리 피를 쌀아먹는 악독한 것들이 얼마나 쌔고 싸엿슴니가 인제
는 고만 우리는 우리의 자유를 자각해야지요. 우리도 사람이라는 것을
자각(해)야지요. … (중략) … (두 손을 하날노 들고 이러서서) 세상 사람들
아 너의 자유를 위하야 싸호라 사람다운 서(사)람이 되여라!!(하고 한썻
운다)[25]

　　고요한 밤의 외로움 속에서 연인의 얼굴과 목소리, 가슴, 그리고
그와의 입맞춤을 상상하는「고요한 밤」이라는 시에서 시적 흐름과는
별 상관이 없는 "노동자의 피노래 땀노래인/ 공장에서 울리는 신성한
소리"와 같은 내용을 앞부분에 배치하는 것은 당시 지식인들의 '노동
계급'에 대한 강박적 사고를 보여주는 지표와도 같다.
　　「황혼」이라는 극은 앞부분에서 상당히 밀도 있는 전개를 보여준
다. 그러나 부처님을 잘 공양하라며 죽어가는 어머니의 앞에서 종교

---

24 근원, 「고요한 밤」, 74~75면.
25 조규선, 「황혼」, 140~141면.

의 '우상'을 논하며 자유를 위한 싸움 즉 프롤레타리아의 투쟁에 대한 목소리를 높이고, 더구나 방금 숨을 거둔 어머니의 주검 앞에서 "세상 사람들아 너의 자유를 위하야 싸우라"고 외치는 열여섯 소녀의 모습은 전체 극의 구성을 망가뜨릴 정도로 극 내부에서 균형감을 잃고 있다. 이 텍스트들에서 '맑스주의'의 표지들은 글쓴이들에게 수시로 호출됨으로써 그 강박적 성격을 드러낸다. 뒤떨어진 조선, 변방의 조선을 세계의 대열에 합류시키는 수단이면서 동시에 교양인·세계 시민의 내면을 채워주는 것이 문학과 과학이었다면 맑스주의란 조선 내부의 낙차 즉 지식인 엘리트인 자신들과 프롤레타리아 사이의 간격을 좁히는 구실을 했던 것이다.

5. '자아'와 '조선'의 사이에서

선진적 세계사상을 받아들이는 선구적 매개자로서 자신들을 위치 지웠던 경성제대생들은 그 때문에 또한 끊임없는 갈등을 겪어야만 했다. '조선'의 '엘리트' '지식인'이라는 위치는 그들이 개인의 욕망과 대의의 실현이라는 두 가지 양안(兩岸) 사이를 끊임없이 왔다 갔다 할 수밖에 없이 만들었다. "부모님께서는 물론 나의 공성(功成)을 고대하시고 계실 것이다. 아! 그렇다. 그러면 내가 지금 이렇게 하여서는 아니 되겠다. 몸을 희생하더라도 공부를 하여야 하겠다."[26]는 의지의 발화는 사뭇 단순한 다짐에 속한다. 굳이 경성제대생이 아니더라도

---

26 한용균, 「야(夜)의 학창(學窓)」, 35면.

공부하는 청년이라면 누구나 가질 법한 마음인 것이다. 그러나 다음
과 같은 상황에서 사정은 달라진다.

> 나의 압페는 두 가지 길이 난오여 잇다. 하나는 광명으로 나가는 길
> 하나는 암흑으로 나가는 길이다. 지금 나는 이 두 길의 기점에 서 잇다.
> 오늘의 내 몸은 행락(行樂)을 쑴꿀 그런 한가한 몸은 안이다. 환고향(還故
> 鄕)이 다 무엇이냐. 학약불성(學若不成)이면 사불환(死不還)이라고 고인
> (古人)은 말하지 안엇는가. 도라가자. 다시 경성으로 도라가자. 그리고
> 명년(明年)에 백선(白線)을 치고 다시 도라오자. … (중략) …
> 사람이 돈을 잡고 놀아야지 사람이 돈에 놀님쌈쌈이 되어서는 안될 것
> 이올시다만은 기왕 악의악식(惡衣惡食)을 하시며 모앗던 돈이면 좀더 유
> 의미하게 써도 괜찬으리라고 생각합니다. 저는 조부님께서 우리 사회을
> 위하야 쏘는 우리 민족을 위하야 쓰신다면 반가워하겟습니다. 그러나 오
> 날의 조부님 하시는 바에는 좀 감복지 못한 점이 잇습니다.[27]

이 에세이에서 경성제대에 들어가느냐 못 들어가느냐에 의해 광명
으로 나가는 길과 암흑으로 나가는 길이 나뉘고, 죽어서도 고향에 돌
아오지 못할 각오로 경성제대에 합격하여 '백선'을 치고 다시 돌아오
자고 의지를 다짐하는 글쓴이의 모습은 결연하고 장엄하다.

'백선'이란 경성제대 교모에 쳐진 흰 줄 2개를 뜻하는 말로, 당시
경성제대 예과 학생임을 상징하는 표식으로 쓰였다. '경성제대' 입학
이라는 상징이 조선 사회에서 가지는 의미가 그만큼 컸다는 것을 뜻
한다. '백선'을 부러운 듯이 바라보는 친구들의 시선과 가족들의 기대

---

27 한재경, 「회고일편」, 10~15면.

는 사회에서의 지위와 안정을 얻고 싶은 개인의 욕망과도 겹쳐진다. 사회적이고 물질적인 보상이 이른바 경성제대출신으로서 자신의 자아를 실현했다는 성취욕망과도 맞닿기 때문이다. 그러나 한편으로 자신이 조선 최고의 지식인이라는 사실을 환기하는 지은이는 그 위치가 지니는 막중한 책임감 또한 느끼고 있다. 결국 '할아버지'의 재산을 쓰는 그 용도가 '우리 사회', '우리 민족'이라는 대의를 위한 것이기를 바란다는 발화를 하고 있는 지은이 자신은 '조부'의 '손자'로서가 아니라 '경성제대생'이자 '조선'의 '지식인'으로서 말하고 있는 셈이다.

　"사천이백육십년의 기나긴 역사는 배후에서 비추이고 있지 않느냐. 오냐 공부 공부 있고 그리고 내 환경 내 나라의 처지를 명백히 알며 미래에 대한 선견지명도 있어야 되겠으며 세계대세의 사조도 그 추이의 방면을 게으름 없이 주목하여야 되겠다"[28]고 말할 때 이 목소리는 이미 개인의 목소리라기보다는 조선의 '기나긴 역사'가 배후에서 비추는 빛을 받아 공부에 매진하여야 할 경성제대생이라는 집단화된 인물의 내면을 반영한다. '내 나라'의 처지를 알고 그것을 중흥시켜나가야 할 일종의 '공인'으로서 발하는 자아의 목소리인 것이다. 그리고 이를 위해서는 근면, 그리고 앞서 언급하였듯 '세계대세의 사조'에 대한 학습이 필요하다. 그러나 이와 같은 '개인'의 욕망과 '조선'을 인도해야 할 지식인인 '공인' 사이의 거리는 언제나 쉽사리 좁혀지고 화해로 귀착될 수만은 없는 것이어서 다음과 같은 갈등과 분열을 낳기도 한다.

28　원춘인, 「청송설(晴松說)」, 27면.

웃지하야 나만 이리 약할가? 아니다! 중대한 의미 하에서는 우리 동포
는 다 약자일 것이다. 원래 나는 이날 입째까지 부모와 짜뜻한 생활 해
본 적도 업고 즉 적빈 쏘 적빈으로만 생을 유지해 온 몸이다. (이하 29행
삭제) … (중략) … 그 포부! 공연히 분골쇄신하야 되지 안는 일이야! 그 성
취한 날을 기대리는 것은 황하(黃河)가 맑게 됨을 기다리는 우념(愚念)과
갓지! 세상에 내 걱정만 해도 수두룩한데 아이고 몃천만 무산자를 ……
다 고만두어라! 현재 너 미의미식(美衣美食)하는 것만 복으로 알아라
……[29]

가난 속에서 생활하다가 공부를 위해 부잣집 딸과의 결혼을 택함으
로써, 현실의 안정을 취하고 만 이 소설의 주인공은 결국 자신의 이상
을 위해 택한 수단이 오히려 그 이상을 포기하게 만드는 아이러니한
국면에 처해 있다. 그는 "공연히 분골쇄신"해도 결코 이루어지지 않을
계급 해방(아마도 삭제된 '29행'의 내용이었을)에 몸을 바치고 무산자를
생각하는 일은 자신에게 가당치 않다고 말한다. 그러나 이러한 말 또
한 자기 한 몸을 위해 '약자'인 동포와 '몇천 만 무산자'를 외면하는
자기 개인의 욕망에 대한 자책에서 나온 것이기도 하다. 그가 이러한
갈등 상황에 처해 있는 것은 비록 무산계급에 속했지만, 최고 학벌을
가졌음으로 해서 부르주아 계층으로의 신분 상승이 가능했으며 또한
조선사회를 이끌어나갈 지식인인 자신의 위치에 대한 자각 역시 갖고
있었기 때문이다.

주인공의 이러한 고민과 갈등은 『문우』에 글을 싣고 있는 경성제
대 지식인들의 내면 풍경을 가장 절실하게 반영하고 있었던 것으로

---

[29] 운몽, 「두 죽엄」, 108~109면.

보인다. 그들 지식인의 '자아'를 구성하려는 욕망 안에서 '조선', 즉 당시의 식민지 조국이란 언제나 큰 자리를 차지하는 것이었으나 한편으로 그들의 '자아'의 현실적 타협 욕구는 '엘리트'라는 존재의 다중성을 끊임없이 환기시켰던 것이다.

6. 식민지인의 갈등과 균열들

『문우』는 경성제국대학이라는 조선의 최고 엘리트 지식인의 의식을 구체적으로 확인할 수 있는 텍스트로서, 당대 조선 지식인의 의식적 지향의 보편적인 측면을 담지하고 있기도 하다. 가령, 지식의 습득과 자기 수양을 강조하고 그 일환으로 교양을 지닌 세계시민의 자질을 강조하는 측면은 일본의 다이쇼 교양주의 더 넓게는 서양의 지식인 문화에 닿아 있는 특성이다.[30] 한 편에서는 과학으로 무장한 국력을 강조하고 한 편에서는 계급의 편차를 해소할 맑스주의를 숭상하는 심리가 여러 텍스트들에 편재해 있는 점 또한 당시 지식인의 보편적인 특성을 확인할 수 있게 해주는 것이기도 하다.

반면 첨단의 지식을 습득하고 있는 최고의 지적 수준을 지닌 지식인과 변방 식민지인 사이의 간극에 대한 분열적 심리, 개인의 영달을 향한 욕망과 신분상승에의 욕구와 민중의 선도자 역할을 꿈꾸는 이상

---

30 일본의 다이쇼 교양주의와 당시 학생잡지의 연관성에 대하여는 박지영, 「잡지『학생계』와 문학-1920년대 초반 중등학교 학생들의 '교양주의'와 문학적 욕망의 본질」, 박헌호 외, 『작가의 탄생과 근대문학의 재생산 제도』, 소명출판, 2008, 475~481면을 참고할 수 있다.

사이의 갈등, 약관의 청년으로서 지닌 자신감과 소아적인 계몽사상 사이의 균열과 같은 내면들이 첨예하게 드러나고 있는 점들은 당시 경성제국대학생들의 교지이자 문예를 표방한 잡지로서 『문우』가 가지고 있는 특수성이라 말할 수 있다.

비슷한 시기에 나왔던 연희전문학교 학생회의 기관지 『연희』에서 "오인(吾人)은 해박한 상식과 노련한 수완을 구(具)하였거니 하는 자신은 아직 없습니다"라고 소박하게 자기규정을 하고 있는 점과 『문우』, 『신흥』의 발간사 및 편집후기의 자기규정의 자신만만함을 비교해 보는 것은 재밌는 일이다.[31] 이는 학생잡지로서 공통점을 공유하는 동시에, 다른 학생들과 자신들을 차별화시키면서 최고 엘리트의 특권 의식을 내면화해나가는 한편 그만큼 더 현실의 괴리와 모순에 직면해야 했던 제국대학 학생들의 내면을 확인해 보는 작업이기도 하다. 또한 『문우』는 학생 잡지임과 동시에 '문예'를 담당하는 잡지로서 조선문단을 의식하는 한편, 학생과 전문 작가의 위치가 기묘하게 뒤섞여 있는 성격을 보여 주기도 한다. 이 글의 논점이 이후 창간되었던 잡지 『신흥』과의 연결, 제국대학 졸업생들의 활동, 조선어문학회 등의 기관들과의 연관관계 분석에 의해 더 폭넓고 깊은 후속 연구로 이어질 수 있기를 바란다.

---

31 이에 관한 사항과 『연희』의 편집 방향에 관해서는 박헌호, 「근대문학의 향유와 창조-『연희』의 경우」, 박헌호 외, 위의 책, 573~608면을 참조할 수 있다.

2장

『신흥』과 문예란의 성격과 의의

1. 경성제대와 『신흥』 주변

　『신흥』은 경성제대 법문학부 출신 졸업생이 편집하고 저술한 잡지이다. 창간호는 경성제대에서 법문학부 1회 졸업생이 배출된 1929년 7월에 발간되었다. 경성제대의 예과가 문을 연 것은 1924년 5월이고 본과는 그보다 2년 후인 1926년 개교하였다. 예과 개교 당시 일본인 합격생은 61명 조선인 합격생은 29명이었다. 경성제대 법문학부는 1926년 4월 학부가 개설되었으며 법률·정치·철학·사학·문학의 5개 과로 나뉘어 있었다. 할당된 강좌수는 많은 편으로 개설 당시 23강좌가 있었는데, 이듬해에는 49개의 강좌가 열렸다. 경성제국대학의 학문적 경향과 당시 조선 내의 위상에 관한 연구가 상당히 이루어진 데 반하여, 법문학부 출신 졸업생과 재학생이 만든 잡지 『신흥』에 대한 연구는 미미한 편이다.[1]

　일본인 학생에 비해 수적으로 열세에 있으면서도, 합격자 수가 제한되어 있을 뿐만 아니라 일본인보다 훨씬 높은 경쟁률을 뚫고 조선 유일의 종합대학에 선발된 엘리트 지식인으로서 경성제대 조선인 재학생들의 자부심은 대단했다.[2] 경성제국대학 전체 학생회는 『清凉』이

1 박광현의 「경성제대와 신흥」,(『한국문학연구』 26권, 동국대한국문학연구소, 2003. 12)을 참고할 수 있다. 자료로는 김근수의 「『신흥』지의 영인에 붙이어」(『신흥』 영인본, 태학사, 1985)라는 글을 참조할 수 있다. 이 글에서 참고한 경성제국대학 관련 자료들은 다음과 같다. 가이야 미호, 「아베 요시시게(安倍能成)의 눈에 비친 조선」, 『세계문학비교연구』 18, 세계문학비교학회, 2007; 김재현, 「한국에서 근대적 학문으로서 철학의 형성과 그 특징」, 『시대와철학』 18권 3호, 한국철학사상연구회, 2007; 박광현, 「경성제국대학 안의 동양사학」, 『한국사상과문화』 31, 한국사상문화학회, 2005; 박광현, 「'경성제국대학'의 문예사적 연구를 위한 시론」, 『한국문학연구』, 동국대한국문학연구소, 1999.3; 박광현, 「경성제대 '조선어학조선문학' 강좌 연구─다카하시 토오루(高橋亨)를 중심으로」, 『한국어문학연구』 41, 한국어문학연구학회, 2003.8; 박광현, 「다카하시 도오루와 경성제대 '조선문학' 강좌」, 『한국문화』 40, 서울대규장각한국학연구원, 2007.12; 박광현, 「식민지 조선에 대한 '국문학'의 이식과 다카기 이치노스케」, 『일본학보』 59집, 한국일본학회, 2004; 백영서, 「상상 속의 차이성, 구조 속의 동일성」, 『한국학연구』 14, 인하대한국학연구소, 2005.11; 손정수, 「신남철·박치우의 사상과 그 해석에 작용하는 경성제국대학이라는 장」, 『한국학연구』 14, 인하대한국학연구소, 2005.11; 이상우, 「한 식민지 국문학자가 마주친 동양연구의 길─김재철론」, 『인문연구』 52, 영남대인문과학연구소, 2007; 이준식, 「일제 강점기의 대학 제도와 학문 체계 ─ 경성제대의 조선어문학과를 중심으로」, 『사회와역사』 61, 한국사회사학회, 2002.5; 이충우, 『경성제국대학』, 다락원, 1980; 전경수, 「학문과 제국 사이의 추엽(秋葉) 융(隆)─경성제국대학 교수론 1」, 『한국학보』 31, 일지사, 2005; 정선이, 「일제강점기 경성제국대학 졸업생의 사회적 진출양상과 특성」, 『교육비평』 23, 교육비평사, 2007; 최재철, 「아베 요시시게(安倍能成)에 있어서의 경성(京城)」, 『세계문학비교연구』 17, 세계문학비교학회, 2006; 한용진, 「일제 식민지 고등교육 정책과 경성제국대학의 위상」, 『교육문제연구』 8, 고려대교육문제연구소, 1996.2.

2 다음과 같은 진술은 당시 조선 내에서 경성제국대학의 조선인 학생을 대하는 분위기의 일단을 잘 보여 준다. "조선 학생들은 성적이 뛰어나기도 했지만 긍지 또한 대단했다. 사회 전체가 존중하고 떠받들었던 까닭도 있었을 것이다. 예과 학생들이 흰테 두 줄에 느티나무 세 잎의 교모를 쓰고 교복 위에 망토를 걸치고 시중에 나가면 모든 사람들이 나와 구경을 했다. 일본 상인들도 부러워하면서 하던 일을

라는 일본어 잡지를 발행했으나 조선 학생들은 그와 별개로 조선인만
으로 이루어진 '문우회(文友會)'라는 단체를 조직하고 『문우(文友)』라
는 조선어 잡지를 따로 내었다. 이밖에 '적송회(赤松會)', '낙산(駱山)
문학회' 등의 동인이 결성되었으나, 낙산 문학회가 강연회를 한 번
열었을 뿐, 이들은 동인지나 잡지 없이 해산되었다.

　'조선문예의 연구와 장려를 목적'으로 발간된 잡지 『문우』가 1927
년 11월 종간되고 이들 동인들의 해산에 따라, 경성제국대학 법문학
부 출신들은 그들 자신만의 자부심과 전문적 지식을 특화시킬 수 있
는 지면을 필요로 했던 것으로 보인다. 경성제대 1회 수석입학생인
유진오가 이미 『조선지광』에 소설을 발표하고 있었음에도 잡지 『신
흥』의 주요 필진과 발행인으로 참여하고 있을 뿐만 아니라, 『신흥』의
편집과 저작이 주로 법문학부 1회 졸업생에 의한 것임도 이와 관련해
유의할 부분이다. 대체로 학교 동인지나 회지는 재학 중인 재학생과
교사들 중심으로 이루어지는 것이 지금이나 당시나 일반적이었기 때
문이다. 『신흥』 창간호의 편집후기를 보면 이처럼 다른 교지에서는
찾아보기 힘든 그들만의 자부심과 특권의식이 잘 드러나 있다.

　　조선의 모든 정세는 드디어 『신흥』을 탄생식히엇다. 과거의, 우리의
　모든 운동에 잇서서 누구나 통절히 늣기든 것은, 우리에게 확호한 이론-
　과학적 근거로부터 울어나오는, 행동의 지표의 결여함이엿다. 『신흥』은,
　모든 곤난을 극복해 가며, 조선의 운동의, 이러한 방면에 기여함이 잇스려
　한다. 이 의미에서, 우리는 잡지계 획으로부터 발간에 이르기까지의 기한

　멈췄다." 이충우, 앞의 책, 76면.

이, 촉박하였슴에 불구하고 예상 이상의 다수한 역작을 어덧슴을 깃거워한다. 감히 자긍하는 바 아니나, 우리는 조선에 잇서서, 지금까지에 이만치 진실한 의미의 학술논문을, 다수 등재한 잡지가 잇섯슴을 기억지 못한다. 『신흥』의 필자는 전부 신진 기예의 동지들이니, 『신흥』의 전도는 양양하다 할 것이다. (Y)[3]

창간호이니, 불비한 점 만하 운운하는 것은, 보통 도라가는 인사이다. 신흥은 신흥이다. 눈가리고 쌕쇠하는 수작은, 일절 무용이다. 다만 보아라, 읽어라 함에 쓴친다. 소위 옥석부동(玉石不同)이라는 썩어저 가는 듯한 말을 신흥에서 다시 새롭게 쓰고저 한다. 보면 짐작할 것이요, 읽으면 알 것이다. 이것은 결코 조선에서 다산되는 허세도 안이며 세목을 속이려하는 자긍도 안이다. 오직 신흥이란 사실이다. (S)[4]

창간호의 편집후기인 위의 글들에서 재미있는 것은, 잡지 『신흥』이 경성제대 법문학부 출신이라는 동일한 학적 배경을 중심으로 창간되었음에도 불구하고, 그에 대한 별다른 언급이 없다는 사실이다. 이러한 의식적/무의식적 배제에 의한 언명 속에 편집자들은 "조선의 모든 정세는 드디어 『신흥』을 탄생"시켰다거나, "『신흥』은 모든 곤란을 극복해 가며 조선의 운동"에 "기여함이 있으려 한다"거나 "우리는 조선에 있어서 지금까지에 이만치 진실한 의미의 학술논문을 다수 등재한 잡지가 있었음을 기억지 못한다" 또는 "이것은 결코 조선에서 다산되는 허세도 아니며 세목을 속이려하는 자긍도 아니다. 오직 신흥이

---

3   『신흥』 제1호, 신흥사, 1929.7, 121면. 이제부터 『신흥』의 인용의 경우 호수와 면수만 표기한다.
4   위의 글, 같은 곳.

란 사실이다"와 같은 강한 자부심을 표출한다.

　창간호로서의 도전정신과 기개임을 감안하고서라도, 위와 같은 발언은 경성제대 출신 법문학부 출신 필자들의 전문적 저작이 조선문단과 학술계에서 최고의 수준을 획득하고 있다는 암묵적인 전제 없이 등장하기는 어려웠다고 볼 수 있다. '경성제대 법문학부 졸업생'이라는 조선 지식인 사회의 최고의 위치가 곧 '자신들=조선지식계와 문단계를 이끌어갈 신흥세력'이라는 무의식적인 등식을 가능하게 했다. 그리고 이러한 의식이 『신흥』이 경성제대 법문학부 출신들의 저작으로 이루어졌다는 '특별한' 사정을 기록하지 않고도, '조선'이라는 대표성을 재현하는 학술잡지로 그들 자신과 잡지 『신흥』을 자부할 수 있게 했던 것이다.

2. 『신흥』의 편집 체재와 문예란의 위상

　『신흥』의 목차를 살펴보면 그 구성과 체재가 일관되게 편집되어 있지 않다. 발간 일자와 간행 회수도 부정기적인데 1호에서 9호까지 발간 일자는 다음과 같다. 제1호 1929년 7월, 제2호 1929년 12월, 제3호 1930년 7월, 제4호 1931년 1월, 제5호 1931년 7월, 제6호 1931년 12월, 제7호 1932년 12월, 제8호 1935년 5월, 제9호 1937년 1월이다.

　1호의 편집후기 뒤의 서지사항을 보면 "본지 『제이호』는 십월 간행"[5]이라고 되어 있으나 정작 2호의 발간일이 같은 해 12월인 것을

---

5 『신흥』 제1호, 121면.

보면, 애초에 생각했던 대로 편집과 발간이 여의치 않았음을 짐작할 수 있다. 여기에는 계획대로 원고가 회수되기 어려웠던 데에도 그 이유가 있다. 제3호의 편집후기에는 "처음 본호에는 조선에 대한 연구 논문을 많이 기재하려고 하였으나 사정에 의하여 세 편에 불과하게 된 것은 편집자로서는 참으로 유감으로 생각한다"[6]는 편집자의 말이 있다. "낙심치 말고 차호(次號)를 기다리라"[7]는 3호 편집자의 말은 4호가 '조선연구' 특집호로 편집되면서 어느 정도 실현되고 있다. 그러나 4호에서도 "제3호에도 말하였거니와 계속 논문은 필자의 사정으로 인하야 기재하지 못하게 됨은 편집자로서는 매우 유감으로 생각하는 바이다. 후기회(後機會)를 기대하노라"[8]고 편집의 말을 남기고 있다.

이처럼 『신흥』에 수록된 논문과 작품들은 애초 편집자의 계획대로 회수된 것도 아니었고 그에 따라 목차와 체재도 어느 정도는 유동적일 수밖에 없었다. 이는 『신흥』이 전문 잡지사의 편집인들에 의해 정기적으로 간행되는 정기 간행물이 아닌 데에 기인하고 있는 것으로 보인다.[9] 잡지사 편집인들의 편집회의에 의해 체재와 목차가 구성되고 청탁이 이루어지는 체계적인 과정을 거쳤다기보다는, 법문학부 졸업자 중심으로 편집인과 필자가 구성되다 보니 잡지로서의 일관된 편집체재는 미약해졌던 것이다.[10] 물론 이러한 체재의 비일관성이 수록

---

6 『신흥』 제3호, 142면.

7 위의 책, 같은 곳.

8 『신흥』 제4호, 140면.

9 또한 검열에 의해 원고가 배제되거나 삭제된 것도 그 이유의 하나로 들 수 있다. 『신흥』 편집인들은 삭제된 논문에는 제목과 저자 이름을 기록하고 삭제 사실을 밝히고 있다.

10 『신흥』의 원고 모집은 대학연구실에 남은 조수들이 주로 맡았고, 경비를 갹출하기

되는 글의 전문성을 약화시켰다고 보기는 어렵다. 수차례 신흥 편집
인들이 강조했듯, 그들은 비록 '신예'였지만 "진정한 학술논문의 발표
기관을 가지지 못한 조선에 있어서 우리는 『신흥』의 유의미성을 강조
하여 마지않는다"[11]는 자부심처럼 필자들의 전문성과 학술성을 견지
하기 위해 노력했고 그 결과도 어느 정도 획득한 것으로 여겨진다.

　『신흥』의 편집인들은 명시되어 있지는 않지만, 대부분 발행인과
겹쳤던 것으로 파악된다. 발행인 외에 편집인들이 몇 명이나 되었는
지는 알 수 없으나[12] 명시된 발행인은 1호와 2호는 철학과 1회 졸업생
배상하, 3호~6호는 법학과 2회 졸업생 이강국, 7호는 법학과 1회 졸
업생 유진오, 8호는 법학과 4회 졸업생 장후영, 9호는 법학과 8회 졸
업생 서재원이다. 9호에 종간(終刊)에 대한 어떤 언급도 없는 것으로
보아, 잡지의 종간은 자본과 편집상의 어려움과 일제 전시체제의 강
화 등 제반조건에 의한 예기치 않은 것으로 짐작된다.

　『신흥』이 전문 학술잡지를 표방한 것에 부합하여 제1호는 그 편집
방향이 목차에서도 명확하게 드러난다. 목차는 '논문', '해외문화의
동향', '시', '창작'이라는 소제목 아래로 각각의 저술과 작품들을 배치
하고 있고, '논문'란은 다시 '사회과학', '철학', '조선연구'라는 항목으
로 세분화되어 있다. 그러나 2호나 3호에서는 이러한 분류가 뚜렷이
이루어지지 않고 4호에서만 다시 '조선연구'란이 소항목으로 다시 등
장한다. 이어 5호에서는 '헤겔 백년제'라는 특집란이 기획되어 있고

　도 했다고 한다. 이에 관한 사항은, 이충우, 앞의 책, 166면.
11 『신흥』 제7호, 95면.
12 편집후기를 보면 편집자의 말이 2명 이상씩 수록된 호수도 있으나 편집인에 대해서
　는 별다른 명기가 없다.

이밖에 '시/소설'이라는 항목이 목차에 기록되어 있다. 6호에서 '사회
과학', '철학', '해외문화 동향', '문예'란이 구분되어 있는 데 반해 다
시 7, 8, 9호에서는 별다른 항목이나 분류 없이 저술들이 나열되어
있다. 이를 보아 각 호의 편집인에 따라 또 편집인이 같을 때에도 원고
의 성격이나 간행 당시의 사정에 따라 체재가 구성되었던 것으로 보
인다.

『신흥』에 실린 문예작품들의 경우 전문 문예잡지에 비해 그 수가
많은 것은 아니지만, 전문학술지인 『신흥』에 실린 학술적 글들이 재
현해내지 못한 당시 경성제대 법문학부 출신 지식인들의 내면과 분위
기를 전달하고 있다는 점이 흥미롭다. 식민지 시기 조선 최고의 엘리
트 학부를 갓 졸업한 지식인들의 내면 풍경과 관심 영역은, 그들 자신
의 전공을 살린 학술적 글은 물론이거니와 문예란이라는 좀 더 자유
로운 잉여의 영역에서 발현될 수 있었던 것이다.

시와 소설, 수필 또는 수상록, 번역소설과 번역희곡이 주가 된 『신
흥』의 문예란은 그 성격이 보여주듯 특별한 편집의도가 없거나 체제
와는 별다른 상관없이 창작되거나 소개되고 있는 것으로 보인다. 그
럼에도 앞에 실린 학술적 글들이 전달하고 있는 당시의 분위기 즉 헤
겔 철학이나 맑스주의, 독일 관념론, 조선 현실에 대한 관심을 창작물
에서도 엿볼 수 있다는 점은 주목할 만하다. 세계정세와 지적 동향에
대한 『신흥』 필자들의 관심을 매 호 실린 '해외문화의 동향'이라는 란
에서 발견할 수 있는데, 번역물이나 창작물을 싣는 문예란에서도 이
러한 필자들의 지적 성향은 매우 예민하게 반영되고 있는 것으로 보
인다.

3. 식민지 엘리트 지식인의 다중적 위치

신흥 소재 창작물들은 앞서 이야기했듯, 일정한 편집의도 아래 원고 모집된 것이 아니었다고 볼 수 있다. 창작물의 성격상 편집의도 아래 게재되었다고 해도 그 내용이나 경향은 각양각색일 수밖에 없는데, 『신흥』 소재 창작물들은 그 구성원들의 동일성 때문인지 의외로 어떤 유사성을 발견할 수 있는 지점을 상당히 보여 주고 있다. 한 논자는 이러한 지점을 경성제대 출신의 '동일성'과 '차이'로 설명하기도 했는데,[13] 『신흥』 소재 문예작품들에서 이와 같은 '동일성'의 지점이 발견되는 것은 흥미로운 부분이다.

그리고, 그래서, 취직을 못한 못밋친 녯날, 나는, 하늘빗 동경으로 M교수를 차젓섯다. 그에게, 인삼을 선사햇다. 그에게, 테-불보를 선사햇섯다. 그에게 나의 마음까지 선사할 뻔도 하엿섯다. 취직난으로! 단순히 취직난으로! 그러나 희망과 동경은 하늘빗이 안이엇섯다. 희망과 동경은 석탄이엿다. 지금! 창박서 떨고 잇는 식껌은 공기엿섯다. 나는 그에게 머리를 숙으렷다. 그의 환심을 사려고도 애도 써보앗다. 그의 급소가 어된지를, 독수리눈으로 살펴보앗섯다. 그의 급소를 움켜쥐고, 놉다란 지위에 올느리라는 꿈도 꾸엇섯다.[14]

인용한 작품은 '소설'이라고 제목이 붙어 있지만, 수필에 가까운 성격으로 『신흥』의 1호와 2호의 발행인이기도 했던 철학과 1회 졸업

---

13 백영서, 앞의 글.

14 배상하, 「초점없는 소설–밋치려는 의식의 고백」, 『신흥』 제2호, 106면.

생 배상하의 글이다. 경성제대 교수들이 조선인 학생들을 차별적으로 대하지 않았으며, 조선인 학생들은 그들의 우수한 실력을 인정하여 상당한 존경심을 품었다는 회고나(그 중에서 차별적으로 대한 교수에게 반감을 품었다는 회고도 존재한다) 경성제대 졸업생들이 당시 교수들의 강의에서 많은 영향을 받았다는 점은 이미 알려져 있다.[15]

우수한 실력으로 학교에서 인정받고, 조선 내에서도 최고의 위치에 있는 엘리트 지식인인 법문학부 졸업생들은 위의 글처럼 졸업 후에는 취직이 어려운 조선의 경제난이라는 현실적 조건을 경험해야 했다.[16] 사변적인 내용이 많은 위의 글에서 눈에 띄는 부분은, 인용한 것처럼 "높다란 지위"라는 이상과 "취직난"과의 거리 사이에서 일본인인 "M교수"에 대한 "하늘빛 동경"이 "시꺼먼 석탄"으로 전화되고 마는 내면 풍경이다. 더 자세한 사정이 서술되지는 않았고 검열 및 기타 문제로 인해 더 서술되기도 어려웠겠지만, 배상하의 파편적인 진술 속에 드러난 이와 같은 풍경은, 편집후기나 기타 학술적인 글들에서는 볼 수 없는 독특한 지점이다.

하나의 텍스트 안에서 일본인 교수에 대한 존경심과 함께, 식민지 조선의 현실에 부딪치면서 그 "동경"이 시꺼멓게 변해 좌절될 수밖에 없는 복잡한 심정을 드러내고 있다. 그들 자신이 조선의 선구적 엘리트로서 자처할 수 있는 전문적이고 학술적인 지식은 식민지 경영 정책의 일환인 제국의 대학에서 얻었고, 그것이 그들의 지적·인격적 형

---

15 이충우, 『앞의 책』, 111~112면; 박광현의 저술들 참조.
16 이는 물론 법과에 비해 문과에 더욱 해당하는 이야기이고, 이에 따라 법과 지원생들이 몰리는 현상이 발생하기도 했다고 한다.

성을 구성하는 한 일환이었음은 부정할 수 없었다. 그러나 경성제대 졸업생들은 또한 제국의 정책과 식민지의 현실이라는 구체적 조건에 맞닥뜨리면서, 그들을 구성하였고 그들이 동경하였던 지식의 출처인 일본인 교수란 곧 '제국'과 동일시됨을, 그리하여 그 '제국'과 '조선인' 자신은 결코 동일화될 수 없음을 깨달을 수밖에 없었던 것이다.

한편, 『신흥』의 주요 담당자들은 맑시즘의 세례를 받은 이들로 자처하고 있었고, 실제로 '경제연구회' 등의 독서모임에서 철학과 사상 서적을 탐독하기도 했다. 1931년경부터는 경성제대에서는 반제동맹이 결성되어 '독서회뉴스'라는 인쇄물을 돌리다가 '반제동맹사건'으로 공판을 받는 사건이 생기기도 했다. 이러한 상황의 언저리가 『신흥』의 다음과 같은 소설에서 표현되고 있다.

> 사건이 폭발한지 불과 몃츨 안되는 이제 물샐틈 업는 경계망은 실로 어마어마하였다. 길가는 사나희는 모다 그를 노리는 것 갓고 거리의 구석구석에는 수만흔 눈이 숨어 그의 행동을 감시하는 것도 갓핫다. 인쇄소를 차저 뒷골목으로 들어올 때 그는 몇 번이나 두리번그렷스며 인쇄소마당에서는 또한 얼마나 기웃거렷든가.[17]

경성제대 반제동맹사건 전후의 상황과 매우 흡사해 보이는 위의 소설은, 당시 경성제대 출신 학생들이 반제국주의적, 또는 반일적 인쇄물을 만들면서 느꼈던 불안감과 초조감을 잘 보여주고 있다. 눈여겨보아야 할 것은 그들 자신이 반제국주의 또는 반식민주의의 운동

---

17 아세아, 「오후의 해조」, 『신흥』 제4호, 114면.

안에서도, 조선인 사회라는 범주 안에서 자신들을 뚜렷이 구별되는
엘리트적 지식인으로 자리매김하고 있다는 점이다. 가령, 인쇄소에
인쇄물을 넘기는 과정에서 작자는 "「좀 속히 해주게!」 최군은 기계부
직공에게 터놓고 부탁하였다. 그러나 이것이 무식한 그에게는 그다지
수상하게 들리지는 않았을 것이다"[18]고 화자의 생각을 서술한다.

급박한 상황의 수상함을 알아차리지 못하는 "무식한" 식자공과, 위
험과 불안 속에서도 식민지 조선을 위한 운동을 하고 있다는 자긍심
을 지닌 엘리트 지식인인 자신의 대비는 매우 뚜렷하다. 이 대비는
때때로 조선 민중을 교화시키겠다는 선도적 의지와도 동일시된다.
『신흥』의 편집후기에서 드러나는 것은 경성제대 출신의 도저한 자긍
심과 함께, 조선사회를 선도해 나가겠다는 의식이기도 하다. 이러한
의식은 문예 작품을 통해 다음과 같은 낭만적인 계몽 의지로 재현되
고 있다.

> 잉크냄새 신선한 특호와 일호의 굵은 활자를 서두로 미농지판대의 지면
> 에 가득 박인 사호활자가 시각을 아름답게 압박하고 명문의 구절구절이
> 또한 가삼을 울넛다. 「이 통쾌한 한마듸 한구절이 수만흔 젊은이의 가삼을
> 콕콕 찔으렷다!」 그는 별안간 눈이 뜨거워젓다. 밤을 새우며 붉은 피를
> 기우려서 초삼어논 이 통쾌한 글의 아지의 효과를 생각하매 불시에 솟아
> 올으는 감격이 가삼과 눈을 뜨겁게 하얏든 것이다.[19]

이 소설에서 특이한 것은 "잉크냄새"의 "신선"함, "사호활자"의 시

---

18 아세아, 앞의 글, 116면.
19 아세아, 앞의 글, 117면.

각적인 아름다움이 "명문"의 "구절구절"과 함께 등장하고 있다는 점이
다. 잉크냄새와 활자의 신선함과 아름다움을 묘사하는 작자의 시선은
언뜻 감각적인 것으로 보이기도 하나, 그 감각이 상당히 추상적이다.
"신선한" 잉크냄새와 "아름다"운 활자는 "가슴을 울리"는 명문의 구절
구절만큼이나, 지식인들에게는 일종의 클리셰였던 듯하다. 이는 밤을
새워 "붉은 피"를 기울였다는 구절에서도 마찬가지다. 이러한 수식어
구에 가슴과 눈이 뜨거워지는 등장인물의 모습은, "이 통쾌한 글의
아지의 효과"와 "무식한" 식자공 사이의 거리만큼이나 지금의 독자들
에게는(어쩌면 당시의 독자들에게도) 다소 생뚱맞은 것으로 보인다.

　『신흥』에 실린 창작물 중 여러 편들의 작품이 이처럼 낭만적인 계
몽의지를 보여 준다. 그 낭만성은 작품에 따라 편차는 있지만, 다음처
럼 드러나기도 한다.

> 나의 애인이여 어찌하릿가.
> 새여가는 밤은 각각으로 내몸을 불놋는데
> 총알은 관역을 비켜노코 헛나른다!
> 포승은 곁에서 숨을 가다듬고
> 해야만 할 일은 冊床 우에 허터저잇다.[20]

　위의 시에서는 "총알"과 "포승"이라는 위협적 존재에도 불구하고
"해야만 할 일"에 대한 의무감과 당위성이 표현되어 있다. 이 의무감
과 당위성이란, 『신흥』 창간호의 편집후기에서 보였던 자신들의 전문

20　남철, 「새벽」 부분, 『신흥』 제5호, 84면.

성에 대한 자신감의 다른 표현양태이기도 하다. 이 시에서 재미있는 것은, 화자가 "애인"을 호출한다는 것이다. 『신흥』의 여러 작품들에서 '애인'의 호출은, 계몽의 의지를 '낭만적'인 것으로 전화하는 또 하나의 형식이 되고 있다.

4. '운동'과 '연애'와 문예

『신흥』 필자와 편집진의 식민지 엘리트 지식인으로서 갖는 의무감과 자부심은, '문예'란이라는 양식을 통해 일종의 낭만성을 표출한다. 특히 여러 편의 시와 소설에서 보이는 것은, 자신들의 '운동'을 아름다운 것으로 착색하려는 의지가 곧 '연애'라는 모티프와 '운동'을 결합시키는 방식으로 나타난다는 점이다.

> 八百로-ㄹ이니 압흐로 한시간이면 인쇄가 끗날 것이다. 나루와 나누어 책보에 싸가지고 거리의 눈을 긔하야 서점에 갓다가 밤됨을 기다려 동모들과 분담하야 전주와 판장과 벽돌담에- 거리의 구석구석에 일제히 뿌릴 것이다. 그리고 일부는 동모들의 등사한 것과 가티 중요한 도시와 각단톄에 우편으로 배포할 것이니 날이 지나면 거리거리에서 붉은 열정과 고함이 일시에 지둥치듯 솟아올을 것이다.
> 「한민 씨」! 공장문을 열고 뛰여들어오는 사랑스런 나루의 목소리에 그의 생각은 중단되고 덜커덕! 덜커덕! 부드러운 로-러의 회전이 연쾌한 긔계의 음됴가 여전히 아름답게 오후의 인쇄소 안에 그득히 울닐 뿐이다.[21]

---

21 아세아, 앞의 글, 118면.

이 글에 나오는 "나루"는 화자가 자주 드나드는 "맑스주의서적 전
문"[22] 서점의 딸이다. 화자와 그녀는 특히 친밀한 감정을 나누고 있는
데, 그들의 애정은 불온한 유인 선전물을 만드는 긴박하고 초조한 상
황을 통해 더욱 특별하게 채색된다. 그리고 그들의 애정이 곧 동지적
우정과 동일시되면서, 선전 선동과 운동의 선봉에 그들이 서게 되는
장면은 화자의 공상이라는 공간을 통해 펼쳐지고 있다. 작품 속에는
나루가 어찌하여 자신의 신념과 행동에 동참하게 될 수 있는지에 대
한 일말의 실마리도 없다. 단지 그녀가 화자가 친하게 드나드는 맑스
주의서적 전문 서점의 딸이라는 것과, 그들이 친밀한 감정을 나누고
있다는 것만이 그 공상을 가능하게 하는 사실이다.

이 소설 『오후의 해조』에서 자신들의 "아지" 즉 선전 선동이 조선
의 젊은이들의 가슴을 뜨겁게 울리고 혁명의 의지를 불태우게 하리라
는 화자의 공상은, "사랑스런 나루의 목소리"와 "아름답게 오후의 인
쇄소 안에 그득히 울릴" 인쇄기의 음조와 기묘하게 병치된다. "사랑스
런", "부드러운", "연쾌한", "아름답게"와 같은 수식어들은, 작가의 내
면에서 혁명과 운동에 대한 낭만적 공상이 부드러운 연애의 공상과
무리 없이 병존하거나 때로 동일시되고 있다는 사실을 표현하는 기표
와도 같다.

불안한 정세 속에서 '반제국주의' 또는 '사회주의적' 성향의 인쇄물
을 찍어내는 인쇄기의 기계음이 "오후의 해조(諧調)"라는 낭만적인 소
리로 전화할 수 있었던 것은, 창작자의 내면이 창출해낸 상상적 동일
화의 결과이다. 『신흥』의 여러 문예작품들에서 '운동'은 '연애'라는 이

---

22 아세아, 앞의 글, 116면.

름이 지닌 낭만성과 동일화되어 나타나고, 그것은 곧 그들이 '문예'라
는 형식을 일종의 낭만성을 표출하는 양식으로 인지하고 있었다는 사
실을 가리키기도 한다.

　　새벽닭이, 우를재
　　가는님, 소매보소
　　끄을가, 말가!
　　弱한 者야, 네 일흠은
　　女子가 안이기에
　　동무여! (밋는다)
　　우리의 心情 울니든 一瞬
　　同志!
　　자, 그러면, 쏘보세.
　　　　一九二九년 六月[23]

　위 시의 필자인 이종수는『신흥』의 다른 문예란에서 "프롤레타리
아 문학잡지"에 실린 소설과 "프롤레타리아 시인"인 랭스톤 휴즈를
번역하고 있다. 이러한 사실을 참조할 때 그의 프롤레타리아 문학에
대한 지향성에 주목할 수 있다. 그가 창작한 이 시 역시 제목이 "동지
의 정미(情味)"로 모종의 '운동'을 하고 있는 "동지"간의 관계를 다룬
것이다. 그런데 제목에 드러나는 "정미"라는 말의 묘한 뉘앙스처럼,
이들 동지는 "님" 즉 연인관계이다. "가는 님"의 소매를 가지 말라고
끌까 말까 망설이는 것은 그를 사랑하는 연인으로 대하는 여성 즉 "여

---

23 이종수, 「동지(同志)의 정미(情味)」, 『신흥』 제1호, 104면.

자"이지만, 그가 해야 할 일을 인지하고 그를 보내는 인물은 "여자"가
아니라 "동무" 또는 "동지"의 위치에 선다. 여기서 작자는 "동지" 간의
"정"과 연인간의 "정"을 결합시킴으로써 "우리의 심정"을 울리는 감동
적인 순간을 연출하고자 한다. "믿는다"는 괄호 속의 말에서 '연인을
향한 신념=동지에 관한 신념'이라는 기묘한 등식이 성립하고 있다.

어째서 이러한 등식이 성립할 수 있는 것일까? 그것을 가능하게
하는 매개항은 무엇인가? 라는 의문은 여기에는 별로 끼어들 여지가
없어 보인다. 이 갈등 없는 만남은 「오후의 해조」에서 펼쳐진 낭만적
공상과도 매우 유사하다.

> 애인이여 나의 용기의 샘이여
> 나의 터지는 가슴과 깨지는 머리에 붕대 감어주시오
> 흐르는 피가 말르기 전에
> 어서 내몸을 껴안어주시오.[24]

신남철의 시로 추정되는 위의 시에서, "총알"과 "포승"이 바로 곁에
존재하고 "해야만 할 일"이 자신 앞에 놓여 있는 상황 속에서 "애인"은
호출된다. 「새벽」에서 "애인"은 "나의 터지는 가슴"과 "깨지는 머리"
에 "붕대"를 감아 주고 "내 몸을 껴안어 주"는 존재이다. 이 말없이
나를 치유해 주는 여성에 대한 호출은 '나이팅게일'과 같은 희생적이
고 헌신적인 여성상에 대한 상상을 드러낸다. 그런데 이러한 상상은
한편에서 "나의 용기의 샘"이 되는 '동지적 존재'인 여성상에 대한 요

---

24 남철, 「새벽」 부분, 『신흥』 제5호, 84면.

구와 만나고 있는 것이다.

『신흥』 문예란의 창작물들에 이처럼 '운동'과 '연애'의 모티프가 함께 등장하고 있는 것은 앞서 논한 것처럼, 선진적 지식인으로서 조선 사회를 개혁하고자 하는 그들의 계몽적 의지가 많은 부분 낭만적인 감수성과 병존하고 있다는 사실을 보여준다. 또한 이러한 문예 작품들은 조선 지식인 사회의 엘리트로서 감당해야 할 책무와 부담감이 주는 사회적 불안감을, 나이팅게일적 부드러움을 지닌 여성 애인의 위안 속에 해소하고 싶다는 그들의 내면의식을 표현한다. 그리고 이러한 혁명과 연애에 대한 그들의 낭만적 공상은 동지라는 존재의 호명 속에 그 소아적인 또는 지적인 관념성에 대해 일종의 면죄부를 받고 있는 것이기도 하다.

다른 한편으로 생각해 볼 것은, '운동' 즉 그들의 아지테이션 또는 계몽적 의지를 '연애' 모티프와 결합시키는 이러한 형식이, 문예란에 대한 경성제대생들의 의식을 보여 주기도 한다는 것이다. 그들이 문예란에 실릴 글들에 대해 생각하고 있었던 것은 일종의 '부드러운' 형식, 또는 '낭만적인 감수성'의 형식이었던 것 같다. 그들에게 '문예'의 형식이란 딱딱한 내용성 즉 계몽의 내용을 부드럽고 말랑말랑한 낭만적 그릇에 담아 전달하는 것으로 여겨졌던 것이다.

5. '교양'의 각성과 세계문화에 대한 대타의식

『신흥』이 1호부터 6호까지 '해외문화의 동향'이라는 난을 마련하고 있는 것은 유의해 볼 부분이다. 『신흥』에서 의욕적으로 다루고자

했던 부분은 '조선연구'와 관련된 논문들이다.[25] 그런데 앞서 살펴보
았듯, 편집과 체재가 일정하지 않거나 의도했던 원고가 다 걷히지 않
아 목차 구성이 전호와 차별성을 갖게 되는 상황에서 '조선연구' 관련
논문들은 애초의 계획대로 풍성하게 실리지는 못했다. 이러한 편집
상의 불규칙성은 '사회과학', '철학'과 같은 분류항목이 호마다 유지
되지 못하고 있는 데서도 보인다. 그런데 '해외문화의 동향'만은 1호
부터 6호까지 고정된 란을 차지하고 거의 빠짐없이 매호에 실리고 있
다. 여기에는 학술적 논문에 비해 상대적으로, 그 분량이나 원고의
질적 측면에서 의뢰하기 쉬웠다는 점도 있겠지만 편집자가 바뀌어
도 유독 이 '해외문화의 동향'란만 유지되고 있다는 것은 특징적이
다. 1호에서 6호까지 실린 '해외문화의 동향'란의 글들을 보면 다음
과 같다.

> 1호: YC, 「현대 구가자시(謳歌者詩)와 문화」; EB, 「오네일의 근업(近業)」
>
> 2호: EB, 「영국의 총선거와 '로-트쉬타인' 씨의 신저(新著) 『영국노동운동사』」; CT, 「십팔세기의 불란서 자유사상」; KS, 「Milne씨의 「현장부재증명」」
>
> 3호: RK, 「'파씨슴'과 I.R.H.」; SH, 「로서아의 실업상황」; SD, 「철학의 장래」; 「독일신진작가 소개- Die Literatur지로부터」
>
> 4호: EB, 「미국의 실업자대회」
>
> 5호: KL, 「독일사회민주당의 계급적 활동」; SH, 「대영제국의 경제적 파멸」

---

25 이에 대해서는 박광현의 「경성제대와 신흥」 참조.

6호: 편집국, 「국제노동자구원 제팔회세계대회」; 편집국, 「서반아의
　　 동향」; 편집국, 「헤-겔 연맹 제이회대회」; 편집국, 「헤-겔이냐?
　　 맑스냐?」

　그리고 7호로 오면서 '해외문화의 동향'란은 목차나 본문에 명기되
어 있지는 않지만, 작자를 표시하고 일종의 논문처럼 게재되고 있다.
『신흥』 7호에 실린 백동화, 「독일의 총선거의 의의」, 박인수, 「세계적
경제공황과 자본주의제국의 노동자상태」와 같은 글들이나 『신흥』 8
호에 실린 이진숙, 「최근 독일의 심리학」과 같은 글은 기실 그 명기만
빠졌을 뿐 앞서 게재되었던 '해외문화의 동향'란에 실린 글들과 별반
다를 것이 없기 때문이다.
　상당히 다양한 내용 속에 당시의 세계 정세와 문화철학적 흐름을
파악하려는 시도가 매우 일관적으로 이어지고 있음을 볼 수 있다. 앞
서 보았던 1호의 편집후기에서 편집자들은 "우리는 조선에 있어서 지
금까지 이만큼 진실한 의미의 학술논문을 다수 등재한 잡지가 있었음
을 기억하지 못한다"고 말하면서 자신들이 조선 학술계와 문단에 새
로운 충격을 줄 신흥 세력이라 자임했다. 이러한 발언은 한편으로는
뒤쳐진 조선의 학술계를 세계적 수준으로 끌어올리겠다는 의기양양
한 선언이기도 했다.
　'해외문화의 동향'란은 이러한 선언을 구체화시키는 하나의 장이기
도 했다. 경성제대생들은 그들 자신이 조선이라는 울타리를 넘어 세
계사적 흐름과 호흡을 같이 하고 있을 뿐만 아니라, 세계문화사적인
'교양인'의 대열에 자신들도 합류하고 있음을 드러내고 사실화시키고
자 했다. 그들이 세계시민적 '교양'을 체득하고 있다고 자임하며 이

'교양'을 전파해야 한다는 의지 또한 매우 강했음은 다음과 같은 구절
에서 역으로 감지된다.

> 나는 요새, 독서를 게을니 하엿기 때문에, 이 오네일의 작품에 대해,
> 일본서는 누가 소개하엿든지, 보지 못하엿다. 중첩되는 곳이 잇스면 용서
> 하라.[26]

유진 오닐의 작품과 근황을 소개하는 위의 글에서 필자는 당대의
작가인 유진 오닐을 소개하면서, 스스로 '독서를 게을리 하였기 때문
에' 오닐의 작품에 대해 일본에서는 누가 소개하였는지 보지 못했음
에 대해 독자의 용서를 구하고 있다. 필자의 자백은, 문자 그대로 자
신의 과문함에 대한 겸손을 담고 있는 것이기도 하지만, 속속 쏟아져
나오는 최근의 지식과 출판물들을 섭렵하는 데 대해 그들 자신이 일
종의 당위적인 감각을 지니고 있었다는 무의식적 반증이기도 하다.
이러한 그들의 생각이 『신흥』에서 거의 유일하게 '해외문화의 동향'
란을 유지하게 했으며, 이 사실은 세계문화와 교양에 대한 그들의 대
타의식을 보여주는 것이기도 하다.[27]

이러한 대타의식은 위의 인용문처럼 특히 일본을 향해 있는 경우가
많았다. 편집인이 쓴 듯한 다음과 같은 글을 보자.

> 조선서 간행되는 잡지는, 일본의 그것보다 훨신 빈약—내용이나 체재나

---

26 EB, 「오네일의 근업(近業)」, 『신흥』 1호, 87면.

27 이에 대해 박광현은 '새로움' 또는 '신흥'에 대한 지향이라고 해석하기도 하였다.
박광현, 앞의 글, 264면.

-하다는 것은, 거의 조선사람간의 정설인 듯 십다. 조선인 잡지경영자
자신도, 혹시 그럿케 생각하고 잇는지도 모르겟다. 그러기에 보통 '갓흔
갑시면 일본잡지를 사지' 한다. 그러나 우리는 신흥을 내어밀고 '갓흔 갑시
면 신흥을 읽으라'고, 자부를 가지고 말한다.[28]

위의 글에서 당대 조선사람들, 심지어 조선인 잡지 경영자 자신도
조선 잡지가 일본 잡지보다 내용과 체재 면에서 빈약하다고 생각하고
있다는 것을 볼 수 있다. 여기에 필자의 말처럼『신흥』을 내어밀면서
'같은 값이면 신흥을 읽으라'고 자부를 가지고 말하기 위해서는, 일본
이라는 타자에 뒤지지 않는 또 그것을 넘어 세계사적 흐름에 뒤처지
지 않는 지식을 전달하는 장으로서 잡지가 그 기능을 다해야 한다.
조선 잡지가 그 내용과 체재가 빈약하다는 점에 대해서는 필자 자신
도 그다지 이견을 내놓지 않고, 다만『신흥』이 그러한 인식을 뛰어넘
고자 하는 것이다. 그러나 일본의 식민지로서, 또한 식민경영의 공간
제국대학을 졸업한 학생으로서 그들은 일본을 넘어 세계라는 더 큰
타자를 의식하고 거기에 합류하고자 하면서도 결국, 다시 일본이라는
애초의 타자를 인식하는 자리로 돌아오는 순환을 반복할 수밖에 없기
도 했다. 바로 위에서 '유진 오닐'을 소개하면서도 그에 대한 '일본'의
리뷰를 못 읽은 데 대한 자기반성적 고백을 하는 장면이 보여 주는
것처럼 말이다.
　『신흥』의 문예란에서 번역소설란은 이러한 그들의 대타의식을 다
른 방식으로 잘 보여 준다. 몇 편 안되는 번역 소설을 선별하고 번역하

---

28 「신흥」, 『신흥』 제2호, 114면.

여 소개하는 과정에서 그들은 가능하면, 최근의 세계문학의 경향을
파악하고자 했고 또한, 프롤레타리아 문학운동이라는 세계사적 흐름
에 합류하고자 했다. 번역소설란의 부기와 역주를 참고해 보면 다음
과 같다.

> 부기: 이 소설은 The Bookman 금년 사월호 소재의 것이다. 원제는
> "The Desk"이고, 원작자는 미국에서, '그의 소설과 비평이 인기를 끄을기
> 시작하는 젊은 작가'이다.[29]

> 역자의 말: 원작자는 영국의 우수한 작가 A.A.Milne로, 아직 현존한
> 문사이다. (중략) 아직것 현대 영국의 '리아리스틱한' 희극 중에서, 이와
> 갓치 우수한 작품도 연출된다는 것을 부기함에 끗치다.[30]

> 이것은 미국에 유일한 푸로레타리아 문학잡지 Michael Gold가 주재하
> 는 New Masses 사월호에서 번역한 것이다.[31]

> 나는 씨를 미국 프로레타리아 작가로 소설가로 소개하고저 하거니와
> 그가 최근에 미국 프로레타리아 시인으로 대활약을 하고 있는 것은 물론
> 이다.[32]

위의 글들에서 『신흥』의 필자들이 "리얼리스틱"하면서도 "프롤레

---

29 Edwin Seaver, 「뼈틀러양과 그의 책상」, 유진오 역, 『신흥』 제1호, 118면.
30 A.A.Milne, 「돈좀 벌쟈면 안악이 난봉」, 노영창 역, 『신흥』 제2호, 116면.
31 크루덴, 「일자리 잇소」, 이종수 역, 『신흥』 제4호, 119면. 다음호에서 이종수는
　　같은 작가의 연작 성격의 소설을 연재하고 이 취지를 소개하고 있다. 크루덴, 「실업
　　자의 안해」, 이종수 역, 신흥 제5호, 89면 참조.
32 랭스톤 휴즈, 「어머니와 아들」, 이종수 역, 『신흥』 제8호, 141면.

타리아 작가"적인 성향의 작품들을 즐겨 번역했음을 볼 수 있다. 별다른 편집의도가 없었던 것임에도 불구하고 대체로 공통적으로 현실주의 경향의 소설들을 소개하는 의도는, 당시 맑시즘과 사회주의적 리얼리즘에 경도되었던 경성제대 법문학부 학생들의 사상적 지표와 통하는 것이기도 한 한편, 세계문학 또는 세계문화의 시류에 민감하게 반응하고자 하는 그들의 내면을 반영하는 것이기도 하다.

특히 많은 번역소설들이 바로 그 당시 소개되었거나 외국의 저명 잡지에 실렸던 글들이라는 점은 눈여겨볼 만하다. "금년 사월호", "아직 현존한 문사", "New Masses 사월호", "최근에 미국 프로레타리아 시인으로 대활약" 등의 소개글들은, 소개하는 필자가 최근의 문학 동향에 민감함과 함께 『신흥』이 그러한 동향을 소개하고 전달하는 데에서 다른 어떤 잡지보다 민감함을 은연중에 제시한다. 새로운 지식을 통해 내용과 체재 면에서 그들이 언제나 의식하고 있었던 일본의 잡지에 비견되고, 또한 세계사적 '교양'의 습득과 전파에 일조하려는 경성제대생들의 욕망은 이와 같은 방식으로 발현되고 있었던 것이다.

6. 『신흥』의 특수성

1929년부터 1937년까지 경성제국대학 법문학부 출신 졸업생이 만든 잡지 『신흥』은 두 가지 면에서 다른 잡지들과 차별성을 지닌다. 그것은 『신흥』이 전문적 필자와 편집진 또는 동인이 아니라 식민지 조선의 '경성제대 법문학부'라는 공간을 지평으로 해서 제작된 잡지라는 것, 그리고 또 하나는 그러한 학교 간행물 또는 교지의 범주에 들어가면서도 그들 자신의 특수한 위치에 의해 그들이 학교 간행물의 범주를 넘어 전문화된 학술지를 표방했다는 것이다. 이 논문에서는 이러한 특수한 위치에 있는 잡지 『신흥』의 필자들이 공통적으로 가진 엘리트 지식인의 자부심과 내면 풍경, 그리고 식민지 조선인으로서 겪는 다중적인 위치의 표현에 대해 특히 『신흥』의 문예란을 통해 고찰해 보고자 했다. 그들이 경도되었던 사회주의와 운동에 대한 의지는 '문예란'의 형식을 통해 종종 낭만적인 상상력으로 언어화되어 재현되곤 했다. 세계문화에 대한 대타의식 속에 '교양인'의 자질을 습득함으로써, 식민지 조선인의 열등감과 일본 제국주의에 맞서려는 의식은 『신흥』의 편집 체재나 문예란의 번역 작업을 통해 확인할 수 있다.

　『신흥』을 발간할 당시 그들의 자신만만한 선언이 1929년에서 1937년에 이르는 긴 기간 동안 어떤 방식으로 변화, 전이되어 굴절하고 있는가를 살펴보는 것이 지금까지의 논의를 더욱 풍부하고 입체적으로 만들 수 있을 것이다. 이에 더해 중일전쟁의 발발과 일본군국주의의 압력이 강화되는 1937년에 「신흥」이 종간된다는 점도 유의해 보아야 할 부분이다. 『신흥』의 편집진의 목소리와 실제 『신흥』의 편집과 체재간의 괴리는, 경성제국대학 법문학부 출신 학생들이 지녔던 이상과 현실과의 거리와도 연관을 가질 수 있다. 여타 다른 학교 간행물들과의 비교선상에서 이러한 괴리와 실제의 성취는 평가와 의의를 부여받을 수 있을 것이다.

3장

『문장』의 시국 협력 문학과
「전선문학선」

1. 식민지 전시체제 하에서의 『문장』

1939년 2월에 창간호가 발행된 문예지 『문장』은, 중일전쟁이 전면
화되기 시작한 1937년 7월 이후의 일본의 전시(戰時) 총동원 체제 아
래서 창간과 폐간을 맞았다. 일본의 국가 총동원 법령은 1938년 5월
이후 조선총독부에 의해 조선에서도 시행되었는데, 실제로는 1937년
7월 7일의 노구교 사건 직후부터 총동원 관련법이 일본뿐만 아니라
조선에도 적용되고 있었다. 내선일체의 강화와 대륙병참기지로서의
조선의 역할이 강조되면서, 총독부에 의한 '국민정신총동원운동'이
본격화되는 것 또한 1938년부터이다.[1]

---

1 조선의 총동원 체제 형성 정책과 법제화에 관해서는 다음의 논문에서 자세히 다루
   고 있다. 특히 총동원 체제가 본격적으로 성립된 1937년 7월에서 1940년 10월까지

국가총동원 체제 아래서 지식인들의 역할과 적극적인 변화는 더욱 강조되었다. 특히 이른바 '대동아공영권' 수립과 '신질서' 건설을 위해 문화·예술의 책임의식이 자발적, 비자발적으로 강조되면서 인쇄 매체와 잡지 편집 등에 대한 검열과 체제 재편은 심화되어 간다. '동아신질서'론에서 '대동아공영권'론으로 전시 이데올로기가 전이, 재편되어 가는 1940년을 전후한 시기에 조선의 문학가들은 조선총독부를 중심으로 한 이데올로기의 통제에 전면적이든, 비전면적이든 어떠한 방식을 취해 반응해야만 했다.[2]

이 글에서는 문예지 『문장』의 편집 체재와 지면에 실리는 글들의 성격 또한, 당시 문학가들이 식민 이데올로기에 대해 가졌던 이념적 지향의 유동성과 식민 체제의 통제 국면이 복합적으로 얽혀 산출된 결과라는 점에 주목하고자 한다. 지금까지 축적되어 온 『문장』지에 대한 여러 연구 성과들은, 주지하다시피 문장파로 일컬어지는 작가들을 중심으로 한 상고주의와 1930년대 중후반 조선문단의 화두로 떠올랐던 '조선적인 것'에 대한 심미적 탐구의 측면을 강조해 왔다. 이러한 강조는 이병기, 이태준, 정지용 등의 작가들의 취향 및 작품에 대한

의 시기에 관해서는 논문 2장을 참조. 안자코 유카, 「조선총독부의 '총동원체제'(1937~1945) 형성 정책」, 고려대 박사논문, 2006, 66~138면.

2 이 과정에서 그들이 취한 대응 양상은 복합적이면서도 내면화된 부분이 많아, 한 매체의 체재나 거기 실린 글을 현재의 지형에서 해석함으로써 당시 그들이 지녔던 의식 지향을 도출해 내기란 상당히 어려운 일이다. 그들의 이념적 지형 또한 당시의 상황에 따라 급격히 유동하는 불안정한 것이었기 때문이다. 당시 조선에 요구되었던 전시체제 및 식민 이데올로기에 대한 피식민주체의 다양하고 복합적인 반응에 대하여 다음의 언급을 참고할 수 있다. 소영현, 「전시체제기의 욕망 정치」, 『동방학지』147, 연세대 국학연구원, 2009, 247~250면.

분석과 연동되어 그 실증성을 얻은 것이 사실이다. 이와 같은 연구의 방향은 점차 강화되어 가는 식민체제의 검열과 전시 이데올로기 속에서, 『문장』지의 순문예적 성격이 획득할 수 있었던 조선문학의 성과와 의의를 평가하는 측면과 결부된 것이기도 하다.

그러나 한편으로 『문장』의 심미성이나 '조선적인 것'에 대한 경사에 집중한 연구들은, 당시 『문장』이라는 잡지가 처해 있었던 사회·역사적 조건 특히 국가 총동원 체제 아래서 조선의 문학가들이 받고 있었던 내·외부적 압력과 그에 대한 반응으로 나타난 『문장』의 편집 체재 그리고 거기 실렸던 시국 협력적 글들의 존재를 암암리에 괄호 치는 결과를 낳게 되기도 하였다. 『문장』 이전의 종합지 가령 『조광』과 같은 잡지나, 같은 해 10월 창간했던 『인문평론』 등의 잡지나 다른 매체와 비교하여 『문장』이 상대적으로 비평 담론을 적게 싣고 있다거나, 고전 작품들을 전재하는 지면이 많았다는 점도 『문장』의 협력적 성격을 방어적인 미미한 수준의 것으로 규정할 수 있도록 한 것이 사실이다. 나아가 조선적인 특수성을 강조하고 순문예적 심미성을 강화한 『문장』의 특성과 편집 방향은, 당시의 혹독한 검열 체제 아래서 식민주의적 이데올로기에 대한 저항적 방어였음을 강조하는 연구자들의 견해에도 힘을 실어주었다.

그러나 전시 총동원 체제와 식민주의 이데올로기에 대한 대응 방식이 다른 잡지에 비해 수동적이었든 적극적이었든 간에, 『문장』에도 시국에 협력하는 글들은 편재되어 있고 그러한 텍스트들이 『문장』 내의 다른 텍스트들과 갖는 이질성 내지 연관성을 바라보는 작업은 필요하다. 그 거리와 동일성이 쉽게 규명될 수 없는 것이 사실일지라도, 『문장』의 전체를 살펴보는 데 빠뜨리거나 괄호 쳐서는 안 되는 성격의 작업이기 때문이다. 이와 관련하여 그동안의 연구에서는 『문장』에 실린 임학수의 「북지견문록」이 지닌 친일적 성격 또는 체제 협력의 성격을 규명하거나,[3] 조선 작가의 전선 기행문과 함께 '전선문학선'에 그 일부가 실려 있는 히노 아시헤이(火野葦平)의 『보리와 병정』 간행을 둘러싼 연구가 있었다.[4] 그러나 전체적인 『문장』의 체재나 편집의 방향과 관련해서라기보다는, 일제 말기의 전선 기행문이나 전쟁문학에 관한 연구의 일부로 다루어졌다.

이 글에서는 『문장』에 실린 시국 협력적 글들의 면모와 성격을 전체적으로 개괄하고, 특히 『문장』의 편집 체재와 관련하여 '전선문학선'의 위치가 갖는 의미와 텍스트가 갖는 효과를 분석하려고 한다.

---

3   임학수의 「북지견문록」과 『전선시집』에 관한 고찰로는 다음의 논문들을 참조. 전봉관, 「황군위문작가단의 북중국 전선 시찰과 임학수의 『전선시집』」, 『어문론총』 42, 한국문학언어학회, 2005; 한민주, 「일제 말기 전선 기행문에 나타난 재현의 정치학」, 『한국문학연구』 33, 동국대학교 한국문학연구소, 2007.12; 김승구, 「식민지 지식인의 제국 여행―임학수」, 『국제어문』 43, 국제어문학회, 2008.8. 한편, 박호영은 임학수의 『전선시집』의 시들을 분석하며 이를 일본 식민주의에 대한 내면적 거부가 소극적인 방식으로 표출된 것으로 해석하였다. 박호영, 「임학수의 기행시에 나타난 내면의식」, 『한국시학연구』 21, 한국시학회, 2008.4.

4   당시의 전쟁문학론과 종군 문학의 성격을 분석한 정선태의 논의 이후로 『보리와 병정』의 번역자이자 검열관이었던 니시무라 신타로와 『보리와 병정』의 조선 발간 상황을 연구하거나, 황군위문 조선문단 사절단의 문학 행정(行程)을 다룬 다음과 같은 연구들이 이어져 왔다. 정선태, 「총력전 시기 전쟁문학론과 종군문학 ―『보리와 병정』과 『전선기행』을 중심으로」, 『동양정치사상사』 5권 2호, 한국동양정치사 상사학회, 2005.9; 박광현, 「검열관 니시무라 신타로(西村眞太郎)에 관한 고찰」, 『한국문학연구』 32, 동국대 한국문학연구소, 2007.6; 강여훈, 「일본인에 의한 조선어 번역 ―히노 아시헤이의 『보리와 병정(兵丁)』을 중심으로」, 『일본어문학』 35, 한국일본어문학회, 2007; 이혜진 「총력전하의 "전쟁문학" 작법(作法) ―『보리와 병정(兵丁)』, 『전선시집(戰線詩集)』, 『전선기행(戰線紀行)』을 중심으로」, 『한국문예비평연구』 25, 한국현대문예비평학회, 2008.

『문장』의 편집 체재 속에서 전쟁 및 식민주의 이데올로기와 관계를 맺는 텍스트들의 위상과 효과 및 그것이 다른 텍스트들과 지니는 거리와 차이를 분석함으로써, 당대 조선문단이 처해 있었던 식민체제 하에서의 문학가들의 입장과 대응 양상이 『문장』이라는 잡지에 어떤 방식으로 구현되고 있는지를 파악하는 것이 이 글의 목적이다.

2. 『문장』에 실린 시국 협력적 글의 성격과 편집 방향

『문장』과 관련된 연구 중에서 『문장』지에 실린 동양 담론과 관련된 글들을 식민주의나 대동아공영권 이데올로기와 맺는 지형 속에서 살피는 연구나,[5] 『문장』의 일부 텍스트 및 기행문이나 보고문이 갖는 체제 협력적 성격을 규명하는 연구들은,[6] 그동안 경시되어 왔던 『문장』과 식민주의 이데올로기 및 체제와 문학가들이 맺는 관계를 규명

---

5 식민지 후반기의 동양담론과 관련하여 이태준 등의 문학 양상이 갖는 제국적 주체의 의미를 논한 정종현의 논의(정종현, 「식민지 후반기에 나타난 동양론 연구」, 동국대 박사논문, 2006.2) 이후로 『문장』지의 동양 담론 및 식민주의 이데올로기와 관련하여 다음과 같은 연구들을 참고할 수 있다. 고봉준, 「일제 후반기의 담론 지형과 『문장』」, 『국어국문학』 152, 국어국문학회, 2009.9; 차승기, 「동양적인 것, 조선적인 것, 그리고 『문장』」, 『한국근대문학연구』 21, 한국근대문학회, 2010.4.

6 이봉범은 문장의 편집 체재와 매체 전략을 분석하면서 검열 및 시국과 관련한 글들의 요소를 우선적으로 고려해야 한다는 점을 지적한 바 있다. 이봉범, 「잡지 『문장』의 성격과 위상」, 『반교어문연구』 22, 반교어문학회, 2007. 『문장』에 실린 기행문학과 식민주의 이데올로기와의 관계에 대해서는 박진숙과 차혜영의 논의를 참고할 수 있다. 박진숙, 「식민지 근대의 심상지리와 『문장』파 기행문학의 조선표상」, 『'조선적인 것'의 형성과 근대문화담론』, 소명출판, 2007; 차혜영, 「동아시아 지역표상의 시간·지리학」, 『한국근대문학연구』 20, 한국근대문학회, 2009.

하려는 시도로 보인다.

　『문장』의 창간호에 실린 권두언은 당시의 전시체제가 요구하는 문화예술의 역할에 대해 적극적으로 부응하고자 하는 태도를 명시하면서 시작되고 있다.

　　　이제 동아의 천지는 미증유의 대전환기에 들어 있다. 태양과 같은, 일시동인(一視同仁)의 황국정신(皇國精神)은 동아대륙에서 긴 밤을 몰아내는 찬란한 아츰에 있다. 문필로 직분을 삼는 자, 우물안 같은 서재의 천정만 쳐다보고서야 어찌 민중의 이목된 위치를 유지할 것인가. 모름지기 필봉을 무기삼아 시국에 근원하는 열의가 없언 않될 것이다.[7]

　이 권두언은 『문장』 창간 당시가 "대전환기"에 놓여 있다는 사실을 적시한다. 그리고 당시의 시대상황을 "일시동인"의 "황국정신"이 동아시아의 밤을 몰아내는 찬란한 아침과 같다고 비유적으로 표현함으로써 중일전쟁이 지니는 의의를 수식한다. 민중을 선도하는 문필인으로서 "필봉"을 "무기"로 삼는다는 것은, 전쟁이 벌어지고 있는 후방에서 '국민'된 자로서의 임무를 충실히 수행하는 문화예술인의 역할을 강조하는 표현이다. 필봉을 "무기"로 삼는다는 표현의 상투성은 전시체제라는 특수한 상황 하에서 전방과 후방, 그리고 일본과 조선을 동일화하는 표지로 사용되고 있다. 여기에는 "문필인"의 위치가 더 이상 문필인 그 자체로서만이 아니라 "국민" 그리고 "시대인"[8]으로 규정되어야 하는 현실에 대한 인식이 들어 있다. 이 인식에 검열과 당국의

7　「권두에-시국과 문필인」, 『문장』, 1939.2, 1면.
8　위의 글, 같은 곳.

요구가 적극적으로 반영되고 있었음을 추론하기는 어렵지 않지만, 창
간호의 권두언이 갖는 무게만큼이나 이와 같은 인식이 이후의 편집
방향에도 일정한 영향을 미칠 수밖에 없었음을 알 수 있다.[9]

이후 다시 권두언이 실리는 것은 1939년 12월의 「세모유감(歲暮有
感)」("황국신민의 서사"와 함께 실린다), 1940년 1월 「연두언(年頭言)」이라
는 제목의 글이다. 1940년 7월에는 「사변 제삼주년을 맞이하며」라는
제목의 권두언을 싣는다. 1940년 10월에는 「축 시정(始政) 삼십주년」
이라는 글의 권두언이, 1941년 1월에는 「대동아공영권 확립의 신춘을
맞이하며」라는 제목의 권두언이 실려 있다. 그리고 폐간호가 되는
1941년 4월호는 편집 후기 대신 "근고(謹告) –본지 「문장」은 금반, 국
책에 순응하여 이 제삼권제사호로 폐간합니다"라는 사고(社告)로 끝
을 맺고 있다.

1939년 10월에 창간하여 『문장』과 같이 1941년 4월에 폐간하는 『인
문평론』이 매호 "황국신민의 서사"와 함께 시국에 부응하는 성격의
권두언을 싣고 있는 것과 비교하여 상대적으로 적은 양이기는 해도,
창간호부터 폐간호까지 시종일관 『문장』의 편집 방향 또한 '국책'에
순응해야 했던 것임을 알 수 있다.

그러나 '순응'이라는 표지가 명시되어 있다고는 해도, 실제 편집
방향과 매체의 전략이란 복합적으로 작용하는 것이어서 여기에는 식

---

9   『문장』의 권두언을 누가 썼는지는 밝혀진 바 없다. 한수영은 『문장』의 편집진을
볼 때, 이태준 외에 권두언을 쓸 만한 사람이 없다고 정황상 판단하면서 『문장』
권두언의 논리와 이태준의 신체제론에 관한 인식을 연장선상에서 이해하고 있다.
한수영, 「이태준과 신체제 –식민지배담론의 수용과 저항」, 『이태준 문학의 재인식』,
소명출판, 2004, 208~210면.

민 이데올로기를 수용하는 한편 거부하고 저항하는 피식민 주체의 의
도 또한 개입된다. 『문장』이 여타 매체들과 차별되는 사항 중 하나가
고전 텍스트를 전재한다는 점,[10] 그리고 고전뿐만 아니라 비교적 긴
분량의 창작물 원고도 한 호에 전재하여 문예지의 체제를 강화했다는
점[11] 등은 『문장』에 실린 여러 글들이 직접적으로 '국책'과 관계 맺는
접점을 줄여주는 역할을 하기도 했던 것이다. 각각의 텍스트 내부에
서 전시 체제 및 대동아공영권의 논리나 이후 전개되는 신체제의 논
리와 닿는 지점은 상세히 논구해야 할 부분이지만, 『문장』의 이와 같
은 성격은 권두언에서 밝혔듯, 이른바 "필봉"으로써 국책에 매진하는
매체와 문필인의 임무를 담당할 더 명시적인 텍스트를 게재할 필요를
만들었다고 할 수 있다.

　『문장』의 전체 편집 체재 속에서 다른 텍스트들에 비해 시국과 좀
더 직접적으로 관계를 맺고 있다고 생각되는 글들을 개괄해 정리해
보면 다음과 같다.

발행 년월	제목	저자	성격 및 특이사항	게재면
1939.02.	卷頭에-時局과 文筆人		권두언	1
	支那事變 從軍畵 展覽會를 보고	金眞火	전시회 관람기	178-179

10　차혜영은 이러한 『문장』의 매체 전략이 갖는 다른 매체들과의 차별성에 대해 다음
　의 논문에서 언급하였다. 차혜영, 「'조선학'과 식민지 근대의 '지(知)'의 제도 -『문
　장』을 중심으로」, 『국어국문학』 140, 국어국문학회, 2005.9, 519~524면.
11　이와 같은 『문장』의 원고 전재 방식에 대해서는 다음의 연구가 자세하다. 문혜윤,
　「조선어 문학의 역사 만들기와 '강화(講話)'로서의 『문장』」, 『한국근대문학연구』
　20, 한국근대문학회, 2009, 54~59면.

1939.03.	「흙과 兵隊」에서	火野葦平	"戰線文學選"	159~160
	「담배와 兵隊」에서	火野葦平	"戰線文學選"	160~162
	「戰線」에서	林芙美子	"戰線文學選"	162~163
1939.04.	별 밝던 하로밤(「戰線」)	林芙美子	"戰線文學選"	177
	敵前上陸(「흙과 兵隊」)	火野葦平	"戰線文學選"	177~178
	大部隊의 적(「雪中從軍日記」)	德永進	"戰線文學選"	178~179
1939.05.	上空一五00米(「文學部隊」)	尾崎士郎	"戰線文學選"	179~180
	特務兵隊(「中間部隊」)	木鍋牛彦	"戰線文學選"	180~181
	戰場의 道德(「戰線」)	林芙美子	"戰線文學選"	181
1939.06.	觀戰(「도라오지 않는 中隊」)	丹羽文雄	"戰線文學選"	180
	陸軍飛行隊(「文學部隊」)	尾崎士郎	"戰線文學選"	181
	建設戰記(「建設戰記」)	上田廣	"戰線文學選"	182
1939.07.	北支見聞錄(一)	林學洙	전선 시찰 기행문	164~168
1939.08.	駐屯記(「駐屯記」)	竹森一男	"戰線文學選"	127
	非戰鬪員(「戰場노트」)	尾崎士郎	"戰線文學選"	128
	匪賊(「海南島記」)	稻村隆一	"戰線文學選"	128~129
	病院船(「잠 못 자는 밤」)	芹澤光治良	"戰線文學選"	129
	北支見聞錄(二)	林學洙	전선 시찰 기행문	178~181
1939.09.	東洋의 南端(「海南島記」)[12]	火野葦平	"戰線文學選"	133
	蘇聯機空襲(「大興安嶺을 넘어서」)	細田民樹	"戰線文學選"	134
	北支見聞錄(三)	林學洙	전선 시찰 기행문	180~183
	보리와 兵丁	鄭人澤	"신간평"	187~188
1939.10.	달과 닭(「東莞行」)	火野葦平	"戰線文學選"	181~182
	湖沼戰區(「湖沼戰區」)	大江賢次	"戰線文學選"	182~183
1939.11.	戰場의 正月(「꽃과 兵丁」)	火野葦平	"戰線文學選"	113~115
	將軍의 얼굴(「文學部隊」)	尾崎士郎	"戰線文學選"	115
	林學洙 著 戰線詩集	尹圭涉	"신간평"	194~195
1939.12.	歲暮有感		권두언	1
	戰場의 正月(「꽃과 兵丁」)	火野葦平	"戰線文學選"	107~108
	戰場雜感(「戰場雜感」)	尾崎士郎	"戰線文學選"	108~109

	戰線(「戰線」)	林芙美子	"戰線文學選"	109
	時局과 文化	印貞植	평론	174~178
	「朝鮮文人協會」結成		보고문	202
1940.01.	年頭言		권두언	1
	內鮮一體의 新課題	印貞植	평론	139~143
	興亞展望		전쟁 기사	170
	戰場의 正月(「꽃과 兵丁」)	火野葦平	"戰線文學選"	171
	銃後報國		지원병, 헌납 관련 기사	172~173
1940.02.	散文詩	尾崎士郎	"戰線文學選"	143~145
	支那抗戰 作家의 行方(「申報」)		신문기사 재수록, 하단 편집	143~145
1940.03.	戰線	林芙美子	"戰線文學選"	170~171
1940.04.	밤의 火線, 文學小隊長(「女兵」)	謝氷瑩	"戰線文學選", 중국작가	187~189
1940.05.	恐怖의 一日(「女兵」)	謝氷瑩	"戰線文學選", 중국작가	78~79
	防空壕內에서(「重慶被爆擊記」)	周文	"戰線文學選", 중국작가	79
	興亞展望		전쟁 기사, 하단 편집	126~129
1940.06·07합호	事變 三週年을 마지하며		권두언	2~3
	作家의 政治的 關心(「新潮評論」)		평론	214~216
	日支文化 提携에의 길	平野義太郎	평론	216~218
1940.09.	文藝銃後運動 半島各都에서 盛況		강연 보고 (菊池寬, 久米正雄, 小林秀雄)	98~99
	中日文化合作論	李光黃	평론, 중국작가	109~111
	襄東作戰從軍記(「宜昌從軍記」)	大佛次郎	종군기, 『文藝春秋』 소재	123~128
1940.10.	祝 始政三十週年		권두언	1
	新體制에의 文化團體		문화 단신, 하단 편집	114~131
	文化開發의 길(「新潮」)	佐藤春夫	평론	132~133
	興亞建國의 特殊性과 普遍性(「興建」)	田原	평론, 상해 발간, 중국작가	134~135
1940.11.	日獨伊同盟의 意義	鈴木庫三	논설, 육군성 정보부 육군 소좌 집필	122~123
	文藝의 新體制(「朝日新聞」)	今日出海	평론	124~125

	志願兵訓練所의 一日	李泰俊	훈련소 시찰기	126~129
1940.12.	國民文學의 基礎	伊藤整	평론	83~85
	新體制와 文化人	清水幾太郎	평론	86~88
1941.01.	大東亞共榮圈確立의 新春을 맞이하며		권두언	2~3
	國民文學이란 무엇인가	榊山潤	"時局과 文化"	92~96
	對外文化宣傳의 政治性	松岡浩一	"時局과 文化"	97~101
1941.03.	內鮮由緣이 깊은 扶蘇山城	白鐵	"文化人部隊 勤勞奉仕記"	111~114
	朝鮮映畵令概說	岡田順一	보고 및 논설, 경무국 도서과 직원 집필	115~121
1941.04.	扶餘回想曲에 대하야	矢鍋永三郎	보고 및 논설, 국민총력 조선연맹 문화부장 집필	261~262

*목록에 빠진 1940년 8월호는 결호이고, 1941년 2월호는 2주년 기념 창작 34인집 소설 특집호이다.

위와 같은 개괄을 통해 볼 때, 1939년 7월의 임시 증간 '창작 32인집'과 1941년 2월의 '창작 34인집' 및 1940년 8월의 결호를 제외하고는 모든 호에 시국과 관련된 성격의 글을 안배하고 있음을 볼 수 있다.[13] 위에서 개괄한 텍스트들이 직접적이거나 명시적인 방식으로 시국

---

12 「海南島記」는 앞선 호인 1939년 8월호에는 稻村隆一의 작품으로 표기되어 있다. 1939년 東京: 改造社에서 火野葦平의 『海南島記』라는 단행본이 발행된 사항을 확인할 수 있는데, 8월호의 출전 표기가 잘못된 것이 아닌가 추정된다.

13 그런데 황군 위문이라는 명확한 목표를 띠고 조선문단의 사절단 역할을 하고 돌아온 임학수의 「북지견문록」과 여기서 산출된 『전선시집』의 체제 협력적 성격에 대해서조차 해석자의 관점에 따라 적극적 협력으로도 소극적 저항으로도 해석하는 연구들에서도 볼 수 있듯(앞서 언급한 전봉관, 한민주, 김승구의 연구와 박호영의 연구를 비교해 볼 수 있다), 체제 협력적 성격의 기준을 절대화할 수는 없다. 『문장』에 실린 글들 또한 마찬가지로 문단이나 국제 정세를 소소하게 전하는 "스크랩스"와 같은 글이나 수필로 실려 있는 기행문의 일부 역시 전시체제라는 시국에 협력하는 글로 볼 수 있으나, 어떤 텍스트를 전일하게 협력적인가 그렇지 않은가로 구분하는 것 자체가 논리적 오류를 낳을 수 있다는 점을 전제해야 할 것이다.

과 관계를 맺고 있다면 당시의 전쟁 상황과 관련하여 실리는 글들은 간접적으로 중일전쟁이라는 특수한 상황 속에 문학자들이 놓여 있다는 사실을 확인시킨다고 할 수 있다. 가령, 1939년 10월호 특집 논문 중 일부로 실려 있는 이헌구의 「전쟁과 문학」, 1939년 11월호에 실린 정인섭의 「동란(動亂)의 구주(九州)를 생각함」과 이기영의 「국경의 도문(圖們) −만주소감」, 1940년 2월호에 실린 E.M 포스터의 「전쟁과 독서」와 세실 코놀리의 「문학자는 무엇을 써야 할까」, 1940년 9월호에 실린 仲子의 「불인원장(佛印援蔣) 루우트 보고」와 한설야의 「만수산 기행」, 1940년 12월호에 실린 껫베르츠의 「전쟁의 일기(초)」, 1941년 1월호 껫베르츠의 「전쟁과 예술」 등이 그것이다.

『문장』에 실려 있는 시국 협력적 글의 위치와 성격을 살펴볼 때 몇 가지 사실들을 도출해낼 수 있다.

우선 『문장』은 시국에 협력하겠다는 의지를 표방하는 권두언들의 방향성에 맞추듯, 매호 시국 또는 전쟁과 관련된 글을 배치하고 있다. 연재 성격의 글들을 비슷한 위치에 편집하고, 시국과 관련된 성격의 글들을 게재면상에서 거의 연속적으로 배치하고 있는 것으로 보아, 이와 같은 글들이 갖는 성격의 동일성을 명확히 인식하면서 지면을 할당한 것으로 보인다.

개괄된 글들의 성격을 편의상 크게 분류하면 다음과 같다. 1)시국과 관련한 문필인의 자세를 논한 권두언. 2)일본 작가의 전쟁문학을 발췌해 번역한 「전선문학선」. 3)전선 시찰과 훈련소 견학·근로 등 조선 작가의 위치로 시찰·봉사하고 온 보고문. 4)중국 및 일본의 작가, 필자의 시국관련 글의 번역. 5)전쟁 관련 국내외 정세 기사와 전쟁문학 관계 서평 및 번역글 등이다. 여기에 1939년 12월, 1940년 1월의 인정식의 평론 「시국과 문화」, 「내선일체의 신과제」 두 편이 더해지지만, 이후 시국이나 전시 체제와 관련된 다른 조선 작가의 평론은 보이지 않는다.

　이상의 편집 체재를 볼 때 특기할 만한 것은, 시국과 관련된 입장과 태도가 조선 작가의 작품이나 평론을 통해 직접 발화되는 방식보다는 일본 작가의 작품이나 번역된 평론 등을 실음으로써 시국을 환기시키는 방식을 『문장』이 선호하고 있다는 것이다. 우선 권두언은 특집호를 뺀 24회 발행 분량 중에서 6회 실린다. 전체 분량에 비해 많은 분량이라 하기 어렵다. 그리고 발행 10회분까지는 전시회 관람기와 임학수의 「북지견문록」, 간략한 신간평을 제외하고는 "전선문학선"이 연재되면서 시국 관련 게재 지면을 차지하고 있음을 볼 수 있다.

　1940년을 전후로 하여 인정식의 시국 관련 평론 2편과 함께 전쟁 관련 기사나 조선 문인 협회 결성 보고 등의 소식 등이 더 빈번히 실리고 있는 것은, 전시 체제의 강화와 함께 체제의 요청에 대응하는 모습을 보여준다. 특히 이태준의 「지원병 훈련소의 일일」과 같은 시찰기와 백철의 「내선인연이 깊은 부소산성」 등의 근로 봉사기는 당국의 협력과 선전 요구에 적극적으로 호응하는 문화인의 자세를 표방한다. 그러나 1940년 5월까지 게재되는 "전선문학선" 이후 『문장』에 실리는 시국 관련 평론과 논설의 대부분은 일본과 중국 작가의 번역물이다. 이러한 방향성은 『문장』에 실려 있는 「한중록」과 같은 고전 텍스트들이나 기타 문학작품들의 성격과 권두언 사이의 거리를 메우기 위한 편집진의 방책이었던 것으로 보인다. 임학수와 이태준, 백철 등의 보고문들이 이른바 "시국에 근원"하는 문필인의 자세를 보여 주고 있기는 하지만, 그것이 소설이나 평론과 같은 구체적 문화예술 작품으로 산출되지는 못했고(또는 않았고) 여기에 대한 일종의 보완물로서 일본 또는 친일적 중국 작가들의 작품이나 평론이 선택, 번역되었던 것이다.

1940년 1월호에 실린 「총후보국(銃後報國)」이라는 기사를 보자. 이 기사는 각 지방의 촌민, 갱부, 과부, 화전민, 기생 등이 성금을 모으거나 자발적으로 전선에 지원하는 "애국의 열성"을 일일이 들면서 그 "미담가화"를 거론함으로써, "사변 삼년, 우리는 더욱더 감격을 새로이 하여 총후 보효(報效)의 만전을 기해야 할 것이다"라는 다짐을 강조하고 있다. 이 기사들에서 빚을 진 촌민과 빚쟁이, 16세밖에 되지 않은 어린 노동자, 갱부나 화전민 같은 곤궁한 처지의 빈민, 기생들은 "성전(聖戰)"에 "지성진충(至誠盡忠)"하는 "국민정신"[14]으로 하나 된 인물들이다. 이 기사에 존재하는 인물들의 복잡한 사정과 내면, 계급과 사회적 존재성은 '국민'이라는 이름 속에 통합된다. 제국과 식민지, 일본과 조선의 차이와 지배 관계 또한 '총후'라는 이름 속에 융합되어 버린다. 선전용으로 재편된 미담가화라는 기사 형식에는 대상화된 인물들의 내면이 깃들 틈이 없다. 등장하는 인물들이 객체로서만 존재하기 때문이다.

그러나 정작 발화 주체로서 자신의 입장과 내면, '국민'된 바의 임무와 사명을 드러내야 할 작가들에게 문제는 이처럼 간단하지 않았으며 그것을 창작물로 재현하여 당국의 요구에 부응하는 결과물을 만든다는 것 또한 피식민 주체의 복합적인 욕망에 의해 굴절을 겪어야만하는 것이었다. 촌부들 또한 '기사'의 형식을 벗어나 발화 주체가 되어

---

14 「총후보국」, 『문장』 1940.1, 172~173면.

말한다면, 저 기사의 형식과 동일한 인물로 존재하지 않을 것이거니
와, '문학'이라는 특수한 영역에서 개성의 발현을 목표로 하는 작가들
이 자신의 '문필'과 '작품'이라는 영역에서 제국주의 이데올로기의 침
윤을 받았을지언정 그것을 복사하듯 재현하는 데는 내면적 거부감을
느낄 수밖에 없었기 때문이다.

1941년 1월호의 신춘 좌담회에서 이태준이 하고 있는 발화는, '권
두언'의 발화에 나타난 명시적 이념성과 거리를 두고자 했던 『문장』
필진들의 입장을 어느 정도 대변하는 듯하다. 『문장』의 1941년 1월호
는 당시의 정세를 의식하여 권두언으로 "대동아공영권확립의 신춘을
맞이하며"라는 글을 싣고 있다. 그리고 신춘좌담회에서도 이를 의식
하듯 '신체제와 문학'이라는 주제로 좌담의 첫머리를 열고 있다.

> 여기에 우리 지식층의 중차대한 임무가 있는 것이다. 그러나 방황할
> 것은 없다. 이미 신체제(新體制)가 확립되고, 국론통일된 우에서의 제국
> 국민으로서의 가질 바 사상은 너머나 간단명료하게 제시된 것이다. 우으
> 로 팔굉일우(八紘一宇)의 성지(聖旨)를 받들어 정부를 신뢰하고 봉공멸사
> (奉公滅私)의 정신만 궁행(窮行)해 나간다면 비록 총후(銃後)에 있되 명예
> 스러운 제국성전(帝國聖戰)의 일전사(一戰士)일 수 있을 것은 어김없는
> 사실일 것이다.[15]

> **이태준(李泰俊)**: 신체제와 문화인과의 문제가 각방면에서 대두되고 잇
> 는데, 오늘은 이것을 문제삼아서, 말씀해주셨으면 합니다. … (중략) … 문
> 학을 정치화하자는 것은 결국 목적의식을 가르치는 것 같은데 이것은 전

---

15 「대동아공영권확립의 신춘을 맞이하며」, 『문장』, 1941.1, 3면.

쟁문학에 있어서도 그 실례를 볼 수 있습니다. 그러면 그것이 정말, 문학을 생산하는 사람들의 정당한 태도인지, 지난 일이지만 한번 더 생각할 여지가 있을 줄 압니다만 … (중략) … 국민을 보호지도하는 점에서는, 정치와 문학의 국가적 입장은 같다 하지마는 각기의 개성은 엄연 다른 것입니다. 정치가 곧 문학화한다면 그것은 실패할 겁니다. 먼저 개성의 한계를 밝힐 필요가 있지요.

　　유엽(柳葉): 신체제를 생각할 때 신체제란 결국 고체제(古體制)를 부활시키는 것이라고 봅니다. 다시 말하면, 국체명징(國體明徵)에 근본정신을 두어 외국문명에 오입(誤入)했던 것을 정치적 방면에 근본적으로 우리의 것으로- 다시 말하면 모든 「중간체제(中間體制)」를 버리고 무리가 없는 생명의 체계로 돌아가자는 것이므로, 문학도 조작한 문학이면 오히려 근본에 어긋난 것이라고 생각합니다.[16]

　　대동아공영권 이데올로기를 앵무새처럼 복사하듯 한 '권두언'은 글의 저자도 밝혀져 있지 않은 데다 그 형식과 내용조차 전일한 식민주의 이데올로기 외에 어떤 것도 개입할 여지를 마련하고 있지 않다. 여기에는 두 가지 효과가 존재한다. 제국의 전쟁 상황에 동일화되어 그 이데올로기를 전파해야 하는 식민지 지식인의 입장을 재현하는 것. 이로써 제국주의 이데올로기는 문화적 일상으로 당연히 존재하는 사실로서 명시된다. 그리고 또 다른 역설적 상황이 존재한다. 내면의 목소리와 주체의 입장이 거세된 글의 형식을 통해, 글에서 전달하고 있는 내용이 다만 이데올로기의 '선전'일 뿐 그 이상도 이하도 아닌 것임을 즉 어떤 문화적·문학적 텍스트도 아님을 보여 주는 것. 그리하여 이 권두언은 역설적으로 선전과 선동의 매개자인 '문화지식인'

---

16 「신춘 좌담회 −문학의 제문제」, 『문장』, 1941.1, 146~147면.

의 입장에서 벗어나고자 하는 욕망이 은밀하게 매복되어 있는 것처럼
보이기까지 한다.

　이어지는 신춘좌담회에서 작가들이 스스로 주체가 되어 말하고 있
는 인용문에서는, 권두언에서 말하듯 "방황할 것은 없"는 지식층의
"간단명료한" 사상이란 것은 말 그대로 간단하지만은 않은 것임을,
특히 그것이 문학 창작과 연관될 때 더욱 그러한 것임을 실증한다.
이태준은 "정치와 문학의 국가적 입장은 같다 하지마는 각기의 개성
은 엄연 다른 것입니다. 정치가 곧 문학화한다면 그것은 실패할 겁니
다"라면서 "문학을 생산하는 사람들의 정당한 태도"에 관한 의문을
던지고 있다. 유엽 또한 "조작한 문학"은 "근본에 어긋난 것"임을 말하
면서 목적의식적 문학에 대해 부정적인 태도를 취하고 있다. 권두언
에서 말한바 '신체제'에 근원하는 지식인의 단일한 사명과 목적은 실
제 창작가의 입장에서는 의문형으로 존재하면서 쪼개지고 균열하고
있는 것이다.

　피식민주체로서 식민주의 이데올로기에 지니는 동화와 거부 사이
의 편차는 『문장』뿐만 아니라 다른 매체들에서도 발견할 수 있는 것
이었지만, 앞서 언급했듯 순문예지로서 조선의 고전문학 및 창작물
전재를 중심으로 하는 『문장』의 편집 방침 안에서 시국 협력적 글과
다른 텍스트들 사이의 거리감은 더욱 불균질하게 느껴지는 것이었다.
특히 평론과 담론이 위주가 되었던 『인문평론』과의 비교가 그동안의
연구에서도 종종 언급되어 왔는데, 조선인 작가들의 시국협력적 평
론이나 권두언의 분량뿐만 아니라 편집 방침에서도 『문장』과 『인문
평론』 사이의 거리는 확인된다.

즉, 대일본제국을 맹주로 신흥만주국과 신생 중화민국이 가치서 일체
가 되어, 경제적으로 동일뿔럭을 결성하여 상부상조, 대외적으로는 구미
의 착취와 침노를 물리치고 사상적으로는 방공(防共)·배적(拜赤), 써 공
존공영의 우의적 연계 아래 새로운 질서가 동아천지에 확립이 될 날이
바야흐로 머지않어 있는 것이다. 그리고 그날이야말로 여지껏 치룬 바
일본국민의 민족적 희생이 영예스러히 가퍼질 광휘의 날인 것이다. 이렇
듯, 역사적인 위대한 날을 마지하기 위하여 다시 네 번째 사변의 제돐이를
당한 총후의 국민일반은 더욱 새로운 각오와 긴장이 필요하믄 물론, 특히
조국의 영광을 등에 지고 제일선에서 활약하고 있는 장병이며 또는 전몰
한 여러 호국의 영령에 깊은 감사를 들이지 않으면 안될 것이다.[17]

일순 이곳이 지금 동란에 고민하고 있는 동양의 중추이여니 생각하고
그 당연함을 반성하여 보았다. 그날밤 나는 차안에서 랑격(浪激)처럼 밀려
오는 국민적 정열에 좀체로 눈을 부칠 수가 없었다. 이튿날은 아린눈을
뜨자마자 차창에는 일장기의 범람이었다. 특별열차가 물론 정차도 할 리
없는 촌락 소역(小驛)에도 일장기는 나부끼고 숲속의 농가에도 일장기가
벽에 붙어 잇었다. 더욱이 논도랑에서 어린애를 안은 젊은 여인이 질주하
는 열차를 향하여 기를 내후둘르며 만세를 부르는 정경은 참으로 눈물겨
웠다. 이리하여 나는 전쟁속의 한사람 되었다.[18]

『인문평론』은 1940년 7월, 중일전쟁 3주년을 맞아 「사변삼주년기
념일을 마지하며」라는 권두언과 박치우의 「동아협동체론의 일성찰」
이라는 평론을 싣는 한편, 채만식, 윤규섭, 김남천, 이원조, 임학수,
백철, 유치진, 최재서 등의 "사변기념특집" 산문을 기획하여 싣고 있

---

17 채만식, 「나의 「꽃과 병정」」, 『인문평론』, 1940.7, 88~89면.
18 최재서, 「사변(事變) 당초(當初)와 나」, 『인문평론』, 1940.7, 99면.

다. 같은 1940년 7월『문장』에서 「사변삼주년을 마지하며」라는 권두
언을 싣고 일본 작가의 평론을 번역하여 시국에 부응하는 글을 게재
하고 있는 것과 비교해 볼 대목이다.

인용되어 있는 부분은『인문평론』의 기획특집의 일부인 채만식과
최재서의 글이다. "호국의 영령에 깊은 감사를 드리지 않으면 안될
것"이라는 채만식의 발화와 "나는 전쟁속의 한사람 되었다"는 최재서
의 발화는 특집 청탁을 받은 작가 한 사람 한 사람의 입을 통해 전달되
고 있다. 이어지는 글에서 이러한 '감사'의 마음을 출정하는 병정에게
꽃으로 전하는 채만식의 행위와, "격랑처럼 밀려오는 국민적 정열"로
충만해 나부끼는 일장기에 눈물겨워하는 최재서의 심경에 대한 진술
은, 그 진실성의 깊이는 차치하고라도 '권두언'의 이데올로기가 작가
개인의 내면을 거쳐 '문필화'되고 있는 장면을 보여준다.

이에 비해『문장』의 편집진이 취한 전쟁문학 번역 및 번역 평론에
대한 집중과 선택이라는 방식은 이와 같은 문필 행위화를 대신하는
것이면서 그들이 동화, 침윤, 거부, 저항 등의 다양한 방식으로 길항
하고 있었던 제국주의 이데올로기와 작가로서의 내면이 맺는 관계 양
상을 재현하는 것이었다.

이때 1939년 3월부터 1940년 5월까지『문장』의 24회분 발행기간
중(임시증간 창작 특집호 제외) 14회에 걸쳐 꾸준히 연재되고 그 분량
또한 다른 시국협력적 글들에 비해 많은 양을 차지하고 있는 「전선문
학선」의 위치와 효과에 주목해 볼 필요가 있다.

「전선문학선」은 일본 작가들의 작품을 번역해 실음으로써, 비록
전재의 형식은 아니지만『문장』의 다른 텍스트들과 일종의 동일선상
에서 작품을 전시하는 효과를 낳는다. 여기에는 다른『문장』의 텍스

트들을 실을 때처럼 '작품'에 대한 편집자의 취향과 작품성에 대한 평가가 암암리에 작용하고 있으며, 이와 같은 평가는 또한 엄선된 문학작품을 싣는다는 『문장』의 전체 편집 방향과 일부 겹쳐지기도 하고 편차를 지니기도 하면서 독자들에게 전달되고 있었던 것이다. 그리고 보고문과 같은 글들에서 일본과 '내선일체'를 이룬 조선 작가의 입장을 명시하면서도, 일본 작가의 전쟁문학과 같은 작품을 낳을 수는 없었던 조선 작가들의 이중적이고 복합적인 피식민성은 『문장』에 실린 「전선문학선」의 존재를 통해 재현되고 있었다.

3. '전쟁문학'이라는 타자

「전선문학선」에는 히노 아시헤이(火野葦平), 하야시 후미코(林芙美子), 오자키 시로(尾崎士郎), 시에빙잉(謝冰瑩) 등 일본과 중국 작가의 작품이 1939년 3월에서 1940년 5월까지 발췌 번역되어 실려 있다.[19] 한 호당 적게는 1편, 많게는 4편까지 실리고 있으나 분량은 1~2 페이지 사이로 극히 적으며 같은 작품의 일부가 호를 달리해 실리기도 한다. 이와 같은 발췌가 어떻게 이루어졌는지, 번역의 주체가 누구인지, 「전선문학선」을 기획하게 된 동기가 어떤 것인지는 밝혀져 있지 않다. 히노 아시헤이의 『보리와 병정』을 번역한 검열관 니시무라 신타

---

19 1940년 9월호에 실린 大佛次郎의 「양동(襄東)작전 종군기」는 앞에 실린 다른 작가의 작품들처럼 "전선문학선"이라는 소제목을 달고 있지 않지만, 그 성격상 "전선문학선"의 일부로 볼 수 있다. 그렇게 본다면 "전선문학선"은 1939년 3월호에서 1940년 9월호까지 총 15회에 걸쳐 『문장』에 게재된다고 할 수 있다.

로가 『문장』의 전선문학선 편집에 관여했을 수 있다는 가설도 제기되지만,[20] 독자로서는 다만 조선 작가들의 다른 작품들 사이에서 조금은 이질적으로 위치해 있는 「전선문학선」의 텍스트가 호를 거듭하면서 자연스럽게 일정한 위치에 배치되어 있음을 감지할 수 있을 뿐이다.[21]

「전선문학선」은 일본 작가의 전쟁문학을 번역하여 실음으로써, 일본 제국의 전쟁을 식민지 조선인들에게 대리 체험하게 하는 효과를 제공한다. 당시 총독부 및 경무국 도서과에서 히노 아시헤이의 「보리와 병정」의 조선어 번역을 전격적으로 지원하고 이를 조선 민중에게 적극 배포하려 한 점도 이와 연관된다. 할당된 지면의 협소함과 분재의 방식이 그 효과를 어느 정도 분산시켰을지는 모르나, 「전선문학선」은 '문학'이면서 동시에 '전쟁문학'이라는 특수한 위치로서 조선의 문학가들과 『문장』의 독자들에게 제국의 전쟁을 대리 또는 유사 경험하게 하고 있었던 것이다.

박영희와 백철은 1939년 10월에 전쟁문학에 관해 다음과 같은 논의를 펼친 바 있다.

유래로 전쟁문학이라는 것은 전쟁을 작품의 제재로 취급하는 것과, 또 하나는 애국문학을 말하는 것이다. 구주대전(歐洲大戰) 이후의 전쟁문학이라는 것을 대별하면 이상의 두 가지다. 다시 내용을 살펴여 보면 전쟁의 사실을 작품의 제재로 한 결과는 무엇인가 하면, 하나는 인간성의 묘사,

---

20 앞서 언급한 박광현의 논문은 니시무라 신타로가 『문장』의 「전선문학선」 편집 및 번역에 관여했을 가능성을 제기하고 있다.

21 다른 작품들의 창작 및 청탁과 관련된 정황이라든가 조선인 작가들의 전선 시찰 소식들이 편집후기에 등장하는 것과 달리 「전선문학선」에 관한 언급은 편집후기에서도 찾아볼 수 없다.

또 하나는 전쟁의 쓰라린 경험을 호소하는 것이었다. 그리고 그 다음의 애국문학은 조국의 승리를 예찬하며, 또한 조국의 운명에 관해서 걱정하는 것이었다.[22]

전쟁문학에 있어 근본문제는 작중의 인물들을 통하야 전쟁이라는 전체의 운명과 개인적인 사이에 마찰되는 여러 가지 감정과 사상을 시대적인 유형을 통하야 그려가는 것이 문학적 본도일 것이다. 내가 금일의 전장문학에 대하야 지적하는 것은 이 작품들에는 인물이 전연 결여되었다는 사실이다.[23]

위의 두 글에서 전쟁문학은 전쟁을 소재로 삼으면서 전쟁이라는 역사적 사건과 공간 속에 처한 인간의 모습을 그려낸다는 점에서는 동일하다. 그러나 백철이 당시 출간되고 있는 전쟁문학에서 "금일의 지나사변이란 역사적 아페야를 콩크리−트한 형상으로 그려내질 못했다는" 점,[24] 즉 역사적 사건을 문학적으로 전환시키는 작품 내부의 '형상화'의 문제를 지적하는 반면 박영희는 "현대 조선문학의 결여"를 지적한다. 즉 현재의 조선문단이 당면한 문제요 개척해야 할 경지는 "전쟁의 외형뿐만이 아니다, 즉 전쟁이 가져오는 한 개의 이념"이요, 이것을 확충하는 것이 "국민의 정신생활에 결부되어서, 일본정신의 일단"[25]이 되는 조선문학의 임무가 된다.

백철의 글에서 '형상화'와 개성적인 '인물'의 창조라는 문학의 보편

---

22 박영희, 「전쟁과 조선문학」, 『인문평론』, 1939.10, 38면.
23 백철, 「전장문학 일고」, 『인문평론』, 1939.10, 49면.
24 위의 글, 48면.
25 박영희, 앞의 글, 41면.

적인 평가 기준이 전쟁문학을 평가하는 데 사용됨으로써 전쟁문학은 말 그대로 '보고 문학'이나 '전쟁문학'의 특수성을 떨쳐 버리고 일반적인 문학장의 범위 안으로 들어오게 된다. 그러므로 그것을 평가하는 가치 기준 또한 '인물', '구체성', '묘사'와 같은 항목들이 된다.

한편 박영희의 언급에서 알 수 있는 것은 당시 일본 작가들이 산출하고 있는 전쟁문학이 조선문학과 조선문단에 '결여'된 영역을 환기시키는 매개로서 작용하고 있다는 점이다. "인륜과 도덕에 대한 아름다운 표준과, 인생과 생활에 대한 넓은 이상"[26]의 결여를 확충하기 위해 이 전쟁문학이라는 타자는 "일본정신의 예술화와 문학화"로서 호출되고 "이 정신 우에서 창작되는 문학적 작품은 세계문학의 이상을 만들어낼"[27] 수 있는 하나의 새로운 형식이 된다. 이어 박영희는 "비상시의 문학은 이 방만한 개성을 허용할 수 없는 것이다. 이곳에는 통일된 개성이 필요한 것"[28]이라 주장한다. 여기에서 박영희가 논하는 전쟁문학은 '개성'이라는 일반적이고 보편적인 문학의 지점을 '통일된 개성'이라는 새로운 영역으로 이동시킨다.

백철과 박영희의 두 글에서 보이듯 '전쟁문학'이란 '문학'의 보편성을 충족시켜야 하는 것인 동시에 '전쟁'이라는 특수성을 전제하고 있는 범주였다. 『문장』에 실린 「전선문학선」은 문학이 가져야 할 보편적인 조건들, 즉 인물의 창조와 사건의 형상화, 묘사의 구체성 등과 같은 항목들과 함께 전쟁 즉 당시의 '일지(日支)전쟁'이라는 상황에서

---

26 위의 글, 같은 곳.
27 위의 글, 40면.
28 위의 글, 42면.

제국 일본의 경험을 '문학적' 방식으로 전달하는 역할을 동시에 하고
있었던 것이다.

> 이 「보리와 병정」은 문학으로서의 가치라던가 지위는 여하간에 그 솔직
> 하고 숭고한 점에 있어서 사실상 전시하의 일본 국민의 서인지 이미 오래
> 다. 따라서 발써 그 조선어역이 출현했어야 할 것이어늘 원작이 세상에
> 나온 지 일년여인 이제야 겨우 西村氏의 손을 빌어 조선어역을 갖었다는
> 것은 과연 우리들의 태만이었다.[29]

> 그러면 더 절실한 예로 이번 사변을 취재한 「보리와 병정」은 그러면
> 훌륭한 문학이 아니냐 하는 그런 단순한 상식적 의혹도 가질 수 있으나
> 이 작품은 비교적 충실하고 생생하게 한 작가가 어느 시일을 두고 전장에
> 서 체험한 사실과 인간적 감정을 여실히 묘파한 점은 있다. 그러나 이
> 사변이 후일 다시 문학적 표현으로 나타날 때 반드시 이 정도에만 그치리
> 라고 볼 수는 없다. 더 크고 더 위대한 하나의 기록인 동시에 문학으로
> 완성되려면 작가로도 위대해야 하려니와, 그 관찰과 표현에 있어서 상당
> 한 시일을 요하지 않을 수 없다. 우리는 과문한 탓인지 모르나, 일로(日
> 露), 일청(日淸) 양전쟁을 통하여 이 전쟁을 제재로 작가가 표현할 수 있는
> 그런 대작이 있다는 것을 아직 듣지 못했다.[30]

앞선 인용에서 백철은 「보리와 병정」의 문학성이 부족하다고 언급
한 바 있다. 「보리와 병정」의 조선어 번역서를 소개하면서 그 의의를
역설하고 있는 정인택 또한 위 글에서 "문학으로서의 가치라던가 지
위는 여하간"에 중요한 것은 그것이 전쟁을 솔직하고 숭고하게 그려

---

29 정인택, 「보리와 병정」, 『문장』, 1939.9, 187면.
30 이헌구, 「전쟁과 문학」, 『문장』, 1939.10, 143면.

내어 "전시하의 일본 국민"의 책이 되었다는 점을 평가하고 있다. 이 헌구는 "비교적 충실하고 생생하게" 전장의 체험을 묘파한 점은 인정하나 그것이 '문학'으로 완성되지는 못했다는 점을 지적하고 있다.

호의적인 평가에서 비판적인 평가에 이르기까지 「보리와 병정」에 대한 문학가들의 평가는 전시하의 체험이라는 특수한 상황을 생생하게 전달하고 있는 점은 인정하지만, 그것이 훌륭한 문학적 형상화에 이르러 뛰어난 작품성을 구현하고 있지는 못하다는 점에는 대개 동의하는 듯하다. 그런데 정인택이 "발써 그 조선어역이 출현했어야 할 것"을 그러지 못하여 일본인 니시무라 신타로가 그것을 번역하였으므로 이는 "우리들의 태만"이라고 언급하고 있는 점에서 보이듯, 중일전쟁 시기의 전쟁문학은 그 보편적 문학성의 평가 이전에 일본의 국가주의와 국민문학이 요구하고 있었던 지점을 정확히 조선 문학자들에게 환기시키는 존재였고 『문장』의 「전선문학선」 번역과 수록은 이에 대한 조선 문학가들의 대응이었던 것이다.

4. 「전선문학선」, '통일된 개성'의 역설

「전선문학선」에 실리고 있는 작가와 작품의 성향을 살펴보자. 「전선문학선」에 등장하는 작가들은 火野葦平, 林芙美子, 德永進, 尾崎士郎, 木鍋牛彦, 丹羽文雄, 上田廣, 竹森一男, 稻村隆一, 芹澤光治良, 細田民樹, 大江賢次, 謝氷瑩, 周文, 大佛次郎 등이다. 특히 히노 아시헤이(火野葦平), 하야시 후미코(林芙美子), 오자키 시로(尾崎士郎)의 작품은 5회에서 7회에 걸쳐 여러 호에 등장한다. 작품은 소설과 종군기

등의 산문이 특별한 표기 없이 섞여서 발췌되어 있고 번역자는 밝혀
져 있지 않다. 번역자와 편집 의도, 작가 소개 및 선택의 기준 등이
전혀 언급되어 있지 않은 데다 게재 분량도 극히 적어서 익명의 번역
주체가 어떤 맥락에서 이들을 취사선택했는지를 추론하는 것은 쉽지
않다. 그러나 『문장』의 총 발행부수 중 절반을 훨씬 넘는 호수에 연속
적으로 실리는 「전선문학선」은 편집 의도가 어찌되었든, 존재하는 텍
스트로서 상당히 긴 기간 동안 『문장』의 지면을 차지하고 있다. 15명
에 이르는 작가의 성향이 일괄적으로 설명되지는 않으나 실려 있는
작품의 내용을 중심으로 번역 주체의 선택의 기준을 어느 정도 추론
해 볼 수 있다.

　작품들의 내용은 전쟁에 종군한 작가의 경험을 바탕으로 하여 전쟁
이 직접 벌어지고 있는 현장의 내용을 생생하게 전달하는 부분이 중
심을 이룬다. 「전선문학선」이라는 특집의 기획의도 자체가 '전선'이
라는 급박하고 위태로운 현장을 '문학'적인 매개를 통해 '총후' 즉 후
방에 전달한다는 목표를 지니고 있었기 때문이라 생각된다. 폭격 또
는 피폭 당시의 상황, 전투를 치르지 않을 때의 병사들의 모습, 중국
과의 전투를 용감히 수행하는 과정, 전쟁 이후의 중국 현지와 인민들
의 모습 등이 작가의 시선에 의해 묘사, 재현되고 있다.

　「전선문학선」에 실린 텍스트들의 서술 주체가 대부분 '종군 작가'
로서 드러난다는 사실은 눈여겨볼만하다. 전쟁에 종군하고 있는 작
가란 전투원은 아니지만 전방과 후방을 연결하는 매개자로서, 특히
그 매개의 수단을 '문학'으로 선택한 주체이다. 그들이 위험을 무릅쓰
고 전선에 나가 있는 것은 이른바 '국민'의 일반으로 수행해야 할 충
실한 의무이지만, 그것을 작가로서 생생하고 핍진하게 재현하여 문

학적 감동을 전달하는 것은 작가 개인의 과제가 된다. 물론 이 문학적 감동은 그 전달의 결과로 인해 결국 '국민적 감동'을 이끌어내는 것을 목표로 하고 있다. 박영희가 말한 것처럼 문학의 '개성'이되 '통일된 개성'이라는 새로운, 그러나 그 자체로 역설적인 지점을 겨냥하고 있는 것이다.

　　1 탄(彈)이 자기네들이 숨은 둔덕을 파괴하고 비산하는 흙 속에 오체가 갈래 갈래 찢어져 없어질 것을 酒井은 잊지 않았다. … (중략) … 포탄의 첨광(尖光)은 점차로 둔해졌으나 섬광에 빼앗기던 분량의 신경이 이번에는 청각 쪽으로 쏠리어 포탄 쏘는 음향과 폭발하는 듯한 음향이 현세에서 허용되고 있는 음계를 벗어나 최대한도로 울리는 것이었다.[31]

　　2 그도 그렇거니와 이 미동도 않는 아(我)××기(機)는 얼마나 믿음직스러우냐. 기장이 자리를 떠나 앞으로 간다. 기체가 차차로 하강하기 시작하였다. 이미 아모 불안도 공포도 없다. … (중략) … 이렇게 된 이상 적의 고사포 같은 것은 문제가 아니다. 기장이 한 손을 높이 들고 무엇이라고 커다랗게 웨쳤다‒ 거믄 새가 날러내려가듯 폭탄이 내 시야를 가렸다. 하나, 둘, 셋, 넷, 다섯, 계속하야 십수개의 폭탄이 투하되었다. 마치 색채가 찬란한 화포(畵布) 위에 '잉크' 방울이 떠러지는 것 같다. 하방에서 개미 같은 것이 움직이고 있다. 저것이 사람일까. 나는 평생 처음으로 안태(安泰)한 마음을 갖일 수 있었다. 힌 연기가 하반(下畔)으로부터 차차로 퍼저 올라왔다.[32]

　　3 그러나 어디를 향하든 모두 위험하다 하면 위험 속에 자리를 잡고

31　丹羽文雄, 「관전(「도라오지 않는 중대」)」, 『문장』, 1939.6, 180면.
32　尾崎士郎, 「상공 1500미(「문학부대」)」, 『문장』 1939.5, 180면.

앉는 것이 가장 안전한 방법으로 일변한다. 그런 만큼 전선은 어딘지 모르게 편하고 너그러운 인정이 넘쳐흐르고 있다. … (중략) … 모든 것이 자연스럽고 안태(安泰)한 운명 속에 자리잡고 있는 것이 전선이다. 우리들은 물론 비전투원이나, 그러나 만약 운수불길하여 포탄의 희생이 된다 하더라도, 조금도 후회하지는 않을 것이다. 모든 고간(苦艱)을 넘고 여기까지 다달은 감정이 자연히 결정적 경지를 만들어내는 것이다.[33]

위의 글들은 조선 작가들의 보고문에서는 느끼기 어려운 전쟁의 현장을 생생히 전달한다. 정인택의 말처럼 "여하간에 그 솔직하고 숭고한 점"을 구현하고 있는 부분이 선택되어 실려 있는 것이다. 『문장』의 「전선문학선」에는 대부분 종군 작가들의 작품이 중심을 이루고 있는데 ①, ②, ③의 인용문 역시 임학수, 이태준, 백철과 같은 조선인 작가들이 직접 할 수 없었던 행위, 즉 '목격'하고 '체험'한 전쟁을 '재현'하고 '전달'하는 작가의 위치가 잘 드러나 있다.

특히 『문장』에 번역된 부분들이 대부분 전선의 직접적 상황을 묘사하고 있는 점은 두 가지 효과를 발휘하고 있는 것으로 보인다. 첫 번째는 조선인 작가와 조선인들이 경험할 수 없었던 전쟁을 대리 체험하게 하여 '제국(내지)-식민지(조선)'와 '전방(전선)-후방(총후)'이라는 일본과 조선 사이에 존재하는 두 겹의 막을 무너뜨리고 동일시하는 효과. 두 번째는 전쟁 이데올로기와 사상을 평론이나 산문과 같은 형식으로 조선 작가의 목소리를 개입시켜 전달하기보다는 르포르타쥬나 소설의 형식으로 직접 전달함으로써 독자들이 텍스트를 통해 직접 중일 전쟁에 대한 판단과 감각을 갖게 하는 효과. 이 동일시와 직접

---

33 尾崎士郎, 「비전투원(「전장노트」)」, 『문장』, 1939.8, 128면.

판단의 효과는 작가가 구현해 놓은 문장들이 얼마나 효과적인가에 따라 좌우될 뿐 아니라, 그것을 받아들이고 있는 조선 독자들의 의식 지향에 따라 매우 복잡하고 다양한 결과를 산출할 수밖에 없었을 것이다. 다만 『문장』 편집진은 가능하면 핍진성이라든가 생생한 묘사력과 같이 앞서 언급한바 있는 문학 또는 전쟁문학의 보편적 기준에 합당한 부분들을 취사선택하고 있었던 것으로 보인다.[34]

그러나 묘사의 '문학적' 생생함이라는 것은 이데올로기가 거세된 채로 존재할 수는 없는 것이었다. 니와 후미오(丹羽文雄)의 종군 경험을 바탕으로 한 [1]의 인용문에서 "현세에서 허용되고 있는 음계를 벗어나 최대한도로 울리는" 폭발음의 묘사는 판단을 배제한 묘사 그 자체로 느껴진다. 그러나 이 무판단적으로 보이는 묘사 또한 "오체가 갈래갈래 찢어져 없어질" 것을 잊지 않는 주인공의 연약함과 적의 대립상을 강조하고 독자에게 그의 심정과 동일시되는 효과를 창출한다.

[2], [3]의 인용문은 중일전쟁 당시 일본의 우한(武漢) 공략에 종군한 경험을 바탕으로 한 오자키 시로의 작품이다. [2]에서 "이미 아무

34 이때 謝氷瑩, 周文 등의 중국 작가들의 종군 경험을 바탕으로 한 작품이 번역되고 있는 점은 흥미로운 지점이다. 설사 이들의 작품이 1926년에서 28년의 장제스의 북벌 경험을 토대로 하고 있다 해도, 시에빙잉은 일본 내에서의 반일 활동으로 체포되기도 했으며, 중국에 돌아온 후에 항일 전선에 참여한 기록을 남기고 있다. 이들의 작품이 전장의 경험을 바탕으로 하고 있다는 이유만으로 다른 일본작가들의 「전선문학선」과 나란히 배치되고 있는 것은 아이러니컬한 장면이다. 배경 지식 없이 작품의 내용만 보아서는 단지 생생한 전쟁의 현장을 전달하고 있는 것으로 보이기도 하는데, 이러한 사실로 인해 검열을 피할 수 있었을 가능성도 존재한다. 친일적 중국 작가가 아니라 이들의 작품을 선택한 데에 『문장』 편집진의 의도가 얼마나 작용했는지 생각해 봐야 할 지점이다. 이 점을 고려할 때 「전선문학선」의 선택과 편집, 적어도 후반부에 실리는 「전선문학선」의 편집에 검열관 니시무라 신타로가 적극적으로 관여했을 가능성에 대해서는 재고할 여지가 있다.

불안도 공포도 없다"는 서술은 그것이 내면에서 우러나온 것이었다고
해도, 아니 오히려 직접 겪은 전장의 경험이라는 전제 하에서 더욱
아군의 믿음직스러움 즉 일본 군대의 강인함을 전달하는 진술로 전달
된다. 이어지고 있는 묘사의 생생함 또한 핍진하면 할수록 그것의 미
학성이 더욱 이데올로기를 구현하는 보조적 수단으로 작용한다. "색
채가 찬란한 화포(畵布) 위에 '잉크' 방울이 떨어지는 것 같"은 묘사는
믿음직스러운 아군기의 포탄 투하가 "안태한 마음"을 갖게 한다는 점
을 화려하게 수식함으로써 그것의 끔찍한 살상 효과를 가린다. ③에
서 나타나듯 비록 "비전투원"이지만 전선에서 "자연스럽고 안태한 운
명"을 느끼는 작가의 내면은 '비전투원'과 '전투원' 사이의 구별, 작가
'개인'의 내면과 외부의 '국민' 사이에 존재하는 차이들을 하나로 통합
시킨다. 이때 문학적 형상화가 뛰어날수록 이 통합이 더욱 세련되게
이어진다는 점은, '통일된 개성'이라는 용어의 아이러니를 다시 한 번
환기시킨다.

5. 공감, 은닉, 휘발의 문학적 효과와 일그러진 '휴머니즘'

종군 작가의 경험이 위주가 된 전쟁 현장의 생생한 묘사와 함께
「전선문학선」에서 선택하여 번역된 작품의 상당 부분은 전쟁에 참여
한 병사들의 인간적 면모를 다루고 있다. 특히 전장에서 죽음의 위협
앞에 놓여 있는 그들도 하나 하나 살펴보면 우리의 친구, 가족, 친지
와 다름없음을 보여 주는 장면의 번역에 상당한 지면을 할애하고 있
는 점이 눈에 띈다.

④ 하로 종일 작업이 없었기 때문에 우리들은 일요일이라고 떠들어댔다. 유탄도 오지 않아서 모두 평온한 마음으로 강가로 나가기도 하고 잔디 위에 들어눕기도 하고 하였다. 네 시쯤 되어, 병원선이 내지에 귀환할 터이니 편지를 쓰고 싶은 자는 병원선을 이용하도록 하라는 명령이 내렸다. 병사들은 잔디 위에서 소학생이 사생하는 듯한 자세로 편지를 쓰기 시작하였다.[35]

⑤ 그럴 때에 또 항상 우리들의 걱정거리든 신정월(新正月)을 어떻게 맞이하나 하는 문제를 星野 상등병이 입밖에 내인 것이다. 장작을 불속에 집어넣고 안경 밑에서 잘 빛나는 작은 눈을 번적이며 星野 상등병은 전지(戰地)니까 더 바라지는 않으나 떡국만은 먹고 싶다고 한다. 물론 무두 찬성이었다. 그러나 대체 그것을 어떻게 구하나 하는 것이 제일문제이었다.[36]

⑥ 일주일 동안의 전선생활에서 나는 실로 여러 가지를 풍부하게 배웠읍니다. 평복을 벗어버리고 일률로 군복을 입은 「병정」들의 숭고한 모양 한 사람 한 사람, 그리운 고향과 육친과, 우인을 갖인 병정들. 개개의 생활에 갈려졌던 사람들이 조국을 위하여, 총을 메고 군복을 입고 일대(一大) 집단이 되어 아무리 위험한 장소에라도, 유유히 생명을 내걸고 나갈 수 있는 '남자'의 위대함에 나는 신비에 가까운 존귀함을 느끼었읍니다.[37]

세리자와 코지로(芹澤光治良)의 글인 ④에서 작업도 전투도 없는 일요일의 병사들의 모습은 후방에서 생활을 영위하는 우리들의 모습과 다를 바 없다. "잔디 위에서 소학생이 사생하는 듯한 자세로 편지를

---

35 芹澤光治良, 「병원선(「잠 못 자는 밤」)」, 『문장』, 1939.8, 129면.
36 火野葦平, 「전장의 정월(「꽃과 병정」)」, 『문장』, 1939.11, 114면.
37 林芙美子, 「전선」, 『문장』, 1939.12, 171면.

쓰"는 그들의 모습의 묘사에서, 독자는 그들 또한 전쟁에 나가기 전에는 소학생과 다름없이 명랑하고 평온한 삶을 유지하여 왔음을 떠올리게 된다. 그들의 평온하고 어린아이 같은 모습은, 전장이라는 현장과 대비되어 더욱 무구하게 느껴지고 가족을 그리는 마음은 심상한 풍경 속에 오히려 절실히 전달된다.

⑤는 채만식에게 감동을 주어 앞서 언급한 「나의 '꽃과 병정'」이라는 산문을 쓰게 하는 계기가 되기도 했던 히노 아시헤이의 「꽃과 병정」중 일부를 발췌한 글이다. 인용 부분에서, 전투를 하지 않을 때 병사들의 주된 걱정거리는 정월을 어떻게 맞느냐는 것이다. 다른 건 몰라도 떡국만은 어떻게든 먹고 싶다는 마음과 그것을 어떻게 준비하느냐가 문제가 되는 것이다. 전장이라는 특수한 상황이어서 더 간절해지는 이 사소한 욕망은 병사들의 인간적 면모를 부각시키고 그들에 대한 연민과 공감의 폭을 강화한다. 제국의 전쟁을 수행하는 병사 또한 나, 나의 가족, 나의 이웃과 다를 바 없는 개인이자 욕망을 지닌 존재임을 그리고 그들이 그것을 참아내며 숭고한 희생을 하고 있음이 이 공감의 효과를 통해 퍼져 나간다. 개인의 욕망과 자유가 억압되는 전쟁의 전체주의적 속성이 지니는 부정적 측면은, 거꾸로 전쟁터에 처한 병사들의 사소한 욕망이 작가의 입을 빌어 전달되는 장면을 통해 기묘하게 배면으로 숨어 버리는 효과를 창출한다.

여성 작가로서 종군하여 일본 독자들에게 더욱 지지를 받은 하야시 후미코의 작품인 ⑥에서 이와 같은 동료애, 가족애는 전체주의의 숭고함으로 확산된다. 각자의 "그리운 고향"과 "육친"과 "우인"을 지닌 개별적 존재인 병사들은 "일률"로 "군복"을 입고 "조국"을 위한다는 하나의 사명 아래 합치되는 "숭고"한 모습을 띠게 된다. "생명"조차

"유유"히 내거는 이들의 모습에서 여성이자 비전투원인 작가는 "남자의 위대함"과 "신비에 가까운 존귀함"을 느끼고 있다고 고백한다. 이 고백은 한 명의 여성 작가로서 지니는 개별적 정체성을 전체주의 이데올로기에 통합시켜 버림으로써 이 존재성의 사이, 그 차이들에 존재하는 균열과 갈등이 휘발되는 국면을 재현한다.

실제로 이러한 공감, 은닉, 휘발의 양상을 성공적으로 구현하고 있는 전쟁문학으로서 히노 아시헤이, 하야시 후미코 등의 작가의 작품들은 일본에서 많은 지지를 얻었다. 정부의 지원을 받은 것이 사실이기는 했으나, 전쟁 이데올로기의 직접적 설파보다 이처럼 가족애, 동료애를 매개로 한 문학적 형상화가 대중과 독자들에게 더욱 공감을 얻었기 때문이다.

이와 같은 공감이 조선에도 동일하게 적용되었다고 볼 수는 없다. 히노 아시헤이의 『보리와 병정』의 번역에 조선의 작가들은 적극 호응하는 글을 쓰기도 했고, 각 신문들은 『보리와 병정』 번역본 초판 1만 2천부가 출간되자마자 매진된 사건에 대해 기사화하기도 했다.[38] 그러나 이는 당국의 주도하에 이루어진 것으로 이 번역과 출판과 판매 과정에 조선인의 자발적인 준비나 적극적인 의도는 개입되었다고 볼 수 있는 증거는 없다. 마찬가지로 당시로서는 전쟁에 참전한 가족이나 형제도, 종군한 작가도 거의 존재하지 않았던 조선의 대중과 작가, 독자들에게 일본 작가의 종군 체험이 바탕이 된 「전선문학선」의 작품들은 일본에서 발행되어 읽혔을 때와 같은 효과를 불러일으켰다고 보기는 어렵기 때문이다.

---

38 자세한 사항은 정선태, 앞의 글, 137~141면 참조.

이때 일본의 전쟁문학에서 조선의 작가들, 또는 『문장』의 편집진
이 더 감응할 수 있었던 부분은 가족애, 동료애로 포장된 일본의 군국
주의적 정신보다 전쟁이라는 상황에 처한 보편적 인간의 존재성에 대
한 천착, 즉 휴머니티에 대한 서술이었던 것으로 보인다. 「전선문학
선」에 번역된 작품의 상당 부분도 이와 같이 보편적 인간애의 감정을
불러일으키는 장면들로 이루어져 있다. 특히 「전선문학선」 전반에 걸
쳐 히노 아시헤이나 하야시 후미코의 작품들이 빈번히 등장하고 있는
것은 히노 아시헤이의 '병대(兵隊) 연작'이나 하야시 후미코의 작품 성
향이 전장의 휴머니티를 잘 살려낸 수작으로 인정받고 있었던 때문으
로 보인다.

[7] 나는 전장에서 본 병대들의 소박한 우정을 잊을 수가 없습니다. 하나
를 몇으로던지 쪼개고 한 자리를 서로 사양하는 남자들의 우정은 보기만
해도 무지개같이 어엽분 것이었습니다. … (중략) … 벌서 죽지 않었느냐
하니까 흙투성이의 담가병(擔架兵)은 얼마동안 뻔히 담가 위의 병대를 드
려다 보더니 킥킥 울기 시작하는 것이였습니다. 비 퍼붓는 진창 속을 그들
은 삼십리 가까히 이 담가를 들러 메이고 뛰여 온 것이랍니다. 담가병들의
그 흙투성이 얼골이 빛나는 것 같아서 그 소박함에 나는 크게 압도되고
마렀습니다. … (중략) … 미식(美食)도 없을 뿐 아니라 미의(美衣)도 없는
몸둥아리뿐만의 병대가 총을 메이고 생명을 내걸고 조국을 위하야 죽는
그것은 미식과 미의에 파묻혀 국가를 논하고 있는 사람들과는 수단(數段)
의 차위(差違)가 있다 생각했습니다.[39]

[8] 수일전까지는 담배 한 개를 가지고 몇 名이고 돌려가며 피우곤 하던

---

39 林芙美子, 「전장의 도덕」, 『문장』 1939.5, 181면.

보초병은 자기 주머니에서 한 갑의 「꼴덴·삘」을 꺼내어 죽은 지나병의 군복 주머니에 깊이 집어넣어 주었다. 보초병은 다시 제자리로 도라가고 우리들도 참호로 도라왔다. ─미련한 놈이죠. 그런 줄 알었더면 쏘지 말걸 그랬읍니다─라고 술회하는 것처럼 중얼거리던 보초병의 말이, 언제까지든 색여진 것처럼 내 가슴에서 사라지지 아니하였다.[40]

⑨ 가까히 가서 나는 히미한 달빛아래 옆으로 쓰러져있는 그 빈사의 모친이 길바닥에 굴려있는 어린애에게로 손을 내어밀고 무슨 자장가 같은 소리로 중얼대며 달래고 있는 것을 보았다. 나는 전류에 놀래인 사람처럼 이상한 감격에 쌓여 가슴속에서 무엇이 콱 치밀어 올라오는 것을 느꼈다. 그때 돌연 또 기관총 소리가 나며 내 옆으로 탄환이 날러갔다. … (중략) … 나는 던져있는 이불을 끄르고, 거이 빨가숭이로 드러난 어린애를 둘둘 말어 주었다. 또다른 이불 한 채로는 어미를 덮어주었다. 물론 여인은 아무것도 몰랐고, 내가 이불을 둘러 주는 동안에도 벌서 목소리가 끊어져 가는 것같이 보였다. 나는 참호로 도라왔으나, 그러나 아침까지 어린애 우름소리가 귀에 남어 있어 한잠도 잘 수가 없었던 것이다. 다른 병정들도 다 그랬다.[41]

하야시 후미코의 작품인 ⑦에서 "미식과 미의에 파묻혀 국가를 논하고 있는 사람들"에 비해 몸뚱아리 하나로 우정과 생명을 나누는 한낱 병사들의 모습은 "소박"한 아름다움으로 빛난다. 비 퍼붓는 진창 속에 삼십 리 가까이 부상당한 전우를 죽은 줄도 모르고 둘러메고 온 병사의 눈물에는 "국가"라는 담론 이전에 존재하는 인간애가 담겨 있다.
히노 아시헤이의 '병대 시리즈' 중 하나인 ⑧, ⑨의 작품들은 아군

---

40 火野葦平, 「「담배와 병대」에서」, 『문장』, 1939.3, 162면.
41 火野葦平, 「「흙과 병대」에서」, 『문장』, 1939.3, 160면.

뿐만 아니라 적군을 포함한 전쟁터의 인물들 전반에 작동하는 인간적 감정을 묘사하고 있다. 담배를 피우고 싶어 떨어진 담배꽁초를 주워 피우다 총격을 당해 죽어간 중국군에게 아끼던 담배를 꽂아 주며 "그런 줄 알았더면 쏘지 말걸 그랬습니다"라고 독백하는 일본인 병사의 모습, 폭격 속에 죽어가는 중국인 어미와 아기를 이불로 덮어주고자 총격을 마다않는 화자와 죽어가던 아기의 울음소리를 잊지 못하는 병사들의 모습은 피아를 떠나 생명의 존엄함 앞에 경건함을 느끼는 인간적 면모를 부각시킨다. 여기에는 사상과 사회적 조건보다 인간 생명이라는 인류의 보편적 가치의 숭고함을 전달하는 전쟁문학 특유의 휴머니즘이 개입되어 있다.

『문장』은 이들 작가들의 작품 중에서 특히 이처럼 휴머니티에 충실한 부분을 취사선택하여 번역함으로써, 일본 제국주의의 전쟁이 지니는 이데올로기의 직접 선전보다, '휴머니즘'을 구현하는 문학 본연의 기능에 충실한 '작품'을 게재하여 얻어지는 문학적 효과를 지향했던 것으로 보인다. 이들 텍스트의 시국 협력적 성격과 『문장』 내의 다른 조선문학 텍스트들 간의 거리를 좁힐 수 있는 방식으로써 말이다.

그런데 이와 같은 휴머니즘의 정신이란 궁극적으로는 전쟁의 참혹함 자체를 핍진하게 재현함으로써 결국 어떠한 전쟁도 반대하는 결과를 낳을 수밖에 없다. 앞서 인용한 작품들 또한 일시적으로는 전쟁이라는 거대한 무차별적 사건 앞에 스러지는 개체로서의 인간에 대한 연민과 전쟁의 무차별적인 살상을 보여준다.

그러나 부상당한 전우를 메고 온 병사의 행동과 눈물이 얼마나 아름답게 빛나는지에 대해 진술하는 묘사는, 동시에 거기서 죽음을 당한 부상병의 참혹함을 숭고한 희생으로 탈바꿈시킨다. 담배를 찾아

죽음을 맞은 중국군에 대한 연민은 중국 병사의 죽음이, "그들의 진지에서는 우리네의 진지에서 행하는 것처럼 합리적인 분배 통제가 시행되지 못했다"[42]는 원인에 의한 것으로 제시될 때, 중국군에 대한 일본군의 우월함으로 연결된다.

이때 아이러니컬하게도 이 작품들이 체현하고 있는 '휴머니티' 또는 '문학성'은 그것이 전쟁이라는 사건이 지니고 있는 인간과 사회의 복잡한 내면과 진실이 아니라, 그 전쟁을 수행하는 제국주의적 주체의 이데올로기를 고도의 방식으로 매개하는 수단이 되고 있음을 볼 수 있다. 여기에서 문학성과 사상성 그리고 개성과 국가주의의 만남이란, 성사되는 순간 자신의 존재 지반을 잃어버리게 된다. 백철이나 박영희 등의 조선 작가들이 당시의 전쟁문학 작품을 비판하면서 내세웠던 기준인 인물의 창조와 형상화의 성공 여부라는 표지는, 태생적으로 일본의 제국주의의 요구 속에 탄생했던 전선문학 안에서 분열되고 일그러진 형태로만 존재할 수 있었던 것이다. 이 일그러짐과 매개 사이에서 『문장』의 「전선문학선」은 유동하고 있었고, 그 유동성은 『문장』이 보여 주고 있는 시국 협력적 글들의 성격을 대표하는 것이기도 하였다.

6. '국민문학'의 이중 과제

중일 전쟁이 벌어지고 있었던 전방에서 역설적으로 평온한 마음을

42　火野葦平, 「「담배와 兵隊」에서」, 161면.

느끼는 심정을 전달하는 종군 작가로서 일본인 작가들이 지녔던 위치와 조선문단의 대표격으로 '시찰'을 하고 왔을 뿐인 김동인, 박영희, 임학수나 반도에서 보고자의 역할을 대신하는 이태준, 백철 등의 위치는 같을 수 없다. "모든 것이 자연스럽고 안태한 운명 속에 자리 잡고 있는 것이 전선이다. 우리들은 물론 비전투원이나, 그러나 만약 운수불길하여 포탄의 희생이 된다 하더라도, 조금도 후회하지는 않을 것이다. 모든 고간(苦艱)을 넘고 여기까지 다른 감정이 자연히 결정적 경지를 만들어 내는 것이다"[43]와 같은 일본 작가의 고백과 전선의 후일담을 듣고 다시 한 번 그것을 전달하고 있는 임학수의 발화, 그리고 그것을 읽는 독자들, 이 여러 층이 만들어내는 사이에 『문장』의 시국 관련 텍스트들은 존재한다. 이 차이와 거리를 조절했던 것은 문학가들 스스로 전시 체제의 이데올로기에 동일화하고자 하는 내면적 욕망의 위치였을 것이다.

우리가 이상에서 말한 전쟁문학의 의문을 풀기 전에, 먼저 「문학이 국가에 봉사할 수 있는가, 없는가」 하는 문제를 내여걸고 생각한다면, 어떠한 결론을 갖어올 것인가. 가능한가? 불가능한가? 흔이 예술과 문학의 작품이 인류에게 공헌할 바를 역설하며, 또한 인생을 위해서 존재할 가치를 말하였다. 그리고 또한 국민문학을, 혹은 민족문학을 건설한 예도 있다. 이런 점으로 보아서 또한 문학은 국가를 위해서 충분한 기능을 발휘할 수 있을 것이다. 그러나 그 반대의 논지는 또한 무엇인가. 그것은 예술과 문학이 인류를 위하고, 인생을 위한다는 광범한 사명을 다하는 데는 누구나 충분한 가치를 시인하는 것이나, 그 범위를 좁히여서 국가에 그 시야를

---

43 尾崎士郎, 「비전투원」, 『문장』, 1939.8, 128면.

둘 때에, 잘못하면 수인의 위정자의 정책을 위한 것에 기우러질까 하는
데 그 이유가 있는 것이다. 문학은 구속되지 안는 한에서, 국민문학이 되
고, 애국문학이 되고 전쟁문학이 되는 것을, 일반은 바라고 있는 듯하다.[44]

　'문학이 국가에 봉사할 수 있는가 없는가'와 같은 박영희의 질문은
단지 시국에 협력할 것인가 아닌가의 문제로만은 치환될 수 없는 질
문을 조선의 문학가들에게도 던지고 있었다. 이러한 질문이 전쟁문학
뿐만 아니라 신질서 수립 후의 '국민문학' 건설과 관련하여 조선 문학
가들의 문학 활동을 끊임없이 규정하고 있었기 때문이다.
　'조선적인 것'의 특수성을 표방하면서 조선문학의 역사적 근거와
독자성을 강화하고자 했던 『문장』의 작가들과 거기 실려 있는 텍스트
또한, 전시하의 '국민문학'과 독자적인 개성을 지니는 조선의 국민문
학 건설이라는 화해하기 어려운 이중 과제 속에 처해 있는 조건 하에
서 형성되었다. '국민문학'이 '애국문학'이 되고 그것이 다시 '전쟁문
학'이 되어야 하는 요구를 받고 있었던 당시의 상황 속에서 『문장』이
보여 주고 있는 시국 협력적 문학의 성격을 살피는 일은, 이에 대한
조선 작가들의 대응 방식과 양상을 심층적으로 파악하는 연구의 일단
이 되어야 할 것이다.

---

44 박영희, 「전쟁과 조선문학」, 『인문평론』, 1939.10, 38~39면.

4부

문학의 욕망과 쓰기의 전략

1장

이태준(李泰俊)의 「농군」과
근대문학 연구 방법론

1. 신체제 시기와 한국 근대문학 연구

1937년 중·일 전쟁의 발발을 시작으로 일본의 군국주의는 더욱 강화되어, 1940년 7월 들어서게 되는 군부 주도의 제2차 고노에(近衛) 내각은 이른바 '신체제' 즉 '팔굉일우(八宏一宇)'의 정신에 입각한 '강력한 신정치체제의 확립'과 '대동아 신질서 확립'을 목표로 하는 '기본 국책요강'을 결정하였다.[1] 이러한 일본의 상황은 조선의 식민정책과 긴밀한 연관을 맺으며 전개된다. 1940년의 신체제 확립을 전후하여 '국책'에 부응한 조선문단의 활동과 대일 협력 문학 작품들은 '암흑기'라는 문학사적 명명에 의해 가려져 있다가 이후 '친일문학' 시비에 의

---

1 신체제의 성립 배경에 관해서는 전상숙, 「일제 군부파시즘체제와 '식민지 파시즘'」, 『동방학지』124, 연세대 국학연구원, 2004, 615~623면 참조.

해 한국 근대문학 연구의 한 영역으로 등장하였다. 그 선구적인 업적인 임종국의 연구[2] 이후 친일문학에 관한 연구는, 김윤식의 '신체제론'이라는 명명을 받으며 당시의 사상사적 지평을 탐구하는 후속적인 논의로 확대되었다.[3]

'친일문학' 또는 '신체제기(新體制期) 문학/신체제론', '식민지 국민문학'이라고도 불리는 이 시기의 문학[4]에 대한 연구는, 2002년을 전후로 하여 한 연구자가 지적했듯, "한국문학 논쟁사의 한 장을 장식해도 좋을 자못 볼 만한 해석투쟁의 풍경을 연출"[5]하였다. 2006년에 간행된 『해방전후사의 재인식』[6]은 이러한 논쟁에 다시 한 번 불을 지폈으며, 이후 논쟁의 후속 작업들이 이어졌다.

신체제 성립 전후의 국민문학 또는 친일문학에 대한 연구가 한국근대문학 연구의 주요한 쟁점 중 하나로 부상한 것은 이 주제가 한국근대문학 연구방법론의 시각과 입장의 차이를 날카롭게 반영하고 있기 때문이기도 하다. 논쟁의 주요한 논자이기도 한 하정일은 "반제국주

---

2   임종국, 『친일문학론』, 평화출판사, 1966.

3   김윤식, 「제7장 −신체제론」, 『한국근대문예비평사연구』, 일지사, 1976.

4   이 글에서는 일제 강점 이후의 문학에 통상적으로 사용되는 '친일문학' 또는 1920년대의 '국민문학론'을 논의로 하고 1937년 이후의 시기에 한정하여 고찰한다. 이 시기 문학에 대한 연구 동향을 보면 '신체제론', '친일문학', '국민문학', '대일 협력문학' 등의 용어들이 혼재되어 쓰이고 있다. 이 용어들은 가치 평가의 측면을 지니기도 하고 때로는 객관적 입장을 견지하고자 하는 연구자의 의도에 의해 당시에 쓰이던 용어를 가져온 것이기도 하다. 여기서는 이 용어들에 어떤 가치 평가를 내리는 것을 유보하지만, 연구방법론을 살피는 이 글의 의도와 논의의 편의에 따라 용어를 선택하였다.

5   김명인, 「친일문학 재론 −두 개의 강박을 넘어서」, 『한국근대문학연구』 17, 한국근대문학회, 2008.4, 257면.

6   박지향·김철·김일영·이영훈 엮음, 『해방전후사의 재인식』, 책세상, 2006.

의론, 민족주의론, 해체론적 탈식민론, 새로운 탈식민론이 가장 첨예
하게 충돌하는 주제 가운데 하나가 바로 '친일문학'"[7]이라고 지적하였
는데, 이러한 언급은 친일문학 논쟁이 지속되고 있는 이유와 함께 그
것이 한국문학 연구방법론에서 갖는 위치를 시사하는 것이기도 하다.

　넓게는 1937년에서 1945년, 좁게는 1940년의 신체제 확립 이후의
한국근대문학을 대상으로 삼는 연구 성과는 개별 작가론까지 포함한
다면 상당히 방대하다. 그동안 지속되어 온 성과를 축적한 단행본들
이 속속 제출되면서 연구 양상의 다기함도 선명하게 나타났다.[8] 그
중에서도 그간의 연구방법론에 대한 입장을 표명하면서 이 시기 문학
연구 담론을 개괄하고 있는 논의로, 하정일,[9] 홍기돈,[10] 윤대석,[11] 조진
기,[12] 방민호,[13] 권명아,[14] 김명인[15] 등의 연구에 주목할 수 있다. 이

7　하정일, 「한국 근대문학 연구와 탈식민」, 『민족문학사연구』 23, 민족문학사학회,
　　2003, 15면.
8　이 글의 논의를 진행하기 위해 주요하게 참고한 연구는 다음과 같다. 김철·신형기
　　외, 『문학 속의 파시즘』, 삼인, 2001; 김윤식, 『일제 말기 한국 작가의 일본어 글쓰
　　기론』, 서울대학교출판부, 2003; 김재용 외, 『친일문학의 내적 논리』, 역락, 2003;
　　김재용, 『협력과 저항 ─일제 말 사회와 문학』, 소명출판, 2004; 문학과사상연구회,
　　『이태준 문학의 재인식』, 소명출판, 2004; 류보선, 『한국 근대문학의 정치적 (무)
　　의식』, 소명출판, 2005; 권명아, 『역사적 파시즘 ─제국의 판타지와 젠더 정치』,
　　책세상, 2005; 한수영, 『친일문학의 재인식 ─1937~1945년 간의 한국소설과 식민주
　　의』, 소명출판, 2005; 김철, 『'국민'이라는 노예 ─한국 문학의 기억과 망각』, 삼인,
　　2005; 윤대석, 『식민지 국민문학론』, 역락, 2006; 김철, 『복화술사들』, 문학과지성
　　사, 2008; 하정일, 『탈식민의 미학』, 소명, 2008.
9　하정일, 「한국 근대문학 연구와 탈식민」.
10　홍기돈, 「대척점에 선 친일문학 연구의 두 경향 ─지적 식민주의자 비판」, 『실천문
　　학』, 실천문학사, 2005년 겨울호(통권 80호), 2005.11.
11　윤대석, 「국민문학의 양가성」, 『식민지 국민문학론』, 역락, 2006.
12　조진기, 「1940년대 문학연구의 성과와 과제」, 『우리말글』 37집, 우리말글학회,
　　2006.8.

글은 이와 같은 연구 성과들을 참조하면서 특히 이태준의 「농군」을
둘러싼 논쟁의 추이를 살피는 방식으로 이 시기의 문학연구 방법론을
고찰하고자 한다. 이 '해석투쟁'의 장면에서 가장 중심적인 위치를 차
지했던 것이 이태준의 「농군」을 둘러싼 논쟁이었으며, 친일문학 또는
국민문학 연구방법론이라는 담론의 영역이 작품의 해석과 의미 평가
에 가장 구체적으로 작용하는 방식을, 이를 통해 관찰할 수 있기 때문
이다.

2. 민족주의 담론의 내부적 각성

이태준의 「농군」을 둘러싼 '친일문학', '국민문학' 논의의 시발점이
되는 것은 김재용의 연구이다.[16] 「농군」 해석에 대한 논쟁적 입장을
직접적으로 제출한 논의는 같은 해 9월에 발표되는 김철의 연구[17]라
할 수 있는데, 이 글에서 김철은 앞서 제출된 김재용의 이 연구에서
「농군」에 부여하고 있는 의미를 강력하게 비판하고 있다. 김철 이후

---

13 방민호, 「일제말기 문학인들의 대일 협력 유형과 의미」, 『한국현대문학연구』 제22
    집, 한국현대문학회, 2007.8.
14 권명아, 「환멸과 생존 - '협력'에 대한 담론의 역사」, 『민족문학사연구』 31, 민족문
    학사학회, 2006.
15 김명인, 앞의 글.
16 김재용, 「친일문학의 성격 규명을 위한 시론」, 『실천문학』 2002년 봄호(통권 65
    호), 실천문학사, 2002.2.
17 김철, 「몰락하는 신생(新生) - 만주의 꿈과 『농군』의 오독(誤讀)」, 『상허학보』 9집,
    상허학회, 2002.9.

의 「농군」의 해석 및 이태준과 친일문학 논의에서 김재용의 연구는
하나의 중요한 축을 형성하고 있다. 김재용은 임종국 이후 산발적으
로 진행되어 오던 친일문학 연구를 확대하여 가장 방대한 양의 친일
문학 연구를 생산하였으며, 그동안의 민족주의적 문학사의 시각에서
바라보았던 친일문학 규정의 오류에 대한 자신의 입장을 뚜렷이 제출
한 바 있다. 그의 왕성한 친일문학 연구 작업은 이후 제기되는 논쟁적
인 주제들을 산출하는 계기가 된 것이다.

김재용은 그동안의 친일문학 연구사에 대해 근본적인 시각의 전회
를 요구한다. 그는 '편협한 언어민족주의'나 대일 협력적인 사회단체
에의 참여 여부, 창씨개명 여부 등을 친일의 기준으로 삼는 것에서
벗어나야 한다고 지적한다. 친일문학의 성격 규정을 하기 위해 그는
'대동아공영권의 전쟁 동원'과 '내선일체의 황국신민화'라는 내용의
포함 여부를 든다. 이 두 가지 입장을 선전한 문학이 친일문학이고
이런 작품을 쓴 작가들이 친일문학가라는 것이다. 그는 이 시기에 나
온 논의와 작품들에 대한 섬세한 분별 없이는 모든 것이 친일문학이
기도 하고 때로는 전부 친일문학이 아니기도 한 것처럼 비쳐진다는
점을 강조하면서, 어떤 것이 이러한 자발적 논리에 의한 친일문학이
며, 어떤 것이 단순히 시대적 영향 하에서 나온 산물인가 하는 것을
구별하고자 한다.[18]

한편 김재용은 그동안의 민족주의적 입장에서의 친일 비판이 당시
문학인들의 자발적 협력의 계기를 내적으로 분석해 내지 못함으로써
일제 말의 현실과는 일정한 거리를 가질 수 없게 되었다고 보았다.

---

18 김재용, 앞의 글, 161~171면.

그는 친일문학에 대한 내재적 비판을 통해 협력과 저항의 문학을 판별할 필요성을 주장한다. 또한 국민국가와 내셔널리즘을 비판하는 탈식민주의적 입장에서의 친일문학 비판이 제국의 식민주의와 비서구 식민지에서의 저항을 동일화시킨다고 봄으로써 결과적으로는 친일문학 자체를 옹호하게 된다는 것이다.[19]

　김재용의 이러한 논의는 기존의 근대문학 연구사에서 민족주의 담론의 시각이 문학사적 '사실'에 가한 폭력적 왜곡을 교정하고 협력과 저항의 새로운 기준을 제시했다는 의미를 지닌다. 특히 그동안 친일의 기준으로 삼아왔던 여러 가지 지표를 식민지적 현실 속에서 재구성해 내면서 문학의 내부적 논리를 섬세하게 읽어낼 것을 요구한 지점은, 이 시기 근대문학 해석에 전기(轉機)를 마련한 것이라 평가할 수 있다.

　그러나 탈식민주의적 입장에서의 친일문학 비판이 제국 속에서의 모든 글쓰기가 제국에 포섭되어 있다는 것을 전제로 함으로써 친일문학 자체를 '결과적으로' 옹호하게 된다는 그의 입장에 전면적으로 동의하기는 어렵다. 이 '결과적으로'라는 말에는 피식민 주체이면서 동시에 제국주의에 포섭되어 있는 당시 조선 문학인들의 내부를 치밀하게 재구성해냄으로써, 근대문학에 내장된 식민적 계기들을 반성적으로 고찰하고자 하는 연구들의 도정을 단순하게 결과론적으로 치환시키는 도식이 존재하기 때문이다. 김재용의 연구에서 주장하는 협력과 저항의 기준이 주관적이라거나, 새롭게 설정한 기준 또한 기존의 민족문학론의 시각이 지닌 흑백 논리를 탈피하지 못했다는 지적이 이후

19　김재용, 『협력과 저항』, 38~46면.

의 연구들에서 제기되는 것도 이러한 그의 도식과 무관하지 않을 것
이다. 그럼에도 저항의 방식을 문학 내부에서 새롭게 읽어내고자 하
는 그의 시도에는 공감할 수 있는데, 문제는 이러한 담론의 기획이
자신의 말처럼 작품의 내부와 만나면서 생겨난다.

> 「농군」에서는 이전의 이태준의 문학세계와는 다른 모습을 확인할 수
> 있는데, 가장 두드러진 것이 바로 집단적 주체에 관한 관심이다. 이 작품에
> 서 독자는 만주의 척박한 환경 속에서 굴하지 않고 서로 단결하여 난관을
> 극복해 나가는 농민들의 형상을 만날 수 있다. 이것은 이전의 그의 작품의
> 경향과 매우 다른 것이다. 이전에는 설령 서구 근대의 자본주의화 속에서
> 적응하지 못하고 소외당하는 인물을 그리기는 하였지만 그것은 어디까지
> 나 비애와 애수의 세계에서 벗어나지 못하는 세계였고, 따라서 그것은
> 집단적 주체의 문제의식과는 매우 먼 거리에 있었던 것이다. 새로운 사회
> 의 변화에 적응하지 못하고 사라지는 것에 대한 안타까움과 애석함이 그
> 지배적 정조였던 것이다. 그러한 애수의 세계가 더 이상 현실을 타개할
> 수 없다는 인식이 들어서기 시작하였고, 이는 개인주의 비판의 시대적
> 흐름과 결부되어 집단적 주체에 대한 모색으로 이어졌으며, 「농군」은 그
> 모색의 결과였다고 할 수 있다.[20]

이 연구에 등장하는 「농군」 해석만으로는 그가 말하고자 하는 '집
단적 주체에 대한 모색'의 의미가 「농군」에서 어떤 방식으로 이루어
져 있는지 상세히 파악하기는 어렵다. 그러나 "정신적 동양을 통하여
물질적 서양을 극복할 수 있다고 믿었던 초기의 동양주의적 인식에서
아시아의 특수성을 간직한 국제주의자의 인식으로 바뀌어져 나간 이

---

20 김재용, 「친일문학의 성격 규명을 위한 시론」, 176면.

태준의 지적 도정은 그 자체로 세계자본주의의 주변부의 지식인이 근
대를 극복하려고 하는 사유 과정의 소산"[21]이라고 이태준의 사상적 추
이를 일관되게 재구성하고자 하는 그의 해석적 욕망이, 「농군」 해석
에도 상당한 영향을 미치고 있음을 볼 수 있다. 문제는 이러한 해석과
논리의 정합성에 대한 추구가 1939년 7월 『문장』에 발표된 「농군」과,
1944년 9월 『국민총력』에 발표된 「제1호 선박의 삽화」를 논리의 동일
선상에서 창작된 작품으로 해석하게 된다는 지점에 있다.

　김재용은 「농군」의 집단적 주체의 모색이라는 문제의식이 이후에
도 이어져 「제1호 선박의 삽화」도 이러한 관점에서 볼 수 있으며, 개
인주의가 얼마나 큰 위험을 초래할 수 있는가를 경고하는 이 작품에
서 당시의 시대적인 분위기를 읽어내는 것은 그렇게 어렵지 않다고
말한다. 즉 이러한 부분적 공통성으로 하여 「제1호 선박의 삽화」를
친일작품이라고 할 수는 없으며 "당시 이태준 자신의 개인적 모색과
일제 당국의 국책 사이에 부분적인 공통성이 있다고 해서 이를 근거
로 친일로 규정할 수는 없다"[22]는 것이다.

　이와 같은 김재용의 결론은, 스스로 범주화한 '협력'의 범위 안에
서 이태준을 배제하고자 하는 욕망이 작품 내부의 협력적 논리를 애
써 무시하는 데 이르고 있음을 보여 준다. "개인적 모색"과 "일제 당
국의 국책 사이"의 일치를 우연적인 것 또는 부분적인 것으로 축소하
는 그의 해석은, 어떤 것이 자발적 논리에 의한 친일문학이며, 어떤

21　김재용, 「동양주의에서 국제주의로 -근대 극복의 한 도정」, 『이태준 문학의 재인
　　식』, 168면.
22　김재용, 「친일문학의 성격 규명을 위한 시론」, 177면.

것이 단순히 시대적 영향 하에서 나온 산물인지를 구분하고자 하는 그의 논리의 한 부면을 이루는 것이기도 하다. 그러나 단순히 시대적 영향 하에서 나온 산물로 작품을 파악하고 그것을 친일문학에서 배제하는 그의 논리는, 주체의 자발적 동기를 파악해내야 한다는 그의 애초의 문제의식에 대한 이율배반이 되며 따라서 그가 문제를 제기했던 민족주의 담론이 지닌 '외재적' 친일문학 비판의 논리와도 닮아 있는 것이다.

3. 해체적 탈식민론적 입장에서의 파시즘 비판

이태준의 「농군」을 일본의 국책에 협력하는 성격을 띤 소설로 보거나 사실을 왜곡한 친일적 작품이라 평가하는 견해는 간헐적으로 제출되었다.[23] 그러나 김철의 상세한 논의에 이르러 「농군」은 이 시기 문학의 협력과 저항, 또는 식민과 탈식민을 가르는 기준 그리고 그것을 판별하고자 하는 연구자들의 입장 차이를 명확하게 보여주는 작품으로 호출된다.

이태준의 「농군」에 대한 논의를 제출하는 시기를 전후로 하여 김철은, 식민사관의 극복을 내세운 한국 근대문학사가 한국 근대성의 핵심을 반제·반봉건의 '주체적 저항사'로 보고 있다고 진단하고 이러한

---

23 민충환, 「상허 이태준론(2) - '농군'을 중심으로」, 『어문연구』 제57호, 한국어문교육연구회, 1988.6; 장양수, 「이태준 단편 「농군」의 대일협력적 성격」, 『동의논집』 23, 동의대학교, 1996.2.

관점에 문제를 제기하였다. 그러한 저항사적 관점은 '민족(국민) 국가'
를 절대화·신비화·관념화하는 경향에 대해 아무런 제어의 기제를 지
니지 못했다는 것이다. 저항사적 담론으로는 피식민지의 해방운동이
근대 국가의 전체주의적·국가주의적 폭력성을 가리고 국가를 절대화
하게 되는 역설의 지점을 지각할 수 없다는 것이 그의 주장이다. 그리
하여 이 담론에서 인식 가능한 세계는 저항/굴종, 아(我)/비아(非我),
민족/반민족, 정통/비정통 등으로 선명하게 대립된 평면적 세계일 뿐
이라는 것이다.[24]

김철의 이와 같은 지적은 한국문학뿐만 아니라 한국사 전체를 관통
해 왔던 '국민 국가'의 관념에 근본적인 비판을 제기했다는 의미가 깊
다. 김철은 제국주의에 대한 피식민지의 저항을 지탱하는 도덕적 정
당성에 의해 지지되어 왔던 민족주의 담론이 지닌 역설적 지점을 지
적하였다. "저항사적 관점의 사각(死角)지대에 묻혀 버린 근대적 경험
의 온갖 굴절과 주름들, 그 복잡성과 중층성을 새롭게 비추고 발굴하
고 분석하는 일 – 식민주의의 극복, 근대의 극복은 여기서부터 시작
되지 않으면 안 된다"[25]는 언급은 식민지 문학의 복잡성을 환기하는
한편, 민족주의 담론의 자기동일적 논리가 갖는 폭력성의 위험을 경
고하였다.

그의 지적이 민족주의 담론 내부의 사상적 차이와 내부적 반성에
기반한 논의들까지 동일화하고 있다는 혐의를 지우기는 어렵다. 그러
나 식민지 조선의 전주민이 일본 국가의 한 성원으로 주체화되는 경

---

24 김철, 「총론: 파시즘과 한국 문학」, 『문학 속의 파시즘』, 17~18면.
25 김철, 「'국민'이라는 노예」, 『'국민'이라는 노예』, 24~25면.

험을 통해 근대 국민 국가를 최초로 대면하게 되었다는 사실에 주목하고, 이 최초의 경험을 분석함으로써 남북한에서의 근대 국가 및 국민 형성의 특성을 해명하는 열쇠를 찾으려는 그의 문제 제기[26]는 이후의 식민지 문학의 해석적 장을 형성하는 주요한 준거가 되었다고 볼 수 있다. '우리' 안의 파시즘에 주목하는 이와 같은 논리는 이후 제출되는 그의 연구의 뼈대를 형성하게 되는데, 이태준의 「농군」에 대한 새로운 해석 역시 이와 같은 논리에 이어져 있다.

김철은 우선 김재용의 「농군」에 대한 분석을 비판하면서 "「농군」은 작가의 "심각한 내적 변모"와 "모색"의 결과가 아니라, '만주경영'이라는 제국주의의 "새로운 시대적 흐름"에 편승한, 다시 말해 당대의 '국책(國策)'에 적극적으로 부응한 소설"[27]이라는 평가를 내리며 논의를 시작한다. 이러한 주장을 논증하기 위해 김철은 「농군」의 역사적 배경이 된 '만보산 사건'의 경위를 상세히 분석하고 있다.

그는 만보산 사건의 전개과정에서 민족적 수난 의식에 호소한 피식민지인의 '수난자' 의식이 순식간에 동포애로 무장한 가학적 폭력으로 전화하는 지점을 지적한다. 그리고 이 만보산 사건의 기억이 「농군」에서는 제국주의자의 시선으로 재현되고 있다고 주장한다. 만주의 농민들을 '토민'으로 호칭하는 「농군」의 시선은, 홋카이도를 식민지화하는 과정을 통해 스스로를 문명의 전도사로 위치지운 일본 근대국가의 식민지주의를 그대로 답습하고 있다는 것이다. 만보산 사건의 진상이 명백해진 시점에서, 사실을 굳이 왜곡하면서까지 수난 받는 피

---

26 김철, 「총론: 파시즘과 한국 문학」, 16면.
27 김철, 「몰락하는 신생(新生) ─만주의 꿈과 『농군』의 오독(誤讀)」, 124면.

해자인 조선 농민 대(對) 야만스런 가해자인 중국 군벌과 농민이라는 구도로 사건을 형상화한 데는, 가해자인 자신의 위치를 부정하고 피해와 가해의 이중적 위치가 동시에 혼재하는 데에서 온 의식의 착종을 수난자로서의 자기확립을 통해 방어하고자 하는 욕구가 매개되었다는 것이다.[28]

김철은 또한 「농군」의 선행 텍스트인 1938년 4월 『조선일보』에 연재되었던 「이민부락견문기」와 「농군」의 비교를 통해, 「이민부락견문기」의 최종적인 목적이 평화롭고 질서잡힌 '현재'의 만주를 보여주는 데 있다는 점과 「농군」 또한 이 구도 위에 서 있는 작품이라는 점을 주장하였다.[29] 그는 "이 소설의 배경 만주는 그전 장작림의 정권 시대임을 말해 둔다"는 작가의 말에 주목하면서 다음과 같이 논하고 있다.

> "유구하고 호젓한" 만주의 '현재'가 「이민부락견문기」를 통해 보고되는 것이라면, 어두웠던 '과거', 혼란과 신고(辛苦)로 점철된 '과거'는 소설 「농군」을 통해 재현되는 것이다. 그리고 그 '과거'의 재현은 허구임을 핑계로 과장과 왜곡의 혐의를 벗는다. 모든 과거의 회상이 흔히 그러하듯이, 과거의 어둠이 깊으면 깊을수록 '현재'의 빛은 더욱 밝을 터이다. 그런 점에서 소설 「농군」은 기행문 「이민부락견문기」의 밝음을 더해 주는 '어둠의 기록'이다. 그러나 그것은 어디까지나 '과거'라는 사실이 강조되지 않으면 안 된다. 소설 「농군」의 첫머리에 작자가 굳이 "이 소설의 배경 만주는 그 전 장작림의 정권 시대"임을 밝힌 이유는 여기에 있는 것이다. '지금은 이런 혼란 즉, 군벌이나 토민들의 횡포는 사라졌다. 이제는 살만한 상태가 되었다'라는 언설이 1939년의 시점에서 행해지는 것이다. 이 '현재'의 평

---

28 위의 글, 124~137면.
29 위의 글, 143~145면.

화와 성취를 큰 것으로 하려면 '과거'의 어둠은 더욱 깊어야 하는 것. 그에
따라 **뻔히** 다 아는 만보산 사건의 진상이 소설 속에서는 심하게 과장되었
던 것이다.[30]

김철의 지적에는 역사적 사실을 민족 공동체의 '기억'이라는 이름
으로 조작적으로 재구성하는 과정에서 이루어지는 근대사의 폭력적
과정에 대한 성찰이 담겨 있다. 이러한 성찰을 바탕으로 '만보산 사건'
이라는 당시의 역사적 사건과 「농군」이라는 텍스트를 관계지우는 독
법, 그리고 만주의 농민들을 '토민'으로 바라보는 재연된 제국주의자
의 시선에 대한 비판은 이후의 연구에 많은 시사가 되어, 이어지는
후속적 논의들을 낳기도 했다.[31]

그러나 '만주'에 대한 식민지 문학자들의 '제국주의적 시선'에 대한
날카로운 간취(看取)와 「농군」에 드러난 자민족중심주의적 시선을 연
결 짓는 그의 연구가 매우 선구적인 것이었음에도 불구하고, 작품 해
석에서 드러나는 이 글의 논리는 꽤 성글다. 최원식은 『해방전후사의
재인식』을 논하면서, 김철의 정치한 고증을 통해 「농군」의 단편이라
는 한계가 분명히 부각된 점은 평가하지만, ""민족과 제국은 서로 그
렇게 길항하면서 협조하는 관계"라고 좌담에서 그가 지적했듯, 이 단

---

30 김철, 앞의 글, 145면.
31 이러한 독법에 기반하여 「농군」과 '만주'를 대상으로 삼은 문학을 분석하고 있는
후속적 연구로 다음을 들 수 있다. 이경훈, 「만주와 친일 로맨티시즘」, 『한국근대
문학연구』 제4권 제1호, 한국근대문학회, 2003.4; 정종현, 「제국, 민족 담론의 경
계와 식민지적 주체 −1940년대 이태준 '문학'에 나타난 혼종성」, 『상허학보』 제13
집, 상허학회, 2004.8; 정종현, 「근대문학에 나타난 '만주' 표상 −'만주국' 건국
이후의 소설을 중심으로」, 『한국문학연구』 제28권, 동국대 한국문학연구소,
2005.6; 윤대석, 「'만주'와 한국 문학자」, 앞의 책.

편이야말로 '만주붐'에 의식적·무의식적으로 편승하면서 안으로 식
민지 민중의 간난을 발신하는 중층서사의 곤경을 보여주는 것"[32]이라
고 김철의 의견을 비판한 바 있다.

　김철의 글에서, 「농군」의 머리말이 '과거'의 '어둠'과 '현재'의 '평
화'를 대조하기 위한 것이라든가, '만보산 사건'의 진상이 소설 속에서
는 과장되었다는 표현에 이르면, 텍스트 바깥의 외재적 시선이 텍스
트 내부를 지나치게 제한하고 있음을 볼 수 있다. 이에 대해서는 뒤의
논의에서 더욱 상세하게 다룰 텐데, 「이민부락견문기」의 결말에서,
"일본어, 한국어, 중국어가 아이들의 입에서 자연스럽게 혼용되는 이
장면이 '오족협화' 슬로건의 구현을 드러내고 있음을 짐작하기란 어
렵지 않다"[33]는 그의 결론은 기행문의 전체적인 성격을 통해 볼 때 지
나치게 비약적이다. 그리고 이러한 논리를 「농군」에 그대로 적용함으
로써 「농군」이 당대의 국책에 적극적으로 부응한 소설이었다는 결론
을 내리는 데에서, "'협력'/'저항'의 완고한 이분법적 민족주의적 관점
이 포착할 수 없는, 식민지에서의 끝없이 다양하고 복잡한 삶의 실상
들을 파악"[34]해야 한다는 그의 문제제기는 모순에 부딪치며 피식민적
혼종성에 대한 문제의식은 희석되고 마는 것이다.

32　최원식, 「다시 찾아온 토론의 시대」, 『창작과비평』, 창비, 2006년 여름호(통권 132
　　호), 2006.6, 358면.
33　김철, 앞의 글, 143면.
34　김철, 「두 개의 거울: 민족 담론의 자화상 그리기」, 『상허학보』 17집, 상허학회,
　　2006.6, 164면.

4. 새로운 탈식민론과 '차이'의 발견

하정일은 앞선 「농군」 논의를 이어받아, 이태준의 1930년대 후반 문학이 식민주의에 대한 내부적 성찰을 보여준다는 논의를 펼친다. 그는 김철의 논의를 들면서, 「농군」의 자민족 중심주의적 태도가 식민주의에 긴박된 그림자를 보여주지만 그것이 식민주의 자체와는 엄연히 구별된다고 반박한다. 그의 반박은 해체론적 탈식민론에 기초한 최근의 연구들에 대한 비판에로 이어지는데, 식민지 시기의 소설을 읽을 때 맥락이 만들어내는 의미 효과를 섬세하게 판별하는 수행적 독법을 수반하지 않은 자기 비판은 자기 혐오나 자기 부정으로 빠지는 경향을 보여 준다는 것이다.[35]

하정일은 임화의 논의를 예로 들면서 「농군」에 대한 당대인들의 수용방식을 준거의 하나로 사용한다. 즉 임화가 「농군」에서의 수로 건설과 관련하여 "소위 생산적인 건강미를 운운한다면 그는 실로 속된 감식가리라"라고 한 발언은, 「농군」이 당시 만주를 무대로 한 다른 생산소설들과는 차별된 지점에 서 있다는 것을 극명하게 반영한다는 것이다.[36]

하정일의 이와 같은 지적은 상당히 설득력이 있는데, 특히 '만보산사건'과 「농군」의 사실적 불합치 및 작가의 말에 대한 통찰은 김철의 논의에 대한 적확한 비판이 된다. 그는 이 소설의 배경이 만주국 건국

---

35 하정일, 「1930년대 후반 이태준 문학과 내부 식민주의 성찰」, 『배달말』 34, 배달말학회, 2004, 187~188면.

36 위의 글, 188면.

이전으로 설정된 것은, 식민주의에 포섭될 위험을 피하면서 중국인들과의 갈등을 민족적 저항으로 의미화하기 위한 용의주도한 서사전략이라고 본다. 따라서 「만주기행」(「이민부락견문기」가 수필집 『무서록』에 실릴 때의 이름)과 소설의 차이에 사실의 왜곡이라는 비판을 가하는 것은 역사의 논리를 소설에 들이댄 이론적 폭력으로, 심각한 범주 혼동을 초래하고 있다는 것이다.[37]

김철의 논리가 가진 해석적 운신의 폭을 훨씬 넓혀 놓은 이와 같은 하정일의 전제는, "식민주의를 주체의 실존적 문제로 자각하는 것이 식민주의의 온전한 극복에 관건이 된다"[38]는 그 자신의 입장에 근접하는 더 유연한 해석의 방법이라 볼 수 있다. 그런데 조선 농민들이 만주 이민 후에는 일제의 방관 속에서 중국인들의 지배와 억압을 받았으며, 이러한 이중의 억압에 맞서 최후의 선택으로 '저항'을 택할 수밖에 없었다는 논리, 따라서 「농군」을 '민족적 저항의 서사'로 해석해야 한다는 논리[39]에 이르면 그 자신이 언급한 '식민주의 주체의 실존적 문제'를 '민족의 저항사'라는 담론으로 비약적으로 치환하고 있는 듯한 모습이 보인다.

텍스트주의를 뛰어넘어 '맥락'에 주목할 때, 만주국 건국 이전의 조선인은 중국인에 대해 식민주의적 권력을 행사할 수 있는 위치가 결코 아니었다. 실상은 정반대였다. 좀더 적극적으로 해석하면 양자의 역관계상 만주 토착민에 대한 조선인 이주민들의 시각과 태도에는 일종의 저항적 의미조

---

37 위의 글, 189~192면.
38 위의 글, 195면.
39 위의 글, 194면.

차 담겨 있다. 피식민지인들이 식민 지배자들을 야만인으로 공격하는 일
은 비일비재하다. 인디언들의 미국인 비판이라든가 이슬람의 서구 기독교
비판에서 그러한 사례를 종종 발견할 수 있다. 이 경우 인디언과 이슬람은
식민주의인가. 그렇지 않은 것이 약자가 자신을 문명으로, 강자를 야만으
로 규정하는 것은 약자가 강자에 맞서 종종 사용하는 저항의 전략이기
때문이다. 그런 점에서 만주국 건국 이전으로 시대적 배경을 설정한 것은
식민주의에 포섭될 위험을 피하면서 중국인들과의 갈등을 민족적 저항으
로 의미화하기 위한 용의주도한 서사 전략이라 할 수 있다.[40]

이 글에서 그가 정말로 '조선인/중국인'의 구도가 '미국 원주민/미
국인'과 '이슬람/서구 기독교'의 구도와 유비 관계를 갖는다고 본 것
인지 의구심이 들지 않을 수 없다. 자신들이 거주하고 있는 영토에
폭력적으로 깃발을 꽂은 미국의 제국주의적 침입에 대한 원주민의 저
항과, 원래 거주하고 있던 중국민의 영토에, 비록 삶의 조건을 담보로
한 처절한 이동이기는 하였지만 일본군부의 국책 지원 아래 개간을
시작한 조선인의 투쟁은 상징적인 차원에서라도 같은 의미의 '저항의
전략'으로 범주화될 수 없다.

또한 이태준이 「농군」에서 재만 중국인들을 바라보는 시선, 즉 그
들을 '토인'으로 바라보는 자민족 중심적인 작가의 태도와 실제로 당
시의 조선 이주민 즉 농민들의 시각과 태도를 동일시하여 그것에는
일종의 저항적 의미조차 담겨 있다고 연결시키고 있는 지점은 텍스트
의 외부와 내부가 기묘하게 착종되면서, 텍스트 해석의 혼동을 불러
일으키고 있다고 볼 수 있다. 조선인 이주민과 만주 토착민간의 민족

---

40 위의 글, 190~191면.

적 갈등이 역사적 조건을 배경으로 한 것은 사실이지만, 하정일의 위의 지적에서는 '민족'이라는 추상적 개념과 '오족협화'라는 국책 이데올로기 양쪽 어디에도 포획되지 않는 조선 인민과 중국 인민의 삶은 사상되고, '민족' 대 '민족'이라는 구도 즉 '억압' 대 '피억압'이라는 앙상한 구도만 남게 되는 것이다.

하정일은 이 시기의 문학을 고찰할 때 경계의 해체를 주장하는 해체론적 탈식민주의나 탈민족주의론 또한 '순결한 저항'만을 저항으로 생각하는 점에서는 민족주의와 크게 다르지 않다는 점을 적절히 지적한 바 있다. 따라서 일제 말기 한국문학의 상을 온전히 복원하려면 미세한 차이에서 큰 의미를 읽어내는, 다시 말해 동일성과 반복 속에서 차이와 단절을 생산하는 작은 저항들이 식민주의에 무수한 균열을 만들어내는 역동적 과정을 읽는 맥락적이고 수행적인 독법이 긴요하다는 것이다.[41]

이러한 주장의 유효성에도 불구하고 하정일의 담론적 기획이 「농군」 해석에 있어서 "조선 민중과 일본 제국주의의 대립상을 배치해 민족적 저항을 탈식민적 저항으로까지 진전시키고 있다"[42]는 논의에 이르고 있음은 다음과 같은 의문을 불러일으킨다. 어째서 만주로 이주해 간 조선 농민의 복합적이고 중층적인 삶, 즉 일본 국책의 지원과 비호를 통해 생존의 조건을 보장받으면서도, 이주민으로서 토착민이 지닌 기득권과 중국 관(官)이라는 권력에 대항해 처절한 삶의 투쟁을

---

41 하정일, 「한국 근대문학 연구와 탈식민」, 29~35면.
42 하정일, 「친일의 기준을 어떻게 잡을 것인가 ―이태준을 중심으로」, 『이태준 문학의 재인식』, 174면.

벌여야 하는 그 삶의 복합적인 내부가 '억압적 민족 대 피억압 민족' 또는 '제국주의의 대리인 대 민족적 저항의 공동체'로 균질화되어 버리고 마는 것일까? 이는 '저항을 읽어내는 독법'의 의지가 대상의 혼종성과 복합성이 빚어내는 사실을 종종 지우고 있기 때문일 것이다.

5. 텍스트 내부와 역사적 맥락을 가로질러

그렇다면 「농군」을 어떻게 읽어야 할 것인가? 「농군」이라는 작품 자체에 대한 상세한 해석을 보여 주고 있지는 않지만, 한수영의 연구들은 이에 대한 주목할 만한 시각을 제공한다.

'탈식민주체'의 순정(純正)한 자기동일성을 전제로 하는 한, 민족주의가 노정한 '자기동일성의 허구'와는 또다른 차원에서의 '자기동일성의 허구'에 빠질 우려가 있다고 본다.
나는 이태준을 식민지배담론의 헤게모니에 투항하여 제국의 논리 안에서 지배자의 동일성을 전유함으로써 의사제국주의적 욕망을 드러내는 식민지적 무의식의 소유자로 읽는 것에 동의하지 않으며, 동시에 이태준을 그러한 포섭과 공모의 경계 바깥으로 건져내어 순연한 '저항'과 '비협력'의 영역에 위치지우는 해석 방식에도 동의하지 않는다. 이 글의 전제는, 신체제가 등장하는 1940년 전후의 이태준은 그가 이해하고 인식하는 범위 안에서 식민지배담론인 신체제론을 주관적으로 '전유'하며(따라서 식민지배담론의 헤게모니에 동의하며), 그 '전유'의 과정에서 식민지배담론이 지닌 논리적 체계의 공백과 비일관성의 틈새를 통해 '저항'한다는 것이다.[43]

43 한수영, 「이태준과 신체제 −식민지배담론의 수용과 저항」, 『이태준 문학의 재인식』,

　한수영 또한 이태준 문학이 지닌 '저항'의 지점을 규명한다는 차원
에서는 김재용이나 하정일의 논의와 연속성을 지니고 있는 것으로 보
이기도 한다. 그러나 식민지배담론 자체가 지닌 '공백'과 '비일관성'의
틈새를 통해 탈식민주체의 저항이 드러난다는 점, 그리고 이 탈식민
주체 또한 식민지주체의 중층성과 마찬가지로 단선적이거나 전일적
인 것만은 아니라는 점을 지적함으로써 이전의 연구들이 도착한 논리
의 함정에서 유연하게 빠져나오는 근거를 마련할 수 있었다.

　그런데 한수영은 「농군」이라는 작품을 평가하는 데 있어서는, '조
선 이주 농민'의 '수난'과 '개척'에 대해 같은 민족으로서 연민과 찬사
를 느끼고 개척과정을 통해 불굴의 의지와 정신을 기리고자 하는 의
도가 들어있음은 분명하지만 그 미묘한 정치적 위치를 '내부의 입장'
에서 그려내지는 못함으로써 '본토인'의 민족주의에 기반한 '주관적
동일화'를 크게 넘어서지 못했다고 결론 내린다. 안수길의 '벼'가 '이
주자─내부'의 시선에서 이 문제를 바라봄으로써, 미묘하고 복잡한 정
치적 상황과 중·일 사이에 끼인 농민의 곤혹스런 처지를 묘사할 수
있었던 데 반해 「농군」에서는 '개척'과 '수난'이라는 추상적인 가치가
전경화(前景化)되어 있다는 것이다.[44]

　「농군」이 당시 조선 이주 농민이 처해 있었던 미묘한 정치적 위치
를 그려내지 못했다는 한수영의 입장에는 대체로 동의하는 바이지만,
"종국에는 그 정치의 차원마저도, '만주에 뿌리내리기'라고 하는 정착

　195~196면.

44　한수영, 「친일문학 논의와 재만조선인문학의 특수성 ─안수길의 소설과 '이주자─
　　내부─농민의 시선'을 중심으로」, 『친일문학의 재인식』, 146~151면.

과 생존의 의지 앞에서 무망한 것이 되고 만다"[45]는 안수길에 대한 평가는 이태준의 「농군」에도 적용된다고 생각한다. 정치적 차원에서의 명확한 판단과 논리가 작품의 가치를 평가하는 데 제일의적 논리가 되지 않는다는 원론적 전제를 들지 않는다 하더라도, 「농군」이 보여준 만주 이민자들의 형상은 '협력'과 '저항'을 가르는 논의에서 때로 다다르는 담론적 도식성을 내파하는 문학적 사실성을 구현하고 있다.

「농군」의 전반부에는 속으로는 경관(警官)이라고 생각하면서도 정체가 확실히 밝혀지지 않은 한 남자에게 심문을 당하는 청년 창권의 취조와 응답에 대한 묘사를 통해, 생존을 위해 이민을 택할 수밖에 없었던 당시 조선 농민들의 사정과 심정이 재현된다. 이 단편의 짧은 길이를 통해 볼 때, 의도적으로 긴 분량으로 배치되었다고밖에 볼 수 없는 이 장면을 하정일의 지적처럼 '탈식민적 저항'으로 보는 것은 대단히 적극적인 해석일 테지만, '만주 유토피아니즘'이라는 김철의 해석과 같이 볼 수 없는 것은 분명해 보인다. 이러한 사실은 그렇게 바라던 '물'이 논으로 들어오는 장면을 목도하는 시점이, 하필 총에 맞은 노인을 건져 올리는 비극적 장면과 공존하고 있는 다음 결말에서도 확인된다.

사람이 떠나려 온다. 창권은 다리를 쩔룩거리며 뛰여 들었다. 노인이다. 총에 옆구리를 맞았다. 바로 창권이 하라버지 운명할 때, 눈을 쓸어 감겨주던, 경상도 사투리하던 노인이다. 창권은 가슴이 쩍 갈라지는 것 같았다. 차라리 가슴 복판에 총알이 와 꽉 백혔으면 시원하겠다. 노인의

45 위의 글, 151면.

시체를 두 팔로 쳐들고 둔덕으로 뛰여올랐다. … (중략) … 물은 도랑 언저리를 철버덩철버덩 떨궈 휩쓸면서 열두자 넓이가 뿌듯하게 나려 쏠린다. 논자리마다 넘실넘실 넘친다. 아침 햇살과 함께 물은 끝없는 벌판을 번져 나간다.[46]

위에서 번져 나가는 "물"과 "아침 햇살"이 이들의 희망적 미래를 보장해 주는 것이 아님은 분명하며, 노인의 시체와의 대조는 장면의 역설적인 비극성을 선명하게 부각시킨다. 「농군」은 분량 자체가 짧기도 하거니와, '만주로 이동하는 기차 안에서의 장면-만주에 정착하여 수로를 개척하는 장면-중국 농민 및 군대와의 싸움 장면' 등 상당히 단순한 구조로 이루어져 있다. 작품 속에서 장쟈워푸의 '토민'들이 창권들의 수로 내기를 반대하는 이유가 "극히 단순한 것"(224면)으로 취급되고 만다는 점에서 '자민족 중심주의'의 혐의를 발견할 수는 있다. 그러나 「농군」을 의사 유토피아니즘을 실현하는 식민주의적 시각에 의해 구성된 결과로 평가하기는 어렵다.

이 소설 안에서 개간권 허가 운동을 위해 공안국장과 현지사 부인에게 돈과 순금 목걸이를 해다 바치는 조선 농민들의 처지와, 자기네 관헌이 무력한 것을 보고 돈을 걷어서 군부의 유력한 사람에게 뇌물을 바치는 중국 농민들의 처지는 서열화된 시각으로 구획되어 있다기보다 생존을 걸고 싸우는 주체들로서 근본적으로는 유사한 자리를 획득하고 있다고 볼 수 있다. 오히려 대립각으로 등장하여 소설의 비극성을 창출하는 것은 '총'을 든 군인이라는 군사력과 '괭이'나 '삽자루'

---

46 이태준, 「농군」, 『문장』 제7집 임시증간호, 문장사, 1939.7, 228~229면.

같은 생존의 도구를 통해 저항할 수밖에 없는 농민들 간의 생존 투쟁
이며, 비극의 가장 커다란 국면을 마련하는 사건 또한 군인들의 발포
라고 할 수 있다.

　주목할 것은 "죽어도 여기밖에 없고 살아도 여기밖에 없다",[47] "조
선사람들은 밤낮 없이, 남녀노소 없이 봇도랑을 팠다", "그러나 매맞
는 것은 죽는 것보다 낫다. 병정들이 저쪽으로 가면 이쪽에선 그냥
팠다. 이쪽으로 오면 저쪽에서 그냥 팠다", "총알이 날아와 흙둔덕을
푹 파헤쳐 놓는 것을 보고는 어떤 사람은 도리어 악이 받쳐 웃통을
벗어던지고 보아라 하는 듯이 흙삽을 더 높이 떠올려 던졌다"[48]와 같
이 반복적으로 묘사되는 장면들 속에서, 당시 만주로 이주해간 조선
농민들의 생명을 걸고 싸우는 비극적 삶의 모습이 생생하게 현전되고
있다는 점이다.

　여기에서 임화의 논의를 다시 상기할 필요가 있는데, "수로의 개통
이 그들에게 영원한 행복을 가지고 오리라고 믿을 수 없음에 불구하
고 생명을 도(賭)하여 공사에 열중하는 이주민들의 면영은 바라보기
에 가슴이 메이는 데가 있다. 소박하고 아름답고 그리고 폐부를 찌르
는 슬픔에 사무친 이러한 회화를 그릴 수 있는 작가는 필시 우수한
시인임에 틀림없을 것이다. 비록 단편일 망정 이 소설을 꿰뚫고 있는
것은 분명히 크나큰 비극을 속에다 감춘 서사시의 감정"[49]이라는 그의
언급은 「농군」의 성과와 한계를 정확히 지적한다. 만주 이민의 서사

47　위의 글, 225면.
48　위의 글, 226면.
49　임화, 「현대소설의 귀추」, 『문학의 논리』, 학예사, 1940, 432면.

라는 역사적 사건을 무대로 하고 있음에도 그것이 시적 감정을 벗어나지 못했다는 점은, 「농군」이 지닐 수밖에 없는 근본적 한계를 시사한다. 따라서 이 단편을 '식민주의에의 협력'이나 '민족적 저항의 서사'로 판단하는 논의는 양쪽 다 논리의 '침소봉대'를 피할 길이 없었던 것이다.

그러나 "이만큼 진실하고 절절한 감정이 무가치해야 한다는 이유가 또 무엇이냐"[50]는 임화의 지적처럼, 그 미학적 가치가 충분한 정치적 입장의 표명이 되지 못한다는 이유로 인해 폄하될 필요는 없다.

> 물만 어서 떨떨 굴러와 논자리들이 늠실늠실 넘치도록 들어가만 준다면 논은 해먹지 않고, 그것만을 보고 죽더라도 한이 풀릴 것 같았다. 까마득한 삼십리 밖, 이 푹신푹신한 생흙다닥으로 물이 고이며 흘러 오리라고는, 무슨 꿈을 꾸고나서 그것을 생시에 바라는 것 같이 허황스럽기도 했다.[51]

위의 묘사가 보여주는 것은, '국책'이라는 이데올로기나 '민족'이라는 담론에 앞서 육체로 "흙"을 체험하는 이주 농민들의 감각과 내면이라고 할 수 있다. 그런 점에서 본다면, '개척'과 '수난'이라는 추상적 가치가 「농군」에 전경화되어 있다기보다는, 이 소설의 서사에서 그와 같은 추상적 가치들을 찾아내는 담론들의 논리가 오히려 소설이 구현하고 있는 미학적 성과에 접근하지 못하고 있는 것일 수 있다.

만주로 이주해 간 농민들의 삶의 내부를 묘파해내는 이태준의 시선은, 1933년 발표한 「꽃나무는 심어 놓고」에서 농토에서 떠날 수밖에

---

50 위의 글, 431면.
51 이태준, 앞의 글, 227면.

없는 처지가 되어 타관으로 떠돌면서 삶의 근거를 파괴당하고 있는 농민들에 대한 시선과 크게 다르지 않다고 볼 수 있다. 그러나 시기적 특성으로 말미암아 「농군」의 서사는 '대동아공영권'과 '오족협화'를 내세우며 만주 개척을 장려했던 당시 일제의 국책 사업의 논리에 포획될 위험을 갖고 있다. 문제는 당시의 농민들 또한 이 포획의 진영 안에 존재했으며, 「농군」은 정치적인 의도의 차원을 넘어서는 영역에서 그러한 피식민지인들의 처지를 문학적으로 간취할 수 있었다는 점이다.

이 사실은 당시 「농군」이 실린 『문장』의 바로 같은 월부터 연재되는 임학수의 「북지견문록」과 이태준의 「만주 기행」을 비교할 때 더욱 명확해진다. 비록 만주는 아니지만 중국의 북지에서 "저 건너 안개에 쌓인 들 끝이 인류의 몇 만 년간 찾고 동경하던 정토인 것 같이"[52] 보인다는 감회를 서술하고, "다행히 당국에서는 장차 농장을 베풀고 자본까지 융통하여 준다 하니, 부디 그 땅이 비옥하고 또 천재도 없어 하루속히 신성한 개척자가 많이 나기를 축원"[53]하는 임학수의 시선은 추상적 국책 이데올로기에 사로잡혀 있다. 이와 비교하여 "나는 내일이나 모레면 산고수려하다 해서 고려란 나라 이름까지 생긴 내 고향 금수강산에 들어서려나 생각하니 황막한 벌판에 남는 저들을 한번 더 돌아볼 염치가 없어졌다"[54]는 이태준의 구체적 시선은 본질적으로 깊은

---

52 임학수, 「북지견문록」, 『문장』 제6집, 문장사, 1939.7, 165면.
53 위의 글, 167면. 이러한 차이는 애초에 임학수의 북지 기행이 황군을 위문하는 작가단으로서 비롯되었다는 점과 긴밀한 연관을 맺고 있기도 하다. 당시 황군위문 작가단의 북지 방문에 대해서는, 임종국, 앞의 책, 94~96면.
54 이태준, 「만주 기행」, 『무서록』, 깊은샘, 1994, 180면.

차이를 지닐 수밖에 없다. 따라서 「만주 기행」에서 '유꾸리 천천히 만만디/ 다바꼬 한대 처우웬바'를 노래 부르는 소년의 목소리를 포착해낸 이태준의 시선은 오족협화의 이념이 아니라, '일본 제국주의'와 '중국 영토'라는 '이념'과 '실체' '사이'에 놓여 있는 만주 이주 농민들의 처지를 재현하는 것이다.

이 시기의 이태준 문학 특히 「농군」을 둘러싼 논쟁은 한 연구자의 지적처럼, 이른바 '친일문학' 내지는 '협력문학'의 역사철학적 함의와 문학사적 중요성을 환기시킨 점에서 생산적이고 의미 있는 것이었다. 그리고 그 여러 입장들이 보여주는 변별점들이 현재 한국문학연구의 단층선을 반영하고 있는 점에서 중요한 것이기도 하다.[55]

그러나 이 시기를 대상으로 하는 한국근대문학 연구가, 그 담론의 차원이 아니라 텍스트의 해석과 의미 분석의 미학적 차원에서도 진정으로, "식민지 지식인작가들 내면의 근대지향과 탈근대지향 사이의 혼돈과 착종이 작용하고 있다는 점 등은 이제 어느 누구도 쉽게 부인할 수 없는 공통의 인식이 되었다"[56]고 말할 수 있는지는 의문이다. 그것은 여러 논자들이 담론의 차원에서는 기존 문학사가 지닌 이분법적 구도를 철폐하고 작가들 내면의 혼돈을 들여다봐야 한다는 점을 반복적으로 주장하면서도, 정작 그 담론의 정합성을 증명하기 위해 작품 내부의 이 혼돈과 착종을 무시하는 경우를 발견할 수 있기 때문이다. 그런 점에서 이 시기의 한국근대문학 연구는, 개인과 역사의 실존을 매개하는 문학 작품을 구획하고 체계화하는 문학사의 형식이

---

55 김명인, 앞의 글, 259면.
56 위의 글, 258면.

지니는 근본적인 문제 자체를 제기하고 있는 것처럼 보이기도 한다.
혼돈(또는 모순)을 혼돈(또는 모순) 그대로 받아들이는 것은 얼마나 어
려운 일인가. 또한 문학이 처한 시대적, 역사적 조건을 잊지 않으면서
미학적 성과를 바르게 위치 짓는 것은 얼마나 힘든 작업인가.

2장

조선어·일본어 창작 담론의 전개와
김용제(金龍濟)의 창작의 논리

1. 신체제의 확립과 '국어' 창작의 문제

1940년 7월 22일 일본에서는 제2차 고노에(近衛) 내각이 출범하였고, 신국민(新國民) 조직 결성을 주요 내용으로 하는 「기본국책요강(基本國策要綱)」을 결정했다. 이 요강에서는 '팔굉일우(八宏一宇)'의 정신에 입각한 '강력한 신정치체제의 확립'과 '일(日)·만(灣)·지(支)'의 결합을 근간으로 '대동아(大東亞) 신질서 건설'을 목표로 삼는 것을 근본 방침으로 하고 있다. 이러한 방침에 따라 일본의 모든 정당은 해산되고, 1940년 10월 관제국민통합 단일기구인 대정익찬회(大政翼贊會)가 조직되어 '신도(臣道)'를 실천하고 '대동아공영권'과 '익찬 정치·경제 체제의 건설' 및 '문화신체제와 생활신체제의 건설'에 협력할 것을 주요 내용으로 삼는 실천요강을 발표하였다. 조선총독부는 강도 높고 실제적인 국민총력운동에 적합한 새로운 기구인 국민총력조선연맹

(國民總力朝鮮聯盟)을 설립하기에 이른다. 이어 1940년 10월 14일 조선의 모든 단체와 개인을 국민총력조선연맹의 구성원으로 포함하는 「조선 국민조직 신체제요강」을 발표한다.[1]

'문화신체제'의 건설과 이를 실천할 것을 요구하는 조선총독부의 방침은 조선문화계 전반 그리고 조선문학에 뚜렷한 전환을 예고하는 것이었다. 1937년의 중일전쟁 이후 일본의 전시체제와 내선일체 정책에 의해 이미 조선문단의 지형과 정세가 가파르게 변화하여 전환기에 접어들었지만, 신체제가 확립하는 1940년 7월 이후 조선문학의 내용과 형식 및 조선문단과 출판계의 사정은 더욱 급격한 변화를 겪을 수밖에 없게 된다. 이와 같은 상황을 가장 상징적으로 보여주는 것은 1940년 8월의 『조선일보』, 『동아일보』의 폐간이다. 잡지『삼천리』는 1940년 9월, 「동아신체제 수립에 매진, 近衛 신내각의 성명」과 함께 「조선일보·동아일보 자진폐간 진상(眞相)과 금후(今後)」라는 글을 싣고 있다. 이 글은 8월 10일 "국책적 견지로부터 언론기관 통제의 긴요함을 인정하고 신중 고구(考究)한 결과 먼저 언문(諺文)신문의 통제를 단행하기로 결정"[2]했다는 총독부 경무국장의 담화를 전한다. 당시 조

---

1 신체제 성립의 배경과 사정은 전상숙, 「일제 군부파시즘체제와 '식민지 파시즘'」, 『동방학지』 124, 연세대국학연구원, 2004; 방기중, 「1940년 전후 조선총독부의 신체제 인식과 병참기지강화정책」, 『동방학지』 138, 연세대국학연구원, 2007; 한국독립운동사연구소 편, 『한국독립운동의 역사』, 독립기념관 한국독립운동사연구소, 2013 참조.
　방기중은 조선 총독부의 신체제 정책에 대한 대응은, '혁신세력'의 체제혁신 논리를 강하게 견제하는 가운데 독자적인 '조선신체제'의 이념과 논리를 구축함으로써 '신체제' 수립을 오히려 '내선일체' 통치이념과 병참기지 정책의 확대·강화의 계기로 삼는 것이었다고 논하였다. 방기중, 앞의 글, 146~150면 참조.
2 「조선일보·동아일보 자진폐간 진상(眞相)과 금후(今後)」, 『삼천리』, 1940.9, 11면.

선총독부가 문화신체제 건설의 일환으로 가장 먼저, 이전보다 훨씬 강도 높은 매체 통제를 실행하고 있다는 점과 함께 통제 대상의 핵심에 "언문" 즉 조선어가 놓여 있다는 사실을 보여주는 장면이다.

『삼천리』가 주최하고 이광수, 유진오, 정인섭, 박영희, 김동환, 박계주, 최정희 등이 참석한 같은 호의 좌담회에서, 주간 김동환은 황군위문작가단(皇軍慰問作家團) 파견 및 문인협회 결성 등을 통해 그동안 조선의 작가들도 "국민사상을 건실한 방면으로 이끌어 가려고 많이 노력하여" 왔으나, "그러나 이제 국가의 사의(思意)는 좀 더 깊고 급박한 데 있는 양으로 신체제운동하의 문학적 활동도 스스로 긴절(緊切)한 바 있을 줄 생각"하고 "신체제하의 조선문학의 진로는 어떠하여야"[3] 하는지 묻고 싶다는 말로 좌담회의 취지를 설명한다.

특히 이 좌담에서 눈길을 끄는 것은, 정치적 변화를 민감하게 반영하고 있는 다른 항목들과 함께 동경문단과의 제휴 및 '내지(內地)'로의 진출을 논하는 항목이다. 김동환은 "改造社의 「文藝」도 조선문학 특집을 내었고, 또 赤塚書房에서는 『朝鮮文學選集』을 내었으며 그밖에 동경서 간행되는 신문 잡지에 조선문학에 대한 평론과 작품이 부절(不絶)히 나오고 있는 것으로 보아, 조선문학에 대한 관심이 상당히 높아지고 있다고 보아집니다. 이 기운에 대하여 우리로서 생각할 바"[4]를 말해 달라고 요청하면서, 이광수에게 일본에서 번역된 그의 작품에 대한 독자들의 반응을 묻고 있다. 일본에서의 조선문학 특수 현상과 번역의 문제, 출판 시장의 확대 및 통합, 경성과 동경 문학자의 교류,

---

3 「신체제하의 '조선문학의 진로'」, 『삼천리』, 1940.9, 197면.
4 위의 글, 200면.

'동아(東亞)작가대회'의 제언 및 조선문학의 해외진출 등 광범위한 주제들이 비록 언급에 그치는 것이기는 하지만 당시 좌담회에서 제기되고 있었다.

이 글에서는 신체제 전후 이와 같은 조선문단을 둘러싼 움직임과 함께 '국어' 창작의 논리에 대응하면서 창작의 방향성을 변화시켜 나가야 했던 조선문학가들의 조선어·일본어 창작 담론과 전개 양상을 살펴보려고 한다. '국어'와 '조선어'의 사이에서 그리고 대동아공영권 하 일본의 지방문단으로 자리매김되는 조선문단에서 조선문학을 한다는 것의 의미를 논했던 그들의 입장과 일본문학가들과의 길항 또는 포섭관계를 분석할 것이다. 또한 이러한 논쟁의 와중에서, 일본문단이 아닌 조선문단에서 '국어' 창작의 제일선(第一線)에 서고 있는 김용제(金龍濟)의 발언과 시(詩)를 통해 당시 조선문단에서 실제적으로 수행되었던 '국어' 창작의 논리를 분석할 것이다. 신체제 확립을 전후로 하여 발표되는 평론과 좌담회와 작품들, 즉 조선어가 수의 교과목이 되는 '제3차 조선교육령 개정'이 발표된 1938년 3월경부터, '국어전해운동(國語全解運動)'이 시작되고 『국민문학』의 조선어판이 중지되는 1942년 5월경까지의 시기가 대상이 된다.

2. 조선문단의 재편과 '국어' 문단과의 길항

앞서 살펴본 『삼천리』의 좌담회에서처럼 1940년 7월 이후의 신체제는 1930년대 중반 이후 조선문단에 간헐적으로 제기되고 있었던 문제들을 예각화시키는 것이면서, 조선문학가들에게 명백해진 제약과

가능성 양쪽 모두를 내포하는 변화를 의미했다. 그 하나는 조선어문학이 거의 불가능해지거나, 존재한다 해도 발표매체 자체가 현저하게 축소될 것이라는 한계지점이자 창작의 근본적 조건의 변화였다. 또 다른 하나는 조선문단의 일본문단으로의 편입 및 통합을 통해 대동아공영권이라는 확장된 출판시장에서 조선문학이 수용될 가능성과 그것이 작가들에게 가져다 줄 변화였다. 그리고 이 두 가지 변화는 모두 '국어(國語) 문학' 즉 제국의 언어인 일본어로 창작하는 문학으로 방향 지워져 있었다.

창작의 조건인 언어의 변화와 그것이 발표되는 매체, 그리고 예상되는 독자층과 시장의 변화라는 문학을 둘러싼 물적 조건의 변화는, '국책에의 적극 협력'이라는 사상적 측면과 함께 조선문학과 문단 전체의 지각변동과 재편을 의미했다. 대동아공영권이라는 확대된 시장에 대한 기대감은, 조선어 문학의 불능이라는 한계상황을 대체하는 방어기제의 측면에서도 확산될 수밖에 없는 것이었다. 발표수단, 발표매체, 유통방식, 수용독자 등을 가로지르는 이 심각한 재편상황은 일본에서의 '출판신체제'의 확립과 동시에 구체적 현상으로 드러나기 시작했다.

사상통제를 위한 검열이 강화된 것은 물론, '출판용지 할당제', '출판기획계제(出版企劃屆制)' 등과 같은 사업을 실시하며 책을 비롯한 지식, 사상, 문화의 생산 영역을 총괄하는 '일본출판문화협회'가 1940년 12월 창설되었다. 서적의 유통 업무를 담당하고 있었던 모든 도매점을 동일한 회사로 합류시켜 일원화하고, 당국 및 '문협'의 지도 감독하에 둠으로써 유통영역을 총괄하는 조직인 '일본출판배급주식회사'가 1941년에 설립되어, 같은 해에 조선지점과 타이완지점을 설치하는 한

편, 만주출판배급주식회사와 단일한 창구를 만들어 출판물을 유통시키는 '출판신체제'가 확립된 것이다.[5]

유통영역을 확장하고 생산 영역을 지역적으로 분절하여 관리·통제함으로써 언제든지 중앙으로 진출할 수 있다는 환상을 품게 하는 한편, 출판신체제의 메커니즘에 의해 통제될 수밖에 없다는 양가적 측면이,[6] 일부를 제외한 조선의 문학가들에게 가능성보다는 통제의 방향으로 더욱 크게 작용했던 것은 분명하다. 그리고 이와 같은 새로운 문단의 변화와 재편에 직면하여 조선의 문학가들은 전면화된 '국어' 창작의 논리에 대응해야 했다. 쓰든, 쓰지 않든, 쓸 수 없었든 간에 조선의 문학가들에게 '국어' 창작의 요구는 강화되어 가고 있었고, 가능한 방식의 조선어 창작 또한 '국어/조선어'라는 상대항을 늘 의식하며 해나갈 수밖에 없는 상황이었다.[7]

1937년 11월 조선어 관련 잡지인 『정음』에서 "모든 조선인아! 조선

---

5 일본에서의 출판 신체제의 확립과정에 대해서는 이종호의 상세한 연구를 참고하였다. 이종호, 「출판신체제의 성립과 조선문단의 사정」, 『사이間SAI』 6, 국제한국문학문화학회, 2009.

6 이와 같은 '환상'과 '통제'에 대한 지적으로 위의 글, 213면.

7 김재용은, 1942년 5월의 '국어전해운동(國語全解運動)'이 조선문학계에 가장 큰 영향을 미친 식민주의 언어정책이며, 그럼에도 당시 조선에서의 낮은 일본어보급률로 인해 전쟁동원과 국책 선전을 위한 조선어 방송과 잡지가 필요할 수밖에 없었던 딜레마적 상황이 있었음을 논한다. 따라서 조선어방송을 없앴다가 1943년 다시 내보내는 한편, 일반 지식인과 민중들을 독자로 하는 『조광』, 『춘추』, 『신시대』와 같은 종합잡지들이나 『半島の光』과 같은 농민 대상 잡지, 『야담』과 같은 대중 잡지들은 대부분 조선어거나 전부 조선어로 쓰이기도 했다. 이에 따라 한설야와 같은 작가들은 『야담』과 같은 잡지를 전략적으로 활용하여 조선어 작품을 발표하는 한편, 검열이 상대적으로 완화되곤 했던 일본어로 창작을 하는 방식을 채택하여 식민주의를 우회하고 있다고 분석하였다. 김재용, 「식민주의와 언어」, 김재용·오오무라 마쓰오 편저, 『제국주의와 민족주의를 넘어서』, 역락, 2009, 29~39면.

어를 사랑하자! 우리들이 조선어를 사랑하면 피녀(彼女)도 또한 우리들을 사랑하여 보다 건실하고 보다 급속하게 새로운 문화창조에 나아갈 대도(大道)를 개척하여 줄 것"[8]이라며 조선어와 문화 창조에 관한 희망에 찬 발언을 한 바 있는 인정식은, 1941년의 시점에서는 "현금(現今)에 있어서는 우선 황민화(皇民化)의 정신적 훈련을 위해서도 조선어의 폐기가 아니라 도리어 그의 광범한 활용이 필요하다는 것"[9]을 주장하고 있었다. 한편, "지나문학이 한문으로 쓰이고 영문학은 영문으로 쓰이고 일본문학은 일문으로 쓰이는 것은 원형이정(元亨利貞)이다. … (중략) … 조선문학은 조선문으로 쓰이는 것이다. 조선문으로 쓰이지 아니한 조선문학은 마치 나지 아니한 사람 잠들기 전 꿈이란 것과 같이 무의미한 일"[10]이라는 유명한 언급으로, 속문주의에 의거한 조선문학의 정의를 설파하던 이광수는 1940년 일본 문학가들과의 좌담회에서 "국민교육이 의무로 되어 국어가 보급되고, 조선인 전체가 국어를 읽을 수 있게 되는 것은 빨라도 삼십 년, 혹은 오십년 후가 될 것이라고 생각합니다. 그러므로, 언문밖에 읽지 못하는 사람을 방치해 두어서는 안 됩니다. 일시적으로라도, 전부 국어를 아는 조선인이 되기까지는 언문 문학이 아니면 안 된다고 생각합니다"[11]라고 말하고 있다.

---

8 인정식, 「복고주의에 의거하는 조선어연구운동의 반동성」, 『정음』 21, 1937.11. 19면.

9 인정식, 「내선일체의 문화적 이념」, 『인문평론』, 1940.1. 7면.

10 이광수, 「조선문학의 개념」, 『사해공론』, 1935.5, 31면.

11 「文人の立場から-菊池寬氏等を中心に-半島の文藝の語る座談會 (4)」, 『京城日報』, 1940.8.16.

인정식과 이광수의 두 발언들 사이의 거리가 함축적으로 보여주
듯, 4~5년 사이에 조선문단과 조선어문학을 둘러싸고 벌어진 변화는
매우 가파른 것이었다. 따라서 이 시기 조선문단의 가장 커다란 화두
는 조선어 창작과 일본어 창작을 둘러싼 담론이었고, 이른바 '국어문
단' 즉 '내지' 일본에 진출한 조선문학('국어'로 번역되거나 쓰여진)의 존
재였다. 1940년 6월 같은 시기에 발표된 다음의 두 글은 이와 같은
상황을 여실히 보여준다.

　　① 현룡조차도 어디선가 이 문인들의 모임이 있다는 냄새를 맡고, 거의
회합이 끝나갈 즈음에 어슬렁거리며 나타났던 것일 따름이다. 하지만 거
기에는 그를 조선 문화의 해로운 진드기와 같은 존재로 증오하고 배척하
는 남녀 문인들만이 쭉 늘어서서, 한 사람 한 사람이 긴장과 흥분이 넘치는
모습으로 조선 문화의 일반 문제라던가, 조선어로 저술하는 문제의 시시
비비에 대해 열심히 토론을 하고 있었다. 그는 헤에 웃으면서 겸연쩍은
듯 한구석에 떨어져 오도카니 앉아 있었다. 예상대로 그들은 자기들의
손으로 조선 문화를 수립하고 그 독자성을 신장시켜야 할 의무가 있으며,
그것은 또한 결국 전일본문화(全日本文化)에 기여하고, 나아가서는 동양
문화를 위해서 세계 문화를 위하는 길이라고 말하고 있었다.[12]

　　② 조선문학이 최근 갑자기 동경문단에 주목을 끌고 있다. 신건이란
분의 역편(譯編)으로 된 『조선소설대표작집』, 장혁주 씨 등이 역편하는
『조선문학선집』(제3권 1권 기간(旣刊))이 상재됨을 계기로 대기하였었다
는 듯이 5월호 동경발행 각 문예잡지에는 조선문학의 소개 내지 논평이

12 金史良, 「天馬」, 『文藝春秋』, 1940.6, 인용은 김재용·곽형덕 편역, 『김사량, 작품
　　과 연구 2』, 역락, 2009, 26면.

일시에 게재되었다. 주요한 것을 제목만 뽑아 보면 『新潮』에 익명으로 된 「조선문학에 대한 일의문(一疑問)」이라는 권두평론, 장혁주 씨 필(筆) 「조선문단의 대표작가」, 『文學界』에 村山知義 씨 필 「조선문학에 대하여」, 한식 씨 필 「조선문학 최근의 경향」 등 2편, 『公論』에 淺見淵 씨 필 「조선작가론」, 『文藝』에 백철 씨 필 「조선문학통신」(3월호부터에서인가 계속되어 오는 것) 등과 그 외 다른 문장 가운데서 조선문학에 언급한 사람으로 林房雄·春山行夫·河上徹太郎 씨 등이 있다.[13]

김사량의 소설 「천마」의 일부분인 ①에서 '조선 문화의 독자성 신장'-'전일본문화에 기여'-'동양문화에 기여'-'세계문화에 기여'라는 이 네 가지의 항목은 마치 전체에 속하는 부분의 발전이 전체의 발전을 가져오는 것처럼 당연한 논리인 것으로 읽히지만, 당시 조선과 일본에서 사정은 그리 자연스러운 것이 아니었다. "조선 문화의 일반문제라던가, 조선어로 저술하는 문제의 시시비비" 즉 조선 문화의 특수성과 일본문화와의 관계, 그리고 조선어로 창작을 하는 행위에 대해 그들이 열심히 토론을 할 수밖에 없었던 이유는 그것이 조선문단의 가장 심각한 화두이자 쉽사리 해결되지 않는 어려운 문제였기 때문이다.

동양의 중추를 담당하는 일본의 번영이 전인류의 번영과 세계문화의 창조를 위한 길임을 설파하는 동양 담론이 일본뿐만 아니라 조선의 지식인들에게까지 광범하게 퍼져나가고 있었지만, 1930년대 후반으로 올수록 '조선의 독자성'이나 '특수성'을 주장할 수 있는 입지는

---

13 임화, 「동경문단과 조선문학」, 『인문평론』, 1940.6, 39면. 현재의 띄어쓰기와 표기법에 맞게 고쳤다.

점차 좁아지고 있었다. '내지' 일본의 '지방' 문학으로서 자연스러운
조선어문학의 발달을 보장받기에는, 이미 '국어' 창작의 요구가 노골
화되었고 소설 속의 현룡 같은 이들조차 등장하고 있었다. "조선어로
창작하는 것에는 넌더리가 나오. 조선어 따위 똥이나 처먹으라"[14]는
현룡과 같은 이를, 김사량은 "애국주의자라는 미명하에 숨어서, 조선
어로 글을 쓰기는커녕 언어 그 자체의 존재조차도 정치적인 무언의
반역이라고 중상을 하고 돌아다니는 사람"[15]으로 평가하고 있었다. 조
선의 민족성을 열등한 것으로 보고, 조선인의 욕을 늘어놓으며 내지
인과 자신을 동등하다고 여기는 현룡의 모습은 김문집을 모델로 한
것으로 알려져 있지만,[16] 조선어 폐지를 논하며 철저한 내선일체론을
주장하거나 조선문단의 후진성을 극복할 방법으로 '국어' 창작을 옹
호했던 현영섭, 장혁주, 김용제 등의 모습 또한 여기 겹쳐진다. 이들
을 비판하며 '국어' 창작을 했던 김사량과 같은 작가 또한, '애국'할
수 있는 국가란 일본밖에 존재하지 않는 1940년 전후의 상황에서 '애
국'의 논리와 '조선문학 보존'의 논리가 서로를 침해하지 않는 것임을
주장하고 있었다.

   2는 임화의 「동경문단과 조선문학」이라는 글의 일부로, 임화는
일본문단이 조선문학에 주목하게 된 현상이 최근 3, 4년 이래로 동경
문단이 경험한 변화의 소산이며, 그 현상은 '시국(時局)'이라는 새로운

---

14 김사량, 앞의 글, 25면.
15 위의 글, 28면.
16 소설 「천마」의 인물들이 모델로 하고 있는 실제 인물에 대해서는 황호덕, 「국어와
    조선어 사이, 내선어의 존재론-일제말의 언어정치학, 현영섭과 김사량의 경우」,
    『대동문화연구』 58, 대동문화연구원, 2007, 161면 참조.

환경의 변화 때문이라 말한다. 이는 조선문학의 진보 때문이 아니라, "지나 사변이라는 돌연한 대사변을 통하여 출현한 대륙이라는 것의 한 부분 혹은 그것과 연결된 중요지점으로서 각개의 지역이 전혀 신선한 양자(樣姿)를 정(呈)하고 일본문학의 면전에 출현한 것"[17]임을 명확히 하고 있다. 이어 그는 조선문학에 대해 동경 문단인들이 이구동성으로 언어의 문제를 들고 있다고 언급하며, 그 대표적인 예로 동경에서 간행된 잡지 『新潮』에 실린 글을 논하고 있다. 현대의 조선문학이 조선어로 쓰여진다는 것이 예상치 못한 일이며, 조선문학이 동경 문단의 주목을 끌지 못한 것은 조선어로 쓰였기 때문이라는 『新潮』의 글에 대해, 임화는 '우둔한 비평가'라 평하면서 조선작가와 일본문학의 독자들을 향한 그의 포즈가 실로 '상업적'이라 비판한다.

임화는 일본문학과 조선문학의 존재방식에 대해 "이 양자의 접근은 결과로는 조선문학이 단순한 조선만의 존재에 끝나지 아니하고 널리 일본문학으로서 포함되는 새로운 단계"에 도달할 것이라는 아사미 후카시(淺見淵)의 견해나, 조선문학이 "민족문학의 전통 위에서의 현대의 것이 아니고 또 일본 현대문학의 식민지적 출장소도 아닌 세계

---

17 임화, 앞의 글, 40면. 이와 같은 일본의 전진병참기지화에 따른 조선의 위상과 일본과의 관계 변화는, 다음과 같은 발언에서 명확히 천명되고 있었다. "이제 조선은 우리 일본의 대륙을 향한 전진병참기지라네. 이를 설명하자면 두 가지 요소가 있어. 첫째는 인적자원의 배양과 육성, 반도 민중을 충량한 황국신민으로 만드는 것, 두 번째는 국방생산력의 획득 촉진이지. …(중략)… 병참기지인 조선의 입장에서 보면 일본은 더 이상 동쪽에 치우친 나라가 아니야. 만주사변 이후는 사실, 대륙 일본이며 세계 일본이라고 해야 하지. 대륙 정책에서는 아무래도 조선이 첫째가는 교두보를 담당할 수밖에 없어. 불행히도 대륙에서 전쟁이 벌어진다면 작전을 수행할 기반도 물론 조선이지」, 「미나미 총독은 말한다―본지 기자와의 대담록」, 『일본잡지 모던일본과 조선 1940』, 어문학사, 68~69면.

문학이 이 이십세기라는 시대에 지방적으로 개화한 근대문학의 일종"[18]이라는 가와카미 데쓰타로(河上徹太郎)의 견해를 경청할 만한 것이라 소개하고 있다. 임화는 조선어 창작의 가치를 무시하고 '국어'로 창작할 것을 요구하는 『新潮』의 논조를 정면으로 반박하는 대신, 조선문학의 독자성을 상대적으로 인정하고 있는 아사미 후카시나 가와카미 데쓰타로의 글을 인용하여 우회적으로 비판하는 것으로 보인다. 『新潮』의 글이 조선문학을 중앙문단에 읽히지 않는 '지방어'로 창작하는 하나의 열등한 '지방문학'으로 국한시키고 있는 데 대응하여, 임화는 조선문학의 독자성을 인정해줄 것을 요구하는 동시에 단지 '식민지 문학'으로서가 아니라 일본과 대등한 한 근대문학의 영역으로 인정받기를 열망하고 있는 것이다.

임화의 글은, 당시 동경 문단에 조선문학이 받아들여지는 방식, 그 반응을 재수용하는 조선 문학가들의 심리, 조선어 창작을 '국어' 문단으로 일원화시키려는 일본 문학가들의 입장, '국어' 창작의 요구에 대응하는 조선어창작의 논리 등을 잘 보여준다.[19] '국어'/'조선어' 창작을 둘러싸고 벌어지는 조선문학에 관한 담론은 이처럼 조선문단과 일본문단이 서로를 참조하면서 진행되었는데, 이러한 상호참조의 과정이란 특히 조선문학가들에게 지속적으로 식민지 문학 또는 '지방' 문학이었던 조선(어)문학의 위치와 의미를 묻게 하는 것이었다.

---

18 위의 글, 48~49면.

19 일본문학계의 식민지 문학에 대한 인식과 식민지 문학이 일본 문학계에 일으켰던 움직임에 관해서는 나카네 다카유키, 「1930년대에 있어서 일본문학계의 동요와 식민지문학의 장르적 생성」, 『일본문화연구』 4, 동아시아일본학회, 2001.4를 참고할 수 있다.

3. 조선어·일본어 창작 담론의 전개 과정과 제기된 문제들

1) 창작 담론의 상호참조 과정

임화는 앞의 글에서 "만일 영구히 조선문학이라는 것이 현재의 존재방법을 계속한다면 민족의 혼일적(渾一的)인 융화라는 것은 대체 어떻게 해결할 것인가?"[20]라는『新潮』의 의문, 즉 내선일체를 통한 전국민의 황민화와 조선(어)문학의 독자성이라는 융화되지 않는 문제에 대한 질문에 직접 대답하는 방식을 피하고, 일본문학가의 글을 인용하였으나 다른 여러 글과 좌담회에서 조선어 창작에 관한 자신의 의견을 밝히고 있다.

김사량 또한 조선문학을 논하는 글에서 여러 차례 조선어 창작에 관해 논하였는데, 조선어·일본어 창작 담론은 이처럼 일회성에 그치지 않고 서로를 참조하는 방식으로 진행되어 나갔고 조선어잡지가 폐간되고 일본어판『國民文學』만이 유일한 조선문단의 문학잡지로 남는 시기까지 계속되었다.[21] 적극적으로 서로를 참조하며 조선문학의 조선어·일본어 창작에 관한 논점을 제기했던 주요한 텍스트를 정리해 보면 다음과 같다.[22]

---

20 임화, 앞의 글, 48면.

21 『국민문학』은 1941년 11월 창간호 발행 당시 1년에 일본어판 4회, 조선어판 8회 발행하기로 방침을 정했으나 1942년 5·6월 합병호 이후 조선어판은 전면 중지된다.

22 이 시기의 식민지 조선의 언어 문제와 일본어 창작의 문제를 다룬 연구 성과로 다음의 논저들을 참고할 수 있다. 정백수,『한국 근대의 식민지 체험과 이중언어 문학』, 아세아문화사, 2000; 김윤식,『일제 말기 한국 작가의 일본어 글쓰기론』, 서울대출판부, 2003; 미쓰이 다카시,「식민지하 조선에서의 언어지배-조선어 규

① 현영섭, 『조선인의 나아갈 길(朝鮮人の進むべき道)』, 綠旗聯盟, 1938.1.

② 좌담회, 「조선문화의 장래와 현재(朝鮮文化の將來と現在)」, 『京城日報』, 1938.11.29~12.8.[23]

③ 장혁주, 「조선의 지식인에게 호소한다(朝鮮の知識人に訴ふ)」, 『文藝』, 1939.2.[24]

④ 김사량, 「조선문학 풍월록(朝鮮文學風月錄)」, 『文藝首都』, 1939.6.

⑤ 한효, 「국문문학문제—소위 용어관의 고루성에 대해(國文文學問題—所謂用語觀の固陋性に就て)」, 『京城日報』, 1939.7.13~7.19.[25]

⑥ 김용제, 「문학의 진실과 보편성—국어창작진흥을 위해(文學の眞實

범화 문제를 중심으로」, 『한일민족문제연구』 4, 한일민족문제학회, 2003; 배개화, 「1930년대말 '조선' 문인의 '조선어'를 바라보는 두 가지 관점」, 『우리말글』 33, 우리말글학회, 2005.4; 황호덕, 「변비와 설사, 전향의 생정치—「無明」의 이광수, 식민지(감옥)의 구멍들」, 『상허학보』 16, 상허학회, 2006.2; 윤대석, 『식민지 국민문학론』, 역락, 2006; 김철, 「두 개의 거울: 민족담론의 자화상 그리기—장혁주와 김사량을 중심으로」, 『상허학보』 17, 상허학회, 2006.6; 이연숙, 『국어라는 사상—근대 일본의 언어 인식』, 소명출판, 2006; 김재용, 「식민주의와 언어」, 김재용·오오무라 마쓰오 편저, 『제국주의와 민족주의를 넘어서』, 역락, 2009; 신지영, 「드러난 연쇄, 숨겨진 공감—제국 일본 하 피식민자들의 언어, 문학 관련 좌담회」, 『서당논총』 53, 동아대학교 석당학술원, 2012.

23 특히 '국어와 조선어를 둘러싼 제문제(國語と朝鮮語を繞る諸問題)'라는 소제목 아래 열린 좌담회는 『京城日報』, 1938.12.6일자이며, 소제목과 편집이 조금 변화되어 「朝鮮文化の將來」, 『文學界』, 1939.1월호에 실림. 『文學界』에 실리며 변화되는 부분이 갖는 의미에 대해서는 신지영, 「신체적 담론공간을 둘러싼 사건성—1920년대 연설·강연회에서 1930년대 좌담회로」, 『상허학보』 27, 상허학회, 2009.10, 354~357면.

24 이 글은 『삼천리』, 1939.4월호에 '조선문제' 특별판이라는 제목 아래 일본작가들의 글과 함께 일본문으로 다시 실림.

25 한효의 이 글은 연재 (3)과 (6)에서는 부제가 '소위 국어관의 고루성에 대해(所謂國語觀の固陋性に就て)'로 나와 있는데 일관되지 않은 것은 편집상의 실수인 듯하나 어느 정도 한효의 의도가 있는 것으로 보이기도 한다.

と普遍性-國語創作振興のために)」, 『京城日報』, 1939.7.26~8.1.

⑦ 임화, 「언어를 의식한다(言語を意識す)」, 『京城日報』, 1939.8.16~20.

⑧ 인정식, 「내선일체의 문화적 이념」, 『인문평론』, 1940.1.

⑨ 「조선문학에 대한 하나의 의문(朝鮮文學についての一つの疑問)」, 『新潮』, 1940.5.

⑩ 임화, 「동경문단과 조선문학」, 『인문평론』, 1940.6.

⑪ 좌담회, 「문인의 입장에서-菊池寬 씨 등을 중심으로-반도의 문예를 말하는 좌담회(文人の立場から-菊池寬氏等を中心に-半島の文藝を語る座談會)」, 『京城日報』, 1940.8.13~20.

⑫ 김사량, 「조선문화통신(朝鮮文化通信)」, 『現地報告』, 1940.9.[26]

⑬ 「총력연맹 문화부장 矢鍋永三郞·임화 대담」, 『조광』, 1941.3.

⑭ 「익찬회 문화부장 岸田國士·김사량 대담-조선문화문제에 대하야」, 『조광』, 1941.4.

⑮ 마키 히로시(牧洋), 「새로움에 대해(新らしさについて)」, 『東洋之光』, 1942.6.

음영으로 표시한 ③, ④, ⑫의 글은 동경문단에서 조선문인이 발표한 글이고, 네모로 표시된 ⑨는 동경문단에서 발표된 일본문인(익명)의 글이다. 조선문단에서 발표된 글 중 일본어로 된 글들은 괄호 안에 일본어 제목을 표시하였다. 조선어로 발표된 글은 ⑧, ⑩, ⑬, ⑭이고 ⑬, ⑭는 조선문단과 일본문단 양측에서 일본어로 진행된 대담을 조선어로 발행되던 잡지 『조광』에 번역하여 실은 것이다.

이와 같은 상황을 볼 때, 당시 조선어·일본어 창작 관련 논의는

26　이 글의 일부인 '朝鮮文學と言語問題'가 조선어로 옮겨져 「조선문학과 언어문제」라는 제목으로 『삼천리』, 1941.6월호에 실렸다.

이미 지식계급의 일본어 상용화 안에서 진행되고 있었고 텍스트로 발표될 때조차 일본 문학가들을 의식하며 일본어로 쓰이고 있는 것을 볼 수 있다. 동시에 조선문단의 문예관련 매체들이 일본어로 전환되는 한편 일본어만을 사용해 문필활동을 하는 조선문학가들이 늘어나고 있는 현상을 보여주는 것이기도 하다.

당시 '국어' 상용화는 총독부의 정책에 의해 진행되었고, 문예좌담회에 총독부의 관리들이 참석하는 일 또한 다반사였으므로 조선어와 '국어'를 사용해 창작을 하는 문제는 문학자들 내부에 국한되지 않고 현실의 정치적인 작용에 크게 좌우되었다.[27] 글로 쓰인 텍스트에서만이 아니라, 연설이나 영화·연극과 관련해서도 조선어 창작의 문제는 등장하고 있었다.[28] 출판한 지 7개월 만에 11판을 내고, 연말까지 1만 부가 팔려 조선 출판계의 신기록을 세웠다고 기록된 현영섭의 『조선인의 나아갈 길(朝鮮人の進むべき道)』은 문학에 국한된 논저는 아니었

---

27 중일전쟁 이후 좌담회의 성격 변화와 총독부 관리들의 등장에 대해서는 신지영, 앞의 글, 349~351면 참조.

28 최재서는 경성중앙방송국(JODK)의 방송연설을 통해 "조선의 문화로 하여금 진실로 자주적인 것을 창조하게 하고 그로써 일본 문화의 발달에 기여하게 하는 것이 바람직한 일이라면, 또 그와 마찬가지로 조선의 문학으로 하여금 진실로 독창적인 것을 창조하게 해 그로써 일본의 문학을 풍부하게 하는 것이 바람직한 일이라면, 언어의 문제는 더욱 신중을 요하는 일이라고 생각한다. 틀림없이 조선의 문학은 조선의 말을 떠나서는 생각될 수 없기 때문이다"라고 말하고 있고, 함대훈은 "조선 영화 속에서 국어를 사용하는 일은 당분간 조선 사람들의 보통 회화 속에서 잘 나오는 용어 정도로 하는 것이 진짜가 아닐까 생각"하며 "영화, 연극에서 다이아로그의 국어화는 급속히는 실현 곤란"함을 주장하고 있었다. 崔載瑞, 「內鮮文學の交流」, 『라디오 강연·강좌』, 1939.7.25; 咸大勳, 「朝鮮映畵, 演劇における國語使用の問題」, 『綠旗』, 1942.3. 인용은 이경훈 편역, 『한국 근대 일본어 평론·좌담회 선집』, 역락, 2009, 67~68면; 153~154면.

으나 가장 급진적인 조선어 폐지론을 주장하면서, 조선어를 사용하여
창작을 하고 있던 조선의 문학가들에게 큰 반향을 불러일으킨 것으로
보인다.[29]

　현영섭은 이 책에서 과거와 현재 조선인의 생활, 민족주의·사회주
의를 동시에 비판하면서 조선인의 나아갈 길로서 완전한 일본국민이
되는 것을 제시한다. '조선인은 어떻게 완전한 황국신민이 될 수 있는
가'에 대한 답의 말미에 그는 '일본애(愛)를 어떻게 촉진할까'의 문제
에 덧붙여 '조선어 문제'를 논한다. "나는 조선을 민족주의자들보다
백 배 만 배 사랑하기 때문에 조선어를 일상생활, 사회생활에서 구축
(驅逐)하는 것"[30]이 조선민족의 발전에 기여하는 것이라 생각한다는 그
의 발언은, "내지인과 생활내용이 다른 이상, 조선 고유의 문학이 발
생한다. 이것을 국어로 표현하면 된다. 장혁주 씨의 예를 따르면 되는
것이다"[31]라는 논리로 이어진다. 조선인의 완전한 일본국민화, 내선일
체의 완벽한 실현을 위한 조선어 폐지론을 문학에까지 적용하는 현영
섭의 논리는 당시 조선문단에서는 유례를 찾기 힘든 것으로, 일본문
단에서조차 조선인의 '국어' 창작에 대한 문제는 의견이 통일되지 않
고 분분한 것이었다.

29 현영섭의 책이 담고 있는 조선어 폐지의 논리에 대해서는 김민철, 「현영섭-'일본
인 이상의 일본인' 꿈꾼 몽상가」, 『친일파 99인 (2)』, 돌베개, 1993, 66~76면과
황호덕, 「국어와 조선어 사이, 내선어의 존재론-일제말의 언어정치학, 현영섭과
김사량의 경우」를 참고할 수 있다.
30 玄永燮, 『朝鮮人の進むべき道』, 綠旗聯盟, 1938, 164면.
31 위의 책, 170면.

2) 조선문학의 독자성과 '제국-식민지'의 역학관계

조선문학의 특수성에 관한 문제, 조선문학가들을 향한 '국어' 창작의 요구, 조선문학가들의 '조선어 창작'의 논리가 본격적으로 부딪치며 갈등과 논쟁 양상을 표면화시킨 것으로 알려져 있는 ②의 좌담회에서 이태준이 정식으로 "내지의 선배 쪽에서는 우리 조선 작가가 조선어로 쓰는 일을 마음으로부터 희망하고 계십니까, 아니면 내지문으로 쓰는 일을 더 희망하십니까"[32]라고 묻기 전까지 문제의 초점은 조선어 문학의 '번역'에 있는 것으로 보인다.

가라시마 쓰요시(辛島驍)는 "경제적인 면에서 말해도 조선문으로 된 것은 많이 팔릴 수 없으니까 많이 팔기 위해서는 역시 내지어가 아니면 안 됩니다. 그와 같은 생활의 문제가 관계하게 되므로 내지어, 즉 번역하는 것도 하나의 방법이라고 봅니다"[33]라고 말하고 있고 아키다 우자쿠(秋田雨雀)는 "이 조선 문화 속에는 많은 예술이 있으며, 그것을 확대하기 위해서는 내지어로 번역하는 것도 좋을 것입니다. 또 그와 동시에 내지 것을 조선문으로 번역한다, 즉 조선문이건 내지문이건 좋으니까 창작을 자꾸자꾸 내면 좋은 것입니다"[34]라고 발언한다.

일본 극단 신협의 「춘향전」 조선 공연(장혁주가 일본어로 각색, 번역한 것)이 주요한 주제 중의 하나였으므로, 일본어 번역이 「춘향전」의

---

32 座談會, 「朝鮮文化の將來と現在 (4)-國語と朝鮮語を繞る諸問題」, 『京城日報』, 1938.12.6.

33 座談會, 「朝鮮文化の將來と現在 (3)-言語の持つ藝術的雰圍氣」, 『京城日報』, 1938.12.2.

34 座談會, 「朝鮮文化の將來と現在 (4)-國語と朝鮮語を繞る諸問題」, 『京城日報』, 1938.12.6.

에스프리를 전할 수 있느냐의 문제에서 시작하여 일본 문학가들은 조선문학의 일본어 번역이 필요하다는 점을 주장한다.[35] "번역하는 것도 하나의 방법"이라거나 "조선문이건 내지문이건 좋으니까"라는 발언은 조선문학이 '국어 창작'으로 일원화되어야 한다는 주장과는 거리가 멀다.

흥미로운 지점은 이태준이 '조선어'와 '국어' 창작의 문제를 양자택일의 문제로 질문함과 동시에, 하야시 후사오(林房雄), 아키다 우자쿠, 무라야마 도모요시(村山知義) 등은 모두 '내지어'로 써줄 것을 조선 문학가들에게 요구하고 있다는 점이다. 제국의 검열 내부에 속해 있는 '국민' 문학자의 입장과 '내지-지방'의 위계관계 안에서 상위를 차지하는 중앙의 문학자의 위치를 의식적으로 요구받는 순간, 담화의 내부로 파고드는 권력관계는 좌담회의 동시적 순간에 있는 일본문학가들의 자기동일성조차 분열시키고 있는 것이다.

그러나 일본문학가들 스스로 조선문학의 '번역' 문제가 더 이상 가치중립적인 것일 수 없음을 깨닫는 순간 방향을 선회하고 있듯이 조선어/일본어 창작 담론은 논쟁이 진행되어 갈수록 '번역'의 문제를 초과하게 된다.

『경성일보』 좌담회에서 유진오, 김문집, 임화, 정지용, 이태준 등이 일제히 「춘향전」의 언어는 일본어로 번역될 때 그 독특한 맛이 사라짐을 논하고, 이후에도 이러한 조선문학가들의 비판이 이어지자 이와 같은 논쟁을 촉발한 장혁주는 조선문단의 후진성에 대한 실망을

---

35 극단 신협의 「춘향전」 공연에 대한 연구로는 민병욱, 「村山知義 연출 '춘향전'의 공연사회학적 연구」, 『한국문학논총』 33, 한국문학회, 2003.4.

극명하게 드러내는 ③의 글을 발표한다. 그는 「춘향전」의 동경 상연 결과 "각본 그 자체의 문학적 가치도 상당히 인정받았으며, 극을 본 사람들도 하나같이 조선 민족의 독특한 미적 정신과 문화를 느끼며 아주 즐거워해주었던 것이다. 동경의 조선인 제군들도 이와 똑같이 감사하게 받아들여 주었"[36]음에도 불구하고 조선의 문학가들이 자신을 공격한 것은, "질투"와 "자멸적인 민족성"에 의한 것이라 비난한다. 이는 "비뚤어짐"이라는 식민지적 심리라는 것이다.[37]

장혁주의 이와 같은 반응은 『경성일보』의 좌담회가 '제국-식민지' 문학자들간의 일종의 파워게임이었음을 이해하지 못(거나 하지 않)는 데서 발생한다. 일본문학가들이 '문학의 예술성'-'지방 문학의 특수한 가치'-'국민문학의 보편성'이라는 쉽사리 조화되지 않는 항목들 사이에서 스스로 뚜렷한 방향을 보이지 못하다가, '국어' 창작의 요구에 대해 조선문학가들이 일제히 격렬하게 대응하자 당황하며 정색을 하고 있는 데서 볼 수 있듯이 당시 조선어 문학의 '국어' 문학으로의 번역은 하나의 외국어가 다른 하나의 외국어로 등가 교환되는 관계가 아니었다. 조선문학가들은 이미 이를 체험적으로 인식하고 있었고 점차 '국어' 문학으로 일원화되어 가는 신체제 이후의 변화 속에서, '번역'이라는 문제조차 일원화의 한 현상으로 느끼고 있었던 것이다. 장혁주 자신도 "사태는 제군들이 바라는 대로는 되지 않는 것"이며 "30년 후 조선어의 세력은 오늘날의 반으로 감퇴"[38]하리라고 예상하고 있

36 張赫宙, 「朝鮮の知識人に訴ふ」, 『文藝』, 1939.2, 인용은 이경훈 편역, 『한국 근대 일본어 평론·좌담회 선집』, 역락, 2009, 47면.
37 위의 글, 52면.
38 위의 글, 54면.

듯이 말이다.

　　그러나 부흥하고 행복하게 되는 한 조선이든 일본이든 어느 쪽이든 상관없다는 장혁주조차, 이 시기에 있어서의 창작에 관해서는 조선어에 매달리는 문인들을 "장하게 여길 것"이지만, "동시에 내지어에 진출하는 일도 반드시 배격할 것은 아니라고 생각"[39]한다는 절충적 입장을 취하고 있었다.

　　이후 논의가 진행될수록 '조선 문화의 독자성'이라는 논점보다는 '문학의 예술성'과 '독자층에 대한 고려'에 관한 문제가 전면에 등장하게 된다. 이는 조선문화와 언어가 갖는 독자성의 가치를 상대적으로 인정하는 일본문학가들조차 총력전 체제에 입각한 문화의 일원화와 중앙집권화의 요구에 부응해야 했고, 조선문학과 문화의 독자성을 주장하는 논지는 소거되어야 할 조선문학의 내셔널리티를 재차 환기시키는 것으로 인식될 수 있었기 때문이다.

3) '시장-제국'의 논리와 문학의 예술성

　　'문학의 예술성'이라는 논점은 조선인의 감정, 감각을 표현하는 문제와 조선의 현실을 재현하는 문제라는 두 가지 측면에서 제기되었다.

　　①　이태준: 사물을 표현할 경우에 내지어로 적확하게 그 내용을 설명하는 것이 불가능할 듯이 생각되기 때문이 아닐까 합니다. 우리 독자의 문화를 표현할 경우의 맛은 조선어가 아니면 불가능한 것이 있습니다. 그것을

---

39 위의 글, 같은 곳.

내지어로 표현하면 그 내용이 내지화해버리는 듯한 느낌이 듭니다. 완전히 그렇게 되는 것입니다. 그렇게 되면 조선 독자의 문화가 사라진다고 생각합니다.

… (중략) …

무라야마 도모요시: 그것은 물론 그런 경우도 있겠지만, 조금 더 크게 보고 나아가는 편이 좋습니다. 조선어로 쓰는 편이 좋다고 덮어놓고 결정하지 말고 더 많은 사람들에게 읽힌다는 점에 착목하는 편이 좋습니다.

임화: 시를 쓸 경우, 그 말에 흘러넘치는 감정, 즉 문자가 번역되어서는 의의를 이루지 못하는 것입니다. 번역시는 아무래도 확 오지 않습니다. 이는 정치적 입장에서 벗어나 순예술적으로 조망해 보고 문화적으로 양해해야 한다고 생각합니다.[40]

② 우리들은 조선어 감각으로서만 기쁜 것을 알고 슬픔을 느끼며, 화를 느껴왔다. 물론 우리들 가운데 일부 사람은 내지어로 자신의 의지 표명이 가능하다. 하지만 감각과 감정 표현은 할 수 없다. 나는 지금까지 일찍이 감각과 감정을 무시한 곳에 문학이 있다는 것을 들어보지 못했다. 이 점은 장혁주 씨와 잡담을 나눌 때 장 씨 본인이 인정했던 부분이기도 하다.[41]

③ 예를 들어 장혁주의 문학이 조선현실을 그렸다고 해도, 우리는 그의 작품에서 추호도 조선문학으로서의 가치를 발견할 점이 없다. 그것은 어떤 작가가 그린 현실은 즉 현실의 말로 하지 않으면 안 된다는 하나의 원칙적 조건이 예술의 복무에 대해 영원히 치울 수 없는 선천성을 가지고 있기 때문이다. 말, 그것은 그 자체 하나의 현실이다. 그러므로 예술가가

---

40 座談會, 「朝鮮文化の將來と現在 (4)−國語と朝鮮語を繞る諸問題」, 『京城日報』, 1938. 12.6.

41 金史良, 「朝鮮文學風月錄」, 『文藝首都』, 1939.6, 인용은 김재용·곽형덕 편역, 앞의 책, 282면.

그린 어떤 현실에서는 당연히 그 현실을 표현해야 하고, 그 자체의 말이 절대적으로 필요하다.[42]

④ 완벽함과 아름다움을 위하여, 작가들은 최량(最良)의 언어를 원한다. 최량의 언어란 결코 우리의 폴리티칼한 두뇌들이 단정하는 것처럼 무언가 경향적인 편견으로 선택되는 것이 아니다. 주의해야 할 것은 작가들이 최량의 언어로서 가장 우선하는 조건은 사용하기 편함이라는 것이다. 사용하기 편한 언어가 아니면 표현의 완벽함도 아름다움도 기대할 수 없기 때문이다.[43]

일본의 조선문학 특집이나 조선문화와 언어문제와 관련한 좌담회에서 조선문학의 특수성을 인정할 것을 요구하는 조선문학가들의 주장은 흔히 볼 수 있는 것이었지만,[44] 그것을 옹호하는 논리는 위에서처럼 문학의 예술성을 중심으로 표현되었다.

①의 좌담회에서 일본 문학가들은 지방문화의 특수성을 인정하는 당위에 대응할 논리를 내세우지 못하자, "더 많은 사람들에게 읽힌다

---

42 韓曉,「國文文學問題 (3)-所謂用語觀の固陋性に就て」,『京城日報』, 1939.7.15.

43 林和,「言語を意識す (2)-作家の心と表現への意思」,『京城日報』, 1939.8.17.

44 『モダン日本』朝鮮版의 다음과 같은 언설들을 예로 들 수 있다. "비유하자면 지구는 인류문화의 화원이다. 화원에는 당연히 모든 꽃이 구비되어 있지 않으면 안 된다. 일국 안에서도 여러 가지 문화의 병존 발전이 가능하다. 아니, 여러 문화가 병존 발전할 때 비로소 대국이 될 수 있는 것이다."(이극로,「문화의 자유성」); "요컨대 일국의 문화가 발달하기 위해서는 각지의 예술적인 미를 보존하면서 전체적으로는 보다 큰 형태로 종합되는 포용성이 뛰어난 문화권을 구성하는 식의 방향이 필요한 것은 아닐까요? 내지에서 각 현 각 촌락의 민속 행사가 왕성해도 조금도 행정상의 불편함을 느끼지 않는 것처럼 조선의 로컬 칼라는 동아 신질서 건설에 전혀 지장을 주지 않는다고 생각합니다."(정인섭,「조선의 로컬 칼라」) 인용은『일본잡지 모던일본과 조선 1940』, 119면; 123면.

는 점" 즉 독자층의 확대라는 시장의 논리를 내세운다. 이에 대해 조선의 문학가들은 문학의 예술성이라는 논리로 대응하고 있는데, "표현', '맛', '적확함' 등의 요소를 들고 있는 이태준이나, '감정'의 정확한 표현을 내세우는 임화의 발언 등이 그것이다. '감각'과 '감정 표현'은 일본어로 할 수 없다는 ②의 김사량의 발언이나 '표현의 완벽함과 아름다움'을 위해서는 사용하기 편한 조선어를 사용해야 한다는 ④의 임화의 진술 또한 문학의 예술성이 지니는 보편적인 가치로 일본측의 시장 확대의 논리에 맞서고 있다. 물론 이 발언들의 배면에는 제국의 동일화 욕망이나 이에 맞서는 피식민 주체들의 전략적 의도가 존재한다. 특히 조선어 창작의 의도가 결코 '폴리티컬'한 것이 아님을 강조하는 임화의 글에는, 일본어/조선어에 기입된 내셔널리티와 민족성의 문제를 언어의 일반성과 예술성의 문제로 환치시키는 의식적 전유가 존재한다. 이는 비정치적인 의도를 강조함으로써 역설적으로 식민자들의 언어에 맞서는 정치적인 효과를 내고 있는 것으로 보인다. '사용의 용이성'이라는 논리는 결과적으로, 조선어 창작이 '국어' 사용의 의무화와 함께 일본어 창작으로 가는 과도적 단계의 한 수단임을 시인하는 것이기도 했지만 당시의 정치적 상황 속에서 조선어 문학을 유지할 수 있는 최선의 현실적 논리이기도 했다.

③에서 현실의 진실한 재현을 강조하는 한효의 주장은 문학의 보편적 가치인 예술성으로 조선어 창작의 가치를 옹호하는 다른 한 축의 논리였다. 조선의 현실은 조선의 언어로만 재현될 수 있다는 한효의 논리는, 조선의 식민지적 현실을 리얼리즘적으로 재현하는 것을 추구했던 문학가들이 특히 강조하는 요소였다. 가령 김사량은, 팔릴 글을 쓰라는 '김'과 자신이 예술가임을 내세우는 '현'의 대립을 묘사한

이태준의 작품 「패강냉」(『삼천리문학』, 1938.1)을 "혐오까지 느끼게 된
다"[45]고 강하게 비판한 바 있다. '팔릴 글'을 쓸 것을 주장하는 '김'이
구사하는 일본어에 대해 조롱하고 거부감을 내비치는 '현'의 모습을
묘사하는 장면은, 당시 일본어 사용을 둘러싼 조선문단의 갈등 상황
을 암시적으로 재현하고 있다.[46] 김사량이 이 작품을 비판한 것은 당
시의 갈등상황을 이태준이 문학지상주의적으로 그려냈을 뿐 조선의
현실이나 조선의 민중이라는 문제는 표현하지 못했다고 판단한 것으
로 해석된다.[47]

4) 누구에게 읽힐 것인가 또는 누가 읽는가

조선어·일본어 창작 문제에서 또 하나의 중요한 논점을 형성했던
것은 김사량이 지적했던 것처럼, '조선 민중'이라는 현실적 독자층에
대한 고려였다. '누구에게 읽힐 것인가'라는 시장의 논리와 전일본(全
日本) 국민을 위한 사상을 담는 그릇으로써 일본어 창작을 요구했던
일본문학가들의 논리에 맞서, 김사량은 '누가 읽는가'라는 현실적 문
제를 제기한다.

1)에서 정리한 담론의 전개과정에서 김사량의 ④, ⑫와 같은 글이
나 인정식의 ⑧의 글, ⑪의 좌담회에서도 '누가 읽는가'라는 독자층에
대한 고려는 조선어 창작이 필요함을 주장하는 중요한 이유였다. "조
선에서는 조선 문자밖에 읽을 수 없는 민중이 수백만 명이 있다"[48]거

45 김사량, 「조선문학 측면관 (중)」, 『조선일보』, 1939.10.5.
46 이태준, 「패강냉」, 『삼천리문학』, 1938.1, 29~30면.
47 김사량은 이태준의 '문학주의'를 비판하면서 만주 이민(移民)의 현실을 재현한 「농
군」의 세계를 높이 사고 있다.

나 "이천만 조선인이 살아있는 동안은 역시 그들을 상대로 그들이 읽을 수 있는 문장으로 써야 한다"[49]는 발언에서 김사량은 조선문학은 조선 민중에게 읽혀야 한다는 입장을 명확히 한다. 조선 민중과 독자에 대한 고려는 ⑧의, "전조선인구의 팔할이 농민으로 편성되어 있다는 것은 우리가 잘 아는 사실이다. … (중략) … 그러므로 이들에게 조선어를 폐기하라는 것은 사실 아무말도 하지 말라는 것과 다름이 없다"[50]는 인정식의 말처럼 '황민화의 정신적 훈련'을 위해서라도 조선어의 광범한 활용이 필요함을 주장하는 논지나, ⑪에서처럼 "모두 국어를 아는 조선인이 되기까지는 일시적이라도 언문문학이 아니면 안 된다" 즉, "적어도 오십년은 안 된다"[51]는 이광수의 한시적 조선어 사용론에서도 드러난다.

⑬, ⑭의 대담에서 임화와 김사량이 총력연맹 문화부장 야나베 에이사부로(矢鍋永三郎)와 익찬회 문화부장 기시다 구니오(岸田國士)에게 때로는 요청하고 때로는 설득하고 있는 것 또한 문화적 수단으로서 조선어가 필요하다는 점이었다.[52]

그러나 독자층에 대한 고려는 한편으로는 이석훈(마키 히로시)의 ⑮

---

48 金史良, 「朝鮮文學風月錄」, 『文藝首都』, 1939.6, 인용은 김재용·곽형덕 편역, 앞의 책, 283면.

49 위의 글, 289면.

50 인정식, 「내선일체의 문화적 이념」, 『인문평론』, 1940.1, 7면.

51 「文人の立場から-菊池寛氏等を中心に-半島の文藝の語る座談會 (4)」, 『京城日報』, 1940.8.16.

52 조선문학가들의 입장이 '요청'의 방식으로 수행될 수밖에 없었다는 것은 "부디 저희들 편이 되어주십시오"라는 임화의 말(「矢鍋永三郎·임화 대담」, 『조광』, 1941.3, 154~155면)에서 명백히 드러난다.

의 글에서와 같이 "오늘날 이야기되는 국민문학의 국민이란 '일억의 국민'이므로 약 7,500만의 내지인과 약 2,500만의 조선인을 포함하는 국민이다. 그 7,500만과 2,500만의 공통 언어는 국제어 즉 일본어다. 따라서 그 1억을 위한 문학인 국민문학이 공통의 언어인 일본어 즉 국어로 씌어야 한다는 것은 사실 그 자체를 말한 것일 뿐"[53]이라는 논리로 전용되기도 하였다.

이처럼 조선어·일본어 창작의 담론은 동경문단에의 인정욕망과 시장의 논리, 조선어문학의 보존과 조선 민중을 생각하는 피식민 주체의 논리들이 제국주의의 동일화와 '국민화'의 정치적 요구라는 현실의 논리와 부딪쳐 복합적으로 반응을 일으키며 전개된 것이었다. 그런데 논의의 전개과정에서 살펴보았듯이 조선어로 된 문학 잡지가 자취를 감추고 '국어전해운동'이 시작되는 1942년까지 '국어' 창작론이 조선문단에서 다수의 지지를 받은 것은 아니었다. 일본측에서도 총독부의 관리나 문학가들 사이의 견해는 서로 달랐다.

임화와 총력연맹 문화부장 야나베 에이사부로의 대담에서 야나베가 시종일관 고압적인 자세로 일관하면서 조선어문학의 가치와 독자성을 주장하는 임화의 문제 제기를 피해가는 데 반해, 김사량과의 대담에서 문학가 기시다 구니오는 상대적으로 성실한 자세로 조선문학의 진로에 관해 토론한다. 기시다는 언어를 '내지어'로 하지 않으면 안된다는 것은 일종의 관념론이며 내선융화가 된다면 오히려 지방의 방언에 불과한 언어가 다르다는 점이 거의 문제가 되지 않을 것이라고 말한다.

---

53 牧洋, 「新らしさについて」, 『東洋之光』, 1942.6, 인용은 이경훈 편역, 앞의 책, 171면.

언어의 특수성을 존중해 줄 것을 요구하는 김사량에 대해 "조선의
지도계급이 국어의 보급에 노력한다는 사실이 조선의 언어를 사용하
는 것이 국어의 보급에 방해되지 않는다는 결과를 보여주는 유일의
길"[54]임을 말하면서 '지방' 문학의 특수성을 인정하고 있는 기시다의
발언은 시혜적 입장에서 나온 것이기는 하지만, 역시 검열과 규제를
받고 있는 일본문학가의 입장으로서 조선문학가들에게는 가장 분석
적이고 설득력 있게 다가왔을 것으로 보인다.

일본 내에서도 관료와 문학가들 사이에서 조선어로 창작하는 일에
대하여 입장의 차이를 보이는 데서 알 수 있듯, 1942년까지의 조선문
단에서 문학 창작을 일본어로 해야 한다는 주장은 정치적·현실적 이
유에 더해 나름의 논리를 필요로 하는 것이었다. "용어의 문제가 해결
되어 본지로서는 최대의 문제가 해결된 것이다. 조선어는 최근 문화
에 있어서는 문화의 유산이라기보다는 오히려 고민의 종자였다"[55]는
최재서의 발언이 상징적으로 보여주듯 조선 문학가들의 내적 고민이
외적 방식에 의해 "해결"되어 버리기 전까지, 조선문단에서 '국어' 창
작을 하는 작가들은 일종의 인정투쟁을 거쳐야 했던 것이다. 이러한
측면을 생각할 때, 창작을 하지 않은 현영섭이나 당시 일본문단에서
활동하고 인정을 받았던 장혁주나 김사량과 달리 조선문단에서 '국어'
창작을 가장 먼저 해나갔을 뿐 아니라 '국어' 창작의 논리를 적극적으
로 펼쳤던 김용제의 입장을 주목해 볼 수 있다.

54 「岸田國士·김사량 대담-조선문화문제에 대하야」, 『조광』, 1941.4, 29~30면.
55 崔載瑞, 「編輯後記」, 『國民文學』, 1942, 5·6월 合倂號.

4. '국어' 창작의 논리: 김용제의 경우

치안유지법 위반으로 투옥되어 복역을 마치고 다시 검거된 후(김용
제가 제4차 검거라고 회상하는), 1937년 7월 조선으로 강제 송환된 김용
제는 정치적 압력에 의해 일본문단에서의 활동을 그만둬야 했던 경우
였다.[56] "화려한 청춘을 보낸 정든 제2의 고향"이며 "작품활동하는 무
대가 있었고 생활이 보장된 직업도 있었"던 동경을 떠나 "그것을 다
빼앗기고 일본보다도 반일운동이 가혹하게 탄압당하고 있는 한국으
로 강제추방되는 것이 억울"[57]했다는 그의 회고에서 알 수 있듯, 1930
년경부터 시작했던 일본문단 활동을 의도치 않게 접어야 했던 김용제
의 박탈감은 상당했던 것으로 보인다.

1938년 이후 전향하며,[58] 1939년부터 그는 「전쟁문학의 전망(戰爭文

56　김용제의 생애와 활동 및 작품에 대해서는 다음의 연구들을 참조할 수 있다. 임종
　　국, 『친일문학론』, 민족문제연구소, 1966, 214~225면; 윤여탁, 「1930년대 서술시
　　에 대한 연구─백철과 김용제를 중심으로」, 『국어국문학』 101, 국어국문학회, 1989.5;
　　오오무라 마스오(大村益夫), 「1945년까지의 김용제」, 『현대문학』, 1991.2; 大村益
　　夫, 『愛する大陸よ─詩人金龍濟研究』, 大和書房, 1992; 박명용, 「일제말기 한국문
　　학의 역사적 의미─김용제론」, 『인문과학논문집』, 대전대 인문과학연구소, 1993.3;
　　오오무라 마스오, 「시인 김용제 연구─부보(訃報)와 신발견 자료」, 『윤동주와 한국
　　문학』, 소명출판, 2001; 박수연, 「대동아공영과 전쟁의 생철학」, 『재일본 및 재만
　　주 친일문학의 논리』, 역락, 2004; 김승구, 「중일전쟁기 김용제의 내선일체문화운
　　동」, 『한국민족문화』 34, 부산대 한국민족문화연구소, 2009.7.
57　김용제, 「고백적 친일문학론」, 『한국문학』, 1978.8.
58　김용제의 전향 전후의 사정과 관련해서는 오오무라 마스오, 박수연의 연구가 상세
　　하다. 다만 김용제가 맑스주의에 대해 가지고 있던 좌절감이 시 「태양찬」(『동아일
　　보』, 1937.11.9)에서부터 나타난다고 두 연구자는 해석하고 있는데, 그 근거가 된
　　"맑스의 몽상에 발 앞이 캄캄하다"는 시의 구절은 "까스의 몽상에 발 앞이 캄캄하
　　다"를 잘못 읽은 것으로 보인다.

學の展望)」(『東洋之光』, 1939.3), 「민족적 감정의 내적 청산으로-내선일
체의 인간적 결합을 위해(民族的感情の內的淸算ヘ-內鮮一體の人間的結
合のために)」(『東洋之光』, 1939.4), 「조선문화운동의 당면임무-그 이론·
구성·실천에 관한 각서(朝鮮文化運動の當面の任務-その理論·構成實踐に
關する覺書)」(『東洋之光』, 1939.6) 등의 내선일체와 시국의 요청에 적극
적으로 부응하는 글을 발표한다. 그는 자신의 전향이 위장한 것이며,
주간 겸 편집장으로 있었던 『東洋之光』社가 지하독립운동의 조직이
었다고 밝힌 바 있지만,[59] 그가 발표한 글들은 당시 시국의 변화와 요
구를 적극적으로 반영하였고 그 결과 1940년 신체제 이후의 문단에서
김용제는 중요한 위치를 차지하게 된다.

일본문단에서의 프롤레타리아 문학운동과 장기 복역을 통해 일본
과 조선문학가들에게 김용제가 어느 정도 예우를 받았던 것은 사실일
테지만,[60] 조선문단에서의 활동이 상대적으로 짧았던 그의 이력을 생
각해 볼 때 전향 이후 문단의 헤게모니를 빠른 시간 내에 장악하게
되는 그의 활동은 전략적이고 지속적으로 펼쳐진 것이었다.[61]

특히 시의 언어는 더욱 번역이 어렵다는 것이 당시 조선문단의 일
반적인 견해였고, 일본유학 시절 일본어로 창작을 하기도 했던 다른

---

59 김용제, 위의 글. 박수연은 이와 같은 김용제의 회상에 나타나는 모순적 정황과
　　동아연맹의 조선지부가 독립운동 단체였다는 그의 논리가 파탄에 이를 수밖에 없
　　는 전후 상황에 대해 상세히 논하였다. 박수연, 위의 글.

60 이에 관해서는 오오무라 마스오, 「시인 김용제 연구-부보와 신발견 자료」, 280~
　　284면.

61 당시 김용제가 조선문단에서 지닌 고독감이 선구자적 우월감이기도 하였으며, 조
　　선문단의 문인들을 비판하는 시에서는 영웅주의적 치기가 드러난다고 보는 입장으
　　로 박수연, 위의 글, 154면.

시인들이 조선어로만 작품을 발표하던 시기에, 그는 '국어' 창작론을 펼치는 한편 일본어시를 발표하면서 자신의 논리를 실제적으로 수행하고 있었다.

김용제가 '새로운 아세아 정신'을 담은 일본어 시 「아세아의 시(亞細亞の詩)」를 『東洋之光』에 발표하고 있는 것은 1939년 3월로, 전향 이후 내선일체 및 시국 관련 글을 발표하는 시기와 동시적이다. 그리고 당시 조선문단에서 '국어' 창작을 주장하는 문학가로서는 가장 자세하고 전면적이었던 「문학의 진실과 보편성−국어 창작 진흥을 위해(文學の眞實と普遍性−國語創作振興のために)」라는 글을 『京城日報』에 1939년 7월 26일부터 5회에 걸쳐 연재하고 있다. 한효가 앞서 『京城日報』에 연재한 조선어 창작론을 비판한 그의 글은 이후 임화를 비롯한 다른 문인들의 비판을 불러일으킨다.

> ① 조선의 언문(言文)은, 그 자체가 조선문화는 아니다. 그렇게 생각하는 것은 민족적 감정이나 정치의식에서 온 착각이라고 생각한다. 과연 조선의 문장은 조선문화의 전통적인 표현도구였지만, 그것은 그만이 어떤 시대에나 어떤 문화환경 가운데에서도 유일한 것은 아니라는 것을 알아야만 한다.[62]

> ② 국어는 이미 문화어로서, 조선어보다 우월한 말이고, 이것이 사실임은 동양에서의 국제어이며, 조선에서도 문자로는 소통되는 국어인 것이다. 그래도 지금껏 조선민중 전체의 생활어로는 아직 퍼지지 못한 현상이다. 그것은 가까운 장래에서는 문화어로서, 생활어로서 보편화되어 나갈

---

62 金龍濟, 「文學の眞實と普遍性−國語創作振興のために (2)」, 『京城日報』, 1939.7.27.

필연성이 약속되어 있는 명제(命題)이다. … (중략) … 조선문화는 언어표
현수단이 어떠한가를 따지지 않고 일본문화의 일환으로서 이 때문에 국민
적인 아름다운 자산이 되지 않으면 안 된다.[63]

③ 현실은 어디까지나 객관적인 것이다. 그럼에도 말도 현실인 이상
그것도 보편적인 것이다. 저 '자신의 말'이란 것은 현재의 생활어인 '조선
인의 조선어'를 가리키고 있는 것이다. 그렇지만 국어도 역시 '자신의 말'
이 아니란 말인가. … (중략) … 국어를 자신의 말로서 파악한 조선인 작가
가 실현하는 인물이 조선인이나, 지나인이나, 외국인이나, 그것을 국어로
표현할 수 없다는 법이 있을 수 있는가.[64]

④ 그것이 방언인지 아닌지보다도 내용이나 주제가 기본적인 것이다.
그리고 관련 방언의 역할이란 것은 '그 내용의 주체성보다도' 중요한 것은
단연코 아니다. 이것은 형식주의자이다. 혹은 방언적 형식주의자이다. 방
언은 문학의 전체적인 형상 가운데서는 일부분의 특수성이다. 로칼이나
지방색이란 것은 필요할 수도 있지만, 방언은 그렇지 않다. 표준어로도
그 지방색은 훌륭히 표현할 수 있는 것이 아닌가.[65]

조선문학은 조선어로 쓰일 때 가장 진실되게 현실을 재현할 수 있
다는 조선어 창작의 논리를 비판하며 김용제가 내세우는 '국어' 창작
의 논리는 위의 인용에서처럼 여러 가지 측면에서 제기되었다. 그는
'국어' 창작에 대한 조선문학가들의 비판은 새로운 활동을 질투하고
시기하는 비겁한 심리라고 공격하면서, "국가의사(國家意思)"에 협력

63 위의 글, 같은 곳.
64 金龍濟, 「文學の眞實と普遍性－國語創作振興のために (4)」, 『京城日報』, 1939.7.30.
65 金龍濟, 「文學の眞實と普遍性－國語創作振興のために (5)」, 『京城日報』, 1939.8.1.

하지 않고 침묵하거나 반발하는 것은 "이기적인 고집"일 뿐이라 비난한다. 그러므로 금일의 문화운동을 위해 "문학의 진실"이나 "국가적 보편성"의 입장에서 '국어' 창작의 문제를 논하고자 한다는 것이다.[66]

그는 조선 언문이 폐지되지는 않을 것이라고 예측하면서, 그것은 조선문화의 건강한 발달을 생각하는 당국의 선의이며 "국어보급" 운동과 "조선문화 자체의 국민적 발달"을 함께 장려해가야 할 것이라 주장한다.

이어 ①에서 주장하는 논지는 조선어문과 조선문화가 곧 동일시될 수 없으며 시대의 변화에 따라서 조선문화를 표현하는 수단은 달라질 수 있다는 것이다. 한문문화가 조선어를 통해 조선어의 내용이 되고, 일본문화가 조선어를 통해 조선문화에 은혜를 베푼 것처럼 "교류"와 "협화"는 문화의 기본이고, 건설기에 있는 지금 조선어 지상론(至上論)을 토로하는 것은 감정적일 뿐 조선문화를 위한 것은 아니라는 주장이다.

조선문화를 표현하는 언어가 조선어라는 유일한 수단이어야 할 필요가 없다면 '국어' 즉 일본어가 되어야 하는 이유는 무엇인가? 김용제는 현실적 정세와 시대적 필연성을 그 근거로 들고 있다. ②에서 김용제는 '국어'의 우월성을 동양에서 이미 국제어가 된 사실과, 곧 보편화될 필연성이 약속된 '문화어'라는 사실에서 찾는다. 역사적으로, 정치적으로, 현실적으로 생각할 때 조선어가 고등한 문화어로서 발달해 나가는 일은 필요와 불필요를 차치하고 불가능하다는 것이다. 더 높은 문화와 언어의 쪽으로 지양되고 동화되어 가는 것이 당연하

---

66 金龍濟,「文學の眞實と普遍性−國語創作振興のために (1)」,『京城日報』, 1939.7.26.

므로, 조선어는 자연히 되어감에 맡겨두어야 한다는 그의 말은 결과적으로는 문화어인 일본어로의 통일이 이루어질 것이라는 말과 다름없다.

③에서 김용제는 "말은 그 자신이 하나의 현실"이며 작가가 "자신의 말"을 사용해 현실을 그려내야 한다는 한효의 말을 정면으로 반박한다. 현재의 생활어인 '조선어'도 "자신의 말"이지만 '국어'를 자신의 말로 가지는 작가들이 이미 존재한다고 할 때. 이 작가가 실현하는 인물은 그의 국적에 상관없이 '국어'로 표현 가능하다는 것이다. '말=현실'이라는 한효의 논법은 "대상"의 언어를 절대적으로 추수하는 것일 뿐, 감상적인 조선어 애착이며 나이브한 옹호에 불과하다는 김용제의 비판은 '국어'가 이미 "자신의 말"이자 '현실'임을 전제로 하고 있다.

④에서 김용제는 『火山灰地帶』의 방언 표현이 살리고 있는 문학적 가치를 언급하는 한효의 논리를 "방언적 형식주의"라 비판한다. 표준어로 지방색을 훌륭히 표현할 수 있으며, 내용과 주제가 중요하다는 김용제의 언급은 곧 '국어'로도 조선의 로컬 컬러를 표현할 수 있고, 문학의 보편성을 위해서는 그 편이 더욱 바람직하다는 논지가 된다.

김용제의 이와 같은 논리들은, 당시 일본어 창작의 요구가 학교교육 개편과 잡지 통폐합 등을 포함한 국어상용화라는 강압과 통제에 의해 이루어지고 있는 현실적 상황을 철저히 배제하고 있다. '통제'의 논리를 '문화'의 논리로 교묘하게 환치시키는 그의 논리는 조선어로만 창작이 가능한 조선작가들, 조선어만을 이해하거나 말할 수 있는 바로 지금 살아 있는 조선의 민중들의 존재를 소거한다. '국어'가 자신의 현실이라는 김용제에게 '조선어'가 현실이었던 대부분의 조선인들의 삶이란 문학적으로 포착되어야 할 대상으로 육박해 올 수 없었던 것이다.

5. '국어' 시의 현실과 식민지 조선인 작가의 내면

그러므로 한효, 김사량, 임화 등이 말하는 문학에서 파악하고 그려 나가야 할 '현실'과 김용제의 '현실'은 그 층위와 내포를 달리하는 것 이었다. "조선 문자밖에 읽을 수 없는 민중이 수백만 명" 존재하는 조선의 현실이 김용제에게 "객관적"이고 "보편적"으로 파악되지 않은 이유는 무엇일까? 김용제는 「현실의 언어(現實の言語)」라는 글에서 "위대한 사실의 세기라는 말에는 꿈 많은 시의 세계라는 말이 이면에 결부되어 있는 것"이라 전제하면서, "우리들이 오늘의 현실을 사랑한 다 말하는 것은, 원리라든가 진리라는 것이 이 현실의 중심에 반드시 내재한다는 것을 확신하고 있기 때문"[67]이라고 말한 바 있다.[68]

일본어가 문화어로서 우월한 동양의 국제어가 될 것이라는 김용제 의 예상은, 일본이 전쟁에서 승리하고 있는 상황에 의해 지지되었지 만 그것을 확신으로 전환시키는 논리는 대동아공영권과 일본 정신이 그 현실을 관통하는 "원리"이자 "진리"라는 것을 "확신"하는 데서 비롯 한다. 그 스스로 "조선어가 고등한 문화어로서 발달해 나갈 것은 그

---

[67] 金村龍濟, 「現實の言語」, 『東洋之光』, 1942.6, 100면.
[68] 이 글은 발레리의 글을 원용한 백철의 '사실수리론'의 논의를 떠올리게 한다. 이에 관해서는 박수연도 논한 바 있다. 박수연, 앞의 글, 157~158면.

필요와 불필요를 차치하고 역사적인 실제문제로서도 불가능한 것으로 나는 우선 '단념'한 일[69]이라고 표현하는 데서 볼 수 있듯, 현실을 파악하고 다가올 미래를 예측하고 그것을 구성해 나가는 일에는 한 주체의 판단과 생각과 행동이 필요하다.

김용제의 발언들은 자신의 "단념" 또한 조선의 현재를 구성하는 주체의 판단과 행동임을 보여준다. 그는 지금 현재 조선어를 둘러싼 갈등과 투쟁이 벌어지고 있는 순간에는 마치 주체이기를 '단념'한 것처럼 객관적 현실의 논리를 내세우면서, 미래의 (대동아 일본제국에 해소될) 조선문화와 조선민족의 번영을 위해서는 결연한 주체임을 '표명'하고 있는 것이다. 이를 문학적인 논리로 구현하기 위해 그가 시에서 철저하게 삭제하고 있는 것은 현재와 미래, 현실과 신념, 식민지와 제국, 욕망과 두려움 사이에서 흔들리고 있는 주체의 내면이다.

> 나는 오늘의 전쟁시를 노래하고 싶다/ 나는 내일의 건설시를 노래하고 싶다/ 그것은 시가 정치화되는 전철은 아니다/ 그것은 큰 현실로 시신(詩神)이 몸을 부딪쳐 가는 것이다// 나는 아세아의 부흥을 위해 싸우고 싶다/ 동시에 새로운 아세아정신을 조용히 창조하고 싶다/ 나는 일본국민의 애국자로서 일하고 싶다/ 동시에 새로운 일본정신을 깊이 배우고 싶다/ 나는 조선 민중의 참된 행복을 위해 일하고 싶다/ 동시에 그리운 자장가를 천진난만하게 부르고 싶다/ 거기에 나는 감정의 모순을 조금도 느끼지 않는다/ 거기에는 아름다운 아세아적인 조화가 있을 뿐이다
>
> —「아세아의 시」 부분[70]

69 金龍濟, 「文學の眞實と普遍性－國語創作振興のために (2)」, 『京城日報』, 1939.7.27.
70 金龍濟, 「亞細亞の詩」, 『東洋之光』, 1939.3, 324~325면.

'국어'로 창작된 위의 시는 김용제가 주장한 '국어' 창작의 논리와
동일하게 겹쳐진다. 김용제는 앞서 펼친 '국어' 창작 옹호론에서 "국
어로는 문학상의 복무가 될 수 없다는 결론에 이른 논문을 한효 자신
이 조선어가 아닌 그 국어를 가지고 쓰고 있는 것이란, 이것 자체가
이미 한효군의 문학적 의지는 조선어에도 국어에도 한 가지로 표현될
수 있다는 것을 실증하고 있는 게 아닌가"[71]라고 쓰고 있는데, 김용제
의 이와 같은 인식은 이태준, 임화, 한효 등이 문학 언어의 특수성을
강조하는 것과는 전혀 다른 입장에 서 있다. 이태준, 임화, 한효 등이
문학 언어의 특수성을 강조하면서, 조선 작가가 조선어로 작품을 써
야 할 것을 강조한 데 반해, 김용제는 논설에 쓰이는 언어와 문학에
쓰이는 언어의 차이를 구분하지 않았다.

「아세아의 시」에 나타난 언술들 또한 자신의 논설적 언술들과 크게
다르지 않은 것을 볼 수 있다. 이 시에 나타나는 "큰 현실"이란 그가
딛고 서 있는 조선의 현실에 흡사하기보다는, 그가 꿈꾸는 이른바 "원
리"와 "진리", 즉 일본 정신이 승리하는 아시아 부흥의 미래를 지시한
다. 그에게 당시 자신이 창작하는 시란, "시"의 "정치화"가 아니라 이
와 같은 "큰 현실"에 부딪쳐가는 것인 셈이다.

그러나 지금 눈앞에 놓인 현실의 모순과 갈등을 배제하면서 "나는
감정의 모순을 조금도 느끼지 않는다"고 발언하는 주체의 내면은 논
리적으로 또는 유예된 채로만 가능한 "조화"를 위해 현재라는 지평을
무의미하고 평평한 공백과도 같은 것으로 제시한다. 이와 같은 서정
적 주체의 태도에서 볼 수 있는 것은, 그가 꿈꾸는 미래 즉 "조선 민중

---

71 金龍濟, 「文學の眞實と普遍性－國語創作振興のために (5)」, 『京城日報』, 1939.8.1.

의 참된 행복"과 "새로운 일본 정신"의 "아름다운 아세아적 조화" 가능
성의 여부를 논하기 이전에 이미 문학적으로는 실패하거나 현실에 미
달한 모습이다.

식민지의 한 문학가로서 또는 전쟁의 와중에 있는 한 인간으로서
느끼는 특수하면서도 보편적인 불안과 흔들림을 기입하지 않음(못함)
으로써, 김용제의 시는 문학적 언어로서만 재현 가능한 현실의 상을
구축하는 데 실패하고 있다.

김용제는 다른 어느 문학가들보다 선편을 잡은 '국어' 창작 옹호론
과 '국어' 시 창작, 그리고 조선의 식민지적으로 "비뚤어진" 민족성을
청산할 것을 주장하는 내선일체론을 주장하면서 총독상과 모범사상
전사 표창 등을 받은 바 있다.[72] 그럼에도 그의 '국어' 시들은 조선문단
과 일본문단 양측의 비판을 받기도 했는데 1942년 11월의 『국민문학』
좌담회에서 최재서, 김종한, 스기모토 나가오(杉本長夫)와의 대화는
당시 김용제의 '국민시'에 대한 문단의 반응을 보여준다.

일본 시인 스기모토 나가오는 김종한과 가네무라 류사이(김용제)의
방법을 비교하면서, "우리는 언어를 연마하고 있기 때문에 관념적으
로 언어를 구사할 수는 있지만 생활 속에서 파악한 것이 아니면 안
됩니다. 그것이 김종한 씨의 시에는 잘 나타나 있습니다. 언뜻 드러나
있지 않은 것처럼 보이는 것에도 참된 진실성이 있습니다"[73]라며 김종
한의 시를 '진실성'이 표현된 시로 상찬하는 한편, 김용제의 시를 '관

---

72 내선일체에 관한 글로 金龍濟, 「民族的感情の內的淸算へ—內鮮一體の人間的結合
   のために」, 『東洋之光』, 1939.4.
73 座談會, 「國民文學の一年を語る」, 『國民文學』, 1942.11, 인용은 문경연·서승희
   등 역, 『좌담회로 읽는 『국민문학』』, 소명출판, 2010, 298면.

념적'인 시로 비판하고 있다.

이석훈, 김종한 등도 "서정미", "실감" 등이 느껴지지 않는다는 말로 김용제의 시를 우회적으로 비판하는데, 이에 대해 다나카 히데미쓰(田中英光)는 "한 가지 길로 나아간 노력에 정말로 경복(敬服)"[74]한다며 그의 시가 일관적으로 국민시의 길을 가고 있음을 칭송하며 조선 문학가들과의 입장 차이를 보여 준다.

김용제는 "외치는 일"과 "노래하는 일"은 다르다는 김종한의 말에 "시는 외치는 일"이라 답변하거나, 당대의 정치 이념 안에서 "어떻게 살고 어떻게 글을 써야 하는가"가 문제라는 다나카 히데미쓰와의 대화 중에서는 "정치적인 것은 그것을 받아들여 정치를 하며, 문학은 그것을 수용해 문학을 합니다. 그 유일한 주의 밑에서 정치와 문학은 동일한 평면에 존재한다고 보지 못할 것도 없다"[75]는 말로 자신의 '국민시'를 옹호한다. 김용제의 이와 같은 발언은 "결국 소설을 쓰는 것 같이 총을 쏠 수는 없을 게고 총을 쏘는 것 같이 소설을 쓰는 것도 아닙니다. 총을 쏠 때는 총이, 소설을 쓸 때는 소설이 필요하지요"라는 임화의 말에 "총을 쏘는 속에 시도 있지"[76]라고 대답하는 총독부 관료의 발언과 정확히 겹쳐진다.

정치와 문학의 지평을 동일화시키고 제국의 언어와 내면의 목소리를 거리감 없이 포개는 이와 같은 방식이, 시 그리고 문학의 언어만이 기록할 수 있는 개별화된 신체의 목소리를 억압하고 있는 것은 물론

74 座談會, 「新しい半島文壇の構想」, 『綠旗』, 1942.4, 인용은 이경훈 편역, 앞의 책, 324면.
75 위의 글, 299면.
76 「矢鍋永三郎·임화 대담」, 『조광』, 1941.3, 149면.

이다. 이 완전하게 '국가적 일체'로서만 존재하는 입에서는 살아 존재
하는 서로 다른 신체들에게 당시까지 존재했던 조선어의 이질성이 새
어나오지 못했던 것이다. 논리적으로 순정한 것처럼 보이는 자기동일
성을 문학의 언어로 언명하고 심지어 설득하려고 하는 순간, 시의 내
부는 파열한다. 김용제의 시는 일본이 패망하였으므로 거짓이 된 것
이 아니라, 엄연히 존재하는 '다름'에서 발생하는 불안과 균열 심지어
봉합의 흔적조차 소거시킴으로써 그가 말한 바 있는 '문학적 진실'에
서 멀리 떨어진 것이 되었다.[77]

---

77 이런 의미에서 김사량이 표현하고 있는 식민지 작가로서의 '불안'과 김종한이 말한
바 있는 '초조감'을 김용제의 '확신'과 비교하여 볼 수 있다. 식민지 작가로서 김사
량이 보여주는 '불안'의 의미에 관해서는 권나영, 「제국, 민족, 그리고 소수자 작가
-'식민지 사소설'과 식민지인 재현 난제」, 『한국문학연구』 37, 동국대 한국문학연
구소, 2009.12 참조. 김종한과 김용제 사이의 거리에 관해서는 座談會, 『詩壇の根
本問題を語る』, 『國民文學』, 1943.2.

3장

『국민문학』에 나타난 '혁신'의 논리와 '국민시'의 실제

1. 신체제기 국민문학론의 요구와 조선문학

1940년 7월 고노에 내각의 출범과 함께 일본에서는 '대동아(大東亞) 신질서 건설'을 목표로 삼는 「기본국책요강(基本國策要綱)」이 결정되었다. 1940년 10월에는 관제국민통합 단일기구인 대정익찬회(大政翼贊會)가 실천요강을 발표하며, '익찬 정치·경제체제의 건설', '문화신체제와 생활신체제의 건설'을 향해 전 국민이 협력할 것을 요구하였다. 이에 조선총독부는 국민총력조선연맹(國民總力朝鮮聯盟)을 설립하고, 「조선 국민조직 신체제요강」을 발표하였다. 조선총독부는 '문화신체제'의 건설과 실천을 강도 높게 요구하며, 조선문단과 매체에 대한 통제를 실행하기 시작했다. 이후 조선문단과 출판계는 각 신문과 잡지의 폐간과 함께 이른바 일본의 '국책'에 협력하는 방향의 재편이 이루어지기 시작했다. 사상 통제와 검열 강화, 출판물 유통을 단일화

하는 '출판 신체제' 또한 이 시기를 전후하여 성립되었다.[1]

1942년 5월에 시작된 '국어전해운동(國語全解運動)'은 조선 문학계에 가장 큰 영향을 미친 식민주의 언어 정책으로, 조선어·일본어판으로 발행되던 잡지 『국민문학』의 조선어판 전면 중지는 변화한 조선문단의 사정을 상징적으로 보여준다.[2] 1942년 5·6월 합병호 이후 조선어판을 전면 중지한 『국민문학』의 편집후기에서 최재서는, "용어의 문제가 해결되어 본지로서는 최대의 문제가 해결된 것이다. 조선어는 최근 문화에 있어서는 문화의 유산이라기보다는 오히려 고민의 종자였다"[3]고 말하고 있다.

최재서의 글이 암시하듯, 1938년 3월 조선어가 수의 교과목이 되는 '제3차 조선교육령 개정'의 발표 이후부터, 출판 신체제의 성립, 그리고 '국어전해운동(國語全解運動)'이 시작되는 1942년 5월까지 조선문학을 논하는 담론의 자리에서 가장 주요한 논점이 되었던 것은 창작에서의 '국어' 즉 일본어 사용에 관한 것이었다. 최재서는 1942년의 식민 정책에 의해 "최대의 문제가 해결"되었다고 말하고 있지만, 그 이전까지 '조선어'와 '국어' 창작의 문제는 조선과 일본의 문학가들

---

1 일본에서의 출판 신체제의 확립과정에 대해서는 이종호, 「출판신체제의 성립과 조선문단의 사정」, 『사이間SAI』 6, 국제한국문학문화학회, 2009; 신체제 성립의 배경과 사정에 대해서는 전상숙, 「일제 군부파시즘체제와 '식민지 파시즘'」, 『동방학지』 124, 연세대국학연구원, 2004; 방기중, 「1940년 전후 조선총독부의 신체제 인식과 병참기지강화정책」, 『동방학지』 138, 연세대국학연구원, 2007; 한국독립운동사연구소 편, 『한국독립운동의 역사』, 독립기념관 한국독립운동사연구소, 2013과 같은 논의들을 참조할 수 있다.
2 '국어전해운동'의 영향과 이후의 사정에 대해서는 김재용, 「식민주의와 언어」, 김재용·오오무라 마쓰오 편저, 『제국주의와 민족주의를 넘어서』, 역락, 2009.
3 崔載瑞, 「編輯後記」, 『國民文學』, 1942, 5·6월 合倂號.

에게 제국－식민지의 역학적 구도 속에서 첨예한 갈등과 고민을 불러
일으키던 것이었고, 1942년 이후 이 문제는 '해결'되었다기보다는 더
이상 문학가들의 견해 차원에서는 논의될 수 없는 문제가 되어 버린
것이다.

'조선어' 창작에 관한 논박과 담론이 종결되어버리면서, 1942년 이
후 조선문단에서 창작과 관련된 담론으로 가장 중요하게 대두된 것은
국민문학의 내용과 형식에 관한 문제였다.

임화는 당시 조선 문학가들이 자발적이든 비자발적이든 받아들여
야 했던 국책 협력에 대한 압력과 국민문학 창작의 요구에 대하여,
"결국 소설을 쓰는 것 같이 총을 쏠 수는 없을 게고 총을 쏘는 것 같이
소설을 쓰는 것도 아닙니다. 총을 쏠 때는 총이, 소설을 쓸 때는 소설
이 필요하지요"라고 주장한다. 신체제하에서 군인의 역할과는 다른
문학과 문학인의 자율적인 역할과 위치를 역설한 것이다.

이에 대하여 일본의 총독부 관료는 "총을 쏘는 속에 시도 있지"[4]라
고 답하며, 문학가들 또한 차별화될 수 없다는 논리를 펼치며 국책에
앞장설 것을 요구하고 있었다. 이처럼 신체제하 전쟁 동원과 황민화
라는 제국주의의 요구에 가장 앞서 대응하며, 당시 조선문단의 중심
에 설 수 있었던 것이 잡지 『국민문학』이다.

이 글에서는 1942년 전후 일본어 중심으로 재편될 수밖에 없었던
조선문단에서 조선문학의 진로에 관한 담론, 조선 작가들의 창작 방
향에 대한 요구와 입장, 그리고 일본 작가와 조선 작가간의 상호 참조
와 실천의 형식을 『국민문학』이라는 텍스트를 통해 살펴보고자 한다.

---

4 「矢鍋永三郞·임화 대담」, 『조광』, 1941.3, 149면.

『국민문학』의 일본어 텍스트들이 번역되기 시작하고, '친일 문학'
이라는 이름으로 가려져 있었던 텍스트들에 대한 더 구체적인 연구의
필요성이 대두되었다. 이에 힘입어 의미 있는 연구 성과들이 제출되
었다.[5] 『국민문학』에 실린 시 텍스트와 창작론을 주요한 주제로 다루
기 시작한 연구들이 시사하는 바와 같이,[6] 잡지 『국민문학』에 실린
시 텍스트들은 그것이 일본어로 되어 있다는 점과, '친일문학'적 성격
을 띠고 있다는 것, 시 장르의 특징적인 미학성을 보여주지 못한다는
이유 등으로 근대문학사 연구에서 오랫동안 배제되어 왔다. 식민지
시대 후반기를 규명하는 연구로서 국민문학론과 국민문학을 둘러싼
논의가 다른 영역에서는 어느 정도 진척되었음에도, 『국민문학』 잡지
에 실린 시에 대한 연구는 일부 작가 위주로만 진행된 측면이 없지
않아 더 많은 논의와 연구가 필요해 보인다.[7]

　이 글에서는 특히 1942년을 전후하여 제국의 언어인 일본어를 중

5　2010년대 중반 『국민문학』에 수록된 일본어 시들을 번역하는 성과가 나와 주목을
　요한다. 가미무라 슌페이·가이야 미호 등 편역, 『『국민문학』 수록 시(1941.11-
　1943.9) 1-나는 닦는다 야마토로 통하는 마루를』, 소명출판, 2015. 사희영 또한
　『국민문학』 번역과 연구를 제출한 바 있다. 사희영 번역, 『잡지 『국민문학』의 시세
　계』, 제이앤씨, 2014.
6　『국민문학』의 텍스트들 중에서 시와 관련된 부분을 포괄적으로 다룬 성과로 다음
　의 연구들을 들 수 있다. 사희영의 연구는 시 텍스트를 포함하여 『국민문학』에
　게재된 장르 전체를 대상으로 하고 있다. 박지영, 「김종한과 『국민문학』의 시인들
　-일제 말기 '국민시' 연구」, 『외국문학연구』 73, 한국외국어대학교 외국문학연구
　소, 2019; 사희영, 『제국시대 잡지 『국민문학』과 한일 작가들』, 도서출판 문, 2011.
7　이 글에서는 국민문학론 중에서 시 또는 시인론과 관련된 주요한 논의로 다음 연구
　들을 참고하였다. 고봉준, 「일제 후반기 국민시의 성격과 형식」, 『한국시학연구』
　37, 한국시학회, 2013; 박수연, 「신지방주의와 향토-김종한에 기대어」, 『한국근
　대문학연구』 25, 한국근대문학회, 2012; 고봉준, 「'동양'의 발견과 국민문학-김종
　한론」, 『한국문학이론과 비평』 35, 한국문학이론과 비평학회, 2007.

심으로 한 이른바 '국어' 문단에서의 문학의 '혁신'에 대한 요구에 담긴 논리를 일본 문학가와 조선 문학가들의 담론을 통해 살펴보고,[8] 이와 관련된『국민문학』수록 시 텍스트의 창작 방법론과 그것이 갖는 의미를 논하려고 한다. 특히 그동안 거의 다루어지지 않았던 재조(在朝) 일본인 작가들의 시 텍스트와 조선 시인들의 시 텍스트를 함께 분석하고, 담론에 나타난 창작방법론의 요구가 텍스트와의 사이에 어떠한 유의미한 거리와 지형을 형성하고 있는지를 분석하도록 하겠다.

2. 신체제기 문학의 '혁신'과 '감정'의 전유

신체제 이후 많은 좌담회와 논설을 통해 주요하게 부상한 것은 문학의 '혁신'이라는 문제였다. 문화신체제와 생활신체제의 건설에 문학 또한 복무해야 하고, 이를 위해 어떠한 내용과 형식의 '혁신'을 꾀해야 하는가라는 문제에 지속적으로 응답하고 있는 것은『국민문학』의 지면이었고 특히 일본 문학가와 조선 문학가가 함께 대화를 나누었던 좌담회라 할 수 있다.

1941년 11월『국민문학』창간호에 실린 좌담회「조선문단의 재출발을 말한다」에서 "재출발"이란 이른바 '진정한' 국민문학을 위해서는

---

8   그러나 일반 종합잡지인『조광』,『춘추』,『신시대』, 농민을 독자로 상정한 잡지
　　『半島の光』, 대중 잡지인『야담』등에서는 독자들의 일본어 해독 능력이 아직 낮음
　　을 고려하여 게재된 글들이 대부분 조선어로 쓰였고, 작가들이 검열을 우회하여
　　조선어 작품을 발표하기도 하였다. 이에 대하여는 김재용,「식민주의와 언어」, 김재
　　용·오오무라 마쓰오 편저,『제국주의와 민족주의를 넘어서』, 역락, 2009를 참고.

무엇이 필요한가에 대한 문제의식을 담고 있는 것이었다. 그 중에서 문학의 '혁신'에 대한 일본과 조선 문인들의 주요 논리를 살펴보자.

1 가라시마: 작가가 대동아공영권의 확립의 의의를 지적으로 파악하는 것을 신문학 출발의 전제로 삼는 것에는 전적으로 동감합니다만, 동시에 지적으로 파악한 것을 자기의 생활 속에서 융화시키고 감정으로까지 축조해내서 그 혼연한 신시대의 의식을 가지고 현실에 맞서야 합니다. 이렇게 하면 작가는 지금까지의 의식으로는 찾아내지 못했던 새로운 감동의 장을 발견할 수 있고 여기에서 진실한 의미의 문학이 생겨날 것입니다.[9]

2 백철: 방금 제가 말한 것이 지적으로만 국책을 파악하라는 식으로 받아들여졌을지도 모르겠지만, 그렇지는 않습니다. 본래 문학이란 감정이 뒷받침되지 않으면 안 되니까요. 선전 계몽의 문학을 주장하는 것이 아니라 결과적으로 보면 그렇게 된다는 말이었습니다.[10]

3 데라다: 그러므로 방금 가라시마 씨가 말씀하신 것처럼 지성과 감정이 하나가 되어 문학을 문학으로서 표현하기 위해 작가 자신이 실천의 고통을 겪어야 하는 것은 당연한 일입니다. (중략) 시국적인 것을 쓰기 위해 반드시 군대와 관련된 것을 써야 하는 것은 아닙니다. 동네 어딘가에서 과일을 팔고 있는 할머니, 할아버지들의 생활에도 시국의 물결이 밀려오고 있다면, 그들의 생활을 써도 시국적인 것이 됩니다.[11]

4 최재서: (전략) 앞서 여기서 문제가 된 것은 이제부터 넓은 일본문화

---

9 좌담, 「조선문단의 재출발을 말한다」, 『국민문학』 1941년 11월, 인용은 문경연·서승희 등 역, 『좌담회로 읽는 『국민문학』』, 소명출판, 2010, 26면.
10 위의 글, 27면.
11 위의 글, 30면.

의 일익으로 조선의 문학이 재출발하는 것입니다. 이 경우 말이 상당히 다를 텐데, 로컬컬러라고 해도 저는 불만족스럽습니다. 특수성이라는 것도 그다지 적절한 말이 아니라고 생각합니다. 오히려 조선문학의 독창성이라고 할까요, 그런 면에 고려할 점이 있지 않을까 싶습니다.[12]

[5] 가라시마: 제가 아까부터 거듭 말했듯이, 독창성을 추구하기 이전에 새로운 감정을 발견하는 것, 그것에 맥진해야 할 것입니다.[13]

[6] 가라시마: 오늘날의 조선작가는 그런 특수한 성격을 특별히 제기하려는 노력보다도 먼저 시대를 공부하고 시대의 감정을 획득하는 데 모든 정력을 쏟아야 합니다.

[7] 요시무라: 이번에 시골에 가보니 옛날에 조선 부인들의 신발은 꽃무늬가 그려진 예쁜 것들이었는데, 지금은 전부 사라지고 내지인과 같은 게다를 신고 있더군요. ··· (중략) ··· 즉 새로운 감정을 품는다면, 영탄적인 것으로 우리의 마음을 움직일 것이 아니라, 그것을 쓰고 싶어도 이를 꽉 물고 참아내서 하나의 게다로 통일하는 것. 그런 경우에도 계속해서 변하고 있는 새로운 장면에서 우리는 자연스럽게 감동할 것입니다. 그렇게 생겨난 것이 진정한 국민문학이라는 것입니다.[14]

[8] 이원조: 이렇게 말하면 지나친 표현일지도 모르겠지만, 문학은 마땅히 국민생활을 지도해나가야 합니다. 그 경우 국민감정의 조직, 국민심정의 통일, 이런 것들을 작가가 담당하기 위해서는 작가 그 자신이 역사적인 문학관을 수립해야 한다고 봅니다. 최근 조선문단에서도 작가들의 국민생

---

12 위의 글, 33면.
13 위의 글, 34면.
14 위의 글, 41~42면.

활은 소재적으로는 충분한 토대를 갖추고 있습니다.[15]

경성제국대학 법문학부 교수로 조선문인협회의 핵심 간부이자, 조선연극문화협회 회장, 조선문인보국회 이사장 등으로 활동하면서 조선문단에서 누구보다 강력하게 담론을 주도했던 가라시마 다케시(辛島驍), 경성일보 학예부장과 조선문인보국회 이사였던 데라다 아키라(寺田暎), 요시무라 고도(芳村香道)로 창씨개명하였고 조선문인협회 간사장 역할로 참석하였던 박영희, 그리고 최재서와 백철, 이원조의 대화는 신체제기 문학의 혁신을 둘러싼 주요한 논점을 제시한다.

좌담을 주도하고 있다고 할 수 있는 가라시마는 ①에서 작가가 "신시대의 의식"을 가지고 "현실에 맞서"야 한다는 점을 논한다. 여기서 주목할 것은 그러한 작가의 태도로서, 가라시마는 "처음부터 의식적으로 계몽선전의 국책 문학"을 생각하면 안 되고 "지적으로 파악한 것을 자기의 생활 속에서 융화시키고 감정으로까지 축조해내"야 한다는 점을 강조하고 있다는 것이다.

이에 최재서는 ③에서처럼 이전부터 논해 왔던 이른바 조선문학의 "로컬컬러" 즉 "독창성"의 문제를 제기하지만, 가라시마는 ④, ⑤에서 볼 수 있듯 계속해 "새로운 감정을 발견하는 것", "시대의 감정을 획득하는 데" 조선 작가가 노력해야 한다는 점을 역설하고 있다.

여기서 "감정"이란 "새로운", "시대의"라는 수식어에서 보이듯, '대동아 신질서 건설', '대동아 공영권 확립'이라는 신체제하 일본 제국주의의 목표를 내면화하는 것을 말하는데, 이와 동시에 "의식적"이라

---

15 위의 글, 45~46면.

는 것과는 구별되는 성격을 지니고 있다는 점에 유의해야 한다. 그것
은 ①에서 보이듯 "감동"과 "진실"의 성격을 띠어야 하는 것이고, "지
적", "의식적", "계몽선전"이라는 정치적인 방법론과는 다른 것이어야
했다.

이러한 논리에 수긍하며 백철 또한 ③에서처럼 "지적으로만 국책
을 파악하라는 식"이 아니라 "본래 문학이란 감정이 뒷받침"되어야
한다고 말하면서, 그것이 결과적으로 "선전 계몽"의 효과를 낳는다고
부연하고 있다.

박영희 또한 ⑦을 통해 "하나의 게다로 통일"하려는 "새로운 감정"
을 작가들이 품고, 새로운 장면을 묘사한다면 "자연스러"운 "감동"이
"진정한 국민문학"을 창출할 것임에 동의한다.

⑧의 예문에서 볼 수 있듯, 이원조 또한 문학이 국민 생활을 지도
해나가기 위해서는 역사적 문학관의 수립과 함께 "국민감정"을 조직
하고 "국민심정"을 통일하는 일이 필요함을 주장한다.

이처럼 일본 문학가와 조선 문학가 모두 신체제기 문학 혁신을 논
하는 데 '감정'의 문제를 주요하게 들고 있는 점에 주목해 보자. 근대
이후 일본과 조선의 지식인들에게 '지(知)·정(情)·의(意)'론이 근대적
문학론을 수립하는 데 일반적인 논거로 활용되었고, 특히 문학의 기
초와 목적을 '정'의 작용에 연결시키는 이광수 이후의 논리가 문학의
자율성과 예술성을 성립시키는 데 큰 역할을 했음은 주지의 사실이
다.[16] 그런데 전쟁 협력과 내선일체라는 분명한 목적성을 가진 국가주

---

16 이에 대해서는 이광수, 「문학의 가치」, 『이광수 전집』 1, 삼중당, 1962와 함께
   이 부분을 주요하게 다룬 연구로 황종연, 「문학이라는 역어」, 동악어문학회, 『동악

의적, 전체주의적 기획과 관련되어 국민문학의 기획을 도모하는 자리에서 줄곧 '감정'의 문제가 등장하고 있는 것은 역설적이면서도 의미심장해 보인다.

여기서 '감정'이란 용어는 매우 복합적인 의미망을 띠고 구사되고 있는데, 첫째, 양측 문학가들 공히, 목적을 앞세우는 문학이 진실을 표현하고 감동을 이끌어내는 문학 본연의 역할을 하지 못한다면 '국민문학'에서 '문학'의 자리는 사라지고 만다는 점을 전제하고 있다는 점이다.

둘째, 그러므로 그들은 '국책'과 '문학'이라는 국가와 개인, 이데올로기와 미학을 잇는 가교로 '감정'을 설정하고 있다는 점이다. 이때 '감정'은 기존의 문학의 가치나 자율성과 미학성을 성립하게 하던 요소에서, 이제 국민문학의 효과와 선전 계몽의 역할을 가능하게 하는 요소로 전환 또는 전유된다. 이 전유는 상당히 기이한 형태를 띠고 있음을, '새로운 감정', '시대의 감정', '국민 감정', '국민 심정'이라는 단어들의 조합에서 발견할 수 있다.

백철이 말하고 있는 "본래 문학이란 감정이 뒷받침되지 않으면 안 된다"는 문장에서의 '감정'이란 근대문학 성립 이후 내면의 표현과 심미적 가치의 추구, 그리고 문학의 자율성을 표현하는 것이 가능하게 했던 '개인'의 발현이었다면, 신체제 아래서의 문학의 혁신이란 이와 같이 기이하게 전유된 '감정'의 조직과 표현을 조선 작가들에게 요구하고 있었던 것이다.

어문논집』 32, 1997, 468~470면; 권보드래, 『한국 근대소설의 기원』, 소명출판, 2000, 27~38면 참고.

3. 국민문학의 방법론과 '생활'의 표현

신체제 문학의 새로운 형질로서 감정을 축조해야 한다거나 시대적 감정을 획득해야 한다는 주장은, 그러나 실제 창작의 방법론으로 오면 그 실체를 파악하기 힘든 영역이었다. 사상적이고 목적적이며 의식적인 문학을 추구하는 데서 오는 문학의 예술성 저하를 막고, 결과적으로 자연스러운 감동을 이끌어내는 매개항으로 작용할 '감정'이란 어떻게 표현되어야 했을까?

이러한 차원에서 '감정'과 함께 당시 담론에서 가장 많이 등장하고 있는 것은 '생활'이라는 용어였다. 2-①에서 가라시마 다케시가 "지적으로 파악한 것을 자기의 생활 속에서 융화시키고 감정으로까지 축조해내서"라고 말하거나, 2-③에서 "과일을 팔고 있는 할머니, 할아버지들의 생활에도 시국의 물결이 밀려오고 있다면, 그들의 생활을 써도 시국적인 것이 됩니다."라고 할 때, '생활' 또한 '감정'처럼 상당히 복합적인 의미를 띠면서 반복적으로 제시되고 있다.

여기서 '생활'이란 작가가 이제 개인적인 영역에서가 아니라 일본이라는 제국의 '국민'으로서 겪는 '생활 체험'을 지시하기도 하는 한편, 문학이라는 장르의 구체성을 보장할 경험의 소재적 차원에서도 논의되고 있는 것이었다.

① 요시무라: 그러나 적어도 예전부터 문학을 해온 사람은 아무래도 이전의 문학적 자존심에서 좀처럼 벗어날 수 없는 경우가 있습니다. 제 말은, 그런 생각을 갖고 있어서는 입으로 아무리 새로운 문학을 외쳐도 진실한 생활을 받아들이지 못한다는 겁니다.[17]

② 백철: 현실이 작가보다 앞서 있는 것은 분명합니다. 당국에서 작가를 지도하는 일도 필요합니다만, 직접 시골에 가서 민중의 생활을 실제로 경험하고 함께 생활하게 함으로써 그곳에서 감격할 수 있도록 하는 편이 더욱 필요합니다.[18]

③ 최재서: 물론 작가는 전쟁에 관한 글을 쓰고 싶어 합니다. 하지만 집안에서 병사가 나온다든지, 생활에서부터 우러나오는 그런 체험이 없기 때문에 아무리 애써도 쓸 수 없다는 고백을 작가들에게서 많이 들었습니다. 하지만 오늘 이후부터는 그런 것들이 싹 사라질 것 같습니다.[19]

④ 유진오: 아까 다나카 씨가 말한 것처럼 정치가 생활 속에 스며들어 있어야 합니다. 그러면 생활을 그려나가는 과정에서 저절로 정치성을 갖게 될 것입니다.[20]

⑤ 다나카: 네, 썼습니다. 지금 언급하신 정치성이나 그 무엇도 생각하지 않고 생활에 충실한 것을 예술적이고 세련되게 쓰면, 그것이 그대로 국민문학이 된다고 그 글에서 이야기했습니다. 예를 들어 『만요슈』를 보면 작자 미상의 노래가 있는데, 그런 것은 훌륭한 국민문학이지요.
… (중략) …
최재서: 생활에 충실하다는 것은 결국 어떤 생활을 말하는 건가요.
다나카: 실제 생활이 아니라 윤리로서의 생활이지요.[21]

---

17 좌담, 「조선문단의 재출발을 말한다」, 『국민문학』 1941년 11월, 앞의 책, 32면.

18 좌담, 「문예동원을 말한다」, 『국민문학』, 1942년 1월, 앞의 책, 103면.

19 좌담, 「군인과 작가, 징병의 감격을 말한다」, 『국민문학』, 1942년 7월, 앞의 책, 232면.

20 좌담, 「국민문학의 1년을 말한다」, 『국민문학』 1942년 11월, 앞의 책, 278면.

21 위의 글, 279면.

⑥ 스기모토: 그것은 가네무라 류사이의 방법과는 반대인데, 저는 생활을 파악해서 생활 그 자체를 채택해 나가는 방식이 진실되다고 봅니다. 우리가 감동받는 것을 단적으로 파악하지 못하면 진정한 시는 나오지 않습니다. 우리는 언어를 연마하고 있기 때문에 관념적으로 언어를 구사할 수는 있지만 생활 속에서 파악한 것이 아니면 안 됩니다. 그것이 김종한 씨의 시에는 잘 나타나 있습니다.[22]

박영희(요시무라)가 ①에서 "진실한 생활"을 기존의 작가들이 받아들이지 못하고 있다고 비판하는 것은, "새로운 문학"을 위해서는 이 '생활'이라는 문제의 수용이 곧 "자신도 국민의 한 사람이라는 마음으로 실천"[23]하는 일과 닿아 있다고 보기 때문이다. '생활' 또는 '진실한 생활'이란 '국민의 생활' 또는 '민중의 생활'이라고 해석할 수 있는데, 박영희는 "이전의 문학적 자존심"이 이것을 받아들이지 못하게 한다고 보고 있다.

이때 '생활'의 수용은 작가의 창작 태도와 관련된다. 동시에 이를 수용한다는 것은 "저금주간 선전"이나 "국민이 모두 일해야 하는 경우"[24]와 같은 전시 체제 동원과 국책에 대한 협력을 적극적으로 실행해야 한다는 뜻이 된다.

백철과 최재서는 여기서 한 걸음 더 나아가 '생활'의 의미를 소재의 혁신 차원으로 전개시킨다. ②에서 백철은 "현실이 작가보다 앞서 있는 것은 분명"하다면서 이러한 현실을 제대로 반영하기 위해서는 "민

---

22 위의 글, 298면.
23 좌담, 「조선문단의 재출발을 말한다」, 앞의 책, 33면.
24 위의 글, 같은 곳.

중의 생활"을 경험하고 이를 통해 감격해야만 작가 스스로 '생활'의 영역을 구사할 수 있음을 주장한다.

이 좌담에서 뒤이어 임화는 "광범한 의미의 국민문학"을 만들어 내기 위해 "작가에게 상응하는 임무나 방책을 우선 고려하여 실천 항목을 생각해 주신다면 대단히 좋을 것"이라는 말로 작가에게 어떤 구체적인 실천이 요구되는지를 묻는다. 이에 총력연맹 문화부장이었던 야나베 에이자부로(矢鍋永三郎)나 최재서 모두 강권해서 문예를 동원하면 실패한다면서 "문예의 매력을 발휘하는 것이 가장 필요"하고 이것이 문예의 "힘을 말살"하지 않는 방법임을 논하고 있다.[25]

이와 같이 '자발적 협력'과 '문예의 매력'을 가능하게 하는 작가의 태도이자 방법이 앞서 등장했던 '감정'의 축조와 구사였다면, 이를 창작의 실제적 차원에서 현실화시키는 방안은 최재서가 ③에서 이야기하는 바와 같이 "생활에서부터 우러나오는 그런 체험"의 묘사였다. 조선에서의 징병제 실시 발표 후 개최된 이 좌담에서 최재서는 작가가 '전쟁'의 이념을 구체화시킬 수 있기 위해서는, "집안에서 병사가 나온다든지" 하는 생활 체험이 필요했는데 조선의 작가들에게는 이러한 체험이 그동안 불가능했음을 언급하면서, 조선에서의 징병제 실시가 발표된 1942년 5월 이후 그 불가능성이 소거됐음을 말한다.

실제로 1944년 1월 『국민문학』에 「燧石」이라는 소설을 발표하며, 학도병 지원을 권고했던 최재서는 전쟁에 대한 자발적 협력과 문학이라는 영역의 '힘'을 발휘하는 방법으로, 손자가 학도병 징집의 대상이 된 한 늙은 포수의 생활 체험을 작품화함으로써 자신의 담론을 창작

---

25 좌담, 「문예동원을 말한다」, 앞의 책, 105면.

론으로 현실화하고 있는 것이다.[26]

인용 ④에서 유진오는, 일본의 작가 다나카 히데미쓰(田中英光)가 "일부러 시국적인 것을 개념적으로 만들어내려고 한 지금까지의 태도에 잘못이 있었"[27]다고 하는 언급을 받아 안으면서 "생활을 그려나가는 과정"이 '정치성'을 담보함을 주장한다. 이는 같은 좌담에서 백철이 "제재를 좀 더 폭넓게 생각할 필요가 있다"고 하는 언급에 뒤이어 나오는 말로, 국민문학 또한 작품의 제재와 묘사의 대상이 '생활'로 확장되어야 함을 작가들에게 촉구하고 있는 것이다. '내선일체'와 '황군신민화'라는 개념을 앞세우려고 할 때, 제재가 축소되고 작품의 경향이 관념화되어 결과적으로 애초에 의도한 '정치성'을 효과적으로 전달하는 데 실패함을 논하고자 하는 것이다.

물론 여기에는 국책 협력 문학을 요구받는 식민지의 문학가로서 갖는 고민과 갈등의 요소가 없는 바도 아니었겠으나, 다나카 히데미쓰와의 대화의 과정이나 이후 최재서를 비롯한 작가들의 창작 경향에서 볼 수 있듯, 이와 같은 '생활'의 묘사라는 창작 방법론의 요구는 조선 작가들의 창작 방향에도 강력한 영향력을 행사하게 된다.

---

26 최재서는 작중에서 늙은 포수의 입을 통해, 조선의 젊은이들에게 요즘보다 더 좋은 시절이 없음을 역설한다. 그에게 학도병 지원은 내지인 학생과 동등한 기회를 얻고 황군의 간부가 될 수 있다는 점에서 진정한 '내선일체'의 실현을 구현하는 것이었다. "근데 요전에 애국반장님이 오셔서, 이번 조선의 전문학교 학생들에게도 내지인 학생과 똑같이 육군에 특별지원을 할 길이 열렸다. 이번에 나가는 학생들은 곧 황군의 간부 될 자격을 받도록 결정되었으니, 절호의 기회다. 조선인 학생은 모두 나가지 않는다면 바보 같은 일이다". 최재서, 「燧石」, 『국민문학』, 1944년 1월, 번역은 이경훈 편역, 『한국 근대 일본어 소설선: 1940-1944』, 역락, 2007, 297면.

27 좌담, 「국민문학의 1년을 말한다」, 앞의 책, 277면.

특히 시 창작에 있어서도 이와 같은 '감정'과 '생활'에의 요청은 이후 국민시의 핵심적인 방법론으로 작용하게 된다. 경성제대 법문학부를 졸업했고 사토 기요시의 제자이기도 했던 일본 시인 스기모토 나가오(杉本長夫)는 좌담 「국민문학의 1년을 말한다」에서 김용제(가네무라 류사이)와 김종한의 방법론을 '생활'이라는 용어에 의거해 비교하고 있다.

인용 ⑥에서 볼 수 있듯, 스기모토 나가오는 "감동"–"진정한 시"를 가능하게 하는 시적 태도와 "부르짖음"–"관념의 구사"만 이루어진 시적 태도를 비교하며 전자를 김종한의 것으로, 후자를 김용제의 것으로 언급한다. "생활을 파악해서 생활 그 자체를 채택해 나가는 방식이 진실되다"는 그의 언급에서, 시인의 태도와 시의 제재 그리고 묘사의 방법론에까지 두루 '생활'이라는 기준을 적용하고 있음을 볼 수 있다.

그 한 예로 든 것이 『국민문학』 1942년 7월호에 실린 김종한의 「유년」이라는 작품으로, 스기모토는 "아이가 글라이더를 날리는" 모습에 대한 묘사에 "침착한 정조 속에 진실성이 담겨 있다"고 평가한다.

이때 스기모토 나가오가 말하는 "진실성"이란 무엇일까? '징병의 시'라는 부제가 앞에 붙어 있는 「유년」은 일부 논자의 지적처럼 "웃을 수가 없었다"는 구절에서 볼 수 있듯, 징병에 대한 단순한 예찬을 직접적으로 표현하고 있지는 않다.[28] 그럼에도 십년 후 전투기에 탈 아

---

28 이에 관해서는, 김태경, 「'내지'로 이동한 김종한 시」, 『아시아문화연구』 25, 가천대학교 아시아문화연구소, 2012, 14~15면 참조. 김종한의 「징병의 시–유년」 전문은 다음과 같다. "한낮,/ 어느 대문 앞에서, 그 집 아이가/ 글라이더를 날리고 있었다/ 그 날이 오월 팔일이라는 것도/ 이 반도에, 징병이 공포된 날이라는 것도/ 모르는 듯, 아이는 그저/ 보조날개의 실을 감고 있었다// 머지않아, 십년이 흐르겠

이의 모습과 그 꿈을 "그림책에서 본 것보다 아름다워"라고 표현하는 시인의 묘사를 통해, 전쟁과 전투에의 참여 그리고 징병의 대상이 될 아이는 '아름다운' 이미지로 각인된다. 결과적으로 '조선인 징병'이라는 관념과 정치의 문제를 국민문학으로 시화하는 과정에서 김종한의 시는 생활의 제재와 묘사를 통해 '감동'을 이끌어냈다고 스기모토 나가오는 평가한 것이고, 이러한 시적 방법론을 통해 국민문학에 필요한 진실성을 충족시키고 있다는 것이다.

이 또한 문학의 본질을 보장하는 것으로 여겨져 왔던 '감정'을 '국민 감정'의 문제로 전유하던 논리와 상동성을 갖는데, 이때의 '진실성'이란 인간 삶의 보편적 진실이라기보다는 전쟁과 국민을 노래하는 시에 필요한 '진실성'의 문제로 전유된다. 즉 목적성과 선동성을 앞세워 읽는 이를 감동시키지 못하는 김용제 류의 작품들에 비해 볼 때, 김종한의 시들은 생활의 소재를 전쟁과 징병의 문제와 연결시키는 한편, 그것을 심미화하는 방식으로 묘사함으로써 "시적 가치로까지 고양"[29] 되었다는 점이 '진실성'을 담보한다는 것이다.

인용 ⑤에서 다나카 히데미쓰가 『만요슈』(万葉集)에 실린 작자 미상의 노래를 "훌륭한 국민문학"이라고 논하고 있는 부분 또한, '생활'

지/ 그러면, 그는 필경 전투기에 오르리라/ 하늘의 계단을-아이는/ 지난 밤 꿈속에서 올라갔다/ 그림책에서 본 것보다 아름다웠기에/ 너무나도 높이 날아올랐기에/ 푸른 하늘 속에서 오줌을 쌌다// 한낮,/ 어느 대문 앞에서, 한 시인이/ 아이의 글라이더를 바라보고 있었다/ 그 날이 오월 팔일이고/ 이 반도에, 징병이 공포된 날이었기에/ 그는 웃을 수가 없었다/ 글라이더는, 그의 안경을 비웃으며/ 햇빛에 젖어, 푸른 기와지붕을 넘어갔다". 번역은 가미무라 슌페이·가이야 미호 등 편역, 앞의 책, 80~81면.

29 좌담, 「국민문학의 1년을 말한다」, 앞의 책, 298면.

이라는 용어에 당대의 요구가 어떻게 반영되고 있는지를 보여준다.[30]
최재서는 "생활에 충실하다면 국민문학이라는 말씀이군요"라고 말하
면서 다시 결국 "어떤 생활"을 말하냐고 묻는다. "생활에 충실한 것을
예술적이고 세련되게 쓰면" 된다던 다나카 히데미쓰는 최재서의 이와
같은 물음에 "실제 생활이 아니라 윤리로서의 생활"이라는 조건을 다
시 부여한다. 즉 일생 생활로의 확장만을 의미하는 것이 아니라, '윤
리'라는 문제가 여기 부과되는데 이는 실상 『만요슈』의 언급이 단순
한 제재의 확장 차원에서 논의되는 것이 아니라 이른바 '일본 정신',
그리고 '황국 정신'을 지시하는 차원에서 부상한다는 점을 의미한다.
특히 『만요슈』의 다양한 제재 중에서도 '윤리로서의 생활'이라는 점
을 들고 있는 것은, 결국 '생활'로의 확장이라는 창작 방법론 또한 전
시 체제하의 '국민됨'의 윤리에 대한 구체적 실천으로 수렴되고 있음
을 뜻한다.

4. '국민시' 창작의 실제와 보편화된 '향토'의 의미

『국민문학』의 지면에 실린 시 텍스트를 창작한 조선인 작가는 20
명, 일본인 작가는 27명이며, 조선어로 간행되었던 초기에 실렸던 조
선어 시 4편 이 외에 일본어 시는 조선인의 작품이 34편, 일본인의

---

30 조선에서의 『만요슈』 수용 양상에 대해서는 박지영, 「식민지 조선의 만요슈-두
  개의 국민과 문학전통의 교착」, 『세계문학비교연구』 45, 세계문학비교학회, 2013
  을 참조할 수 있다.

작품이 72편 실려 있다.[31] 이 중 조선에서의 생활과 조선의 유물에 대해 다루는 등 조선을 배경으로 한 작품은 일본인과 조선인 작가에게 모두 상당한 양을 차지하고 있다. 제재를 중심으로 한 분류는 연구의 시각에 따라 조금씩 차이를 보일 수 있겠으나, 조선의 자연이나 조선 반도라는 공간성, 조선의 인물이나 역사적 유물을 다룬 작품, 그리고 고대사를 통해 조선과 일본의 관계를 논하거나 전시체제와 관련된 조선인의 삶 등을 다룬 작품 등 특히 조선에서의 삶과 생활을 중심으로 한 작품들은 『국민문학』 수록 시 중 3분의 1이상을 차지하는 비중을 보여준다.

이러한 양상은 많은 국민시들이 앞서 논한 '감정'과 '생활'의 문제를 중심으로 조선의 삶을 제재로 삼고, 그것을 구체적으로 묘사함을 시의 방법론으로 채택하고 있음을 보여준다. 또한 조선이라는 시공간, 즉 조선 '향토'의 특수성이 이 시기 가장 중요한 시적 제재였음을 파악할 수 있다. 앞부분에서 논한 '감정'과 '생활'의 논리가 구체적으로 작품 창작의 논리와 연동되면서, 조선의 특수성 즉 '향토'라는 문제가 제국의 관리와 작가, 그리고 조선인 작가들에게 새롭게 부상하고 있었음은 아래의 대화에서도 주목해 볼 수 있다.[32]

---

31 이 분류에 대해서는 논자마다 조금씩 차이를 보이고 있다. 박지영의 선행 연구가 상세하며, 이는 단카를 포함한 분류이다. 또 작자 미상으로 된 작품 중에 『김종한 전집』에 수록되어 김종한의 창작이 거의 확실시 되는 작품은 그에 준해 분류하였다. 박지영, 「김종한과 『국민문학』의 시인들-일제 말기 '국민시' 연구」, 66~67면 참조.

32 그동안 일제하 '향토성'에 관한 논의들 중 특히 후반기 『국민문학』과 관련된 논의로는 최재서의 '로컬 칼라' 논의가 갖는 식민지 문학의 중층성 문제나 김종한의 '신지방주의론'과 관련된 연구가 있었다. 이 논문의 주제와 관련하여, 일제 후반기에 나타난

[1] 마쓰모토(총독부 보안과): 조선의 문인에게 어느 정도 현실 생활과 일치하는 문학, 즉 향토문학을 인정해 주고, 형식적으로는 그런 형태를 취하고 내용적으로는 어디까지나 황도정신, 내선일체를 주입하도록 만드는 방식이 좋겠어요.[33]

[2] 다나카: 내지 출신 작가가 반도에서 문학하는 의미를 김종한 씨가 분류한 적이 있습니다. 반도인의 생활을 쓰는 것, 조선에 사는 내지인 작가의 특수한 생활감정을 쓰는 것, 내선문화의 교류, 이렇게 세 가지로 구분하셨지요.[34]

[3] 스기모토: 대동아전쟁이 일어나자 역시 방금 전에 언급했던 일종의 외국 차용물 같은 것은 점차 자취를 감추었습니다. 그리고 일본의 전통적 아름다움이라든가 향토라든가, 그런 것을 노래하려는 분위기가 생겼지요. 즉 전쟁에 참가한 사람은 전쟁시를 쓰고, 그렇지 않은 사람은 방금 말했듯이 일본 전통미나 향토를 주제로 넓은 의미의 국민시를 건설하려는 분위기가 일반화된 것이겠지요.[35]

[4] 김종한: 낡은 의미의 특수성이라는 사고방식은 있어서도 안 되고, 사실 그런 것은 최근에 청산되었습니다. 그러나 새로운 의미의 특수성이 생겨나지 않을까요. 어떤 의미에서 그것은 세계사의 동향이기도 한데, 세계주의에서 일종의 새로운 지방주의로 돌아간다는… 따라서 향토적인 것이

'향토성'을 다룬 다음의 논문들을 참고할 수 있다. 고봉준, 「일제 후반기 시에 나타난 향토성 문제」, 『우리문학연구』 30, 우리문학회, 2010; 한지은, 「식민지 향토 개념의 중층성」, 『한국학연구』 34, 고려대학교 한국학연구소, 2010; 김도경, 「태평양전쟁기 식민지 조선에서의 향토 담론」, 『우리말글』 50, 우리말글학회, 2010.

33 좌담, 「문예동원을 말한다」, 앞의 책, 102면.
34 좌담, 「국민문학의 1년을 말한다」, 앞의 책, 293면.
35 좌담, 「시단의 근본문제를 말한다」, 앞의 책, 382면.

더욱 강조되어도 좋습니다. 다만 그럴 때의 마음가짐이 문제일 텐데, 그런 향토성은 일본문학을 만들어내는 하나하나의 요소이자 단위가 됩니다.[36]

⑤ 김종한: 조선인이 조선에 충실하지 않는 것은 국민으로서도 충실하지 않는 것입니다. 혁신이라는 것을 관념적으로 생각하기 때문이지요.[37]

⑥ 스기모토: 일본이 대동아 전쟁에서 올린 전과에 대해서 세계의 전 인류가 놀랐습니다. 그러한 일본인의 훌륭한 특징을 낳은 일본의 국토, 향토, 혹은 일본의 문학이나 그 밖의 예술 속에 있는 전통적인 미의식 등이, 이번에 돌아와서 보니 어쩐지 달라 보이지 않았습니까?
우에다: … (중략) … 전쟁이라는 절대적인 경지에 처해있으면, 그것이 매우 절실해집니다. 즉 향토를 보호한다, 향토와 함께 운명을 같이 한다는 아주 강한 감동을 받습니다.[38]

1942년 1월의 『국민문학』 좌담에서 총독부 도서과장으로 검열을 담당하다가, 경무국 보안과장이 됐던 후루카와 가네히데(古川兼秀)의 언급 중 인용한 ①에서 "향토 문학을 인정해 주"는 입장이 어떤 관점에서 비롯되었는지를 알 수 있다. 김종한의 신지방주의론이 조선 문화의 특수성이나 자율성을 유지하기 위한 고안으로 보기 어려우며, 일제 후반기 조선문학의 '향토성'이 탈식민적 실천으로 평가될 수 없는 이중적 욕망을 보여준다는 점에 대해서는 이미 기존의 논의가 있었거니와,[39] 선행 연구와의 연속선상에서 이 '향토'에 대한 요구와 상

36 위의 글, 388면.
37 위의 글, 393면.
38 좌담, 「전쟁과 문학」, 앞의 책, 509면.
39 고봉준, 「'동양'의 발견과 국민문학」, 200~207면; 고봉준, 「일제 후반기 시에 나타

상들이 당대의 텍스트들에 어떤 방식으로 산포되어 있는지는 조금 더 구체적으로 살펴볼 필요가 있다.

　[1]에서의 조선의 향토 문학에 대한 인정을 "형태"와 "내용적" 측면으로 나누고 있는 점에 주목하자. 여기서 "현실 생활과의 일치"는 미학적 측면에 대한 고려 차원에서 나온 것이 아님은 명확한데, 국민문학의 추구와 관련하여 '감정'과 '생활'의 요소들이 언급되고 이러한 담론이 실제 창작에 대한 요구와 맞닿을 때는 결국 조선문학의 '향토성'(또는 지방성)을 "활용"하는 측면으로 귀결되는 논리를 보여준다. 검열 담당 관리였던 후루카와의 논리가 이 좌담에서 정치하게 펼쳐지는 것은 아니지만, 조선문학의 언어와 독자성을 인정할 때조차 그것은 이른바 "비상시국"에서 "국방문학의 전위"를 담당하는 것을 위한 포석이었다. 그것은 문학적으로 포장되지 않은 그의 말에 의하면 "내선일체"의 "주입"과 같은 것이었다.

　물론 이러한 당국 관리의 요구를 일본과 조선의 문학가들이 자신의 문학적 관점과 창작에 전면적으로 대응시키고 있는가는 별개이며, 특히 식민지 작가들의 텍스트의 복합성은 여러 방식으로 해석될 수 있다는 점 또한 언급되어 왔다.

　그런데 [2], [3]에서 일본인 작가가 "조선에 사는 내지인 작가의 특수한 생활 감정"에 대해 쓴다거나 "일본 전통미나 향토"를 주제로 삼는다고 할 때 이는 넓은 의미에서의 '국민시'로 여겨지고 있었다는 점에 유의해 보자. '감정'이나 '생활'이라는 항목이 체험의 개별성에 근

난 향토성 문제」, 12~13면; 박지영, 「김종한 「정원사」론-일제 말기 조선문학과 '접목'의 사상」, 『민족문학사연구』 56, 민족문학사학회, 2014. 381~383면.

거한 실감의 표현과 작가의 고유성의 자질임에도 불구하고, 앞선 국민문학 담론에서는 그 개별적 자질들이 탈각되고 있는 것처럼, "조선에 충실"한다는 의미의 향토성은 ⑤의 김종한에게서처럼 "국민으로서 충실"하기 위한 전제로 작용한다. 마치 후루카와에게서 "현실 생활과의 일치"라는 문제가 삶의 체험에 근거한 개인적 진실과는 전혀 무관한 "황도정신"의 "주입"으로 "활용"되고 있는 것처럼 말이다.

이때 ④의 신지방주의론 즉 "새로운 의미의 특수성"이란 '새로움'의 강조에 방점이 찍히기보다는, '일본(제국/국민)문학'이라는 절대적 보편의 "형태"적인 변종과 다름없다. 김종한이 '혁신'의 문제를 관념적으로 생각하면 안 된다고 주장할 때조차, 김종한의 시가 인정받고 확보한 '실감'과 '생활'에의 밀착은 이 특수와 보편 사이 화해할 수 없는 매개항을 역설적이게도 매우 관념적인 방식으로 거세함을 통해 가능해진다. 이때 이른바 독자의 '감동'이란 ⑥에서처럼 '향토성' 즉 에스니티나 오리지널리티의 발현에 감응하는 것이 아니라 정확하게는 "향토를 보호한다" 또는 "향토와 함께 운명을 같이 한다"는 의미로 전환되어 그 의미를 인정받는다.

가령, ②에서 조선에 사는 내지인 작가의 '특수한 생활감정'을 대표적으로 그려낸 것으로 평가받는 사토 기요시 작품 중 하나인 「눈」에서 "15년 동안, / 같은 그 얼굴을 지켜보아 왔으나, / 드디어 낯빛에 변화가 생겼다. / 거듭거듭, / 반복해서 큰 눈 내리는 낮이여, 밤이여/ (중략) / 소년이었을 때처럼, / 경성은 바야흐로/ 완전히 나의 고향이 되었다."[40]고 할 때, 여기 경성에 내려 마치 작가가 일본에 있을 때를

---

40 가미무라 슌페이·가이야 미호 등 편역, 『국민문학』, 1941년 11월, 앞의 책, 12~13면.

연상시키게 하는 '큰 눈'은 일본과 경성의 차이를 없앤다.

"기쁜 나머지 신작로를 달리며,/ 몇 번이나 발목이 빠지는 사람들"에 대한 묘사는 구체적 생활 경험에서 나온 것처럼 보이지만, 묘사에 사용된 형태적 어휘의 실감과는 별개로 경성에 대한 이 묘사는 일본이라는 '제국'의 표정에 편입되는 변화를 겪음으로써 '고향'으로 존재하는 것이 가능해진 관념적 실재에 대한 상상적 묘사이다. 여기에 나타난 '특수한 생활 감정'의 '생활'과 '감정'은 이러한 관념적 소거에 의해 탄생하며, 이 때 '특수'는 이미 보편과의 차이를 삭제당한 채 형태적으로만 전시된다.

『국민문학』 1942년 11월호에 실린 오우치 노리오의 「신년의 노래」는 일본의 정형시 단카의 형식을 이용한 작품이다. 이 일본어 시에는 "金素英"이라는 한국인의 이름이 호명되고 있는데, 일본어 단카 형식에 갑자기 게시되는 이 호명은 이질적으로 돌출되어 있다.

시의 일부를 보자. "바르고 곧은/ 이 민족의 마음을/ 이어가고자/ 중대한 이 시기를/ 나는 생각하노라// 빙 둘러쳐진/ 산봉우리 봉우리/ 구름 일어나/ 상서롭게 여기지만/ 신민들은 조용하네/ (중략) / 가까운 이들/ 수없이 떠나간 길/ 나도 나아갈/ 그날을 기다린다/ 마음 황공하게도/ (중략) / 실낱과 같은/ 희망이라고 해도/ 맑고 상큼한/ 벚꽃절임/ 올해는/ 만들어 보고 싶네// 추억 속에서/ 떠오르는 이름들/ 수도 없지만/ 기억해 낼 수 없는/ 얼굴 있네 김소영"[41]이라고 끝부분에 '김소영'이라는 조선인 이름이 호명될 때, 식민지 조선 가단에서 활동한 시인에게 이 조선인의 이름은 개별적인 추억의 경험에서만

---

41 『국민문학』, 1942년 1월, 위의 책, 30~31면.

호출된 것이라 볼 수 없다.

"바르고 곧은 이 민족의 마음"이 일본의 것인지 조선의 것인지는 시 안에서 불분명한 것처럼, 이곳의 '봉우리'와 '구름' 또한 조선과 일본 어느 공간에 대한 것인지 독자는 알 수 없다. 그러나 '김소영'이라는 조선인의 호명은, '벚꽃절임'이라는 구체적 사물조차 '신민'의 환기를 위한 매개로 소용되는 시적 맥락 안에서 결국 제국의 민족이라는 보편 안에 '김소영'이라는 조선인을 포섭하는 전략임을 볼 수 있다.

『국민문학』의 텍스트들의 편차에도 불구하고, 일본시인들의 조선에 대한 향토의 재현들은 기이하게 보편화되어 있다. "개나리, 벚꽃, 복숭아꽃, 라일락/ 살구꽃, 오얏꽃, 철쭉, 배꽃,/ 가지마다 흐드러지게 피는 조선반도// 일찍이 대륙의 풍모 여기에 있고/ 그곳에 살아 있는 모든 것, 또한/ 위대한 전쟁 속에 있어"(이노우에 야스후미, 「조선반도」)[42]라고 표현할 때 조선반도에 피는 구체적인 꽃들의 이름조차 "위대한 전쟁 속에" 있는 사물로 재배치된다.

그렇다면 이러한 맥락 속에 배치된 조선 작가들의 '향토성' 특히 김종한의 새로운 특수성론은 이 일본 작가들의 기이한 보편화된 특수와 얼마만큼의 거리를 형성하고 있는가?

"옥순 씨는 어머니이고/ 우리들도 모두 어머니이고/ 일본의 어머니들에게는 아무런 차이도 없다.// 옥순 씨는 불을 쬐며 웃는다./ 그리고 우리들도 손을 녹이며 웃는다./ 봄의 향긋한 초승달의 해질녘"(다케우치 데루요, 「옥순 씨」)[43]에 표기된 "玉順"이라는 조선인 이름은

---

42 『국민문학』 1943년 6월, 위의 책, 151면.
43 『국민문학』 1942년 1월, 위의 책, 35~36면.

'차이 없음'을 위한 '차이' 즉 제국의 보편을 위해 호명된 개별성이
었다.

　이 시의 바로 옆 지면에 배치된 김종한의 「정원사」가 보여준 저
유명한 "돌배나무"와 "어린 사과가지"의 "접목"이 '돌배나무'와 '사과
가지'의 차이를 보여주는 것만으로 '새로운 의미의 특수성'을 보여주
는 것이 될 수 없는 것은, "이 가지에도 사과가 열리겠지"라는 「정원
사」의 발화 또한 동일화의 욕망이자 '차이 없음'을 위한 '차이'로서만
의미를 지니기 때문이다.

　그러므로 김종한의 시는 기실 자신의 담론에서 말하고자 하는 바
보다 오히려 더욱 강력하게 '보편'에의 욕망으로 정형되어 있다고 보
아야 할 것이다. "경성이라는 도시가/ 하나의 커다란 심장이 되어/
합장이라도 하고 있는 듯한/ 경건한, 이 한때를// 먼 싸움터에서는,
꽃잎처럼/ 불을 토하며 흩어져가는 비행기도 있으리라/ 그리고, 고
향에 돌아오는 영령들은/ 새로운, 이 풍속에 미소 지으리// 긴자의
버드나무 거리에서도 볼 수 없는/ 물론, 교토에도 있을 리 없는/ 밀레
의 그림보다도, 한층 뜻 깊은/ 이 한때의 경건함을"(김종한, 「풍속」)[44]
에서 표현되는 '긴자'와 '교토'와도 다른 '경성'의 차별성 즉 향토성이
란, 그 실재를 들여다보면 제국의 승리를 염원하는 새로운 '풍속' 즉
제국의 강화를 위해서 존재할 때만, 차별적 의미를 지닌다.

　따라서 "이 반도에, 징병이 공포된 날이기에/ 그는 웃을 수가 없었
다"(「유년」)는 구절에서의 "웃을 수가 없었다"는 표현은 식민지의 시인
으로서 지니는 복합적인 내면의 표현이 아니라, 제국의 신민의 자격

---

[44] 『국민문학』 1942년 5–6월 합병호, 위의 책, 72~73면.

을 획득할 수 있는 조선인 징병제 발표를 맞아들이는 한 조선인 작가로서 갖는 최대한의 경건함의 표현이라고 보아야 한다. 국민문학의 혁신을 논하며 김종한의 시들이 일본인 작가들에게 상찬받고 있는 지점은, '감정'과 '생활' 그리고 '향토'로 이어지는 국민문학의 기이하게 전유된 접합면을 매끈하게 만들어 그 모순이 도드라지게 느껴지지 않는다는 점 때문이다.

이는 김용제의 시에서 "나는 오늘의 전쟁시를 노래하고 싶다/ 나는 내일의 건설시를 노래하고 싶다/ 그것은 시가 정치화되는 전철은 아니다/ 그것은 큰 현실로 시신(詩神)이 몸을 부딪쳐 가는 것이다// 나는 아세아의 부흥을 위해 싸우고 싶다/ 동시에 새로운 아세아정신을 조용히 창조하고 싶다/ 나는 일본국민의 애국자로서 일하고 싶다/ 동시에 새로운 일본정신을 깊이 배우고 싶다/ 나는 조선 민중의 참된 행복을 위해 일하고 싶다/ 동시에 그리운 자장가를 천진난만하게 부르고 싶다/ 거기에 나는 감정의 모순을 조금도 느끼지 않는다/ 거기에는 아름다운 아세아적인 조화가 있을 뿐이다"(「아세아의 시」 부분)[45]와 같은 구절을 읽을 때 독자가 느끼는 이질감이나 불편함을 완화시키고, '국민'시가 아니라 국민'시'의 언어로 읽히는 효과를 낳는다.

김종한의 "새로운 의미의 특수성"이란 실제 창작의 논리와 접합될 때는, 다만 제국이라는 보편을 위해서만 실재하는 의미에서의 특수성이라 볼 수 있다. "당신은 반도에서 오지 않았나/ 어쩐지 좀 다른 얼굴이라고 생각했다네/ 하지만 그리 불안해할 건 없네/ 보게나 송화강 상류에서도 멀리멀리/ 남경 변두리에서도 와 있잖아/ 수마트라에서

---

45 金龍濟, 「亞細亞の詩」, 『東洋之光』, 1939.3, 324~325면.

도 보르네오에서도 이제는/ 중경의 방공호에서도 오겠지/ (중략)/ 그
것은 기다리고 있다 애타게 기다리고 있다/ 지휘봉이 가리키는 방향
으로 미래로"(「합창에 대하여」 부분)[46]에서 "반도"와 "송화강"과 "수마트
라"와 "보르네오"와 "중경"에서 온 "다른" 얼굴의 다름이 "지휘봉이 가
리키는 방향"이라는 하나의 "합창"으로 동일화되기 위해 사용되는 예
에서 볼 수 있듯 말이다.

5. 동일화의 욕망과 김종한(金鍾漢) 시의 전략

이 글에서는 1942년을 전후하여 제국의 언어인 일본어를 중심으로
한 이른바 '국어' 문단에서의 문학의 혁신에 대한 요구에 담긴 논리를
일본 문학가와 조선 문학가들의 담론을 통해 살펴보고, 이와 관련된
『국민문학』 수록 시 텍스트의 창작 방법론과 그것이 갖는 의미를 '감
정', '생활', '향토'의 의미를 중심으로 논해 보았다. 식민지 후반 조선
문학의 향토성에 관한 선행 연구의 의미를 확충하는 한편, 특히 조선
인 작가뿐만 아니라 일본인 작가들의 시 텍스트의 구체적인 모습과
창작의 논리 사이의 거리와 동일성을 규명하고자 했다.

일본 문학가와 조선 문학가들의 좌담에서 신체제기 문학의 혁신
을 논하는 데 '감정'의 문제가 주요하게 대두되었다. 여기서 '감정'이
란 용어는 기존의 문학의 가치나 자율성과 미학성을 성립하게 하던
요소에서, 국민문학의 효과와 선전 계몽의 역할을 가능하게 하는 요

---

46 『국민문학』, 1942년 4월, 앞의 책, 68~69면.

소로 전유된다. 근대문학 성립 이후 내면의 표현과 심미적 가치의 추구, 그리고 문학의 자율성을 표현하는 것이 가능하게 했던 개인의 '감정'의 발현이었다면, 신체제 아래서의 문학의 혁신이란 이와 같이 기이하게 전유된 '감정'의 조직과 표현을 조선 작가들에게 요구하고 있었다.

'감정'과 함께 당시 국민문학 담론에서 가장 많이 등장하고 있는 것은 '생활'이라는 용어였다. 그것은 일본이라는 제국의 '국민'으로서 겪는 '생활 체험'을 지시하기도 하는 한편, 문학이라는 장르의 구체성을 보장할 경험의 소재적 차원에서도 논의되고 있었다. 자발적 협력과 문예의 매력을 가능하게 하는 작가의 태도이자 방법이 '감정'의 축조와 구사였다면, 이를 창작의 실제적 차원에서 현실화시키는 방안은 '생활 체험'의 묘사였다. '생활'의 묘사라는 창작 방법론의 요구는 조선 작가들의 창작 방향에도 강력한 영향력을 행사하게 된다.

국민문학의 혁신과 관련하여 '감정'과 '생활'의 요소들이 언급되고 이러한 담론이 실제 창작에 대한 요구와 맞닿을 때 조선문학의 '향토성'(또는 지방성)에 관한 논의가 더욱 적극적으로 활용된다. 이 '향토'에 대한 요구와 상상들이 당대의 텍스트들에 어떤 방식으로 산포되어 있는지는 조금 더 구체적으로 살펴볼 필요가 있다.

김종한의 신지방주의론을 창작 텍스트를 통해 구체적으로 살펴볼 때, 그 특수성이란 일본(제국/국민)문학이라는 절대적 보편의 형태적 변종과 다름없다. 김종한의 시가 인정받고 확보한 '실감'과 '생활'에의 밀착은 이 특수와 보편 사이 화해할 수 없는 매개항을 역설적이게도 매우 관념적인 방식으로 거세함을 통해 가능해진다. 김종한이 살고 있는 경성의 차별성 즉 향토성이란, 시 텍스트 속에서 제국의 동일화를 강화시키는 방식으로서만 호명된다. 이는 그동안 지나치게 목적적이고 관념적이라 평가받아왔던 김용제의 시보다 훨씬 더 전략적인 방식으로 시의 언어를 사용한다는 점에서 더 노골적으로 제국의 중심에의 동일화에 대한 욕망을 드러낸다.

그동안의 연구에서는 김종한 시의 식민지적 이중성과 복합성을 논하며 신지방주의의 '특수성'의 의미에 적극적인 의미를 부여하기도 하였다. 그러나 김용제의 시가 '일본 국민'-'조선 민중'-'전쟁시'-'조화' 등의 이질적인 요소들의 모순을 더욱 드러내는 반면, 김종한의 시들은 그의 '생활'과 '향토'의 구사에 의해 이 모순적 접합면의 돌출성을 완화시킨다. 또한 그동안 피식민자가 지니는 양가적 감정의 중층성을 보여주는 예로 사용되기도 했던 시 텍스트 「유년」에 나타난 감정은, '복잡성'의 내면의 표현이 아니라 일본 국민에의 동일화가 가능할 수 있을 것이라는 가능성에의 '경건함'의 표현으로 보아야 한다. 이런 측면에서 그동안 신지방주의론이나 조선문학의 특수성론이라는 담론적 기획에 의해 평가되어 왔던 텍스트의 실제와 『국민문학』에 실린 다른 시들과의 배치와 거리를 더욱 세밀하게 분석해야 할 것이다.

참고문헌

1. 기본자료 및 보조자료

『가톨릭청년』, 『개벽』, 『국민문학』, 『금성』, 『동아일보』, 『매일신보』, 『문우』, 『문장』, 『별건곤』, 『사해공론』, 『삼천리』, 『삼천리문학』, 『신생』, 『신흥』, 『연희』, 『인문평론』, 『정음』, 『조광』, 『조선문단』, 『조선일보』, 『조선중앙일보』, 『해외문학』, 『京城日報』, 『東洋之光』, 『新潮』, 『朝鮮と建築』.

가미무라 슌페이·가이야 미호 등 편역, 『『국민문학』 수록 시(1941.11-1943.9) 1-나는 닦는다 야마토로 통하는 마루를』, 소명출판, 2015.
구인회 회원 편집, 『시와 소설』, 창문사, 1936.
권영민 엮음, 『이상 전집 1』, 뿔, 2009.
김기림, 『김기림 전집 4; 문장론』, 심설당, 1988.
김재용·곽형덕 편역, 『김사량, 작품과 연구2』, 역락, 2009.
김주현 주해, 『이상문학전집 3』, 소명출판, 2005.
김학동 책임 편집, 『정지용 전집 2-산문』 개정판, 민음사, 2003.
모던일본사, 『일본잡지 모던일본과 조선 1940』, 어문학사, 2009.
문경연·서승희 등 번역, 『좌담회로 읽는 『국민문학』』, 소명출판, 2010.
사희영 번역, 『잡지 『국민문학』의 시세계』, 제이앤씨, 2014.
상허학회 편, 『이태준 전집 7-문장강화 외』, 소명출판, 2015.
양주동전집간행위원회, 『양주동 전집 11: 평론·번역』, 동국대출판부, 1998.
_____, 『양주동 전집 6: 조선의 맥박, 무애시문선, 시경초, 영시백선, English poems』, 동국대출판부, 1998.
이경훈 편역, 『한국 근대 일본어 소설선: 1940-1944』, 역락, 2007.
_____, 『한국 근대 일본어 평론·좌담회 선집』, 역락, 2009.
이승훈 엮음, 『이상문학전집1』, 문학사상사, 1989.

이태준,『무서록』, 깊은샘, 1994.

이하윤,『실향의 화원』, 시문학사, 1933.

임종국 편,『이상전집』, 문성사, 1966.

임화,『문학의 논리』, 학예사, 1940.

임화문학예술전집 편찬위원회 편,『임화문학예술전집 4-평론 1』, 소명출판, 2009.

정인섭,『한국문단논고』, 신흥출판사, 1959.

玄永燮,『朝鮮人の進むべき道』, 綠旗聯盟, 1938.

2. 국내논저

가이야 미호,「아베 요시시게(安倍能成)의 눈에 비친 조선,『세계문학비교연구』 18, 세계문학비교학회, 2007.

강여훈,「일본인에 의한 조선어 번역 −히노 아시헤이의『보리와 병정(兵丁)』을 중심으로」,『일본어문학』 35, 한국일본어문학회, 2007.

강용훈,「근대 문예비평의 형성 과정 연구」, 고려대 박사논문, 2011.

검열연구회 편,『식민지 검열, 제도·텍스트·실천』, 소명출판, 2011.

고명철,「해외문학파와 근대성, 그 몇 가지 문제−이헌구의「해외문학과 조선에 있어서의 해외문학파의 임무와 장래」를 중심으로」,『한민족문화연구』 10, 한민족문화학회, 2002.

고봉준,「'동양'의 발견과 국민문학−김종한론」,『한국문학이론과 비평』 35, 한국문학이론과 비평학회, 2007.

_____,「일제 후반기 국민시의 성격과 형식」,『한국시학연구』 37, 한국시학회, 2013.

_____,「일제 후반기 시에 나타난 향토성 문제」,『우리문학연구』 30, 우리문학회, 2010.

_____,「일제 후반기의 담론 지형과『문장』」,『국어국문학』 152, 국어국문학회, 2009.9.

고은,『이상 평전』, 향연, 2003.

공임순,「한국 (근대)문학의 세 가지 테제에 대한 비판적 재검토−감금과 자유의

21세기 판 역설들」, 『상허학보』 19, 상허학회, 2007.

구인모, 「김억의 격조시형론에 대하여」, 『한국문학연구』 29, 동국대 한국문학연구소, 2005.

____, 「베를렌느, 김억, 그리고 가와지 류코(川路柳虹)-김억의 베를렌느 시원전 비교연구」, 『비교문학』 41, 한국비교문학회, 2007.

____, 「이하윤의 가요시와 유성기음반」, 『한국근대문학연구』 18, 한국근대문학회, 2008.

____, 「한국의 일본 상징주의 문학 번역과 그 수용」, 『국제어문』 45, 국제어문학회, 2009.

____, 『한국 근대시의 이상과 허상-1920년대 '국민문학'의 논리』, 소명출판, 2008.

구자황, 「근대 독본의 성격과 위상 (2)-이윤재의 『문예독본』을 중심으로」, 민족문학사연구소 기초학문연구단, 『제도로서의 한국 근대문학과 탈식민성』, 소명출판, 2008.

____, 「독본을 통해 본 근대적 텍스트의 형성과 변화」, 민족문학사연구소 기초학문연구단, 『한국 근대문학의 형성과 문학 장의 재발견』, 소명출판, 2004.

구장률, 「근대지식의 수용과 소설 인식의 재편」, 연세대 박사논문, 2009.

국어국문학회·동국대 국어국문학과 편, 『양주동 선생의 학문과 인간』, 동국대 국어국문학과, 2003.

권나영, 「제국, 민족, 그리고 소수자 작가-'식민지 사소설'과 식민지인 재현 난제」, 『한국문학연구』 37, 동국대 한국문학연구소, 2009.12.

권두연, 「신문관의 '문화운동' 연구」, 연세대 박사논문, 2011.

권명아, 「연대와 전유의 갈등적 역학-포스트 콜로니얼리즘, 탈민족주의, 젠더 이론의 관계를 중심으로」, 『상허학보』 19, 상허학회, 2007.

____, 「풍속 통제와 일상에 대한 국가 관리-풍속 통제와 검열의 관계를 중심으로」, 『민족문학사연구』 33, 민족문학사학회, 2007.

____, 「환멸과 생존 -'협력'에 대한 담론의 역사」, 『민족문학사연구』 31, 민족문학사학회, 2006.

____, 『역사적 파시즘 -제국의 판타지와 젠더 정치』, 책세상, 2005.

권보드래, 「근대 초기 '민족' 개념의 변화 -1905~1910년 『대한매일신보』를 중심으로, 『민족문학사연구』 33, 민족문학사학회, 2007.

권보드래, 『연애의 시대』, 현실문화연구, 2003.

_____, 『한국근대소설의 기원』, 소명출판, 2000.

권용선, 「1910년대 '근대적 글쓰기'의 형성과정 연구」, 인하대 박사논문, 2004.

권유성, 「1920년대 '조선적' 서정시의 창출 과정 연구」, 경북대 박사논문, 2011.

권창규, 「근대 문화자본의 태동과 소비 주체의 형성-1920~30년대 광고 담론을 중심으로」, 연세대 박사논문, 2011.

김경연, 「1920~30년대 여성잡지와 근대 여성문학의 형성」, 부산대 박사논문, 2010.

김근수, 「『신흥』지의 영인에 붙이어」, 『신흥』 영인본, 태학사, 1985.

김도경, 「태평양전쟁기 식민지 조선에서의 향토 담론」, 『우리말글』 50, 우리말글학회, 2010.

김동식, 「풍속·문화·문학사」, 『민족문학사연구』 19, 민족문학사학회, 2001.

_____, 「한국문학 개념 규정의 역사적 변천에 관하여」, 『한국현대문학연구』 30, 한국현대문학회, 2010.

_____, 「한국의 근대적 문학 개념 형성과정 연구」, 서울대 박사논문, 1999.

김명인, 「친일문학 재론 -두 개의 강박을 넘어서」, 『한국근대문학연구』 17, 한국근대문학회, 2008.

김미지, 「한국과 중국 모더니즘 문학의 통언어적 실천에 관한 일 고찰-이상, 박태원, 무스잉의 문학 언어를 중심으로」, 『한국현대문학연구』 43, 한국현대문학회, 2014.

김민수, 「시각예술의 관점에서 본 이상 시의 혁명성」, 권영민 편저, 『이상 문학 연구 60년』, 문학사상사, 1998.

김민철, 「현영섭-'일본인 이상의 일본인' 꿈꾼 몽상가」, 『친일파 99인 (2)』, 돌베개, 1993.

김병철, 「서양문학수용태도에 관한 이론적 전개-1920년대의 번역문학논쟁을 중심하여」, 『인문과학』 3, 4권, 성균관대 인문과학연구소, 1973.

_____, 『한국근대번역문학사연구』, 을유문화사, 1975.

김성연, 「식민지 시기 번역 위인전기 연구」, 연세대 박사논문, 2011.

김승구, 「식민지 지식인의 제국 여행-임학수」, 『국제어문』 43, 국제어문학회, 2008.

김승구, 「중일전쟁기 김용제의 내선일체문화운동」, 『한국민족문화』 34, 부산대
　　　한국민족문화연구소, 2009.

김신정, 「이중언어/다언어상황과 조선어 시쓰기의 문제-윤동주 시를 중심으로」,
　　　『한국문학이론과 비평』 77, 한국문학이론과 비평학회, 2017.

김양선, 「탈근대·탈민족 담론과 페미니즘(문학) 연구-경험과 교섭에 대한 비판
　　　적 읽기」, 『민족문학사연구』 33, 민족문학사학회, 2007.

김연수, 「조선의 번역운동과 괴테의 세계문학 개념 수용에 대한 고찰 -해외문학
　　　파를 중심으로」, 『괴테연구』 24, 한국괴테학회, 2011.

김영민, 「동서양 근대 소설의 발생과 그 특질 비교 연구-'소설(novel)'과 '小說
　　　(소셜/쇼셜)'의 거리」, 『현대문학의연구』 21, 한국문학연구학회, 2003.

_____, 「한국 근대 소설 발생 과정 연구-조선후기 야담과 개화기 문학 양식의
　　　연관성을 중심으로」, 『국어국문학』 127, 국어국문학회, 2000.

_____, 『한국 근대소설의 형성과정』, 소명출판, 2005.

_____, 『한국근대문학비평사』, 소명출판, 1999.

_____, 『한국의 근대신문과 근대소설 2』, 소명출판, 2008.

_____, 『한국의 근대신문과 근대소설』, 소명출판, 2006.

김용권, 「예이츠 시 번(오)역 100년: "He wishes for the Cloths of Heaven"을
　　　중심으로」, 『한국 예이츠 저널』 40, 한국예이츠학회, 2013.

김용운, 「이상 문학에 있어서의 수학」, 김윤식 편저, 『이상문학전집 4-연구논문
　　　모음』, 문학사상사, 1995.

김용직, 「해외문학파의 외국문학 수용양상-한국근대문학과 일본문학의 상관관
　　　계 조사고찰」, 『관악어문연구』 8, 서울대 국어국문학과, 1983.

김욱동, 「외국문학연구회와 양주동의 번역 논쟁」, 『외국문학연구』 40, 한국외
　　　국어대외국문학연구소, 2010.

김윤식, 『한국근대문예비평사연구』, 일지사, 1976.

_____, 『일제 말기 한국 작가의 일본어 글쓰기론』, 서울대출판부, 2003.

김인환, 「이상 시 연구」, 『양영학술연구논문집』, 양영회, 1996.12.

_____, 『기억의 계단』, 민음사, 2001.

김재용 외, 『친일문학의 내적 논리』, 역락, 2003.

_____, 「동양주의에서 국제주의로 -근대 극복의 한 도정」, 문학과사상연구회,
　　　『이태준 문학의 재인식』, 소명, 2004.

김재용, 「식민주의와 언어」, 김재용·오오무라 마쓰오 편저, 『제국주의와 민족
　　　주의를 넘어서』, 역락, 2009.

_____, 「친일문학의 성격 규명을 위한 시론」, 『실천문학』 2002년 봄호(통권
　　　65호), 실천문학사, 2002.

_____, 『협력과 저항 −일제 말 사회와 문학』, 소명, 2004.

김재용·곽형덕 편역, 『김사량, 작품과 연구2』, 역락, 2009.

김재현, 「한국에서 근대적 학문으로서 철학의 형성과 그 특징」, 『시대와철학』
　　　18권 3호, 한국철학사상연구회, 2007.

김정란, 「몽환적 실존−이상 시 다시 읽기」, 권영민 편저, 『이상 문학 연구 60년』,
　　　문학사상사, 1998.

김종현, 「근대 계몽기 소설의 대중화 전략 연구」, 경북대 박사논문, 2010.

김종훈, 「한국 근대시의 '서정'−기원과 변용」, 고려대 박사논문, 2008.

김준현, 「해방 전 베를렌의 수용 및 번역」, 『프랑스어문교육』 32, 한국프랑스어
　　　문교육학회, 2009.

김지영, 「근대적 글쓰기의 제도화 과정과 변환 양상 연구」, 서강대 박사논문,
　　　2009.

김진섭, 『교양의 문학』, 진문사, 1955.

김진희, 「근대 문학의 장(場)과 김억의 상징주의 수용」, 『한국문학이론과 비평』
　　　22, 한국문학이론과 비평학회, 2004.

김철, 「'국민'이라는 노예」, 『'국민'이라는 노예』, 삼인, 2005.

_____, 「두 개의 거울:민족담론의 자화상 그리기−장혁주와 김사량을 중심으로」,
　　　『상허학보』 17, 상허학회, 2006.

_____, 「몰락하는 신생(新生) −만주의 꿈과 『농군』의 오독(誤讀)」, 『상허학보』
　　　제9집, 상허학회, 2002.

_____, 「총론: 파시즘과 한국 문학」, 김철·신형기 외, 『문학 속의 파시즘』, 삼인,
　　　2001.

_____, 『'국민'이라는 노예』, 삼인, 2005.

_____, 『복화술사들』, 문학과지성사, 2008.

김춘미, 「번역시의 의미−『해조음』과 『오뇌의 무도』의 대비적 고찰」, 『비교문
　　　학』 3, 한국비교문학회, 1979.

김행숙, 『문학이란 무엇이었는가』, 소명출판, 2005.

김현주, 「1930년대 "수필" 개념의 구축 과정」, 『민족문학사연구』 22, 민족문학사학회, 2003.

_____, 「근대 개념어 연구의 동향과 성과–언어의 역사성과 실재성에 주목하라!」, 『상허학보』 19, 상허학회, 2007.

김효중, 「한국의 문학번역이론」, 『비교문학』 15, 한국비교문학회, 1990.

_____, 「『해외문학』에 관한 비판적 고찰」, 『한민족어문학』 36, 한민족어문학회, 2000.

나카네 다카유키, 「1930년대에 있어서 일본문학계의 동요와 식민지문학의 장르적 생성」, 『일본문화연구』 4, 동아시아일본학회, 2001.

노춘기, 「근대문학 형성기의 시가와 정육론 연구」, 고려대 박사논문, 2011.

다지마 데쓰오, 「근대계몽기 문자매체에 나타난 일본/일본인 표상–신문매체를 중심으로」, 연세대 박사논문, 2009.

동국대 한국문학 연구소 편, 『양주동 연구』, 민음사, 1991.

류보선, 『한국 근대문학의 정치적 (무)의식』, 소명출판, 2005.

류준필, 「'문명'·'문화' 관념의 형성과 '국문학'의 발생–'국문학'이라는 이데올로기 서설」, 『민족문학사연구』 19, 민족문학사학회, 2001.

문경연, 「한국 근대초기 공연문화의 취미담론 연구」, 경희대 박사논문, 2008.

문경연·서승희 등 역, 『좌담회로 읽는 『국민문학』』, 소명출판, 2010.

문성환, 「최남선의 글쓰기와 근대 기획 연구」, 인천대 박사논문, 2008.

문학과사상연구회, 『이태준 문학의 재인식』, 소명출판, 2004.

문한별, 「한국 근대 소설 양식의 형성과정 연구–전통 문학 양식의 수용과 대립을 중심으로」, 고려대 박사논문, 2007.

문혜윤, 「조선어 문학의 역사 만들기와 '강화(講話)'로서의 『문장』」, 『한국근대문학연구』 20, 한국근대문학회, 2009.

_____, 「한자/한자어의 조선문학적 존재방식」, 『우리어문연구』 40, 우리어문학회, 2011.

_____, 『문학어의 근대–조선어로 글을 쓴다는 것』, 소명출판, 2008.

미쓰이 다카시, 「식민지하 조선에서의 언어지배–조선어 규범화 문제를 중심으로」, 『한일민족문제연구』 4, 한일민족문제학회, 2003.

민병욱, 「村山知義 연출 '춘향전'의 공연사회학적 연구」, 『한국문학논총』 33, 한국문학회, 2003.

민충환, 「상허 이태준론(2) -'농군'을 중심으로」, 『어문연구』 제57호, 한국어문
　　　교육연구회, 1988.
박광현, 「'경성제국대학'의 문예사적 연구를 위한 시론」, 『한국문학연구』 21,
　　　동국대 한국문학연구소, 1999.
_____, 「검열관 니시무라 신타로(西村眞太郎)에 관한 고찰」, 『한국문학연구』
　　　32, 동국대 한국문학연구소, 2007.
_____, 「경성제국대학 안의 동양사학」, 『한국사상과문화』 31, 한국사상문화학
　　　회, 2005.
_____, 「경성제대 '조선어학조선문학' 강좌 연구-다카하시 토오루(高橋亨)를
　　　중심으로」, 『한국어문학연구』 41, 한국어문학연구학회, 2003.
_____, 「경성제대와 신흥」, 『한국문학연구』 26권, 동국대한국문학연구소, 2003.
_____, 「다카하시 도오루와 경성제대 '조선문학' 강좌」, 『한국문화』 40, 서울대
　　　규장각한국학연구원, 2007.
_____, 「식민지 '제국대학'의 설립을 둘러싼 경합의 양상과 교수진의 유형」,
　　　『일본학』 28, 동국대학교 일본학연구소, 2009.
_____, 「식민지 조선에 대한 '국문학'의 이식과 다카기 이치노스케」, 『일본학보』
　　　59집, 한국일본학회, 2004.
박명용, 「일제말기 한국문학의 역사적 의미-김용제론」, 『인문과학논문집』, 대
　　　전대 인문과학연구소, 1993.
박수연, 「대동아공영과 전쟁의 생철학」, 『재일본 및 재만주 친일문학의 논리』,
　　　역락, 2004.
_____, 「신지방주의와 향토-김종한에 기대어」, 『한국근대문학연구』 25, 한국
　　　근대문학회, 2012.
_____, 「포스트식민주의론과 실재의 지평」, 『민족문학사연구』 33, 민족문학사
　　　학회, 2007.
박옥수, 「1920년대, 1930년대 국내 번역 담론과 번역학 이론과의 연계성 고찰」,
　　　『동서비교문학저널』 20, 한국동서비교문학학회, 2009.
박일우, 「한국근대문학의 만주 표상에 관한 연구-1930~40년대 소설을 중심으
　　　로」, 국민대 박사논문, 2009.
박지영, 「김종한 「정원사」론-일제 말기 조선문학과 '접목'의 사상」, 『민족문학
　　　사연구』 56, 민족문학사학회, 2014.

박지영, 「김종한과 『국민문학』의 시인들-일제 말기 '국민시' 연구」, 『외국문학연구』 73, 한국외국어대학교 외국문학연구소, 2019.

_____, 「식민지 조선의 만요슈-두 개의 국민과 문학전통의 교착」, 『세계문학비교연구』 45, 세계문학비교학회, 2013.

박지영, 「잡지 『학생계』와 문학-1920년대 초반 중등학교 학생들의 '교양주의'와 문학적 욕망의 본질」, 박헌호 외, 『작가의 탄생과 근대문학의 재생산제도』, 소명출판, 2008.

박지향·김철·김일영·이영훈 엮음, 『해방전후사의 재인식』, 책세상, 2006.

박진숙, 「식민지 근대의 심상지리와 『문장』파 기행문학의 조선표상」, 『'조선적인 것'의 형성과 근대문화담론』, 소명출판, 2007.

박진영, 「소설 번안의 다중성과 역사성-『레미제라블』을 위한 다섯 개의 열쇠」, 『민족문학사연구』 33, 민족문학사학회, 2007.

_____, 「한국의 근대 번역 및 번안 소설사 연구」, 연세대 박사논문, 2010.

_____, 『번역과 번안의 시대』, 소명출판, 2011.

박헌호, 「'문학' '史' 없는 시대의 문학연구-우리 시대 한국 근대문학 연구에 대한 어떤 소회」, 『역사비평』 75, 역사비평사, 2006년 여름.

_____, 「근대문학의 향유와 창조-『연희』의 경우」, 박헌호 외, 『작가의 탄생과 근대문학의 재생산 제도』, 소명출판, 2008.

_____, 「동인지에서 신춘문예로-등단제도의 권력적 변환」, 『대동문화연구』 53, 성균관대 대동문화연구원, 2006.

박호영, 「임학수의 기행시에 나타난 내면의식」, 『한국시학연구』 21, 한국시학회, 2008.

방기중, 「1940년 전후 조선총독부의 신체제 인식과 병참기지강화정책」, 『동방학지』 138, 연세대국학연구원, 2007.

방민호, 「일제말기 문학인들의 대일 협력 유형과 의미」, 『한국현대문학연구』 제22집, 한국현대문학회, 2007.

배개화, 「1930년대말 '조선' 문인의 '조선어'를 바라보는 두 가지 관점」, 『우리말글』 33, 우리말글학회, 2005.

백영서, 「상상 속의 차이성, 구조 속의 동일성」, 『한국학연구』 14, 인하대한국학연구소, 2005.

사희영, 『제국시대 잡지 『국민문학』과 한일 작가들』, 도서출판 문, 2011.

서여명, 「중국을 매개로 한 애국계몽서사 연구-1905~1910년의 번역작품을 중심으로」, 인하대 박사논문, 2010.

서은경, 「1910년대 유학생 잡지와 근대소설의 전개과정-『학지광』·『여자계』·『삼광』을 중심으로」, 연세대 박사논문, 2011.

서은주, 「1930년대 외국문학 수용의 좌표-세계/민족, 문학」, 『민족문학사연구』 28, 민족문학사연구소, 2005.

_____, 「번역과 문학 장의 내셔널리티」, 민족문학사연구소 기초학문연구단, 『한국 근대문학의 형성과 문학 장의 재발견』, 소명출판, 2004.

서재길, 「한국 근대 방송문예 연구」, 서울대 박사논문, 2007.

서정주, 「이상의 일」, 김유중·김주현 엮음, 『그리운 그 이름, 이상』, 지식산업사, 2004.

소영현, 「전시체제기의 욕망 정치」, 『동방학지』 147, 연세대 국학연구원, 2009.

손유경, 「최근 프로 문학 연구의 전개 양상과 그 전망」, 『상허학보』 19, 상허학회, 2007.

손정수, 「신남철·박치우의 사상과 그 해석에 작용하는 경성제국대학이라는 장」, 『한국학연구』 14, 인하대한국학연구소, 2005.

송미정, 「『조선공론』 소재 문학적 텍스트에 관한 연구-재조 일본인 및 조선인 작가의 일본어 소설을 중심으로」, 국민대 박사논문, 2009.

신광호, 「일제강점기 가요의 정서 연구」, 한국학중앙연구원 박사논문, 2010.

신지연, 「민족어와 국제공통어 사이-김억을 바라보는 한 관점」, 『민족문화연구』 51, 고려대 민족문화연구원, 2009.

_____, 『글쓰기라는 거울-근대적 글쓰기의 형성과 재현성』, 소명출판, 2007.

신지영, 「드러난 연쇄, 숨겨진 공감 -제국 일본 하 피식민자들의 언어, 문학 관련 좌담회」, 『석당논총』 53, 동아대학교 석당학술원, 2012.

_____, 「신체적 담론공간을 둘러싼 사건성-1920년대 연설·강연회에서 1930년대 좌담회로」, 『상허학보』 27, 상허학회, 2009.10.

_____, 「쓰여진 것과 말해진 것-'이종(異種)' 언어 글쓰기에 나타난 통역, 대화, 고유명」, 『민족문학사연구』 59, 민족문학사학회, 2015.

_____, 「한국 근대의 연설·좌담회 연구-신체적 담론공간의 형성과 변화」, 연세대 박사논문, 2010.

심상욱, 「「가외가전」과 「황무지」에 나타난 이상과 엘리엇의 제휴」, 『비평문학』

39, 한국비평문학회, 2011.

심선옥, 「근대시 형성과 번역의 상관성-김억을 중심으로」, 『대동문화연구』 62, 성균관대학대동문화연구원, 2008.

심진경, 「문단의 여류와 여류문단-식민지 시대 여성작가의 형성과정」, 민족문학사연구소 기초학문연구단, 『한국 근대문학의 형성과 문학 장의 재발견』, 소명출판, 2004.

_____, 「여성과 전쟁-『여성』을 중심으로」, 민족문학사연구소 기초학문연구단, 『제도로서의 한국 근대문학과 탈식민성』, 소명출판, 2008.

안자코 유카, 「조선총독부의 '총동원체제'(1937~1945) 형성 정책」, 고려대 박사논문, 2006.

양세라, 「근대계몽기 신문 텍스트의 연행성 연구」, 연세대 박사논문, 2010.

엄미옥, 「한국 근대 여학생 담론과 그 소설적 재현 연구」, 서강대 박사논문, 2007.

오영진, 「근대번역시의 중역 시비에 대한 고찰-김억의 번역시를 중심으로」, 『일어일문학연구』 1, 한국일어일문학회, 1979.

오오무라 마스오, 「1945년까지의 김용제」, 『현대문학』, 1991.2.

_____, 「시인 김용제 연구-부보(訃報)와 신발견 자료」, 『윤동주와 한국문학』, 소명출판, 2001.

오혜진, 「1930년대 한국 추리소설 연구」, 중앙대 박사논문, 2008.

윤대석, 「'만주'와 한국 문학자」, 『식민지 국민문학론』. 역락, 2006.

_____, 「1940년대 한국문학에서의 번역」, 『민족문학사연구』 33, 민족문학사학회, 2007.

_____, 「경성제대의 교양주의와 일본어」, 임형택·한기형 외 엮음, 『흔들리는 언어들』, 성균관대 대동문화연구원, 2008.

_____, 「국민문학의 양가성」, 『식민지 국민문학론』, 역락, 2006.

_____, 「문학(화)·식민지·근대-한국근대문학연구의 새 영역」, 『역사비평』 78, 역사비평사, 2007년 봄.

윤송아, 「재일조선인 문학의 주체 서사 연구-가족·신체·민족의 상관성을 중심으로」, 경희대 박사논문, 2011.

윤여탁, 「1930년대 서술시에 대한 연구-백철과 김용제를 중심으로」, 『국어국문학』 101, 국어국문학회, 1989.

윤호병, 「한국 현대시에 반영된 폴 베를렌의 영향과 수용」. 『세계문학비교연구』

20, 세계문학비교학회, 2007.

이건상, 「일본의 근대화에 영향을 끼친 번역문화─그 형성 과정과 의의를 중심으로」, 『일본학보』 58, 한국일본학회, 2004.

이경돈, 「근대문학의 이념과 문학의 관습─「문학이란 하오」와 『조선의 문학』을 중심으로」, 『민족문학사연구』 26, 민족문학사학회, 2004.

이경훈, 「만주와 친일 로맨티시즘」, 『한국근대문학연구』 제4권 제1호, 한국근대문학회, 2003.

_____, 「현실의 전유, 텍스트의 공유─텍스트 읽기의 새로운 태도를 위한 시론」, 『상허학보』 19, 상허학회, 2007.

_____, 『대합실의 추억』, 문학동네, 2007.

_____, 『오빠의 탄생─한국 근대 문학의 풍속사』, 문학과지성사, 2003.

_____, 『이상, 철천의 수사학』, 소명출판, 2000.

이근화, 「이하윤의 번역과 시 창작의 상관성 연구」, 『한국학연구』 39, 고려대 한국학연구소, 2011.

이근희, 「번역과 한국 및 일본의 근대화(번역제반 양상의 비교)」, 『번역학연구』 8권 2호, 한국번역학회, 2007.

이금선, 「일제말기 외국어로서의 중국어의 발견과 식민지 조선의 언어적 재배치」, 연세대 박사논문, 2011.

이기성, 「탕아의 위장술과 멜랑콜리의 시학─오장환론」, 『민족문학사연구』 33, 민족문학사학회, 2007.

이보영, 『이상의 세계』, 금문서적, 1998.

이봉범, 「1920년대 부루주아문학의 제도적 정착과 『조선문단』」, 『민족문학사연구』 29, 민족문학사학회, 2005.

_____, 「잡지 『문장』의 성격과 위상」, 『반교어문연구』 22, 반교어문학회, 2007.

이상우, 「한 식민지 국문학자가 마주친 동양연구의 길─김재철론」, 『인문연구』 52, 영남대인문과학연구소, 2007.

이상호, 「이하윤과 그의 문학」, 『한국문학연구』 8, 동국대 한국문학연구소, 1985.

이승원, 「근대전환기 기행문에 나타난 세계인식의 변화 연구」, 인천대 박사논문, 2007.

이승희, 「번역의 성 정치학과 내셔널리티」, 민족문학사연구소 기초학문연구단, 『한국 근대문학의 형성과 문학 장의 재발견』, 소명출판, 2004.

이어령, 「이상 연구의 길 찾기」, 권영민 편저, 『이상 문학 연구 60년』, 문학사상사, 1998.

이연숙, 『국어라는 사상-근대 일본의 언어 인식』, 소명출판, 2006.

이유미, 「근대 단편소설의 전개 양상과 제도화 과정 연구-신문·잡지를 중심으로」, 연세대 박사논문, 2011.

이종호, 「출판신체제의 성립과 조선문단의 사정」, 『사이間SAI』 6, 국제한국문학문화학회, 2009.

이주라, 「1910~1920년대 대중문학론의 전개와 대중소설의 형성」, 고려대 박사논문, 2011.

이준식, 「일제 강점기의 대학 제도와 학문 체계 – 경성제대의 조선어문학과를 중심으로」, 『사회와역사』 61, 한국사회사학회, 2002.

이창식, 「『오뇌의 무도』의 번역양상-김억이 번역한 구르몽시를 중심으로」, 『한국문학연구』 10, 동국대 한국문학연구소, 1987.

이철호, 「한국 근대문학의 형성과 종교적 자아 담론-영, 생명, 신인 담론의 전개 양상을 중심으로」, 동국대 박사논문, 2007.

이충우, 『경성제국대학』, 다락원, 1980.

이혜령, 「1920년대 동아일보 학예면의 형성과정과 문학의 위치」, 『대동문화연구』 52, 성균관대 대동문화연구원, 2005.

_____, 「언어=네이션, 그 제유법의 긴박과 성찰 사이-한국문학 근대성 연구의 한 귀결에 대하여」, 『상허학보』 19, 상허학회, 2007.

_____, 「조선어·방언의 표상들」, 임형택·한기형·류준필·이혜령 편, 『흔들리는 언어들』, 성균관대 대동문화연구원, 2008.

_____, 「한글운동과 근대미디어」, 민족문학사연구소 기초학문연구단, 『한국 근대문학의 형성과 문학 장의 재발견』, 소명출판, 2004.

_____, 「한자 인식과 근대어의 내셔널리티」, 『민족문학사연구』 29, 민족문학사연구소, 2005.

_____, 「『동아일보』와 외국문학, 해외문학파와 미디어」, 『한국문학연구』 34, 동국대학교 한국문학연구소, 2008.

이혜진, 「총력전하의 "전쟁문학" 작법(作法) -『보리와 병정(兵丁)』, 『전선시집(戰線詩集)』, 『전선기행(戰線紀行)』을 중심으로」, 『한국문예비평연구』 25, 한국현대문예비평학회, 2008.

이화진, 「식민지 조선의 극장과 '소리'의 문화 정치」, 연세대 박사논문, 2011.

임상석, 「근대계몽기 잡지의 국한문체 연구」, 고려대 박사논문, 2007.

_____, 『20세기 국한문체의 형성과정』, 지식산업사, 2008.

임종국, 『친일문학론』, 평화출판사, 1966.

임형택, 「근대계몽기 국한문체의 발전과 한문의 위상」, 『민족문학사연구』 14, 민족문학사학회, 1999.

_____, 「소설에서 근대어문의 실현경로─동아시아 보편문어에서 민족어문으로 이행하기까지」, 『대동문화연구』 58, 성균관대 대동문화연구원, 2007.

_____, 「한민족의 문자생활과 20세기 국한문체」, 『창작과비평』 107, 2000년 봄.

장만호, 「한국 근대 산문시의 형성과정 연구─1910년대 텍스트를 중심으로」, 고려대 박사논문, 2007.

장석주, 『이상과 모던뽀이들─산책자 이상 씨와 그의 명랑한 벗들』, 현암사, 2011.

장양수, 「이태준 단편 「농군」의 대일협력적 성격」, 『동의논집』 23, 동의대학교, 1996.

장철환, 「『오뇌의 무도』 수록시의 형식과 리듬의 양상 연구」, 『국제어문』 58, 국제어문학회, 2013.

전경수, 「학문과 제국 사이의 추엽(秋葉) 융(隆)─경성제국대학 교수론 1」, 『한국학보』 31, 일지사, 2005.

전봉관, 「황군위문작가단의 북중국 전선 시찰과 임학수의 『전선시집』」, 『어문론총』 42, 한국문학언어학회, 2005.

전상숙, 「일제 군부파시즘체제와 '식민지 파시즘'」, 연세대 국학연구원, 『동방학지』 124, 2004.

정금철, 「김억의 시에 미친 영시의 영향」, 『인문과학연구』 3, 강원대학교 인문과학연구소, 1996.

정백수, 『한국 근대의 식민지 체험과 이중언어 문학』, 아세아문화사, 2000.

정선이, 「일제강점기 경성제국대학 졸업생의 사회적 진출양상과 특성」, 『교육비평』 23, 교육비평사, 2007.

정선태, 「번역과 근대 소설 문체의 발견」, 한기형 외, 『근대어·근대매체·근대문학』, 성균관대 출판부, 2006.

정선태, 「총력전 시기 전쟁문학론과 종군문학 ─『보리와 병정』과 『전선기행』을 중심으로」, 『동양정치사상사』 5권 2호, 한국동양정치사상사학회, 2005.

정우택, 『한국 근대 자유시의 이념과 형성』, 소명출판, 2004.

정종현, 「근대문학에 나타난 '만주' 표상 −'만주국' 건국 이후의 소설을 중심으로」, 『한국문학연구』 제28권, 동국대 한국문학연구소, 2005.

_____, 「식민지 후반기에 나타난 동양론 연구」, 동국대 박사논문, 2006.

_____, 「제국,민족 담론의 경계와 식민지적 주체 −1940년대 이태준 '문학'에 나타난 혼종성」, 『상허학보』 제13집, 상허학회, 2004.

정호순, 「1930년대 연극 대중화론과 관객」, 『민족문학사연구』 33, 민족문학사학회, 2007.

조경덕, 「기독교 담론의 근대서사화 과정 연구」, 고려대 박사논문, 2011.

조영복, 「은유라는 문법, 노래라는 작법−근대시(가)의 조선어 구어체 시 양식의 모색 과정과 한자어의 기능에 대하여」, 『어문연구』 46권 2호, 한국어문교육연구회, 2018.

조영식, 「연포 이하윤의 번역시 고찰−실향의 화원』을 중심으로」, 『인문학연구』 4, 경희대학교 인문학연구원, 2000.

_____, 「연포 이하윤의 시세계」, 『인문학연구』 3. 경희대학교 인문학연구원, 1999.

조은숙, 「한국 아동문학의 형성과정 연구」, 고려대 박사논문, 2005.

조은주, 「디아스포라 정체성과 탈식민주의적 계보학 연구−일제말기 만주 관련 시를 중심으로」, 서울대 박사논문, 2010.

조재룡, 「정인섭과 번역의 활동성−번역, 세계문학의 유일한 길」, 『민족문화연구』 57, 고려대민족문화연구원, 2012.

_____, 「프랑스와 한국의 번역이론 비교 연구−문학텍스트의 특수성을 중심으로」, 『인문과학』 39, 성균관대 인문과학연구소, 2007.

_____, 「한국 근대시와 프랑스 상징주의 시 사이의 상호교류 연구 −번역을 통한 상호주체성 연구를 중심으로」, 『불어불문학연구』 60, 한국불어불문학회, 2004.

조정환, 「한국문학의 근대성과 탈근대성」, 『상허학보』 19, 상허학회, 2007.

조진기, 「1940년대 문학연구의 성과와 과제」, 『우리말글』 37집, 우리말글학회, 2006.

조해옥, 「이상 국문시의 한자어에 나타난 언어의식 연구」, 『이상리뷰』 10, 이상

문학회, 2015.

조해옥, 「이상의 위독 연작시 어휘 연구」, 『비평문학』 62, 한국비평문학회, 2016.

_____, 『이상 시의 근대성 연구-육체의식을 중심으로』, 소명출판, 2001.

주일우, 「인문학의 유용과 무용-실용적으로 무용한 것이 살아남는 방법」, 『문학과사회』 96, 문학과지성사, 2011년 겨울.

진선영, 「한국 대중연애서사의 이데올로기와 미학」, 이화여대 박사논문, 2011.

차승기, 「1930년대 후반 전통론 연구-시간-공간 의식을 중심으로」, 연세대 박사논문, 2003.

_____, 「동양적인 것, 조선적인 것, 그리고 『문장』」, 『한국근대문학연구』 21, 한국근대문학회, 2010.

_____, 「민족주의, 문학사, 그리고 강요된 화해」, 김철·신형기 편, 『문학 속의 파시즘』, 삼인, 2001.

차원현, 「책머리에-전환기의 논리」, 『민족문학사연구』 33, 민족문학사학회, 2007.

차혜영, 「'조선학'과 식민지 근대의 '지(知)'의 제도 -『문장』을 중심으로」, 『국어국문학』 140, 국어국문학회, 2005.

_____, 「동아시아 지역표상의 시간·지리학」, 『한국근대문학연구』 20, 한국근대문학회, 2009.

_____, 「소설 개념 형성과 식민지 근대 부르주아의 정치학」, 『민족문학사연구』 28, 민족문학사학회, 2005.

_____, 「지식의 최전선-'풍속-문화론 연구'에 대한 비판적 검토」, 『민족문학사연구』 33, 민족문학사학회, 2007.

천정환, 「'문화론적 연구'의 현실 인식과 전망」, 『상허학보』 19, 상허학회, 2007.

_____, 「새로운 문학연구와 글쓰기를 위한 시론」, 『민족문학사연구』 26, 민족문학사학회, 2004.

_____, 「신자유주의 대학체제의 평가제도와 글쓰기」, 『역사비평』 92, 역사비평사, 2010년 가을.

_____, 『근대의 책 읽기-독자의 탄생과 한국 근대문학』, 푸른역사, 2003.

_____, 『끝나지 않는 신드롬』, 푸른역사, 2005.

최금진, 「PUN으로 바라보는 두 개의 풍경-이상론-시 「가외가전」, 「행로」를 중심으로」, 『시와세계』 29, 시와세계사, 2010.

최덕교 편저, 『한국잡지백년3』, 현암사, 2004.

최동호 외, 『한국 근현대 학교 간행물 연구II』, 서정시학, 2009.

최라영, 「김억의 번역과 번역관 고찰-『잃어진 진주』와 『기탄자리』를 중심으로」, 『어문학』 117, 한국어문학회, 2012.

최성민, 「서사 텍스트와 매체의 관계 연구-신매체의 등장과 서사 텍스트의 재매개 양상을 중심으로」, 서강대 박사논문, 2007.

최수일, 「1920년대 문학과 『개벽』의 위상」, 성균관대 박사논문, 2001.

최원식, 「다시 찾아온 토론의 시대」, 『창작과비평』, 창비, 2006년 여름호(통권 132호), 2006.

최재철, 「아베 요시시게(安倍能成)에 있어서의 경성(京城)」, 『세계문학비교연구』 17, 세계문학비교학회, 2006.

최태원, 「일재 조중환의 번안소설 연구」, 서울대 박사논문, 2010.

최현식, 「'신대한'과 '대조선'의 사이 (2)-『소년』지 시(가)의 근대성」, 『민족문학사연구』 33, 민족문학사학회, 2007.

하재연, 「'거리' 또는 '골목' 안에서 '아픈''몸'들의 시쓰기-이상의 「가외가전」과 김수영의 「아픈 몸이」에 대한 주석」, 『현대시학』, 2010.8.

_____, 「1930년대 조선문학 담론과 조선어 시의 지형」, 고려대 박사논문, 2008.

_____, 「이상의 시쓰기와 '조선어'라는 사상-이상 시의 한자 사용에 관하여」, 『한국시학연구』 26, 한국시학회, 2009.

_____, 「이상의 연작시 「위독」과 조선어 실험」, 『어문논집』 54, 민족어문학회, 2006.

_____, 『근대시의 모험과 움직이는 조선어』, 소명출판, 2012.

하정일, 「1930년대 후반 이태준 문학과 내부 식민주의 성찰」, 『배달말』 34, 배달말학회, 2004.

_____, 「복수(複數)의 근대와 민족문학」, 『민족문학사연구』 17, 민족문학사학회, 2000.

_____, 「친일의 기준을 어떻게 잡을 것인가-이태준을 중심으로」, 문학과사상연구회, 『이태준 문학의 재인식』, 소명출판, 2004.

_____, 「탈근대 담론-해체 혹은 폐허」, 『민족문학사연구』 33, 민족문학사학회, 2007.

하정일, 「한국 근대문학 연구와 탈식민」, 『민족문학사연구』 23, 민족문학사학회, 2003.

하정일, 『탈식민의 미학』, 소명출판, 2008.

한국독립운동사연구소 편, 『한국독립운동의 역사』, 독립기념관 한국독립운동
사연구소, 2013.

한기형, 「근대문학과 근대문화제도, 그 상관성 대한 시론적 탐색」, 『상허학보』
19, 상허학회, 2007.

_____, 「근대어의 성립과 매체의 언어전략」, 『역사비평』, 2005년 여름.

_____, 「근대잡지와 근대문학 형성의 제도적 연관」, 한기형 외, 『근대어·근대
매체·근대문학』, 성균관대 출판부, 2006.

_____, 「매체의 언어분할과 근대문학—근대소설의 기원에 대한 매체론적 접근」,
임형택·한기형·류준필·이혜령 편, 『흔들리는 언어들』, 성균관대 대동
문화연구원, 2008.

_____, 「최남선의 잡지 발간과 초기 근대문학의 재편」, 한기형 외, 『근대어·
근대매체·근대문학』, 성균관대 출판부, 2006.

한민주, 「일제 말기 전선 기행문에 나타난 재현의 정치학」, 『한국문학연구』 33,
동국대 한국문학연구소, 2007.

한상철, 「근대의 문화 담론과 근대시의 서정」, 충남대 박사논문, 2011.

한수영, 「이태준과 신체제—식민지배담론의 수용과 저항」, 문학과사상연구회,
『이태준 문학의 재인식』, 소명출판, 2004.

_____, 「친일문학 논의와 재만조선인문학의 특수성 —안수길의 소설과 '이주자—
내부—농민의 시선'을 중심으로」, 『친일문학의 재인식』, 소명출판, 2005.

한용진, 「일제 식민지 고등교육 정책과 경성제국대학의 위상」, 『교육문제연구』
8, 고려대교육문제연구소, 1996.

한지은, 「식민지 향토 개념의 중층성」, 『한국학연구』 34, 고려대학교 한국학연
구소, 2010.

함돈균, 「시의 정치화와 시적인 것의 정치성—임화의 「네 거리의 순이」와 이상의
가외가전(街外街傳)」에 나타난 시적 주체(화자) 유형에 대한 해석을 중
심으로」, 『열린정신 인문학연구』, 원광대학교 인문학연구소. 2011.

허윤회, 「정지용과 번역」, 『민족문학사연구』 28, 민족문학사학회, 2005.

_____, 「조선어 인식과 문학어의 상상」, 민족문학사연구소 기초학문연구단, 『한
국 근대문학의 형성과 문학 장의 재발견』, 소명출판, 2004.

홍기돈, 「대척점에 선 친일문학 연구의 두 경향 −지적 식민주의자 비판」, 『실천문학』, 실천문학사, 2005년 겨울호(통권 80호), 2005.

황종연, 「노블, 청년, 제국−한국소설의 통국가간(通國家間) 시작」, 『상허학보』 14, 상허학회, 2005.

_____, 「데카당티즘과 시의 음악−김억의 상징주의 수용에 관한 일반적 고찰」, 『한국문학연구』 9, 동국대 한국문학연구소, 1986.

_____, 「문학이라는_역어(譯語)」, 『동악어문논집』 32, 동악어문학회, 1997.

_____, 「한국문학의 근대와 반근대」, 동국대 박사논문, 1991.

황호덕, 「경성지리지, 이중언어의 장소론−채만식의 「종로의 주민」과 식민도시의 (언어) 감각」, 『대동문화연구』 51, 성균관대 대동문화연구원, 2005.

_____, 「국어와 조선어 사이, 내선어의 존재론−일제말의 언어정치학, 현영섭과 김사량의 경우」, 『대동문화연구』 58, 대동문화연구원, 2007.

_____, 「변비와 설사, 전향의 생정치−「無明」의 이광수, 식민지(감옥)의 구멍들」, 『상허학보』 16, 상허학회, 2006.

_____, 「한국 근대에 있어서의 문학 개념의 기원(들)−신채호, 이광수, 『창조』파의 삼분법적 가치 범주와 '문학' 개념」, 『한국사상과문화』 8, 한국사상문화학회, 2000.

_____, 「한문맥의 근대와 순수 언어의 꿈」, 『한국근대문학연구』 16, 한국근대문학회, 2007.

_____, 『근대 네이션과 그 표상들』, 소명출판, 2005.

3. 국외논저

Chadwick, Charle, *Symbolism*, London: Methuen, 1971.

Symons, Arthur, *Poems by Arthur Symons 2vols*, London: Williamm Heinemann, 1912; Internet Archive University of Toronto Libraries.

Tindall, William York, *The literary symbol*, New York: Columbia University Press, 1955.

Verlaine, Paul, *Oeuvres poetiques completes*, Paris: Editions Gallimard, 1965.

Yeats, W. B, *The collected poems of W.B. Yeats 2nd ed*, London: Macmillan, 1950.

大村益夫, 『愛する大陸よ-詩人金龍濟研究』, 大和書房, 1992.

하재연(河在姸)

한국 현대시를 연구하고 창작한다. 고려대학교 국어국문학과를 졸업하고, 고려대학교 대학원에서 「임화 시 연구」로 석사 학위를, 「1930년대 조선문학 담론과 조선어 시의 지형」으로 박사 학위를 받았다. 『문학과사회』 신인문학상, 『영남일보』 구상문학상을 수상했다. 주요 저서로 시집 『라디오 데이즈』, 『세계의 모든 해변처럼』, 『우주적인 안녕』, 시론집 『무한한 역설의 사랑』, 연구서 『근대시의 모험과 움직이는 조선어』, 공저 『시창작론』 등이 있다.

문학의 상상과 시의 실천

2022년 10월 28일 초판 1쇄 펴냄

지은이 하재연
펴낸이 김흥국
펴낸곳 보고사

책임편집 이소희
표지디자인 김규범

등록 1990년 12월 13일 제6-0429호
주소 경기도 파주시 회동길 337-15 보고사
전화 031-955-9797(대표), 02-922-5120~1(편집), 02-922-2246(영업)
팩스 02-922-6990
메일 kanapub3@naver.com / bogosabooks@naver.com
http://www.bogosabooks.co.kr

ISBN 979-11-6587-370-7   93810
ⓒ 하재연, 2022

정가 22,000원